KB038738

Fever Pitch
피버 피치

FEVER PITCH

Copyright © Nick Hornby, 1992
First published in Great Britain in the English language by Penguin Books Ltd.
All rights reserved

Korean translation copyright © 2014 by MUNHAKSASANG CO., LTD
Korean translation rights arranged with Penguin Books Ltd.,
through EYA(Eric Yang Agency)

이 책의 한국어판 저작권은 EYA(Eric Yang Agency)를 통해 Penguin Books Ltd.사와
독점계약한 '(주)문학사상'이 소유합니다.
저작권법에 의하여 한국 내에서 보호를 받는 저작물이므로 무단 전재와 복제를 금합니다.

피버 피치 Fever Pitch

닉 혼비 에세이

이나경 옮김

일러두기

1. 이 책은 2005년 2월에 출간되었던 《피버 피치》의 개정판으로, 새로이 2011~12 시즌 프리미어리그 이야기가 추가되었습니다.
2. 경기와 날짜를 표시한 부분에서, 앞의 팀은 홈팀을, 뒤의 팀은 원정팀을 나타냅니다. 그 외 다른 구장에서 경기가 벌어졌을 경우에는 괄호 안에 따로 장소를 표시했습니다.

사랑하는 나의 부모님께

이 책을 바칩니다.

차례

책머리에 • 8

1968~1975 • 13

1976~1986 • 135

1986~1992 • 257

추천의 말 • 382

옮긴이의 말 • 386

특별 부록 – 2011/12시즌에 대한 소고
축구팬들은 그저 기도할 뿐 • 393

책머리에

1991년 7월 14일 일요일

축구는 언제나 내 안에 있으면서 호시탐탐 밖으로 나올 기회를 엿보고 있다.

나는 10시쯤 눈을 뜬다. 부엌으로 가서 홍차 두 잔을 끓이고, 침실로 가져와서 침대 양쪽에 한 잔씩 놓는다. 그녀와 나는 둘 다 묵묵히 차를 홀짝인다. 길고 몽롱한 공백이 지나간 뒤 정신을 좀 차리고 나면, 밖에 비가 온다느니, 지난밤에 어땠다느니, 침실에서 담배를 피우지 말자느니 하는 이야기를 이따금 한마디씩 주고받는다. 그녀가 이번 주에 무엇을 할 거냐고 물어오자 내 머릿속에는 이런 생각이 떠오른다. (1) 수요일에 매튜를 만날 거다. (2) 매튜는 내 챔피언스리그 비디오를 아직도 돌려주지 않고 있다. (3) 그가 앤더스 림파에 대해 어떻게 생각하는지 궁금해진다. (매튜는 순전히 이름뿐인 아스널 팬으로, 지난 2년 동안 하이버리*에 한 번도 가지 않았기 때문에 최근 신인들을 직접 볼 기회가 없었다.)

* 런던 북부에 있는 아스널의 홈구장.

눈뜬 지 15분 내지는 20분 만에 이 세 단계를 거친 나는, 곧장 나만의 세계로 빠져들어간다. 림파가 길레스피를 향해 달려가다가 오른쪽으로 휘청거리며 쓰러지는 장면이 보인다. 페널티킥! 딕슨 골인! 2-0! 그 경기에서는 머슨의 백 패스와 그것을 받은 스미스가 오른발로 반대편 코너로 차 넣었던 슈팅도 있었다…… 앤필드*에서 머슨이 그로벨라를 살짝 밀치고 달려간다…… 데이비스의 터닝슛으로 애스턴 빌라를 격파한다…… (잠깐, 지금은 리그 경기가 하나도 없는 7월의 어느 날 아침이라는 사실을 잊지 마라.) 이 꿈 같은 상태로 완전히 빠져들어 1989년의 앤필드, 1987년의 웸블리**, 1978년의 스탬퍼드 브리지***를 헤매고 다니다 보면, 나의 축구 인생이 주마등처럼 스쳐간다.

"무슨 생각해?" 그녀가 묻는다.

이 시점에서 거짓말을 해야 한다. 나는 마틴 에이미스****나 제라르 드파르디외*****나 노동당에 대해서는 손톱만큼도 생각하지 않았지만, 강박증에 걸린 사람에게는 달리 방법이 없다. 이런 경우 거짓말밖에는 도리가 없는 것이다. 매번 사실대로 말하다 보면, 현실 세계의 그 어떤 사람과도 관계를 유지할 수 없게 될 테니까. 사람들은 우리를 단념하고, 아스널 프로그램이나, 스택스******의 오리지널 블루 라벨 레코드 모음이나, 킹 찰스 스패니얼 강아지들과 함께 썩어가든지 말든지

* 리버풀의 홈구장.
** 1923년에 건립된 영국 최대 규모의 축구장으로, 축구 종가 잉글랜드의 축구 성지로 일컬어진다.
*** 첼시의 홈구장.
**** 영국 현대 소설 작가.
***** 프랑스의 유명 영화배우.
****** 1959~1975년 사이에 활발히 활동한 미국의 솔뮤직 음반 제작사.

내버려둘 것이다. 그러면 우리는 2분간의 백일몽에서 헤어나지 못해서 일자리를 잃고, 목욕과 면도와 식사를 거르고, 더러운 바닥에 누워 1989년 5월 26일 밤(내가 이 날짜를 찾아보았을 거라고 생각하는가? 천만에!) 데이비드 플릿의 탁월한 분석과 중계를 몽땅 다 외우려고 비디오를 자꾸만 자꾸만 돌려 보게 될 것이다. 솔직히 털어놓자면, 나는 하루 중에 놀라 자빠질 만큼 오랜 시간을 얼빠진 상태로 지낸다.

축구를 곱씹어가며 머릿속에 떠올리는 일 자체가 상상력의 낭비라고 말하려는 건 아니다. 《가디언》지의 축구 담당 기자 데이비드 레이시는 글도 잘 쓰고 머리도 좋은 사람이 분명하며, 모르긴 몰라도 나보다 더 많은 시간을 축구에 투자할 것이다. 나와 레이시의 다른 점은, 나는 사고思考를 하지 않는다는 점이다. 나는 기억하고, 상상하고, 앨런 스미스의 모든 골을 머릿속에 그려보고, 내가 가본 1부 리그* 경기장의 수를 세어본다. 잠이 오지 않을 때, 두 번쯤은 여태까지 본 아스널 선수를 하나하나 전부 꼽아보려고 한 적도 있었다. (어릴 적에는 리그와 FA컵, 2관왕의 주역이었던 그 선수들의 부인과 여자친구 이름까지 전부 다 알고 있었지만, 지금은 찰리 조지의 약혼녀 이름이 수잔 파지라는 것과 밥 윌슨의 부인이 멕스라는 것밖에 기억나지 않는다. 실은 정말 아무짝에도 쓸모없는 일이지만 말이다.)

이런 것은 엄밀히 따져 사고라고 볼 수 없다. 여기에는 분석도, 자의식도, 정신 활동도 전혀 들어 있지 않다. 강박증에 사로잡힌 이들

* 현재 영국 프로 축구의 프리미어리그에 해당하며 FA 프리미어리그라는 명칭이 공식적으로 사용되기 시작한 것은 1992/93시즌부터였다.

은 자신의 비정상적인 태도를 결코 객관적으로 바라볼 수 없기 때문이다. 어떤 의미에서, 그것이 바로 강박증을 정의해준다고도 말할 수 있겠다. (그리고 그런 사람들 가운데 자신의 상태를 올바로 파악하는 이들이 드문 까닭도 설명해준다. 살벌하게 추운 1월의 어느 날 오후, 윔블던 2군과 루턴 2군의 경기를 보러 축구장에 제 발로 걸어갔던 한 축구팬이 있었다. 결코 남들보다 앞서기 위해서나 스스로를 괴롭히기 위해서 혹은 젊은 치기에서 그런 짓을 한 것이 아니라, 순전히 '보고 싶어서'였단다. 그러면서도 그 친구는 자신이 절대 비정상이 아니라고 열심히 주장하고 있다.)

《피버 피치》는 나의 강박증을 어떻게든 객관적으로 바라보기 위한 시도에서 쓴 작품이다. 학창 시절의 첫눈에 반한 연애 감정처럼 시작한 이 관계가, 어째서 내가 자발적으로 맺어온 다른 어떤 관계보다도 더 오래, 근 25년 동안이나 지속되어온 것일까? (나는 가족을 진심으로 사랑하지만, 가족은 선택한 것이 아니라 주어진 것이라고 볼 수 있고, 열네 살 이전에 사귄 친구들 중에 지금까지 연락하고 지내는 사람은 아무도 없다. 단 한 사람, 학교에서 나 말고 유일한 아스널 팬이었던 친구는 제외하고 말이다.) 그리고 어떻게 이 애정이, 무관심과 비애 그리고 아주 지독한 증오로 주기적으로 바뀌는 감정의 사이클을 모두 견뎌내고 지금까지 살아남은 것일까?

이 책에서는 또 축구가 나를 포함한 많은 이들에게 지니는 몇 가지 의미들도 탐색해보고자 한다. 축구에 대한 애정이 내 성격이나 개인사에 대해서 많은 이야기를 해주는 것은 분명하며, 축구 경기가 어떻게 소비되는지를 살펴보면 다양한 사회·문화 현상에 대해서도 알 수 있다. (내 주위의 많은 친구들은, 이런 얘기는 모두 잘난 척하고 싶어서 떠들어대는 헛소리이며, 여가 가운데 엄청난 시간을 추위에 덜덜 떨며 보내는 작자들이 필사적으로 지어낸 핑계이자 구실이라고 여긴다. 그 친구들이 유난히 저항감을 보이는 까닭은, 나에게는 축구의 은유적 의미를 확대해석해서 전혀 상관없는 이야기를 하다가도 축구 이야기를 꺼내는 습관이 있기 때문이다. 이제는 나도 포클랜드 전쟁이나 살만 루시디 사건, 걸프전, 출산율, 오존층, 인두세 등등과 축구 사이에는 아무런 연관 관계가 없다는 사실을 인정하고, 내가 말도 안 되는 유사점을 끄집어내며 궤변을 풀어놓을 때마다 꾹 참고 들어주어야 했던 모든 사람들에게 이 기회를 빌려 사과를 전하고 싶다.)

끝으로, 《피버 피치》는 팬이 된다는 것에 관한 책이다. 축구를 사랑하는 사람들이 쓴 책을 여러 권 읽어보았지만, 내가 이 책에서 하려는 이야기는 그것과는 다르다. 또 훌리건이란 단어 말고는 달리 적당히 지칭할 말이 없는 사람들이 쓴 책도 읽어보았지만, 매년 축구 경기를 보는 수백만 명 가운데 최소한 95퍼센트에 해당하는 사람들은 평생 아무에게도 해를 끼치지 않고 살아가고 있다. 이 책은 바로 그런 우리, 그리고 우리가 어떻게 살고 있는지 궁금해하는 사람들을 위한 책이다. 이 책에 적힌 세세한 사항은 나에게만 해당하는 것이지만, 일하다가 또 영화를 보거나 대화를 나누다가 문득 10년, 15년 혹은 20년 전에 본 왼발 발리슛이나 오른쪽 코너킥이 떠오른 적이 있는 사람이라면 누구나 공감할 수 있는 내용이 되기를 바란다.

1968~1975

홈구장 데뷔

●●●

아스널 vs 스토크 시티
1968. 9. 14.

나는 축구와 사랑에 빠지고 말았다. 마치 훗날 여자들을 만나 사랑에 빠지게 될 때처럼 느닷없이, 이유도 깨닫지 못한 채 맹목적으로 축구에 빠져들고 만 것이다. 그 사랑 때문에 앞으로 겪게 될 고통이나 분열 상태에 대해서는 안중에도 없었다.

1968년 5월(누구나 유럽 전체를 뒤흔든 파리 학생 혁명을 떠올리겠지만, 나는 지금도 그때를 생각하면 축구 선수 제프 애슬이 떠오른다) 열한 살 생일이 막 지난 날, 아버지는 내게 회사 동료에게서 얻은 웨스트 브롬과 에버턴의 FA컵* 결승전 입장권을 보여주며 같이 가겠느냐고 물었다. 나는 아무리 결승전이라고 해도 축구에는 관심이 없다고 대답했다. 실제로도 내가 축구에 관심이 없는 줄 알았건만, 이상하게도 그날 나는

* 1871년 시작된 세계 최초의 축구 대회로, 프로 리그에 속한 팀뿐만 아니라 잉글랜드의 모든 축구팀이 참가한다.

그 경기를 처음부터 끝까지 텔레비전으로 지켜보았다. 몇 주 후에는 어머니와 함께 맨체스터 유나이티드와 벤피카*의 경기 중계를 보고 넋이 나가버렸고, 8월 말이 되자 월드 클럽 챔피언십 결승전에서 맨체스터 유나이티드가 이겼는지 뉴스를 들으려고 아침 일찍 일어날 만큼 관심을 두게 되었다. 나는 나 자신도 놀랄 정도로 열렬히 바비 찰턴과 조지 베스트를 사랑했다. (이들과 함께 '성스러운 3인방'으로 일컬어졌던 데니스 로는 부상 때문에 벤피카와의 경기에 출전하지 못했으므로 그에 대해서는 알지 못했다.) 그로부터 3주가 지난 뒤, 아버지는 처음으로 나를 하이버리에 데려갔다.

부모님은 1968년에 헤어졌다. 아버지는 다른 사람을 사귀게 되어 그전부터 따로 살고 있었고, 나는 홈 카운티스**에 있는 조그만 단독주택에서 어머니와 여동생과 함께 살고 있었다. 우리 반에 부모님 가운데 한쪽이 없는 아이가 또 있었는지는 기억나지 않지만, 1960년대는 이런 문제에 대해 개방적으로 이야기할 수 있는 시절이 아니었으므로, 이런 상황을 남에게 쉽게 이야기할 수는 없었다. 설상가상으로 부모님이 끝내 이혼까지 하게 되자, 우리 네 식구는 여러 가지로 상처를 받았다.

새로운 형태의 가족생활이 시작되면서 여러 가지 문제들이 생겨날 수밖에 없었다. 이럴 때 가장 큰 문제는, 보통 매우 진부한 것이

* 포르투갈의 명문 구단.
** 런던을 둘러싼 여러 주를 지칭하는 명칭.

다. 그러니까 어머니나 아버지 가운데 한 사람과 함께 보내야 하는 주말 오후에 무엇을 하며 지내느냐는, 평범하면서도 대단히 골치 아픈 문제였다. 아버지는 종종 주중에도 우리를 만나러 왔다. 물론 집에서 텔레비전이나 보고 싶어하는 사람은 아무도 없었지만, 그렇다고 해서 중년 남자가 열두 살 미만인 아이 둘을 데리고 갈 만한 곳도 딱히 없었다. 아버지와 나와 여동생은 대개 차를 타고 가까운 시내에 나가거나 공항 근처 호텔에 갔다. 초저녁의 썰렁한 레스토랑에 앉아 여동생 질과 나는 거의 한마디도 하지 않고 묵묵히 스테이크나 치킨을 먹었고(아이들은 보통 저녁식사에 어울리는 대화를 하는 재주가 없는 법이고, 게다가 우리는 텔레비전을 보면서 식사를 하는 데 익숙했던 것이다) 아버지는 우리를 지켜보고 있었다. 아버지는 우리와 함께할 만한 일이 무엇이 있을지 필사적으로 찾아보았을 테지만, 월요일 저녁 6시 30분에서 9시 사이에 런던 교외에서 할 수 있는 일은 별로 없었다.

1968년 여름, 아버지와 나는 옥스퍼드 근처에 있는 호텔에서 일주일을 함께 지냈다. 거기서도 역시나 마찬가지로, 우리는 저녁마다 텅 빈 호텔 식당에 앉아 묵묵히 스테이크나 치킨을 먹었다. 저녁식사를 마치면 다른 손님들과 함께 텔레비전을 보았고, 아버지는 술을 많이 마셨다. 뭔가 변화가 필요했다.

아버지는 이해 9월에 다시 한 번 축구 경기를 보러 가자고 했는데 내가 좋다고 대답했을 때 아마 놀랐을 것이다. 그전까지는 아버지가 뭘 하자고 했을 때 내가 좋다고 대답한 적이 한 번도 없었기 때문이다. 싫다고 대답한 적도 없었지만 말이다. 나는 그저 예의 바르게 미소를 지으며, 흥미롭기는 하지만 꼭 해야 되느냐는 듯한 심드렁한 콧소리를 낼 뿐이었는데, 그때 생긴 그 괘씸한 버릇은 아직도 없어지지 않았다. 2,3년 동안 아버지가 나를 극장에 데려가려고 할 때마다 나는 어깨를 으쓱하고 바보처럼 씩 웃기만 했고, 결국 아버지는 내가 바라던 대로 화를 내며 됐다고 했다. 나는 셰익스피어에 대해서만 그런 반응을 보인 것이 아니라 럭비나 크리켓, 보트 여행, 실버스톤이나 롱릿으로 소풍을 가는 것에 대해서도 똑같이 애매한 태도를 취했다. 아버지가 우리와 함께 살지 않는다고 해서 괴롭히려고 그런 것은 절대 아니었다. 아버지와 함께 시간을 보내는 것은 즐거운 일이라고, 나는 진심으로 그렇게 생각했다. 단지 아버지가 생각해낸 곳이 단 한 곳도 마음에 들지 않았을 뿐이다.

1968년은 내 인생에서 가장 힘든 해였던 것 같다. 부모님이 이혼한 다음 우리는 전보다 더 작은 집으로 이사를 했는데, 뭔가 일이 꼬이는 바람에 한동안 이웃집에 얹혀 살아야 했다. 또 나는 황달을 심하게 앓았다. 그리고 중학교에 입학했다. 내가 아스널에 열광하게 된 것이 이 엉망진창이었던 생활과 아무런 연관이 없다고 생각하려면, 비상하게 둔한 사람이 되어야 할 것이다. (자신이 어떤 것에 열광적인 팬이 된 상황을 살펴보고, 이와 유사한 프로이트식 상관관계를 발견하는 사람이 얼마나 있는지도 궁금하다. 물론 축구는 멋진 운동경기니 뭐니 하는 말들도 다 옳다. 하지만 한 시즌에 대여섯 번 경기장을 찾는, 그러니까 현명하게 빅 매치만 보고 별 볼일 없는 경기는 보지 않고도 만족하는 사람과, 경기마다 모조리 가서 보아야 직성이 풀리는 사람을 나누는 기준은 무엇일까? 왜 수요일에 값진 월차를 내고, 하이버리에서 있었던 1차전으로 이미 결과가 정해진 2차전 원정 경기를 보러 런던에서 플리머스까지 가야 하는 것일까? 게다가 팬덤이 심리적 보상기제로 작용한다는 말에 혹시라도 일리가 있다면, 레일랜드 DAF 트로피* 경기를 보러 가는 사람들의 잠재의식에는 대체 어떤 것이 숨어 있는 것일까? 물론 모르고 사는 게 상책일 수도 있다.)

미국 작가 안드레 두버스의 소설 가운데, 이혼해서 두 아이들과 떨어져 사는 남자를 주인공으로 한 〈겨울 아버지〉라는 단편이 있다. 그 소설 속의 아버지와 아이들은 겨울만 되면 사이가 나빠진다. 오후마다 그들은 재즈 클럽, 극장, 레스토랑을 전전하며 서로를 물끄러미 쳐다만 보고 앉아 있다. 하지만 여름이 되어 바닷가에 갈 수 있게 되면 그들은 즐거워진다. "기다란 백사장과 바다는 그들의 잔디밭이었으며, 비치 타월은 그들의 집이었고, 아이스박스와 보온병은 그들의 부엌이었다. 그들은 다시 가족처럼 지낼 수 있었다." 시트콤과 영화를 만드는 사람들은 장소가 인간에게 미치는 이 엄청난 힘을 오래전부터 알고 있었으므로, 아빠들이 보채는 아이들을 데리고 공원으로 나가서 프리스비 원반을 든 채 배회하는 장면을 보여주곤 한다. 〈겨울 아버지〉는 그보다 훨씬 더 깊은 의미를 탐색함으로써 많은 것을 느끼게 해주었다. 이 단편은 부모와 자식 간의 관계에서 진정한 가치가 무엇인지를 가르쳐주었고, 동물원 구경이 실패로 돌아갈 수밖에

* 3, 4부 리그 팀을 모아 남북 지역으로 나누어 벌이는 대회.

없는 까닭을 평이하면서도 정확하게 설명해주었다.

영국의 브라이들링턴과 마인헤드는, 두버스의 단편에 나오는 뉴잉글랜드의 해변과 같은 해방감을 제공하지는 못하는 것 같다. 그러나 아버지와 나는 그 해변의 완벽한 영국식 대용품을 찾아냈다. 매주 토요일 오후에 런던 북부에서, 우리는 다시 여느 부자지간으로 돌아갈 수 있었다. 축구가 화젯거리를 만들어주어 대화도 나눌 수 있었을 뿐만 아니라 입을 다물고 있어도 어색하지 않았으며, 만날 때마다 무엇을 할지 궁리하지 않아도 되는 정해진 일정이 생겨났다. 하이버리의 그라운드는 우리의 잔디밭이 되었다. 아무래도 이곳은 영국이다 보니, 억수같이 쏟아지는 빗속에서 우울하게 경기를 관람하던 일도 종종 있기는 했지만, 블랙스톡 로드에 있는 가게 '거너스* 피시 바'는 우리의 부엌이 되었다. 그리고 웨스트 스탠드**는 우리의 집이 되었다. 하이버리는 근사한 장소를 제공했으며, 변화가 절실한 우리의 일상에 변화를 가져다주었다. 하지만 거기에는 한계가 있었다. 여동생의 자리는 없었던 것이다. 아마 지금이라면 그렇지 않을 것이다. 1990년대라면, 아홉 살짜리 소녀도 우리와 함께 경기를 보러 가는 것이 아무렇지도 않게 여겨질 것이다. 그러나 1969년 우리가 살던 도시에서는 그런 생각이 통용되지 않았기 때문에, 여동생은 어머니와 함께 집에서 인형놀이를 할 수밖에 없었다.

* '총잡이'라는 뜻을 가진 아스널의 별명.
** 하이버리의 사면으로 이루어진 관중석 중에서 가로로 긴 서쪽 면으로, 가족 전용 구역이 있다.

축구장에 처음 갔던 날, 경기 내용은 별로 기억이 나지 않는다. 하지만 기억력이란 희한한 것이라, 그 경기에서 유일한 득점 장면만큼은 똑똑히 기억하고 있다. 주심이 페널티에어리어 안으로 달려들어가 박력 넘치게 페널티킥을 선언하자, 관중석에서는 함성이 터져나온다. 테리 닐이 킥을 준비하자 정적이 감돈다. 고든 뱅크스가 다이빙하여 공을 쳐내자 신음이 흘러나온다. 그 공은 도로 닐의 발 쪽으로 굴러가고, 닐은 다시 슛, 골인이다! 하지만 그 이후로 비슷한 상황을 여러 차례 보게 되었기 때문에 지금 이 장면을 상상해낼 수 있게 된 것이지, 그 당시에는 사실 뭐가 어떻게 돌아가는지 하나도 몰랐다. 그날 내가 본 것은, 도무지 이해할 수 없는 사건들이 정신없이 계속되다가, 마침내 주변의 모든 사람들이 벌떡 일어서서 함성을 지른 것뿐이었다. 만일 그때 나도 덩달아 일어나서 함성을 질렀다면. 난 다른 사람들이 모두 일어선 다음, 당황한 나머지 10초쯤 어찌할 바를 모르고 있다가 뒤따라 일어섰던 것이 분명하다.

그러나 경기 장면 외에 더 실감나게 기억나는 것들이 있다. 시가와 파이프 연기, 욕설(전에도 들어보긴 했지만, 어른들이 그렇게 큰 소리로 욕을 하는 것은 그때 처음 보았다) 그리고 그 모든 것에서 느껴지는 압도적으로 남성적인 분위기가 바로 그것이다. 여러 해가 지난 후에야, 이런 경험은 어머니와 여동생과 함께 살던 어린 소년에게 알게 모르게 상당한 영향을 끼쳤을 것임을 깨달았다. 또 선수들보다 관중들을 더 많이 쳐다보았던 기억도 난다. 내 자리에서 한 2만 명의 머리가 보였을 것이다. 스포츠(혹은 롤링스톤스의 믹 재거나 흑인 인권운동가 넬슨 만델라)

만이 그만큼의 사람들을 모을 수 있다. 내가 사는 도시의 인구만큼이나 많은 사람들이 경기장에 모였다는 아버지의 말에, 나는 깜짝 놀라고 말았다.

(우리는 축구를 보러 가는 사람들이 여전히 놀라울 정도로 많다는 사실을 잊고 있다. 왜냐하면 2차대전 이후로 관중 수가 점차 줄어들었기 때문이다. 1부 리그나 2부 리그에 속하는 평범한 팀이 몇 주 동안 간신히 대패를 면하고 있으면, 감독들은 지역 주민들의 호응이 냉담하다고 불만을 토로한다. 하지만 솔직히 더비 카운티가 1부 리그에서 꼴찌로 마감한 1990/91시즌에 평균 1만 7천 명에 가까운 관중을 모았다는 것은 기적이나 다름없다. 이 가운데 3천 명이 원정팀 서포터라고 치자. 그러면 매 경기 평균 1만 4천 명의 더비 서포터들이 축구장을 찾았다는 말인데, 이는 지난 시즌, 아니 모든 시즌을 통틀어 최악의 축구 경기라 부를 만한 더비 팀의 경기를 보러 적어도 열여덟 번씩은 축구장을 찾아간 사람들이 많았다는 이야기다. 정말이지, 그들은 대체 왜 거기에 갔던 걸까?)

하지만 내게 가장 깊은 인상을 남긴 것은, 축구장에 모인 사람들의 숫자가 엄청나게 많다거나 어른들이 "이 변태야!"라고 버럭버럭 소리를 질러대는데도 아무도 쳐다보지 않는다는 사실이 아니었다. 나에게 가장 인상적이었던 것은, 내 주위의 정말 많은 사람들이 자기가 축구장에 와 있다는 사실을 진심으로 증오했다는 것이었다. 이날 오후 경기를 보는 내내, 즐거워하는 사람은 아무도 없는 것 같았다. 킥오프 몇 분 만에 분노가 터져나왔다.

"굴드, 이런 개망신이 있나. 정말 망신살이 뻗쳤다!"

"주급 100파운드? 주급 100파운드라니! 그 돈은 너를 봐주는 값으로 내가 받아야겠다!"

경기가 진행되면서 분노는 노발대발로 바뀌더니, 뿌루퉁한 불만으로 굳어가는 듯했다. 그렇다. 나는 그런 분위기를 알고 있다. 하이버리에서 달리 무엇을 바랄 수 있으랴? 하지만 첼시와 토트넘과 레인저스의 홈구장에 갔을 때도 분위기는 마찬가지였다. 경기 내용이야 어찌 되었든, 축구팬의 자연스러운 심리 상태는 씁쓰름한 불만인 것이다.

하이버리에서 축구 경기가 멋지게 술술 풀리는 일은 매우 드문 경우이므로, 아스널이 전 우주 역사상 가장 지루한 팀이라는 평판을 굳이 제 입으로 떠벌릴 필요가 없다는 사실은 우리 아스널 팬들도 잘 알고 있을 것이다. 하지만 아스널이 이기면 그것으로 모든 것이 용서된다. 내가 하이버리를 찾은 이날 오후, 아스널은 한참 동안 엄청나게 헤매고 있었다. 사실 이 무렵 아스널은 이스트우드 타운과의 경기 이후 단 한 번도 이기지 못하고 있는 상황이었다. 이날의 절망적이고도 확연한 패배는 팬들의 상처에 소금을 뿌리는 격이었다. 내 주변에 앉아 있는 사람들 대부분은 형편없는 시즌이 계속되는 동안 매 경기를 빠짐없이 보아온 모양이었다. 나는 완전히 실패를 거둔 결혼 생활을 엿보는 듯한 호기심이 발동했다. (그게 진짜 결혼 생활이라면, 어린이들은 애초에 접근이 금지되었을 것이다.) 부부 가운데 한쪽이 상대를 기쁘게 해주려고 처절하게 뛰어다니는 동안, 다른 쪽은 쳐다보기도 싫다는 듯 고개를 벽으로 돌리고 있는 판국이었다. 아스널이 리그 우승을 다섯 차례, FA컵 우승을 두 차례 기록했던 1930년대까지는 알지 못하는 팬들일지라도(하지만 사실 1960년대 말에는 그 시절을 기억하는 팬들이 많았다) 바로 10여 년 전에 눈부신 활약을 보였던 콤튼 형제와 조 머서는 기억하고 있었던 것이다. 내 주변에 앉은 사람들을 비롯한 모든 관중들에게는, 아름다운 아르데코 양식의 관중석과 제이콥 엡스타인의 흉상으로 장식한 경기장마저도 못마땅하게 여겨졌던 것 같다.

나는 그전에도 공연 같은 것을 보러 간 적이 있었다. 영화나 팬터마임을 보러 간 적도 있었고, 어머니가 시민회관에서 〈화이트호스 여관〉의 코러스를 부르는 것을 보러 간 적도 있었다. 하지만 축구 경기를 보러 가는 것은 그런 것과 사뭇 달랐다. 내가 지금까지 가보았던 공연이란, 관객들이 즐기기 위해 돈을 내고 모이는 곳이었다. 그런 공연장에 가보면 이따금 칭얼거리는 아이나 하품하는 어른은 있었을지 몰라도, 분노나 절망 혹은 좌절감에 사로잡혀 얼굴을 찡그리는 사람은 한 명도 없었다. '고통으로서의 오락'이란 완전히 새로운 개념이었고, 나는 내가 찾던 바로 그것을 발견한 기분이었다.

바로 그 개념이 내 인생을 형성해주었다고 해도 과언은 아닐 것이다. 나는 좋아하는 것들—축구는 물론이거니와 책이나 음반도—을 지나치게 진지하게 대한다는 비난을 들어왔고, 후진 음반을 듣거나 내게 큰 의미가 있는 책을 미적지근한 태도로 대하는 사람을 보고 있노라면 정말로 분노 비슷한 것이 느껴졌다. 어쩌면 이런 식으로 분노하는 방법을 가르쳐준 것은 바로 하이버리의 웨스트 스탠드에 모여 있던, 절망으로 가득 차 신랄한 욕설을 퍼붓던 그 사람들일 것이다. 또한 바로 그 덕분에 지금 내가 비평가로 약간의 용돈을 벌고 있는지도 모르겠다. 글을 쓸 때 그들의 목소리가 들리는 것 같기도 하다. "X, 이 변태 같은 놈아!" "부커 상이라고? 부커 상이라니! 네 책을 읽어주는 값으로 내가 그 상을 받아야겠다!"

바로 이날 오후, 모든 것이 시작되었다. 밀고 당기는 연인들 사이의 탐색 과정은 끝났다. 지금 와서 생각하니, 그날 화이트 하트 레인*이나 스탬퍼드 브리지**에 갔어도 똑같은 일이 벌어졌을 것 같다. 첫 경험은 너무나도 압도적이었다. 사태 수습에 급급했던 아버지는 나를 토트넘의 경기에 데려가 지미 그리브스가 네 골을 넣어 선더랜드에 5-1로 승리하는 것을 보여주었지만, 상황은 이미 돌이킬 수 없는 지경에 처해 있었다. 여섯 골과 토트넘의 그 훌륭한 선수들도 나를 흥분시키지는 못했다. 나는 고작 스토크를 상대로, 1-0으로, 그것도 상대 골키퍼가 막아낸 페널티킥을 도로 차넣어 근근이 이긴 팀과 사랑에 빠져버린 것이다.

* 토트넘의 홈구장.
** 첼시의 홈구장.

선수 카드 여분만 있으면

•••

아스널 vs 웨스트햄
1968. 10. 26.

세 번째로 하이버리에 간 날, 경기는 득점 없는 무승부로 끝났다. 나는 이때까지 네 시간 반을 투자해서 아스널이 득점하는 장면을 달랑 세 번 본 것이다. 그런데 이날 축구장에 간 아이들은 모두 공짜로 축구 스타 앨범을 받았다. 한 팀에 한 페이지씩 할당해놓고, 페이지마다 열네댓 칸을 만들어 선수 스티커를 붙이게 해놓은 앨범이었다. 우리는 조그만 스티커 꾸러미도 함께 받았고, 그것을 밑천 삼아 스티커 수집을 시작했다.

광고용으로 나누어주는 물건에 대해 이렇게 좋게 말하는 것이 드문 일임은 나도 알고 있지만, 이 앨범은 아스널 대 스토크 전으로부터 시작된 나의 사교 활동에 결정적으로 중요한 역할을 해주었다. 축구를 좋아하는 것이 학교에서도 어마어마한 이익을 가져다준 것이다. (비록 우리가 집에 가서 공차기를 하는 것까지 금지할 정도로 축구를 못마땅히 여기던 웨일스 출신의 선생님이 계시기는 했지만.) 같은 반 아이들 가운데 적어도 절반, 그리고 선생님 가운데 4분의 1 정도는 축구를 몹시 좋아했다.

내가 1학년에서 유일한 아스널 서포터였다는 사실은 놀랄 일도 아니었다. 학교에서 가장 가까운 1부 리그 팀인 퀸스파크 레인저스에는 로드니 마시가 있었다. 첼시에는 피터 오스굿이, 토트넘에는 그리브스가, 웨스트햄에는 월드컵 영웅 3인방인 허스트, 무어, 피터스가 있었다. 아스널에서 가장 유명한 선수는 아마도 이언 어 선수였을 거다. 그는 어처구니없을 정도로 제 몫을 못하는 데다가 텔레비전 시리즈 〈퀴즈 볼〉에 공헌한 것으로 유명한 사람이다. 그러나 축구에 빠져들기 시작한 영광스러운 그 시절, 내가 혼자라는 사실은 그다지 중요하지 않았다. 내가 사는 동네에서 독점적인 인기를 누리는 팀은 하나도 없었다. 새로 사귄 가장 친한 친구는 자기 아버지와 삼촌과 함께 더비 카운티의 팬이었지만, 그 녀석 역시 외톨이였으니까 말이다. 중요한 것은 신념이었다. 수업이 시작되기 전, 쉬는 시간이나 점심시간에 우리는 테니스 코트에서 테니스공으로 축구를 했고, 수업 시간에는 축구 스타들의 스티커를 교환했다. 이언 어와 제프 허스트를(희한하게도 이들 스티커의 가치는 같았다), 테리 베나블스와 이언 세인트 존을, 토니 헤이틀리와 앤디 록헤드를 맞바꾸었다.

그래서 중학교 생활에 적응하는 일은 상상을 초월할 정도로 쉬웠다. 나는 1학년에서 키가 가장 작은 남자애였지만, 내 키는 중요하지 않았다. 나보다 몇십 센티미터나 키가 크고, 학년 최고 꺽다리였던 더비 팬과의 우정이 꽤 도움이 되었지만 말이다. 학교 성적은 별 볼일 없었지만(1학년 말에 나는 줄줄이 B를 받았고, 중학교 시절 내내 그 수준에 머물러 있었다) 학교 생활은 쉬웠다. 내가 반바지를 입고 다니는 단 세 명의 남학생 가운데 하나라는 사실도 그다지 큰 상처를 주지 않았다. 번리 팀의 감독 이름을 알고 있기만 하면, 내가 여섯 살짜리 꼬마처럼 옷을 입은 열한 살짜리라는 사실에는 아무도 신경 쓰지 않았다.

그때부터 이런 식의 과정이 몇 차례 반복되었다. 내가 대학에서 맨 처음 가장 쉽게 사귄 친구들도 축구팬이었다. 새 직장에서의 첫날, 점심시간에 신문 마지막 장에 있는 축구 페이지를 열심히 들여다보고 있노라면 뭔가 반응이 오게 마련이다. 남자들이 갖고 있는 이 손쉬운 기술에는 단점도 있다. 그런 사람들은 욕구불만이 되고, 여자들과 사귀지 못하며, 변변치 못하고 야만스러운 소리나 지껄이고, 자기 감정을 표현할 줄 모르며, 자녀와 대화를 나누지 못하고, 그러다가 외롭고 비참하게 죽어가는 것이다. 하지만 그렇다 한들 어떠랴? 대부분 나보다 나이가 많고, 전부 다 나보다 덩치가 큰 팔백 명의 사내아이들이 모여 있는 학교에 걸어들어갈 때, 단지 호주머니에 지미 허스번드의 스티커가 들어 있다는 이유만으로 기죽지 않을 수 있다면, 해볼 만한 흥정처럼 느껴지는 법이다.

돈 로저스

●●●

스윈던 타운 vs 아스널
1969. 3. 15.(웸블리)

이 시즌에 아버지와 나는 하이버리에 대여섯 번쯤 더 갔는데, 1969년 3월 중순이 되자 나는 단순히 팬이라고만은 부를 수 없는 상태에 이르렀다. 경기가 있는 날이면 아침에 눈뜰 때부터 신경이 곤두서서 속이 메슥거렸고, 그런 증세는 점점 심해지다가, 아스널이 두 골 차이로 앞서나가 이길 거라는 안도감이 들기 시작할 때에야 괜찮아졌다. 그렇게 안심할 수 있었던 적은 딱 한 번, 크리스마스 직전에 에버턴을 3-1로 꺾었을 때뿐이었다. 그 증세 때문에 나는 토요일마다 킥오프 두 시간 전인 1시부터 경기장 안으로 들어가려고 했다. 추운 날도 많았고, 2시 15분경이면 나는 안절부절못하면서 더 이상 대화를 나눌 수 없는 지경이 되었지만, 아버지는 이런 나의 별스런 행동들을 너그럽게 참아주었다.

아무리 의미 없는 경기라 해도, 나의 경기 전 불안 증세는 변함이 없었다. 그 시즌 아스널은 여느 때보다 조금 늦은 11월경에 리그 우승 가능성을 깡그리 날려버렸다. 그 말인즉슨, 넓은 의미에서 보면 내가 보러 가는 경기에서 아스널이 이기든 말든 중요하지 않다는 뜻이었다. 하지만 나에게 그 경기는 엄청나게 큰 의미가 있었다. 이 초기 단계에, 아스널과 나의 관계는 완전히 개인적인 것이었다. 아스널은 내가 경기장에 들어가 있을 때만 존재했다. 따라서 원정 경기에서 저조한 성적을 내더라도 나는 그다지 실망하지 않았다. 당시에는 내가 보러 간 경기에서 아스널이 5-0으로 이겼다면, 다른 경기에서 10-0으로 진다 하더라도 멋진 시즌을 보낸 셈이어서, 선수들이 지붕 없는 버스를 타고 대로를 행진하며 나를 위한 기념행사를 벌일 만하다고 생각했던 것이다.

딱 한 번의 예외라면, FA컵 경기였던 웨스트 브롬 전이었다. 내가 축구장에 가지 않더라도 이 경기에서만큼은 아스널이 꼭 이기기를 바랐건만, 1-0으로 지고 말았다. (경기가 수요일 밤에 있었기 때문에 나는 결과가 나오기 전에 자러 가야 했다. 그래서 아침에 일어나자마자 볼 수 있도록 어머니가 종이에다 스코어를 써서 책장에 붙여놓았다. 나는 그 종이를 한참 동안 빤히 쳐다보았다. 어머니가 써놓은 숫자를 보고 배신감을 느꼈다. 어머니가 나를 사랑한다면, 분명 그보다 나은 스코어를 써놓았어야 했다. 숫자 뒤에 붙은 느낌표도 스코어만큼이나 잔인했다. 느낌표라니, 그것은…… 마치 친척의 죽음을 강조하기 위해 느낌표를 붙여놓은 것처럼 부적절하게 느껴졌다. '할머니는 주무시다가 평화롭게 돌아가셨다!' 당시 나는 이런 실망감이 아주 새롭게 느껴졌지만, 지금은 다른 모든 팬들과 마찬가지로 익숙해졌다. 이 글을 쓰는 지금까지 나는

FA컵 패배의 쓰라림을 스물두 번 겪었지만, 처음 그때만큼 괴로운 적은 없었다.)

사실 그때까지 나는 리그 컵*이란 것이 있는 줄도 몰랐다. 리그 컵 경기는 주중에 열렸는데, 아버지는 주말에만 축구장에 데려가주었기 때문이다. 그러나 아스널이 결승에 진출하자, 나는 가슴 아플 정도로 부진하게 여겨졌던 시즌에 대한 보상으로 그 승리를 받아들일 생각이었다. 따지고 보면 그 시즌은 1960년대로서는 아주 평범한 시즌이었는데도 말이다.

그래서 아버지는 터무니없는 값을 치르고 결승전 입장권 두 장을 구했고(정확히 얼마였는지는 알 수 없었지만, 훗날 아버지는 정당한 분노를 터뜨리며 그것이 매우 비쌌음을 알려주었다) 3월 15일 토요일(《이브닝 스탠더드》지의 컬러판 특별 부록 머리기사는 〈3월 15일을 경계하라〉였다) 나는 태어나서 처음으로 웸블리 구장에 갔다.

아스널은 3부 리그에 속했던 스윈던 타운과 맞붙었다. 아스널이 그 경기에서 이겨 16년 만에 첫 우승컵을 거머쥘 것을 의심한 사람은 아무도 없는 것 같았다. 하지만 나는 그렇게 확신할 수 없었다. 웸블리까지 가는 차 안에서 나는 내내 아무 말도 못하고 있다가, 경기장으로 올라가는 계단에서야 간신히, 아버지도 남들처럼 그렇게 확신하느냐고 물어보았다. 아무렇지 않게, 가벼운 마음으로 놀러 나온 두 남자 사이의 대화처럼 물어보려고 했지만, 실제로는 전혀 그렇지 못했다. 내가 바란 것은, 앞으로 목격하게 될 장면이 내게 평생 가는

* 1, 2, 3, 4부 리그에 속한 90여 개 프로팀들이 참가해 매년 벌이는 대회로서 컵의 명칭은 스폰서에 따라 바뀌며, 각급 리그 경기와 FA컵에 비해 중요도가 떨어진다.

상처를 남기지 않을 것이라고, 어른이자 부모인 아버지가 장담해주는 것이었다. 사실 나는 아버지에게 이렇게 말했어야 했다. "저기요, 홈에서 보통 리그 경기를 볼 때도 나는 아스널이 질까 봐 너무너무 두려워서 말도 못하고, 생각도 못하고, 때때로 숨조차 제대로 쉴 수가 없거든요. 만약 스윈던이 이길 가능성이 100만분의 1이라도 있다면, 아버지는 지금 나를 데리고 집으로 돌아가는 게 좋을 거예요. 나는 그 충격을 감당할 수 없으니까요."

내가 그렇게 털어놓았다면 아버지가 나를 데리고 경기장 안으로 들어가는 것은 상식에 어긋난 행동이 되었을 테지만, 나는 그냥 궁금한 척, 어느 쪽이 이길 것 같은지 물어보았다. 아버지는 다른 사람들처럼 아스널이 3-0이나 4-0으로 이길 것이라 생각한다고 했으므로, 내가 원하던 확답을 얻은 셈이었다. 그래도 나는 죽을 것처럼 두려웠다. 어머니가 써놓은 스코어 뒤의 느낌표에 이어, 아버지의 경솔한 확신도 나를 배신할 것만 같았다.

나는 너무 두려웠기 때문에 10만 명의 인파, 엄청나게 큰 구장, 소음, 기대감 등등과 같은 것은 하나도 기억에 남아 있지 않다. 웸블리에서 느껴진 것은 하이버리가 아니라는 사실뿐이었고, 낯선 느낌은 불안을 부추길 따름이었다. 나는 줄곧 덜덜 떨며 앉아 있었고, 전반전이 끝나기 직전 스윈던이 득점하는 순간, 두려움은 절망으로 바뀌었다. 그 골은 프로팀이 내준 골 가운데 가장 멍청한 수준에 속하는 것이었다. 서툰 백 패스(당연히 이언 어였다), 뒤이은 태클 미스, 그리고 골키퍼(밥 윌슨)가 진흙에 미끄러지면서 공은 오른쪽 골포스트를 지나 골라인 안쪽으로 굴러들어갔다. 그 순간 나는 처음으로 깨달았다. 우리 주변에 앉아서 지독한 서부 억양으로 얘기하며, 어색하고 순진하게 기뻐하며, 믿을 수 없다는 듯한 표정을 짓고 있는 사람들이 전부 스윈던 팬이라는 것을 말이다. 나는 전에 상대 팀 팬과 마주쳐본 적이 없었다. 내가 낯선 사람들에게 그렇게 커다란 증오심을 품게 된 것은 태어나서 처음이었다.

경기 종료를 1분 남기고 아스널이 동점골을 넣었다. 이는 전혀 예상치 못한 일이기도 했거니와 골키퍼의 무릎을 맞고 튀어나온 공을 다이빙 헤더로 넣은 희한한 골이었다. 나는 안도감에 울지 않으려고 했지만, 그건 내 능력 밖의 일이었다. 나는 의자에서 벌떡 일어나 아버지를 향해 자꾸자꾸 소리쳤다. "이제 괜찮겠죠, 그렇죠? 이제 괜찮을 거예요!" 아버지는 형편없는 경기에 엄청난 돈을 쏟아부은 그날 오후, 뭔가 건진 것이 있다는 기쁨에 내 등을 두드려주었고, 그렇다고, 이제 이길 거라고 말했다.

그것이 두 번째 배신이었다. 스윈던은 연장전에서 코너킥을 힘겹게 연결시킨 골과 돈 로저스가 60야드*를 멋지게 달려와서 성공시킨 골, 두 골을 넣었다. 나로서는 도저히 감당할 수 없는 일이었다. 경기 종료 휘슬이 울리자, 아버지는 세 시간도 채 안 되는 동안 세 번째로 나를 배신했다. 자리에서 일어나더니 어이없는 패배자들에게 박수를 친 것이다. 나는 출구를 향해 냅다 달려갔다.

* 약 55미터.

아버지는 나를 붙잡고 불같이 화를 냈다. 그러고는 스포츠맨 정신에 대해서 역설한 다음(나한테 스포츠맨 정신이 다 무슨 소용이란 말인가?) 나를 차에 태웠고, 우리는 말없이 집으로 돌아왔다. 축구는 우리에게 새로운 의사소통 수단을 제공했지만, 그것이 우리가 그 수단을 반드시 적절하게 사용했다거나, 우리가 나눈 이야기가 항상 긍정적이란 뜻은 아니었다.

이날 저녁에 무슨 일을 했는지는 기억나지 않지만, 어머니날이었던 일요일에는 성당에 갔다. 집에 있었다가는 텔레비전 빅 매치 하이라이트에서 그 경기를 보고 평생 우울증에 시달리게 될 위험이 있었기 때문이다. 그런데 성당에 갔더니, 신부님이 텔레비전으로 결승전을 보고 싶은 유혹을 뿌리치고 그렇게 많은 성도들이 모인 것이 기쁘다고 말하는 것이었다. 친구들과 가족들은 옆에서 나를 쿡쿡 찌르며 씩 웃었다. 하지만 이 모든 것은 월요일 아침 학교에서 나를 기다리고 있던 사태에 비하면 아무것도 아니었다.

열두 살짜리 사내아이들은 늘 친구를 놀려먹을 방법을 궁리하고 있으므로, 이런 좋은 기회를 놓칠 리가 없었다. 내가 교실 문을 밀고 들어서는 순간, 누군가 "왔다!" 하고 고함을 질렀고, 나는 괴성을 지르며 조롱을 퍼붓고 비웃어대는 아이들에게 파묻혔다. 바닥에 쓰러질 때 어렴풋이 본 기억으로, 그들 중 몇 명은 축구를 좋아하지도 않는 애들이었다.

첫 학기에는 내가 아스널 팬이라는 사실이 별문제가 되지 않았지만, 두 번째 학기가 되자 문제가 좀 심각해졌다. 축구는 여전히 아이들의 공통 관심사였다. 근본적으로 거기에는 변화가 없다. 그러나 시간이 지나면서 아이들 사이의 친분 관계가 훨씬 더 세분화되었고, 우리는 남을 놀리는 데 훨씬 더 민첩해졌다. 따라서 이 정도 수모는 쉽게 예상할 수 있는 일이었는데도, 그 끔찍한 월요일 아침에는 참을 수 없이 고통스럽기만 했다. 교실의 지저분한 바닥에 쓰러져 있는 동안, 엽기적인 실수를 저질렀다는 후회감이 밀려들었다. 시간을 되돌려, 아버지에게 아스널 대 스토크의 경기가 아니라 썰렁한 호텔 식당이나 동물원에 데려가달라고 조르고 싶은 마음이 간절했다. 시즌마다 한 차례씩 이런 일을 겪고 싶지 않았다. 나도 아이들과 함께, 다른 상처 받은 가엾은 아이를 골려주고 싶었다. 늘 지독하게 괴롭힘을 당하는 공부벌레나 말라깽이나 인도인이나 유태인 아이를. 나는 태어나서 처음으로 외톨이가 되었고, 그것은 정말 싫었다.

스윈던과의 비극적인 승부가 끝난 다음 주 토요일에는 퀸스파크 레인저스와의 원정 경기가 있었다. 나는 그때의 사진 한 장을 갖고 있다. 1-0 승리의 골을 넣은 조지 암스트롱이 공중으로 솟구쳐 있고, 데이비드 코트가 의기양양하게 두 팔을 치켜들고 그를 향해 달려오고 있다. 배경으로는 스탠드 가장자리에 앉아 있던 아스널 팬들이 그라운드 뒤쪽에 그림자를 드리우고 있는 모습이 보인다. 그들도 역시 하늘을 향해 두 팔을 치켜들고 있다. 나는 그 사진 속의 장면을 하나도 이해할 수 없었다. 딱 일주일 전에 그렇게 창피를 당하고, 나까지 그런 창피를 당하게 만들었던 선수들이 어떻게 이토록 기뻐할 수 있단 말인가? 웸블리에서 나와 함께 수모를 당했던 팬들이 어떻게 아무 의미도 없는 경기에서 아무 의미도 없는 골에 벌떡 일어나 환호할 수 있단 말인가? 나는 이 사진을 한참 동안 들여다보면서, 그 어느 한구석에라도 그 전 주에 받은 상처의 흔적, 뭔가 우울하거나 아쉬워하는 기색이 남아 있지 않은지 찾아보곤 했지만, 그런 건 전혀 없었다. 나만 빼고 모두가 싹 잊어버린 것 같았다. 아스널 팬으로서 맞은 첫 시즌에 나는 어머니, 아버지, 선수들 그리고 같은 서포터들에게까지 모조리 배신당했던 것이다.

잉글랜드!

●●●

잉글랜드 vs 스코틀랜드
1969. 5.

케네스 월스튼홀름*의 멋들어진 대사에 다시 한 번 푹 젖어보고 싶은 유혹은 늘 사라지지 않지만, 나도 1960년대 후반과 1970년대 초반에 더 좋은 것이 있었던 만큼 더 나쁜 것도 있었음을 알고 있다. 그 시절 잉글랜드 대표팀은 더 좋았다. 그때까지만 해도 우리 대표팀은 훌륭한 선수들로 구성된 세계 챔피언으로서, 다음 해 멕시코 월드컵에서도 우승할 수 있을 것처럼 보였다.

나는 잉글랜드가 자랑스러웠고, 아버지가 웸블리의 조명 아래 펼쳐지는 빅 매치에 데려가주어서 무척 기뻤다. (그리고 리그 컵 결승전의 패배 직후 웸블리에 다시 돌아간 덕분에 치유 효과도 있었다. 그렇게 푸닥거리를 하지 않았더라면, 그때 받은 상처는 악령처럼 내게 들러붙어 오래도록 떨어져

* 잉글랜드 최초의 텔레비전 축구 캐스터로, 잉글랜드가 우승한 1966년 월드컵 결승전 명중계로 유명함.

나가지 않았을 것이다.) 콜린 벨, 프랜시스 리, 바비 무어가 제프 토마스, 데니스 와이즈, 테리 부처보다 뛰어난 것은 사실이었지만, 내가 잉글랜드 대표팀에 믿음을 가지게 된 것은 단순히 상대적 자질 때문만은 아니었다. 그런데 나이가 들면서 그 믿음이 흔들리기 시작했다. 열예닐곱 살이 되자 나는 잉글랜드 감독보다 더 많은 것을 알고 말았다.

비판력이란 무서운 것이다. 열한 살 때는 나에게 나쁜 영화라는 건 없었다. 단지 보고 싶지 않은 영화가 있었을 뿐이다. 양배추를 빼고는 나쁜 음식도 없었다. 나쁜 책도 없었다. 읽는 것마다 다 걸작이었다. 그러다 어느 날 아침에 눈을 뜨자 갑자기 모든 것이 바뀌었다. 어째서 여동생은 아이돌 가수 데이비드 캐시디와 최고의 헤비메탈 그룹 블랙 사바스는 격이 다르다는 것을 알지 못할까? 대관절 왜, 영어 선생님은 《폴리 씨 이야기》가 애거서 크리스티의 《열 개의 인디언 인형》보다 더 나은 책이라고 생각할까? 그 순간부터 작품을 즐기는 것은 훨씬 더 어려워졌다.

그러나 1969년의 잉글랜드 대표팀에는, 적어도 내 기준으로는, 나쁜 선수란 없었다. 앨프 경이 도대체 왜 자격 없는 선수를 뽑겠는가? 그럴 까닭이 뭐가 있겠는가? 나는 그날 밤 스코틀랜드를 격파한 열한 명의 선수들이—허스트와 피터스가 각각 한 골씩 넣었고, 스코틀랜드의 콜린 스타인이 한 골을 넣었다—잉글랜드의 최고 선수들이라고 굳게 믿고 있었다. (앨프 경은 아스널의 선수는 아무도 소집하지 않았는데, 그것으로 보아 그가 맡은 일을 제대로 하고 있다는 사실을 확인할 수 있다.) 그때는 텔레비전 축구 생중계가 전혀 없었기 때문에, 우리는 누가 잘하고 못하는지 정확하게 알 수가 없었다. 경기 하이라이트에서는 못하는 선수가 실수를 저지르는 장면보다는 잘하는 선수가 득점하는 장면을 보여주니까 말이다.

1970년대 초, 나는 잉글랜드인 대열에 동참했다. 즉 전 잉글랜드인 가운데 절반에 해당하는 이들과 나란히, 나 역시 잉글랜드를 미워하게 된 것이다. 나는 감독의 무지와 편견과 기우에 동감할 수 없었다. 내가 직접 선발한 팀이라면 전 세계 어느 팀이라도 물리칠 수 있으리라 확신했으며, 토트넘, 리즈, 리버풀, 맨체스터 유나이티드 소속 선수들에게 깊은 반감을 품고 있었다. 텔레비전에서 잉글랜드 대표팀의 경기를 볼 때면 온몸을 비비 꼬기 시작했고, 우리 대다수가 그러했듯이 내 눈앞에서 펼쳐지는 경기와 나 자신은 아무런 관계가 없다고 생각하기 시작했다. 차라리 웨일스 사람이나 스코틀랜드 사람, 아니면 네덜란드 사람이 되는 편이 나았다. 다른 나라 축구팬들도 다 이럴까? 예전에 이탈리아 사람들이 자기 선수들이 외국에서 망신을 당하고 돌아오자 공항에서 썩은 토마토를 던졌던 일이 있는데, 나로서는 그만한 관심조차도 이해가 되지 않는다. "저것들은 모조리 강간이나 당해버렸으면 좋겠어." 잉글랜드 사람들이 여러 가지 상황에서 잉글랜드 대표팀을 향해 내뱉는 말이다. 이탈리아나 브라질, 스페인에도 여기에 해당하는 문장이 있을까? 상상하기 어려운 일이다.

이런 야유를 보내게 된 데는, 우리에게 도토리 키 재기 식의 알량한 역량을 가진 고만고만한 선수가 너무 많다는 사실도 한몫했을 것이다. 웨일스와 아일랜드에는 대표팀 선발 때 선택의 폭이 별로 없고, 팬들은 감독이 주어진 선수로 꾸려나가기만 하면 된다는 것을 알고 있다. 그런 상황에서 종종 저조한 성적이 나오는 것은 어쩔 수 없는 일이며, 승리는 작은 기적과도 같다. 이는 잉글랜드 대표팀 감독들이 워들과 개스코인, 호들과 마시, 커리와 보울스, 조지와 허드슨 같은 섬세하고 뛰어난 재능과 함께 엄청난 폐활량보다 훨씬 더 가치 있는 기술을 가진 축구 선수들을, 우리 일반인들이 아동 추행범을 대할 때나 하듯이 줄줄이 무시한 탓도 있다. (1991년 AC밀란의 수비 라인을 마음대로 휘젓고 다녔던 크리스 워들에게 적당한 포지션을 내주지 못할 정도로 선수 기용 능력이 형편없는 대표팀 감독이 세상에 어디 있단 말인가?) 끝으로(다른 책들에서 장황하게 다루어진) 1980년대 잉글랜드 팬들의 행동을 보면, 대표팀과의 일체감이 전혀 느껴지지 않았던 것도 한 가지 이유였다.

국제 경기에서 팬들이 항상 그런 식으로 행동했던 것은 아니다. 1966년 월드컵에서 잉글랜드와 상관없는 경기의 재방송을 보고 있노라면 마음 한구석이 몹시 아파온다. 이제는 유명해진 시합으로, 구디슨 파크*에서 벌어진 무명의 아시아 팀 북한과 세계 최강 팀 중 하나인 포르투갈이 맞붙었는데(북한은 3-0으로 앞서다 결국 5-3으로 역전패를 당했다) 이 경기에서 대부분 리버풀 주민들로 이루어진 3만여 명의 관중이 양 팀에서 골이 나올 때마다 열렬히 박수를 치는 광경을 볼 수 있다. 지금은 그때와 같은 광경을 상상하기 어렵다. 대신 한

* 에버턴의 홈구장.

2천 명이 모여 앉아 북한 팀에서 뛰는 동양인들을 경멸하는 눈초리로 쳐다보고, 포르투갈의 에우제비오에게는 원숭이 소리를 내며 야유를 퍼부을 것이다. 그러니 당연히 나는 예전이 그립다. 비록 그때가 우리의 시대라고는 할 수 없을지 몰라도 말이다. 앞에서 말했듯이, 그때는 더 좋았던 것도 있었고 더 나빴던 것도 있었다. 따라서 자신의 어린 시절을 이해하는 유일한 길은, 좋았던 절반과 나빴던 절반을 모두 인정하고 받아들이는 것이다.

하지만 잉글랜드와 스코틀랜드 대표팀의 경기를 보러 모인 관중들 가운데, 구디슨 파크에 모였던 예의 바른 성자들은 한 사람도 없었다. 모두들 내가 그 시즌 중에 보아온 관중들과 다를 바 없는 이들이었다. 꼭 한 명이 예외로, 유난히 흥분을 잘하는 스코틀랜드 아저씨가 있었다. 앞줄에 앉은 그 아저씨는 전반전 내내 의자 위에 올라서서 위태위태하게 몸을 흔들어댔으나, 후반전에는 그 모습을 재현하지 못했다. 대부분의 관중들은 축구를 신 나게 즐겼는데, 마치 이날 딱 하룻밤 동안만 축구가 평소와는 다른 종류의 오락이 된 것 같은 분위기였다. 어쩌면 나와 마찬가지로, 다른 관중들도 프로 리그가 요구하는 엄격한 책임과 고민에서 벗어나 자유를 즐기고 있었을지도 모른다. 나는 잉글랜드가 이기기를 바라긴 했지만, 잉글랜드는 나의 팀이 아니었다. 홈 카운티스 출신의 열두 살짜리 꼬마였던 나에게, 내가 사는 곳에서 30마일 떨어진 곳에 위치한 런던 북부의 팀—사실 아홉 달 전까지는 이름도 들어보지 못했고, 생각도 해보지 않았지만—에 비할 때, 조국이 무슨 의미가 있었겠는가?

스카우트 캠프

●●●

아스널 vs 에버턴
1969. 8. 7.

내가 축구팬이 된 이후로 처음 맞는 시즌 개막 경기가 있던 날, 나는 보이스카우트 캠프 때문에 웨일스에 가 있었다. 나는 전혀 가고 싶지 않았다. 스카우트 활동을 열심히 한 적도 없었고, 게다가 캠프를 떠나기 직전에 부모님이 결국 이혼 수속을 밟기 시작했다는 것을 알게 된 것이다. 사실 부모님의 이혼으로 그다지 큰 혼란을 느끼지는 않았던 것으로 기억한다. 부모님은 이미 한동안 따로 살고 계셨기 때문에 법적 조치는 단순한 별거 확인 절차일 뿐이었다.

하지만 캠프장에 도착하는 순간부터 나는 지독하게 간절히 집에 돌아가고 싶었다. 도저히 집 밖에서 열흘이나 지낼 수는 없을 것만 같았다. 나는 매일 아침 눈을 뜨자마자 어머니에게 수신자 요금 부담 전화를 걸어서 흑흑거리며 처절하게 흐느끼곤 했다. 한심할 만큼 나약한 짓이란 것을 알고 있었지만, 스카우트 선배가 무슨 일 때문에 그러느냐고 묻자, 나는 창피함도 잊고서 부모님의 이혼에 대해 열심히 이야기했다. 계집애처럼 어머니와 여동생이 보고 싶다고 징징대는 짓에 대한 변명으로 떠올릴 수 있는 것은 그것밖에 없었으니 말이다. 효과는 있었다. 남은 캠프 기간 내내 다른 대원들은 동정 어린 태도로 나를 배려해주었다.

첫 주 내내 울먹거리고 찔찔거리고도 조금도 나아지는 기미가 없자, 토요일에는 아버지가 미들랜드로부터 웨일스까지 달려왔다. 토요일은 나에게 가장 힘든 날이었다. 시즌 첫 홈경기가 있는 날에 한심하게도 웨일스의 들판에 처박혀 있어야 하다니, 집을 떠난 서러움은 훨씬 더 심해졌다.

지난 몇 달간 나와 함께했던 축구가 몹시도 그리웠다. 1969년 여름, 나는 허전하고 공허하다는 것이 어떤 것인지를 난생처음 알게 되었다. 아버지와 나는 아스널을 만나기 전에 겪었던 문제에 또다시 직면했다. 신문의 스포츠면은 더 이상 아무런 흥미도 끌지 못했다. (스캔들 제조기였던 폴 개스코인 선수가 등장하기 전, 진짜 시합을 기다리는 동안의 무료함을 달래주는 대용품인 프리 시즌 경기가 생기기 전, 요즘처럼 미쳐 돌아가는 이적 시장이 형성되기 전, 신문에는 축구라는 말은 한 마디도 나오지 않은 채 몇 주씩 지나가기도 했다.) 게다가 학교에서는 테니스 코트에 들어가 공을 차는 것을 금지했다. 해마다 나는 여름방학을 애타게 기다려왔지만, 매주 축구를 볼 수 없는 이번 여름은, 방학이라고 자유를 만끽하기보다는 숨이 막힐 지경이었다. 마치 7월과 11월이 자리를 바꾼 것처럼.

아버지는 오후에 캠프장에 도착했다. 우리는 들판 가장자리에 있는 바위 쪽으로 걸어가 앉았다. 아버지는 이혼을 하더라도 우리 생활에는 변화가 거의 없을 것이며, 다음 시즌에는 하이버리에 훨씬 더 자주 갈 수 있을 거라고 말했다. 나는 아버지가 이혼에 관해 한 말은 옳다고 생각했지만, 축구에 대한 약속은 공허하게 느껴졌다. 그 생각을 입 밖에 냈더라면 아버지가 200마일이나 달려온 것이 허사가 되어버렸을 것이므로 가만있었지만 말이다. 그렇지만 아버지의 약속대로라면, 아스널이 에버턴과 경기하고 있을 시점에 왜 우리는 웨일스의 바위 위에 앉아 있단 말인가? 결국 나의 자기 연민이 승리를 거두었다. 맛없는 식사, 악몽 같은 구보, 찌그러지고 불편한 텐트, 파리가 들끓는 더러운 구덩이에 기어들어가는 훈련, 그리고 무엇보다도 웨스트 스탠드의 빈 두 좌석. 나는 이 모든 상황을 내가 이혼한 부모의 아이이며 결손가정의 자식이라는 사실 탓으로 돌렸다. 실은 내가 보이스카우트에 가입했기 때문에 웨일스 한복판의 스카우트 캠프에 온 것이지만 말이다. 잘못한 것 하나 없는데도 이런 일을 당한다는 억울한 심정이 논리적으로 타당하게 느껴진 것은, 이때가 내 평생 처음도 아니었고 마지막도 분명 아니었다.

5시가 되기 전, 아버지와 나는 경기 결과를 듣기 위해 텐트로 돌아갔다. 아버지가 여기까지 달려온 효과가 있었는지 여부는, 아버지의 말솜씨나 설득력이 아니라 런던 북부에서 보내오는 뉴스에 달려 있음을 우리 둘 다 알고 있었다. 아버지가 여느 때보다 훨씬 더 간절하게 홈 승리를 위해 기도하고 있었다는 것도 나는 잘 알고 있다. 어쨌든 그 전 20분 동안 나는 아버지의 말을 하나도 귀담아듣지 않았다. 1960년대에 유행하던 캐주얼 복장을 어색하게 차려입고 온 아버지는 누군가의 침낭 위에 걸터앉았다. 우리는 라디오를 켰다. 〈스포츠 리포트〉의 주제가가 흘러나오자 나는 또 눈물을 글썽거렸다. (그때와는 다른, 보다 나은 세상에서였다면, 우리는 아버지의 회사에서 내준 자동차의 근사한 가죽 시트에 앉아 주제가를 따라 콧노래를 부르며 꽉 밀린 차들을 뚫고 나오는 중이었을 것이다.) 노래가 끝나자 제임스 알렉산더 고든이 1-0 홈 패배를 알렸다. 아버지는 그제야 이날의 방문이 완전히 시간 낭비였음을 깨닫고 힘없이 몸을 뒤로 기댔다. 나는 그다음 날 오후에 집으로 돌아갔다.

지루하고, 지루한 아스널

●●●

아스널 vs 뉴캐슬
1969. 12. 27.

"뉴캐슬과의 그 끔찍한 0-0 무승부"라고 아버지는 그 후로 여러 해 동안이나 불평했다. "그 춥고 지루한 토요일 오후." 사실 뉴캐슬과 0-0 무승부를 거둔 것은 딱 두 번뿐이었지만, 그것이 내가 하이버리에 가기 시작한 첫 두 시즌 동안 일어난 일이었으므로 아버지가 무슨 뜻으로 하는 말인지 나는 잘 알고 있었다. 그리고 아버지가 그렇게 불평할 때마다 내 책임이 크다는 생각에 내심 찔렸다.

이제 와서 생각하면, 나는 아버지에게 아주 몹쓸 짓을 했다는 죄책감에 사로잡히곤 한다. 아버지는 아스널을 진심으로 좋아한 적이 없었다. 다른 어느 팀의 경기에라도 나를 데려갔을 것이다. 나는 이 사실을 아주 잘 알고 있었기에 새로운 불안 요인이 생겨났다. 아스널이 근근이 1-0 승리와 0-0 무승부 행진을 계속하는 동안, 나는 아버지가 분통을 터뜨릴 때를 기다리며 창피한 마음으로 몸을 비비 꼬고 있었다. 스윈던 전 이후, 나는 적어도 축구에 있어서 충성심이라는 것은 용기나 친절 같은 도덕적 선택이 아님을 알게 되었다. 그것은 사마귀나 혹처럼 일단 생겨나면 떼어낼 수 없는 것이었다. 결혼도 그 정도로 융통성 없는 관계는 아니다. 바람을 피우듯이 잠깐 동안 토트넘을 기웃거리는 아스널 팬은 단 한 사람도 없다. 축구팬에게도 이혼이 가능하기는 하지만(사태가 너무 심해지면 경기장에 가는 것을 그만둘 수는 있다) 재혼은 불가능하다. 지난 23년 동안 아스널로부터 도망칠 궁리를 했던 적도 많았지만, 그럴 방법은 전혀 없었다. 창피스럽게(스윈던, 트랜미어, 요크, 월솔, 로더럼, 렉섬을 상대로) 패배할 때마다, 인내와 용기와 자제심을 총동원하여 참아내는 수밖에 없었다. 달리 할 수 있는 일은 아무것도 없으며, 그 사실을 깨닫는 순간 우리는 불만으로 가득 차 몸을 비틀 따름이다.

물론 나도 아스널이 지루하다는 사실이 싫었다. (특히 아스널의 역사 가운데 이 시기에 그들이 그런 평가를 받을 만했다는 것을, 이제 나도 순순히 인정한다.) 물론 나 역시 그들이 수억 개의 골을 넣고, 조지 베스트* 열한 명을 모아놓은 것처럼 기백과 긴장감이 넘치는 플레이를 보여주기를 바랐지만, 그런 일은 일어나지 않았다. 특히 가까운 장래에는 절대 불가능한 일이었다. 나는 아버지에게 내가 응원하는 팀을 옹호하지 못했다. 그들의 허술함은 내 눈에도 보였고, 나도 그게 싫었다. 그저 매번 허약하게 슈팅을 시도하거나 엉뚱한 패스가 나올 때마다 옆

* 맨체스터 유나이티드 최고의 공격수.

자리에서 들려오는 한숨과 신음에 마음을 졸일 따름이었다. 나는 아스널에게 붙들려 매였고, 아버지는 나에게 붙들려 매였다. 달아날 길은 누구에게도 없었다.

축구 황제 펠레

●●●

브라질 vs 체코슬로바키아
1970. 6.

1970년까지, 내 또래뿐 아니라 한참 연배가 높은 사람들까지도 세계 최고의 펠레 선수보다는 이언 어 선수에 대해 더 잘 알고 있었다. 우리는 펠레가 꽤 쓸 만한 선수라는 평가를 받고 있다는 것은 알고 있었지만, 실제로 그 사실이 증명되는 것을 볼 기회는 거의 없었다. 브라질은 1966년 월드컵 토너먼트에서 포르투갈에 지는 바람에 탈락했지만, 사실 그때 펠레는 제 컨디션이 아니었다. 그리고 내가 아는 사람 가운데 1962년 칠레 월드컵을 기억하는 사람은 아무도 없었다. 마셜 맥루한*이 《미디어의 이해》를 써낸 지 6년이나 지난 때였지만, 잉글랜드 인구 4분의 3이 족히 되는 사람들이 펠레라는 선수에 대해서 아는 것은, 150년 전 사람들이 나폴레옹에 대해 알고 있던 수

* 캐나다의 미디어 이론가·문화비평가.

준 정도였던 것이다.

1970년 멕시코 월드컵을 기점으로, 축구 소비에 있어서 새로운 시대가 열렸다. 전 세계가 지켜보고 전 세계가 경기하게 된 것이다. 축구는 언제나 전 세계의 경기였지만, 브라질이 월드컵을 거머쥔 1962년에는 아직 텔레비전이 필수품이 아닌 사치품이었고, 칠레로부터 경기를 생중계하는 기술도 없었다. 1966년 월드컵 때는 남미 국가들의 성적이 형편없었다. 브라질은 결승 토너먼트까지 가지 못하고 예선에서 탈락했고, 아르헨티나는 주장 라틴이 퇴장을 당하고도 나가지 않겠다고 버티는 통에 앨프 경이 그들을 짐승이라고 불렀던 8강전에서 잉글랜드에게 패할 때까지 이렇다 할 주목을 받지 못했다. 아르헨티나 외에 8강전에 진출한 유일한 남미 국가 우루과이는 독일에게 4-0으로 대패했다. 그러므로 1970년 월드컵은 전 세계가 지켜보는 가운데 펼쳐진 최초의 유럽과 남미 간 대결이었다. 첫 경기는 체코슬로바키아 대 브라질 전이었다. 체코슬로바키아가 먼저 한 골을 넣자 데이비드 콜맨은 "우리가 알고 있던 모든 것이 실현되었습니다."라고 평했다. 브라질의 허술한 수비를 빗대어 한 소리였지만, 그는 그러면서 한 세계의 문화를 다른 세계에 소개할 때나 어울릴 법한 말을 썼던 것이다.

이후 80분 동안, 우리가 그들에 대해 알지 못했던 다른 모든 것도 전부 실현되었다. 리벨리노의 프리킥이 멕시코의 희박한 대기 속으로 솟아올라 구부러지더니 브라질은 한 골을 만회했고(그 이전에도 프리킥으로 곧장 득점하는 광경을 본 적이 있었던가? 단 한 번도 없다) 펠레가 롱패스를 가슴으로 트래핑하여 골대 가장자리로 발리슛을 쏘아 2-1 역전 골을 넣었다. 결국 브라질은 4-1로 이겼고, 작지만 지구촌의 중요한 중심인 2W*를 통해 관전한 우리는 당연히 경외심에 사로잡혔다.

이는 단순히 축구 수준만의 문제가 아니었다. 우리를 사로잡은 것은, 코너킥이나 스로인 등을 할 때 선수들이 보여준 독창적이고도 열정적인 모습이었다. 당시 내가 그것과 비교할 수 있는 대상은 장난감 자동차뿐이었다. 나는 원래 모형 자동차에는 관심이 없었지만, 레이디 페넬로피**의 핑크 롤스로이스와 제임스 본드의 애스턴 마틴과 같은 자동차는 몹시 좋아했다. 그 차들은 모두 탈출 의자나 비밀 총구 같은 정교한 장치가 장착되어 있어서, 지루하고 평범한 다른 자동차와는 격이 달랐다. 펠레가 자기 편 진영에서 로빙슛을 시도한 것, 페루 골키퍼를 속이려고 한쪽으로 달려가고 공은 다른 쪽으로 날아가게 한 것…… 이런 것이 바로 축구에서 볼 수 있는 탈출 의자였고, 이는 다른 모든 것을 구닥다리 복스홀 비바스 자동차처럼 보이게 만들었다. 마구 달려가 점프하고 주먹을 치켜들고 다시 마구 달려가 점프하고 주먹을 치켜드는 브라질식 골 세리머니조차도, 낯설고 우스꽝스러운 동시에 선망의 대상이 되었다.

희한한 것은, 경기 결과야 어찌 됐든 우리한테는 크게 상관이 없었다는 사실이다. 잉글랜드는 살아남았으므로. 우리는 두 번째 유럽 대 남미 전에서 브라질과 맞붙었으나 불행히도 1-0으로 졌다. 최고라

* BBC 방송 채널 중 하나.
** 1960년대 영국에서 유행한 SF만화 《선더버드》의 주인공.

는 단어가 수십 번이나 사용되었던, 사상 최고의 팀(브라질), 사상 최고의 선수와 사상 최고의 실책(둘 다 펠레)이 있었던 경기에서 우리도 두어 번 제 몫을 했다. 사상 최고의 선방(펠레의 슈팅을 막은 뱅크스의 수비)과 사상 최고의 시기적절한 태클(자이르지뉴에 대한 무어의 태클)이 바로 그것이었다. 이 사상 최고의 경기에 우리가 기여한 바는 뛰어난 수비 측면에서라는 것은 의미심장한 사실이었다. 아무튼 이 90분간 잉글랜드는 어느 모로 보나 세계 최고의 팀이라 부르기에 손색없었다. 하지만 나는 경기가 끝난 다음 울고 있었다. (왜냐하면 내가 토너먼트 방식을 제대로 이해하지 못했기 때문이다. 나는 우리가 탈락한 줄 알았고, 어머니는 복잡한 조 예선 시스템을 설명해줘야 했다.)

어떤 면에서 보면, 브라질은 그 후로 영원히 우리 모두의 눈높이를 바꾸어놓았다. 그들은 그 누구도, 심지어 브라질 사람들조차도 다시는 도달하지 못할 플라톤적 이상에 해당하는 축구를 보여주었던 것이다. 펠레가 은퇴하자, 그 후 다섯 차례 월드컵 토너먼트에서 그들이 보여준 경기는, 제임스 본드의 자동차로 따지자면 다른 신무기는 다 빼버리고 탈출 의자 한 가지만 남은 정도에 그치는 것이었다. 1970년은 그들이 한때 꾸었던 어렴풋한 꿈이었을지도 모른다. 우리 중학생들에게 남은 것은 에소 월드컵 기념주화와 선수들의 환상적인 동작 두어 가지의 기억뿐이었다. 하지만 우리의 흉내는 그 근처에도 가지 못했고, 결국 포기하고 말았다.

장외 폭력

●●●

아스널 vs 더비 카운티
1970. 10. 31.

1970년에 아버지가 외국으로 이주하자, 새로운 아스널 응원 일과가 생겨났다. 아버지가 드문드문 찾아오는 때에 맞출 필요가 없게 된 것이다. 같은 반 친구 프록의 형이 나에게 랫이라는 아스널 팬 선배를 소개해주었고, 나는 랫과 함께 하이버리에 갔다. 우리가 함께 본 첫 세 경기는 대단히 성공적이었다. 웨스트 브롬 전 6-2, 포레스트 전 4-0, 에버턴 전 4-0. 이 세 경기는 모두 홈경기였고, 바야흐로 황금의 가을이었다.

1970년대의 물가를 논하는 것은 대단히 시대착오적인 바보짓이겠지만, 어쨌든 한번 해보아야겠다. 패딩턴까지 왕복하는 기차표는 어린이 한 장에 30펜스였다. 패딩턴에서 아스널까지 지하철 왕복표는 10펜스였다. 경기장 입장권은 15펜스(어른 25펜스)였다. 프로그램을 산다 쳐도, 30마일을 여행하여 1부 리그 축구 경기를 보는 데는 60펜스가 들지 않았다.

(이런 진부한 얘기를 늘어놓는 것은 뭔가 하고 싶은 말이 있어서일 게다. 요즘 어머니를 만나러 기차를 타고 가려면 당일 돌아오는 왕복표가 2파운드 70펜스로, 1970년 어른 표의 열 배다. 게다가 1991/92시즌에 아스널 응원석에 서서 경기를 보는 데 드는 비용은 8파운드로, 1970년대에 비해 무려 서른두 배나 올랐다. 사상 최초로, 하이버리에 럼블로즈 컵 경기를 보러 가서 반즐리와 0-0 무승부 경기를 하는 것을 서서 구경하는 것보다, 런던 시내로 가서 우디 앨런이나 아널드 슈워제네거의 신작 영화를 지정 좌석에 앉아서 보는 값이 더 싸진 것이다. 지금 내가 열 몇 살짜리 꼬마라면, 앞으로 20년 동안 아스널 서포터 노릇을 계속할 수 없을 것이다. 대부분의 아이들이 격주 토요일마다 10파운드나 15파운드를 얻기란 불가능한 일이며, 십 대 초반에 정기적으로 경기 관람을 할 수 없다면 지속적인 관심을 두기 어려울 것이기 때문이다.)

아버지의 두둑한 주머니가 없으니 더 이상 웨스트 스탠드의 호화로운 아르데코 장식 밑에서는 경기를 볼 수 없었다. 랫과 나는 학생 구역에 서서 선심의 다리 사이로 경기를 보았다. 그 당시 아스널 구단에서는 경기장 주변 광고와 경기 전 디제이의 출연을 금지했으므로, 그런 것도 없었다. 첼시 팬들은 비틀스나 롤링스톤스의 음악을 듣고 있었을지도 모르지만, 하이버리에서 하프타임의 오락은 메트로폴리탄 경찰 밴드와 그 보컬인 알렉스 모건 순경이 제공했다. (하이버리에서 공연하던 오랜 기간 동안 한 번도 승진하지 못했던) 모건 순경은 가벼운 오페레타와 할리우드 뮤지컬의 하이라이트를 불렀다. 내가 아직도 갖고 있는 더비 전 프로그램에 의하면, 이날 오후 그는 레하르의

〈여자들은 사랑하고 키스하기 위한 상대〉를 불렀다.

기묘한 의식이었다. 킥오프 직전, 모건 순경은 엄청난 고음으로 공연의 절정에 이르곤 했다. 그러면 이스트 스탠드* 아래층, 모건 순경 바로 뒤에 앉아 있던 관중은 벌떡 일어서는 반면, 노스 뱅크**에서는 휘파람과 노래를 불러 그의 소리를 눌러버리려고 하곤 했다. '학생 구역'이란, 명문 사립학교 이튼 출신의 회장에다, 지겹게도 긴 역사를 가졌으며, 하프타임에는 우스꽝스러운 오페라를 하는 아스널 같은 구단만이 생각해낼 수 있는 희한한 이름일 것이다. 그곳은 제닝스나 다비셔 혹은 윌리엄 브라운*** 같은 소년들에게 안전한 피난처를 제공한다는 분위기를 풍긴다. 삐딱하게 쓴 모자와 지저분한 교복, 호주머니에 든 개구리와 얼음과자. 그곳은 교외 중학교에 다니는 소년 둘이서 빅 매치를 관람하기에 이상적인 장소로 보인다.

하지만 짧은 머리 모양과 닥터마틴 신발이 처음으로 관중석에 등장했던 1970년, 학생 구역의 현실은 좀 달랐다. 비좁은 학생 구역은 사실상 장래의 훌리건을 양성하는 곳이었다. 핀즈베리 파크나 홀로웨이 출신의 터프한 꼬마들은 너무 어리거나 너무 가난해서 형님들이 서 계시는 노스 뱅크에서 경기를 관람할 수 없었다. 처음 몇 주 동안 랫과 나는 그런 애들을 전혀 신경 쓰지 않았다. 다 같은 아스널 팬인데, 무슨 걱정이랴? 하지만 뭔가 그 애들과 우리를 갈라놓았다. 억

* 하이버리의 관중석 중 가로로 긴 동쪽 면.
** 북쪽 골대 뒤쪽의 가장 열광적인 홈 서포터들이 모이는 자리.
*** 모두 영국에서 큰 인기를 얻은 소년소설의 주인공들.

양 때문만은 아니었다. 랫과 나도 둘 다 특별히 말투가 매끄러운 건 아니었으니까. 하지만 옷차림 때문인지, 머리 모양 때문인지, 단정하고 보기 좋게 접은 스카프 때문인지, 경기 시작 전에 열심히 프로그램을 읽고는 안주머니나 가방에 깔끔하게 넣어두는 모습 때문인지, 아무튼 그 애들과 우리는 뭔가 다른 것이 있었다.

우리는 켈리와 래드포드가 각각 전·후반전에 한 골씩 득점하여 더비에게 2-0 승리를 거둔 경기가 끝나기 몇 분 전에 경기장을 나섰다. 우리 또래쯤 되어 보였지만 키는 훨씬 더 큰, 다른 행성—현실 세계라는 행성, 모던 스쿨*이라는 행성, 슬럼가라는 행성—에서 온 흑인 소년(흑인 소년이라니! 저런!) 두어 명이 걸어가는 우리를 떠밀었다. 심장이 두어 차례 박동을 생략했다. 우리는 출구로 향했다. 그들은 뒤쫓아왔다. 우리는 좀 더 빠른 걸음으로, 구불구불한 복도를 지나 경기장 밖으로 나가려 했다. 거리로 나가, 경기장에서 밀려나오는 어른들 틈으로 들어가면 그 녀석들이 우리를 괴롭히지 않을 줄 알았다.

하지만 그들은 인파 속에서도 조금도 당황하는 기색이 없었다. 우리는 지하철역을 향해 달리기 시작했다. 그들도 마찬가지였다. 랫은 무사히 역으로 들어갔지만, 나는 그들에게 붙잡혔다. 그들은 나를 경기장 벽에 밀치더니 얼굴을 두어 대 때리고 아스널 스카프를 빼앗아 갔다. 나는 보도 위에 구겨진 채 쓰러져 있었다. 아버지처럼 보이는 어른들은 아무 일도 없다는 듯이 나를 지나쳐 걸어갔다. 나는 덩치

* 주로 상급학교 진학을 포기한 학생들이 다니는 공립중학교.

도 작을 뿐만 아니라 건방진 성격이라 맞고 다니기 좋은 조건을 충분히 갖춘 셈이었다. 그래서 학교에서는 훨씬 더 세게 맞고 지냈지만, 그건 그냥 아는 사람들에게 맞은 것이라 그런지 참을 만했다. 하지만 이것은 달랐다. 이것은 훨씬 더 무서운 일이었다. 얼마나 맞아주면 되는 건지 알 수 없었다. 내가 운이 좋았던 것일까, 나빴던 것일까? 게다가 똑같은 장소에 또 가서 구경할 만큼 내가 아스널에 미쳐 있었던 것을 알고 있었기에, 2주에 한 번씩, 4시 40분마다 두들겨 맞을 일을 생각하니 처량하기 짝이 없었다.

그때 내게 계급의식이 있었다고는 생각되지 않는다. 몇 년이 지나 정치라는 것을 알게 된 후였다면, 중산층 백인 남성이라는 특권을 얻은 것만으로도 입술이 터지도록 맞는 게 당연하다고 생각했을 것이다. 내 머릿속에 든 이념이라는 것이, 사실은 전부 펑크 밴드 클래시의 첫 앨범에서 받아들인 것뿐이던 십 대 후반 시절이었더라면, 내 손으로 내 얼굴을 그렇게 때려버렸을지도 모를 일이다. 하지만 그때는 깊은 실망감과 수치심을 느꼈을 따름이었다. 실망감을 느낀 것은 올바른 이유에서(아스널을 응원하기 위해서 또는 최소한 뛰어난 윙 플레이를 보기 위해서) 축구를 보러 가지 않는 사람들도 있는 게 아닌가 하는 의구심이 들기 시작했기 때문이고, 수치심을 느낀 것은 내가 비록 작고 어리지만 그래도 남자이고, 남자들에게는 뭔가 멍청하고 개조할 수 없지만 강력한, 약골에 대한 반발심이 있기 때문이었다. (그날 오후에 있었던 일은 남성성의 원형을 보여준다. 놈들은 둘이었고 나는 혼자였다. 나는 조그맣고 그들은 커다랬다. 나의 기억력은 내가 쪼다일지도 모른다는 의혹을 제기하지 않도록 방어기제를 가동시켰다. 어쩌면 팔이 하나밖에 없는 일곱 살짜리 시각장애인에게 당한 것이었을지도 모르지만 말이다.)

가장 나빴던 것은, 그 일을 어머니에게 털어놓을 수 없다는 사실이었을 것이다. 말했다가는 그 후 몇 년 동안 아버지 없이 혼자서 축구 보러 가는 일을 금지당할 게 뻔했기 때문이었다. 그래서 나는 그 일을 숨긴 채 할머니가 선물로 준 아스널 스카프를 지하철에 두고 내렸다고 거짓말을 했다. 그 결과 칠칠치 못하다는 꾸중을 귀가 따갑도록 듣고, 매주 토요일마다 가던 피시 앤 칩스 가게에 못 가게 되었다. 그날 밤 나에게, 피폐한 도시 생활의 가혹한 경험에 대한 이론은 다 소용없었다. 내 머릿속에는 오로지 피폐한 교외 생활만 떠올랐고, 그것이야말로 가장 가혹한 경험처럼 느껴졌다.

관중석의 내 모습이 보여?

●●●

사우샘프턴 vs 아스널
1971. 4. 10.

친할머니와 외할머니가 모두 살고 있던 본머스에서 휴가를 보내는 동안, 운 좋게도 사우샘프턴과의 원정 경기가 벌어졌다. 나는 바닷가를 따라 경기장으로 갔다. 사람들이 빽빽하게 들어찬 관중석을 헤치고, 제일 구석진 곳에 서서 경기를 지켜보았다. 그런데 이튿날 텔레비전에서 그 경기의 하이라이트를 보여주는데, 코너킥을 찰 때마다 화면 왼쪽 아래에 내가 보이는 것이다. (맥린톡이 코너킥 가운데 하나를 성공시켜 2-1 승리의 첫 득점을 올렸다.) 열네 번째 생일을 일주일 앞둔 조용한 소년, 분명 사춘기는 아직 안 지났고…… 그러나 나는 손을 휘젓거나 험상궂은 표정을 짓거나 곁에 서 있는 아이를 밀치거나 하지 않고 그냥 그 자리에 서 있을 뿐이다. 열광의 도가니에 빠져든 청소년들 틈에서, 나는 마치 고요한 정지점처럼 보였다.

나는 왜 그렇게 진지했을까? 축구장이 아닌 다른 곳에서는 늘 아이처럼 굴었다. 집에서도, 학교에서도, 나는 걸핏하면 키득거리며 웃음보를 터뜨리곤 했다. 그즈음에는 여자친구가 생긴 아이들도 한두 명쯤 있었지만, 친구들과 밖에서 어울릴 때마다 옆구리가 결리도록, 속이 뒤집히도록, 콧물을 줄줄 흘리도록 우스운 소리를 해대는 아이는 바로 나였다. (나는 한 친구 녀석의 별명도 바꿔줬다. 리버풀의 센터하프 래리 로이드와 생김새와 스타일이 닮아서 '래리'라는 별명이 붙었던 친구는 '카스'가 되었다. 이탈리아 스트라이커 카사노바와 취미가 같았기 때문이다. 우리는 이 기지 넘치는 별명을 무척 마음에 들어했다.) 하지만 이십 대로 접어든 후에도, 나는 아스널을 보고 있을 때만큼은 웃을 수 있을 정도로 긴장을 풀 수가 없었던 것 같다. 1968년에서 1981년 사이에 코너 깃발 옆에 있는 내 모습이 카메라에 잡혔다면, 내 표정은 내내 똑같았을 것이다.

그 이유를 단순하게 생각해보면, 강박증은 웃을 만한 일이 아니고 강박증 환자는 웃지 않기 때문이다. 그러나 여기에는 복잡한 까닭이 있다. 나는 그다지 행복하지 않았지만, 다른 모든 것이 신 나고 즐거운 열세 살짜리 소년이 우울증에 빠지자니 우울할 만한 적당한 이유가 없다는 게 바로 문제였던 것이다. 사람들이 내내 나를 킬킬 웃게 만드는 때에, 어떻게 비참한 감정을 대놓고 표출할 수 있단 말인가? 하지만 아스널의 경기에는 킥킥거리고 웃을 일이 없었다. 적어도 내게는 그랬다. 나와 함께 경기를 보러 가는 것을 좋아하는 친구들이 있기는 했지만, 나의 응원은 이내 혼자서 하는 활동이 되었다. 그다음 시즌에 나는 스물다섯 경기를 보러 갔는데, 그중 열일곱 번 내지 열여덟 번은 혼자서 갔다. 나는 축구를 보면서 즐거워하고 싶지 않았다. 다른 것들이 다 즐거웠고, 그게 마음에 들지 않았기 때문에 축구에 빠져든 것이다. 내게 꼭 필요했던 것은 원인을 알 수 없는 불행이 마구 몰려오는 곳, 가만히 서서 근심에 사로잡힌 채 풀이 죽어 있을 곳이었다. 나는 울적했고, 아스널을 보고 있을 때면 잠시나마 울적한 속마음을 꺼내어 바람을 쐬어줄 수 있었던 것이다.

나는 어떻게 더블을 차지했나?

●●●

아스널 vs 뉴캐슬
1971. 4. 17.

1년 남짓한 세월 동안 많은 것이 바뀌었다. 아스널은 여전히 스타 선수가 부족했고 기백이 모자랐지만, 갑자기 상대하기 몹시 까다로운 팀이 되었다. 1970년, 17년간 지겹게도 트로피를 쫓아 달려온 끝에 아스널은 마침내 페어스 컵*을 거머쥐었다. 게다가 놀랍게도 꽤 멋진 승부였다. 아스널은 준결승전에서 요한 크루이프 등등이 뛰는 네덜란드의 아약스를 격파하고, 결승 1차전에서 벨기에의 안더레흐트를 상대로 4-3 역전승을 거두었다. 그리고 하이버리에서 열린 2차전에서는 3-0으로 이겨, 다 큰 어른들이 그라운드에서 덩실덩실 춤을 추고 엉엉 울게 만들었다. 하지만 나는 거기에 가지 못했다. 평일 저녁에는 혼자 축구장에 갈 수 없었기 때문이다.

* 지금의 UEFA컵으로, 1958~1971년까지는 페어스 컵이라 불렸다.

1971년은 정말 경이로운 해였다. 아스널은 한 시즌에 리그 우승과 FA컵을 함께 거머쥐어, 20세기에 들어서서 단 세 팀만이 이루어낸 2관왕 대열에 동참한 것이다. 그들은 일주일 동안 그 트로피를 모두 따냈다. 월요일 밤에는 토트넘에서 리그 우승을 확정지었고, 토요일에는 웸블리에서 리버풀을 상대로 FA컵을 따낸 것이다. 나는 그곳들에도 가지 못했다. 토트넘에 가지 못한 것은 그때도 평일 저녁에는 혼자 경기장에 갈 수 없었기 때문이고, 웸블리에 가지 못한 것은 아버지가 철석같이 약속해놓고도 입장권을 구하지 못했기 때문이다. 20년이 지난 지금에 와서도 그 생각만 하면 속이 상한다.

그래서 나는 결국 아무 곳에도 가지 못했다. (FA컵 결승전 다음 날인 일요일, 이즐링턴에서 있었던 우승 기념 퍼레이드도 보지 못했다. 덜위치에 있는 바이 이모 댁에 가야 했기 때문이다.) 나는 모조리 놓치고 말았다. 이 책은 축구 그 자체보다는 축구의 소비에 관한 책이라, 아스널의 20세기 최고의 해였던 이 2관왕의 해에 대해서는 별로 할 이야기가 없다. 그러니 인상파 스타일로 몇 자 적어보면 어떨까? 토트넘에서 경기 종료 휘슬이 울리자, 나는 신이 나서 내 방 벽에다 라디오를 힘껏 집어던졌다. 찰리 조지가 FA컵 결승전에서 결승골을 넣고 벌러덩 드러누워 두 팔을 쭉 뻗자, 너무 기쁜 나머지 머리가 빙빙 돌 지경이었다. 나는 2년 전에 반 아이들이 나를 놀렸을 때처럼 그들을 놀려줄 궁리를 하면서, 으스대며 학교를 돌아다녔다. 내 얼굴에 번진 행복한 미소는 선생님들도 아이들도 모두 알아보았다. 그들에게는 내가 바로 아스널이었고, 나는 승리의 기쁨을 누릴 자격이 있었던 것이다.

그러나 솔직히, 내 속마음은 그렇지 않았다. 진심으로. 2년 전에 있었던 스윈던 전 패배의 고통은 나의 몫이었다. 그러나 나는 같은 방식으로 2관왕 우승에는 공헌하지 못했다. 여남은 번 리그 경기에 응원을 간 것과 학교 교복 깃에 아스널 배지를 더덕더덕 붙이고 다닌 것, 그리고 잡지에서 오려낸 사진으로 방을 도배해놓은 것 정도는 공헌이라 말할 수 없다. 진짜 공헌은, 나보다는 결승전 입장권을 구해서 토트넘에서 다섯 시간이나 줄을 서 있던 다른 사람들의 몫이었다.

사정이 이렇게 되었으니 나는 지푸라기라도 잡는 심정으로, 이 모든 영광이 실현되기 2주 전에 나도 2관왕 스토리에 한몫했다는 것을 상기하고자 한다. 그날은 내 생일이었고, 아버지와 나는 아스널 대 뉴캐슬(이것 역시 끔찍한 경기였다)의 경기를 보러 갔다. 나는 아버지가 토요일 오후에 경기 중계를 들으라고 사준 소형 라디오(5월 3일 집어 던져 부숴버린 그 라디오)를 꼭 쥐고 앉아 있었다. 1부 리그의 선두였던 리즈가, 꼴찌에서 다섯 번째로 시즌 내내 원정 경기에서 한 번도 이기지 못했던 웨스트 브롬을 상대로 벌이는 홈경기 소식을 듣기 위해서였다. 예전에 《빌리의 축구화》라는 만화를 본 적이 있는데, 그 만화의 주인공은 요술 축구화의 주인이 되자 별 볼일 없는 소년에서 슈퍼스타로 탈바꿈했다. 나는 갑자기 가장 보잘것없는 팀의 경기 결과를 극적인 원정 승리로 바꿔주는 라디오의 주인이 된 것 같았다. 전반전이 끝나자마자 라디오를 켜는 순간, 웨스트 브롬이 득점했다. 그다음번에 라디오를 켜자, 그 순간 또 웨스트 브롬이 두 번째 득점을 했다. 하이버리의 확성기에서 이 뉴스가 흘러나오자 관중들은 열광의 도가니에 빠져들었다. 아스널은 찰리 조지가 넣은 한 골로, 그 시즌 처음으로 리그 선두에 올랐다.

이날 오후 내가 받은 생일 선물은 값으로 따질 수 없을 만큼 귀한 것으로, 백만 파운드를 주고도 살 수 없는 세계 평화나 제삼세계의 가난 구제 같은 것이었다. 하지만 아버지가 백만 파운드를 주고 리즈 대 웨스트 브롬 전의 주심을 매수한 것이 아니라면, 그날 오후 주심의 몇몇 판정을 설명할 수가 없다. 웨스트 브롬의 골 가운데 하나는 모든 사람이 보기에 명백한 오프사이드였다. 리즈 팬들은 화가 나서 그라운드 안으로 난입했고, 그 결과 리즈는 다음 시즌이 시작할 때 홈경기 몇 차례를 몰수당했다. "관중들은 불같이 화를 내고 있지만, 그럴 만한 이유가 충분합니다."라고 그날 밤 〈오늘의 경기〉에서 배리 데이비스가 잘라 말한 것이 기억에 남는다. 그때는 그랬다. 텔레비전 사회자들은 잘난 체하면서 징병제 재도입에 찬성하는 대신, 적극적으로 폭동을 조장하는 시절이었다. 혹시 정말로 주심한테 돈을 쥐여줬다면, 고마워요, 아버지. 멋진 생각이었어요. 이날이 내 생일이 아니었다면 리즈가 홈에서 웨스트 브롬에게 졌을까? 아스널 대 뉴캐슬전이 늘 그래왔듯이, 이 경기도 0-0으로 끝나지 않았을까? 그랬다면 우리가 선두가 되어 리그 우승을 차지했을까? 글쎄올시다.

또 다른 도시

●●●

첼시 vs 토트넘
1972. 1.

나는 아스널 서포터 기질을 타고난 반면—나 역시 곧잘 시무룩하고 방어적인 성격에, 말싸움하기 좋아하고 감정을 잘 표현하지 않는 편이다—아버지는 첼시에 잘 맞는 성격이었다. 첼시는 현란하고 예측 불허였으며, 그다지 믿음직한 팀은 아니라고 할 수 있다. 아버지는 분홍색 셔츠와 알록달록한 타이를 좋아했고, 엄숙한 도덕론자였던 나는 아버지가 좀 더 한결같은 사람이었으면 하는 바람이 있었던 것 같다. (조지 그레이엄*이 말하길, 부모 노릇이란 단거리 달리기가 아니라 마라톤이라고 했다.) 어쨌든 아버지는 하이버리보다 스탬퍼드 브리지에 가는 것을 더 즐거워하는 것이 분명했는데, 그 이유는 쉽게 알 수 있었다. 우리는 첼시의 노스 스탠드 남자 화장실에서 가수 토미 스틸

* 아스널의 간판선수로 '2관왕의 해'의 주역이며, 1986/87시즌부터는 아스널의 감독을 맡아 팀의 황금기를 이루어냈다.

(어쩌면 배우 존 앨더튼이었을 수도 있다)을 본 적이 있었고, 경기 시작 전에 킹스 로드에 있는 이탈리안 레스토랑에서 식사를 하기도 했다. 나는 첼시 잡화점을 둘러보다가 레드 제플린의 두 번째 앨범을 샀고, 수상쩍은 마음에 주위의 담배 연기를 킁킁거리며 맡아본 적도 있었다. (나는 아스널의 센터하프처럼 뭐든 곧이곧대로 받아들이는 모범생 타입이었던 것이다.)

첼시에는 한창 잘나가던 피터 오스굿, 찰리 쿡, 앨런 허드슨이 뛰고 있었고, 그들의 축구는 아스널과는 판이하게 달랐다. (이날 리그 컵 준결승전은 내가 본 최고의 경기 가운데 하나로, 2-2로 끝났다.) 하지만 스탬퍼드 브리지와 그 주변의 모습은, 조금 다르긴 하지만 여전히 낯익은 또 하나의 런던처럼 느껴졌다. 첼시는 교외에 사는 중산층 소년들에게는 익숙하게 느껴지는 점이 많았다. 그곳은 우리가 팬터마임이나 영화, 박물관을 구경하러 가서 본 런던과 비슷한, 북적거리고 활기찬 대도시 런던으로, 스스로 세계의 중심임을 아주 잘 알고 있는 곳이었다. 그리고 내가 그 시절 첼시에서 본 사람들도 세상의 중심에 사는 사람들이었다. 축구는 세련된 경기였고, 첼시는 세련된 팀이었다. 첼시를 응원하던 모델, 영화배우, 젊은 회사 중역 들은 근사한 차림을 하고서 나타나 축구장(적어도 관중석)을 대단히 매력적인 장소로 만들어주었다.

그러나 이런 것은 내가 축구에서 바라는 것이 아니었다. 나에게 있어서 아스널과 그 주변은, 화려하지만 따분하기 짝이 없는 첼시의 킹스 로드 주변에서 볼 수 있는 그 어떤 것보다도 훨씬 더 매력적이었다. 축구가 나를 사로잡은 것은 그 '낯선' 분위기 때문이었다. 하이버리 주변, 계단식 주택이 늘어선 그 조용한 거리와 핀즈베리 파크, 고달픈 삶에 지쳤으면서도 항상 성실한 자세를 잃지 않는 중고차 세일즈맨들…… 이런 것이야말로 아스널과 하이버리의 진정한 매력이었다. 템스 밸리에 사는 중학생 소년이, 영화를 보러 극장에 아무리 자주 가보아도 결코 체험할 수 없는 런던이 바로 그곳이었다. 아버지와 나는 서로 다른 것을 원했다. 아버지가 첼시가 대변하는 몇 가지를 원하고(아버지 평생 처음으로 그 값을 지불할 능력을 얻음과 동시에) 나는 그 쪽과는 정반대 방향으로 나아가고 싶어졌던 것이다.

이즐링턴 소년

●●●

레딩 vs 아스널
1972. 2. 5.

잉글랜드 남부에 사는 백인 중산층 남녀는 지구상에서 가장 소속감이 없는 사람들이다. 세상의 다른 어느 지역공동체에 속하는 사람들도 그보다는 나을 것이다. 요크셔 사람들, 랭커스터 사람들, 스코틀랜드 사람들, 아일랜드 사람들, 흑인들, 부자들, 빈민들, 심지어 미국 사람들이나 오스트레일리아 사람들조차도 술집에 앉아서 함께 울며 이야기할 수 있는 사연이 있고, 노래가 있고, 원할 때면 곱씹을 추억거리가 있게 마련이지만, 우리에게는 그런 것이 아무것도 없다. 적어도 우리가 원하는 것은 없다. 그리하여 과거와 배경을 인위적으로 만들어서 그럴듯한 문화적 정체성을 제공하는 현상마저 생겨난 것이다. 〈나는 흑인이 되고 싶어〉를 부른 사람이 누구였을까? 이는 정말로 흑인이 되고 싶어하는 백인이 많았기 때문에 나온 노래였던 것이다. 1970년대 중반, 런던의 젊은 지식층 혹은 자의식을 가진 백인 남녀들이 전혀 어울리지도 않는 자메이카 방언을 배워서 쓰기 시작했다. 우리 모두는 시카고 영세민 주택 단지나 킹스턴의 빈민가 혹은 런던 북부나 글래스고의 우중충한 거리 출신이기를 간절히 바랐다! 사립학교 출신 펑크 로커들도 전부 일자무식꾼들처럼 h 발음을 생략하고 모음을 얼버무리면서 말했다! 리버풀이나 버밍엄에 할아버지 할머니가 살고 있는 햄프셔 소녀들! 하트퍼드셔 출신의 포그스* 팬들이 아일랜드 데모가를 부르던 광경! 자기 어머니는 라이게이트**에 살고 있지만, 자신은 로마의 감수성을 갖고 있다고 하는 유럽 예찬론자들!

교외 거주자가 무슨 의미인지 알 만한 나이가 된 다음부터 나는 줄곧 다른 지역 출신이기를, 가급적 런던 북부 출신이기를 소망해왔다. 나도 이미 가능한 한 h 발음을 생략하며 말했다. 내게 남아 있던 h 발음은 정관사 the에 깊이 뿌리박혀 있어서 도저히 솎아낼 수 없는 것뿐이었다. 또 가급적 단수 주어에 복수 동사를 사용했다. 이런 말투 연습은 하이버리에 처음 갔던 때부터 시작되어 교외 중학교 시절 내내 계속되었고, 대학에 들어갈 무렵에는 놀라운 수준으로 향상되었다. 역시 교외 출신이라는 사실을 불편하게 여겼던 내 여동생은 대학에 들어가자 완전히 반대 방향으로 선회해서, 갑자기 데본셔 공작 부인 같은 말씨를 쓰기 시작했다. 우리가 각자의 친구들에게 서로를 소개하면 친구들은 엄청난 혼란을 느낀다고 했다. 친구들은 우리 둘

* 영국의 포크 펑크 밴드로, 아일랜드 색채가 강하다.
** 런던 근교의 주거지역.

중 누가 입양된 아이일까 궁금해하는 눈치였다. 동생이 운이 나빠 이렇게 된 것일까, 아니면 내가 운이 좋아 이렇게 된 것일까? 런던 남동부에서 태어나 자라셨지만 홈 카운티스에서 근 40년 동안 살고 있는 우리 어머니는, 우리 남매의 딱 중간 정도에 속하는 억양으로 말한다.

하지만 누구도, 우리처럼 런던 토박이 흉내를 내거나 아일랜드 방언을 모방하거나 흑인이 되고 싶어하는 사람들을 욕할 수는 없다. 1944년 교육법 제정, 최초의 노동당 정부 출범, 엘비스 프레슬리, 비트 세대, 비틀스와 롤링스톤스, 1960년대…… 우리에겐 달리 어찌할 바가 없었다. 나는 일레븐 플러스* 탓도 크다고 생각한다. 만약 2차대전 전이었다면, 부모님은 얼마 되지 않은 돈을 긁어모아 자식들을 조그만 사립학교에 보내셨을 것이고, 우리는 알량하기 짝이 없는 케케묵은 고전적 교육을 받고 은행에 취직했을 것이다. 학력 평등 사회를 만들기 위해 계획한 일레븐 플러스 때문에, 괜찮은 집안 아이들도 공립학교에 들어가게 되었다. 전후 세대 중학생들이 입학한 곳은 문화적인 공백 상태였다. 거기서 우리가 습득할 만한 것은 아무것도 없었고, 그래서 우리 스스로 급조해내야 했다. 하지만 2차대전 이후 잉글랜드의 런던 교외 중산층 문화란 대체 무엇인가? 대중소설가 제프리 아처와 뮤지컬 〈에비타〉, 플랜더스와 스완과 더 군스의 뮤지컬 코미디, 에이드리언 몰**과 머천트-아이보리의 영화, 〈프랜시스 더브리지

* 중학교 입학시험.
** 수 타우젠드의 소년소설 《비밀일기》의 주인공.

미스터리〉 시리즈…… 그리고 코미디언 존 클리스의 우스꽝스러운 걸음걸이 정도? 우리가 모두 흑인 가수 머디 워터스나 축구 선수 찰리 조지가 되고 싶어한 것도 이상한 일이 아니다.

1972년 레딩 대 아스널의 FA컵 4라운드 경기는, 내가 여러 차례 겪어온 정체 발각 사건 가운데 최초이자 최악이었다. 레딩은 리그 팀 가운데 우리 집에서 가장 가까운 곳에 있었는데, 그 재수 없는 지리적 우연을 바꿀 수만 있다면 나는 무슨 짓이라도 했을 것이다. 집에서 하이버리까지는 30여 마일이나 되었지만, 레딩의 홈구장 엘름 파크까지는 딱 8마일밖에 되지 않았다. 레딩 팬들은 버크셔 억양을 갖고 있었지만, 놀랍게도 그 사실을 아무렇지도 않게 여기는 것 같았다. 그들은 런던 말씨를 쓰려는 노력조차 하지 않았다. 나는 레딩 서포터들과 함께 서 있었고―그 경기는 홈팀과 원정팀 서포터에게 똑같이 입장권을 팔았기 때문에, 런던 북부까지 가서 사는 것보다는 레딩에서 사는 편이 훨씬 쉬웠다―언제나처럼 경기가 시작되기 90분 전부터 기다리고 있던 나에게, 어머니, 아버지, 아들 온 가족이(가족 전체가 말이다!) 푸른색과 흰색 스카프를 두르고 장미 모양의 리본을(장미 모양 리본이라니!) 달고 와서는 말을 걸기 시작했다.

그들은 내게 어디를 응원하느냐고 묻더니, 찰리 조지의 머리 모양을 가지고 농담을 하며―촌사람들 같으니라고!―비스킷을 권하고, 자기들이 갖고 온 프로그램과 신문을 빌려주었다. 우리의 대화는 점점 재미있어졌다. 그들의 짜증스러운 사투리에 비하면 나의 런던 말씨 흉내는 내 귀에 흠잡을 데 없이 들렸고, 우리의 관계는 유쾌하게도 '약아빠진 도시 소년과 시골뜨기들의 만남'이 되어가고 있었다.

그러다 그들이 학교에 대해 묻자 일이 꼬이기 시작했다. 그들은 런던의 종합시험 이야기를 듣고 그 소문이 정말 사실인지 궁금해했고, 나는 중학교에서 겪은 일들을 부풀려 치밀한 소설을 짜내느라 진땀을 뺐다. 그저 내 나름대로 믿을 만한 이야기를 꾸며냈다고 생각할 수밖에 없었는데, 그 당시 나는 우리 동네가 홀로웨이와 이즐링턴 사이 어딘가에 위치한 런던 북부에 있다고 생각하고 있었던 모양이다. 그래서 그 집 아버지가 어디 사느냐고 물으셨을 때 사실대로 말해버렸다.

"메이든헤드라고?" 그 아버지는 믿을 수 없다는 듯이 되물었다. "메이든헤드? 거긴 여기서 4마일만 가면 나오는 곳이잖아!"

"10마일쯤 되는데요." 나는 이렇게 대답했지만, 그분은 나머지 6마일에는 별 의미가 없다는 표정을 지었고, 나도 무슨 뜻인지 알아들었다. 얼굴이 벌겋게 달아올랐다.

그러고 나서 그분은 나에게 직격탄을 날리셨다. "너는 오늘 오후에 아스널을 응원해서는 안 돼." 이렇게도 말씀하셨다. "네가 사는 동네 팀을 응원해야지."

내 십 대 시절을 통틀어 가장 창피한 순간이었다. 치밀하고 완벽하게 상상해낸 세계가 와르르 무너지더니, 내 발치에 그 잔해가 우수수 쌓인 꼴이었다. 아스널이 나를 위해 저 3부 리그 팀을 무찔러서, 저 꽉 막히고 촌스러운 팬들의 코를 납작하게 만들고 복수해주기를 바랐다. 결국 우리는 후반전 팻 라이스의 감아차기로 2-1로 이겼다.

경기가 끝나자 그 레딩 팬 아버지는 내 머리를 쓰다듬어주시며, 아무튼 집이 멀지는 않아서 다행이라고 하셨다.

그래도 나를 말릴 순 없었다. 내 머릿속에서 메이든헤드를 런던에 속한 자치도시로 재건설하는 데는 2주밖에 걸리지 않았다. 하지만 그다음부터 원정 경기를 보러 갈 때면 한 가지를 확실히 해두었다. 원정 응원을 하러 갈 때면, 내가 사는 템스 밸리에는 지하철역이 따로 있고, 서인도제도 사람들이 사는 지역이 딸려 있으며, 도저히 풀리지 않는 지독한 사회문제를 안고 있는 곳이라는 이야기를 믿어줄 만한 사람들이 사는, 아주 먼 곳으로 가는 것이다.

완벽한 경기의 조건

●●●

아스널 vs 더비 카운티
1972. 2. 12.

그 시절, 축구 경기가 진짜로, 정말로 기억할 만한 경기가 되어서 만족감에 들떠서 집으로 돌아가려면 이런 조건들을 충족시켜야 했다. 우선 아버지와 함께 가야 했다. 우리는 피시 앤 칩스 가게에 들러(자리에 앉아서, 다른 사람들과 합석하지 않고) 점심을 먹어야 했다. 우리는 웨스트 스탠드 위쪽(그곳이어야 하는 까닭은, 거기에 앉으면 선수들이 입장하는 터널을 내려다보면서 팀이 도착했을 때 제일 먼저 맞아줄 수 있기 때문이다) 하프라인과 노스 뱅크 사이에 앉아야 했다. 아스널이 좋은 경기를 펼치고 두 골 차이로 이겨야 했다. 경기장이 만원 혹은 거의 만원이어야 했다. 즉 상대 팀이 꽤 중요한 팀이어야 한다는 뜻이다. 경기는 BBC의 〈오늘의 경기〉가 아니라 일요일 오후 ITV의 〈빅 매치〉에 방송되어야 했으며(아마도 두근거리는 기대감이 좋았던 것 같다), 마지막으로 아버지가 옷을 따뜻하게 입고 있어야 했다. 아버지는 일요일 오후를 영하의 기온에서 보내게 되리라는 사실을 잊어버리고, 프랑스에서 외투를 챙겨 오지 않을 때가 종종 있었다. 그러면 아버지는 추워서 덜덜 떨어댔기 때문에, 나는 종료 휘슬이 울릴 때까지 응원하자고 조르면서 죄책감을 느꼈다. (그렇지만 나는 항상 그렇게 졸랐다. 경기가 끝나 차로 돌아올 무렵이면 아버지는 완전히 얼어붙어서 말도 제대로 못했다. 미안한 마음은 들었지만, 골인 장면을 놓칠 위험을 무릅쓸 만큼 미안하지는 않았다.)

이 요구 조건은 엄청난 것이어서, 모든 조건이 충족된 적은 딱 한 번뿐이었다는 사실도 놀라울 것이 없다. 그것은 1972년 2월 12일의 더비 카운티 전이다. 이날 아스널은 앨런 볼이 맹활약을 펼치고, 찰리 조지가 페널티킥 하나와 멋진 다이빙 헤더를 성공시켜서, 그해 리그 우승팀이 된 더비를 2-0으로 이겼다. 또한 피시 앤 칩스 가게에는 우리가 앉을 자리가 있었고, 볼이 쓰러졌을 때는 주심이 페널티킥을 선언했으며, 아버지는 코트를 잊지 않고 챙겨 왔다. 그러므로 나는 이 경기를 사실은 평범했던 경기 내용과는 달리 기억할 만한 경기의 반열에 올려놓았다. 지금도 나는 완벽한 경기라고 하면, 이 경기가 떠오른다. 아스널은 정말로 잘했고, 찰리의 골은 정말로 멋졌고, 관중은 정말로 많이 모였고, 선수들의 활약은 정말로 감동적이었다…… 이 경기는 내가 묘사한 그대로 실현되었지만, 지금 중요한 것은 그것이 지극히 드문 일이라는 사실뿐이다. 예나 지금이나, 인생이란 피시 앤 칩스에서 점심을 먹고 리그 우승팀을 홈에서 2-0으로 꺾는 것과는 다른 법이다.

엄마와 찰리 조지

●●●

더비 카운티 vs 아스널
1972. 2. 26.

나는 빌고 조르고 떼를 써서, 결국 어머니로부터 원정 경기를 보러 가도 좋다는 허락을 받아내고 말았다. 그 당시 나는 무척 기뻤다. 하지만 지금 와서 생각하면 화가 난다. 어머니는 대체 무슨 생각이었던 걸까? 어머니는 신문도 안 읽고 텔레비전도 안 보았던 건가? 훌리건이란 말도 못 들어보셨나? 팬들을 전국으로 실어나르는 축구 특별편 열차라는 것이 어떤 지경인지 어머니는 정말로 몰랐단 말인가? 나는 죽을 수도 있었단 말이다.

돌이켜보면 어머니가 그때 맡았던 역할은 상당히 모호했다. 어머니는 내가 레드 제플린의 음반이나 영화 표를 사는 데 돈 쓰는 것을 반기지 않았다. 그건 이해할 만한 일이다. 게다가 어머니는 내가 책을 사는 것도 그다지 좋아하지 않았다. 그런데도 거의 매주 런던이나 더비 또는 사우샘프턴까지 가서 우연히 만나게 되는 괴짜들과 어울리는 것에는 그다지 반대하지 않았던 것이다. 어머니는 내가 축구에 열광하는 것을 한 번도 방해한 적이 없었다. 내가 학교에 가 있는 동안, 눈 덮인 고속도로를 타고 가 줄을 서서 레딩 전 입장권을 사온 사람도 다름 아닌 어머니였다. 그로부터 8년쯤 지난 어느 날에는, 학교에서 돌아와보니까 구하기가 불가능에 가까운 웨스트햄 대 아스널의 FA컵 결승전 입장권이 내 책상 위에 놓여 있었다. 어머니는 그것을 회사 사람에게서(어머니 수중에 있을 수도 없는 돈, 20파운드를 주고) 샀다고 했다.

흠, 그렇다. 물론 축구란 남자다운 취미였지만, 어머니가 보통은 말없이, 때로는 적극적으로 축구 관람을 후원해준 것이 나를 위해서였다고는 생각하지 않는다. 그것은 어머니 자신을 위한 것이었다. 지금 그때를 다시 생각해보면, 토요일마다 우리는 마치 시트콤에 나오는 부부 사이를 괴상하게 패러디한 것처럼 행동했다. 어머니가 나를 역까지 데려다주면, 나는 기차를 타고 런던으로 가서 남자들만의 세계를 즐긴 다음, 돌아와서 공중전화로 어머니에게 전화를 걸어 데리러 와달라고 했다. 집으로 돌아오면 어머니는 차를 끓여다 테이블 위에 놓아주었다. 내가 차를 마시며 그날 하루 있었던 일을 이야기하면, 어머니는 잘 알지도 못하는 이야기를 상냥하게 물어보며 나를 위해 관심을 보이려고 노력했다. 경기가 잘 풀리지 않은 날은 어머니도 눈치를 살피기만 했다. 만족할 만한 날이면 나의 신 나는 기분이 온 집 안을 가득 채우곤 했다. 메이든헤드의 다른 가정에서는, 평일 저녁마다 부부끼리 그렇게 서로의 기분을 살폈을 것이다. 우리 집은 주말에만 그렇다는 것이 유일하게 다른 점이었다.

어머니가 아버지의 역할까지 하는 것은 자식이 성년이 된 이후의 정신 건강에 별로 좋지 않다고 주장하는 심리학자들이 있다는 것은 나도 안다. 하지만 살다 보면 그런 경험을 할 수도 있는 법이 아닌가?

나에게 원정 경기는 야근에 해당하는 것이었고, 더비에서 있었던 FA컵 5라운드 경기가 처음으로 내게 맡겨진 과업이었다. 그 시절에는 지금처럼 열차 여행에 제한이 없었다. (나중에 영국 철도청에서는 축구 특별편 열차의 운행을 그만두었고, 구단에서 자체적으로 차편을 마련했다.) 우리는 세인트 팽크러스에 모여 제일 값싼 표를 끊고, 고물 열차에 꾸역꾸역 올라탔다. 경찰이 순찰견을 데리고 그 열차의 복도를 돌아다녔다. 여행은 대부분 캄캄한 와중에 이루어졌다. 걸핏하면 전등이 부서졌기 때문에 독서하기는 힘들었지만, 나는 언제나 책을 들고 기차에 올랐고, 순찰견의 관심을 끄는 데 흥미가 없어 보이는 중년 아저씨들이 탄 찻간을 찾느라 오랫동안 헤매곤 했다.

목적지에 도착하면 수백, 수천 명의 경찰이 기다리고 있다가 우리를 호위하여 시내 중심가를 우회하는 꼬불꼬불한 길로 안내했다. 이렇게 걷고 있노라면, 나는 혼자 제멋대로 훌리건이 되었다는 착각에 빠져들곤 했다. 법과 동료 서포터들의 보호를 받았으므로 아주 안전하다는 기분이 들어서, 아직 변성기도 지나지 않은 목소리로 다른 사람들과 함께 상대 팀을 위협하는 노래를 불러댔다. 솔직히 나는 그다지 위협적으로 생기지는 않았다. 또래보다 훨씬 작은 덩치였던 나는 공부벌레처럼 검은 뿔테 안경을 쓰고 있었는데, 축구장을 향해 행진하는 동안에는 안경을 벗고서 조금이라도 더 무섭게 보이려고 했다. 하지만 축구팬들이 정체성의 상실을 겪게 된다고 우려하는 사람들은 중요한 사실을 잊고 있다. 역설적이지만, 이 정체성 상실이란 것이 즐거운 경험이 될 수도 있다는 것이다. 늘 자신의 본모습만 지키며 살고 싶은 사람이 어디 있겠는가? 일테면 나는 가끔 한 번씩 소도시에 사는 안경잡이 촌놈이라는 정체성에서 벗어나는 시간을 원했다. 더비나 노리치, 사우샘프턴의 상인들에게 겁을 줄 수 있다는 것이 정말 즐거웠다. (그리고 그들은 정말로 겁을 먹었다—그건 명백한 사실이었다.) 지금까지 내가 남들한테 위협적인 존재가 될 수 있는 기회는 매우 적었다. 물론 사람들이 아이들을 데리고 길 건너로 허둥지둥 달아나는 것이 나 때문은 아니라는 것을 알고 있었지만 말이다. 하지만 그것은 우리 때문이었고, 나도 우리의 일부로서, 훌리건 전체의 한 부분이었던 것이다. 내가 작고, 쓸모없고, 중간에 껴서 사람들 눈에 띄지 않는 부록에 불과하다는 사실은 조금도 문제되지 않았다.

축구장까지 가는 과정이 영광스럽고 힘이 넘치는 경험이었다면, 축구장을 나서서 기차역까지 돌아가는 과정은 그리 신 나지 않았다. 요즘은 홈 팬과 원정 팬의 좌석을 격리시키고(당시에는 마음이 내키면 회전식 출입구를 통해 상대 팀 응원석으로 걸어들어갈 수 있었다) 원정 팬들은 보통 경기장이 완전히 빌 때까지 자리에 남아 있도록 경찰이 능숙하게 지도를 하는 등의 여러 가지 조치를 취함으로써, 경기장 내 폭력이 거의 사라졌다. 하지만 1970년대 초의 축구장에서는 내가 갈 때마다 한 번도 빠짐없이 싸움이 벌어졌다. 하이버리의 경우에는 주로 상대 팀 팬들이 서 있는 클락 엔드*에서 싸움이 벌어졌다. 보통 아스널 팬들이 적을 밀치고 들어가면, 적이 흩어지고, 경찰이 와서 주의를 주는 짧은 소동으로 끝났다. 이것은 의례적인 싸움으로, 주먹질이나 발길질을 하기보다는 밀치고 들어가는 것 정도였다. (사실 헤이젤의 비극**을 일으킨 원흉도 물리적인 공격보다는 이렇게 '내달리는 것'이었다.) 하지만 이따금, 특히 웨스트햄, 토트넘, 첼시, 맨체스터 유나이티드를 상대로 경기를 할 때면, 노스 뱅크 가장자리에서 소란이 벌어지곤 했다. 원정 팬들의 수가 많다 보니, 무슨 전략적 요충지라도 되는 것처럼 홈 팬의 영역을 침범하곤 했기 때문이다.

원정 응원을 가서는 안전하게 축구 관람을 하기가 매우 어려웠다. 원정 팬들을 위해 '남겨둔' 구간에서 관람을 한다고 해도 아무런 보호를 받지 못했다. 사실 그 구간에서 관람을 하면 오히려 자신이 적이라는 사실을 드러내는 역효과가 날 뿐이다. 상대 팀 팬 자리와의 경계선에 서 있는 것은(아스널 팬이 상대 팀 팬의 자리로 침입하려고 한다면) 위험하기도 하고, 무의미하기도 했다. 상대 팀을 응원하는 척하려면, 국토의 절반이나 되는 거리를 달려갈 이유가 없으니 말이다. 나는 가능하면 조용한 가장자리에 자리를 잡았다. 그것이 여의치 않으면, '원정 팬' 끝자리이되 구석 쪽으로, 가급적이면 아스널의 열혈

* 노스 뱅크의 맞은편인 남쪽 골대 뒤쪽의 관중석으로, 원정팀 응원석이 있다.
** 1985년 5월 브뤼셀의 헤이셀 구장에서 열린 리버풀과 유벤투스의 유리피언 컵 결승전에서, 잉글랜드 훌리건의 폭동과 펜스 붕괴로 서른아홉 명의 유벤투스 팬들이 죽은 참사.

팬들과 멀찌감치 떨어진 자리에 앉았다. 하지만 원정 경기가 정말로 즐거웠던 적은 한 번도 없었다. 경기 내내 긴장감을 떨칠 수가 없었던 것이다. 그럴 만한 이유는 충분했다. 경기가 진행되다가 어느 시점에서 골을 반기는 함성이 터져나오면, 이내 싸움이 벌어지곤 했다. 하지만 선수들이 골대 근처에 모여 있지 않았는데도 함성이 터져나올 수 있다는 사실은 지극히 혼란스러웠다. 스로인을 하려는 참에 그런 열광적인 함성이 터져나오는 것에 놀란 선수가 주위를 둘러보는 모습을 본 적도 있다.

더비에서의 오후는 최악이었다. 경기 전에도, 경기 도중에도 산발적으로 소동이 발생했기 때문에 나는 어린 소년들과 그 아버지들 틈에 묻혀 한참 아래쪽에 앉아 있었는데도 겁이 났다. 너무나 겁이 나서, 솔직히 아스널의 승리를 빌어야 할지 말아야 할지 헷갈릴 정도였다. 무승부라면 아주 반가웠을 것이고, 지고 탈락하더라도 무사히 더비 역까지 돌아갈 수만 있다면 괜찮을 것 같았다. 바로 이런 때, 선수들에게는 일반적으로 생각하는 것보다 더 큰 책임이 있는 것이다. 하지만 찰리 조지에게는 그런 자각이 없었던 것이 분명했다.

찰리 조지는 지금까지도 무너지지 않고 남아 있는 몇 안 되는 1970년대의 우상 가운데 하나다. 찰리의 모습을 보면, 그가 조지 베스트/로드니 마시/스탠 보울스를 합성해놓은 듯한, 장발에 예측 불허의 무법자라는 것을 한눈에 알 수 있다. 그는 단연 돋보이는 재능을 타고났지만, 선수 생활 내내 끔찍할 정도로 과소평가되었다. (그는 잉글랜드 대표팀에서 두세 번밖에 뛰지 못했고, 아스널에서의 마지막 무렵에는 주전 자리도 잃었다.) 게다가 불같은 성격, 감독과의 불화, 틴에이저 팬들과 여성 팬들의 열렬한 사랑, 이 모든 것은 축구가 관람과 소비에 있어서 공히 팝 음악을 닮아가기 시작할 무렵에 흔히 찾아볼 수 있는 현상이었다.

찰리 조지는 두 가지 면에서 전형적인 반항아와 약간 달랐다. 첫째로, 그는 훗날 자신이 뛰게 될 팀의 응원석에서 십 대 초반을 보냈다. 이런 일 자체가 드문 일은 아니지만—실제로 리버풀과 뉴캐슬 선수들 가운데 많은 이들이 어린 시절 그 팀을 응원했다—조지는 응원석 담장을 넘어 곧바로 유니폼을 입게 된, 몇 안 되는 천재 괴짜 가운데 하나다. 베스트는 북 아일랜드 사람이었고, 보울스와 마시는 여러 팀을 옮겨 다녔으므로 잉글랜드의 어느 한 팀에 오랜 애정을 두었다고 보기 어렵다. 하지만 조지는 아스널을 대표하는 선수로서, 노스 뱅크와 청소년 팀에서 어린 시절을 보냈다. 그는 오로지 경기장에서 쫓겨나지 않으려고 유니폼을 입고 그라운드를 달리는 것처럼 보였고, 실제로도 그랬다. 외형적으로도 왠지 어색했다. 그는 신장이 180센티미터가 넘는 거구로, 조지 베스트에 비할 때 지나치게 덩치가 컸다. 1971년 내 생일날, 뉴캐슬 전에서 슛을 쏘기 직전, 찰리 조지는 자제심을 잃고 말았다. 험상궂게 생긴 뉴캐슬 수비수의 멱살을 잡고 들어올렸던 것이다. 이것은 괴짜의 행패가 아니라 배짱 좋은 남자의 위협이었고, 관중석에 서 있던 청년들에게 그보다 더 좋은 본보기는 없었다.

둘째로, 조지는 매스컴 체질이 아니었다. 그는 인터뷰를 할 줄 몰랐다. (그의 말재주가 엄청나게 서툴다는 전설은 결코 거짓이 아니었다.) 조지는 1970년대 중반 어울리지 않는 파마를 하기 전까지 긴 직모를 헝클어뜨리고 다녔는데, 처음 아스널에서 뛰기 시작한 1969/70시즌에는 눈에 띄고 싶어서 일부러 그러고 다니는 것이 아닌가 하는 의혹을 사기도 했다. 게다가 그는 여자들에게 관심이 없었다. 내가 지금도 이름을 기억하는 그의 약혼녀 수잔 파지는, 조지가 축구장 밖에서 찍힌 사진 대부분에 두드러진 모습으로 함께 등장해서 다른 여자들의 기를 꺾어놓았다. 조지는 대스타였다. 매스컴에서는 그에게 큰 관심을 보였지만, 도대체 그를 어떻게 다루어야 좋을지 알 수 없었다. 달걀소비촉진위원회에서 찰리 조지를 등장시킨 광고를 시도해 보기도 했지만, 그들의 표어 'B와 찰리 조지를 위한 E'라는 말은 뭔 소린지 도통 알 수가 없었다. 어쨌든 찰리 조지는 매스컴과 담을 쌓았다. 아마도 우상의 반열에 든 스타 가운데 그럴 수 있었던 것은 그가 마지막이었을 것이다. (그럼에도 불구하고, 무슨 이유에서인지 조지는 은퇴하고 몇 년이 지난 후까지 우리 할머니의 여과기 같은 의식 속에 남아 있었다. 1983년쯤 내가 하이버리에 축구 구경을 간다고 하자 할머니는 마음에 들지 않는다는 말투로 "찰리 조지 말이지!"라고 말씀하셨다. 그가 할머니에게 어떤 의미를 지니는지는 결코 알 수 없지만 말이다.)

더비의 지긋지긋하고 힘 빠지는 겨울 그라운드에서(그 칙칙한 경기장들! 더비의 야구장, 화이트 하트 레인, 심지어 웸블리까지…… 겨울 잔디란 비디오 플레이어나 요구르트 아이스크림처럼 진짜로 1980년대 발명품이었단 말인가?) 찰리 조지는 엄청난 활약을 했다. 그는 멋진 골을 두 번이나 터뜨렸다. 신이 난 우리는 당시로선 최신곡이었던 앤드류 로이드 웨버의 노래에 맞추어 "찰리 조지! 슈퍼스타! 당신은 몇 골이나 넣었나요?"라고 소리를 질러댔다. (그러면 더비 팬들은 전국의 다른 팬들이 그랬던 것처럼 "찰리 조지! 슈퍼스타! 여자처럼 브래지어를 찬다지요!"라고 응수했다. 사람들이 1960~1970년대를 관중석 위트의 황금기로 기억할 때면, 나는 터져나오는 웃음을 참을 수가 없다.) 찰리의 두 골에도 불구하고, 막바지에 나온 더비의 동점골 때문에 경기는 2-2로 끝났다. 결국 내가 간절히 원하던 무승부가 되었지만, 무승부로 끝났다고 해서 역까지 아무 탈 없이 돌아갈 수 있었던 것은 아니었다.

그건 찰리의 잘못이었다. 그 까닭을 설명하려면 따로 책 한 권 분량이 필요할 것이다. 골이란 도발적인 행동이다. 특히 그날처럼 관중석에 이미 폭력의 기운이 감돌고 있었을 때는 말이다. 찰리는 프로선수이며, 득점할 기회가 오면 팬들의 안전 따위를 고려할 필요가 없다는 것은 나도 이해하는 바였다. 거기까지는 충분히 이해할 수 있었다. 그러나 더비 팬들 앞으로 달려가 골 세리머니를 하고 '이 촌뜨기들아'라는 뜻이 명백한 브이 사인을 보내는 행동을 굳이 해야 했는지. 남부 호모들을 증오하고, 런던 사람을 못 잡아먹어 안달하는, 스킨헤드에 가죽 부츠를 신은 그 사나운 무리 가운데서 우리가 그날 오후를 보내야 했으며, 경기 종료 휘슬이 울린 다음에도 한참을 그 적대적인 분위기 속에 모여 앉아 있어야 했는데도 과연 그랬어야 했는지…… 아무래도 찰리의 책임감과 의무감이 잠시 자리를 비웠던 것 같다.

찰리 조지는 축구팬들의 야유를 한 몸에 받았고, 축구협회로부터 벌금을 부과받았다. 우리는 기차를 타러 가면서 계속해서 더비 팬들에게 추격을 당하며, 빈 병과 깡통 세례를 받았다. 찰리 조지! 슈퍼스타!

사회사의 한 장

●●●

아스널 vs 더비 카운티
1972. 2. 29.

재시합은 0-0으로 끝났다. 전혀 봐줄 만한 구석이 없는 경기였다. 그러나 이 경기는 내가 아스널 팬이 된 이후, 주중 오후에 하이버리에서 벌어진 경기 가운데 1군이 참가한 유일한 경기로 남아 있다. 1972년 2월은 전기 노동자들이 파업을 했던 시기였다. 여느 사람들은 드문드문 정전을 겪고, 촛불을 켜고, 이따금 차가운 저녁식사를 하는 정도였지만, 3년차 축구팬들은 정전 순번이 게시되는 전기국 공보실에 찾아가, 우리 가운데 누가 일요일 오후에 '빅 매치'를 볼 수 있는지 알아보아야 했다. 전력이 끊기면 하이버리의 라이트가 꺼지기 때문에, 아스널은 화요일에 재경기를 해야 했다.

나는 수업이 있는 날인데도 이 경기를 보러 갔다. 관중석에는 나를 포함해서 땡땡이를 친 학생 몇 명, 연금생활자 몇몇만 앉아 있을 것이라 상상했건만, 실제로는 6만 3천 명이 몰려들어 그 시즌 최다 관중으로 기록되었다. 정나미가 떨어졌다. 나라 꼴이 이 모양인 데는 다 이유가 있었던 것이다! 나 역시 땡땡이를 친 까닭에 어머니에게 이런 심란한 심정을 털어놓지는 못했다. (당시에는 이 상황의 아이러니를 깨닫지 못했다.) 대체 왜 그런 일이 벌어졌을까?

삼십 대가 된 나에게, 평일 오후 경기에 운집했던 관중들의 모습은 (웨스트햄 역시 화요일 오후에 강팀 킬러인 히어포드와 경기를 했는데, 4만 2천 명이 넘는 관중들이 모였다) 넘버 식스 담뱃갑이나 〈펜 스트리트 갱〉*의 에피소드처럼 1970년대 초반을 추억하게 하는 상징이 되었다. 어쩌면 업튼 파크**와 하이버리에 모였던 10만 6천 명의 우리 한 사람 한 사람은 전부 사회사의 한 장에 동참하고 싶었던 것일지도 모른다.

* BBC에서 방영하던 TV 코미디 쇼.
** 웨스트햄의 홈구장.

나와 밥 맥납

●●●

스토크 시티 vs 아스널
1972. 4. 15.(빌라 파크)

1971/72시즌 FA컵에서는 희한한 일이 유난히 많이 벌어져, 축구에 관한 까다로운 퀴즈를 수없이 제공했다. 4차전의 결말을 짓는 데 열한 시간이 걸린 두 팀은? 마게이트를 상대로 11-0으로 이긴 경기에서 아홉 골을 기록한 선수는? 그 선수가 당시 뛰었던 팀은? 그 선수가 나중에 이적한 팀은? 히어포드 선수 중 1부 리그의 뉴캐슬을 상대로 2-1로 승리할 때 골을 넣은 두 선수는? (힌트: 아스널 팬들에게는 특히 기억에 남는 성이다.) 정답은 차례대로 옥스퍼드 시티와 앨브처치, 테드 맥두걸, 본머스, 맨체스터 유나이티드, 로니 래드포드와 리키 조지. 정답 하나당 1점씩 따져 7점을 받으면 말콤 맥도널드 선수 사이드보드를 상으로 받았다.

그 밖에도 평일 오후에 재경기가 여러 차례 벌어졌고, 찰리의 브이사인 사건이 있었다. 스토크를 상대로 빌라 파크*에서 벌인 준결승전에서는 1-1 동점 상황에서 아스널의 골키퍼 밥 윌슨이 실려나갔으며(존 래드포드로 교체되었다) 나는 경기 시작 두어 시간 전 아스널의 레프트백 밥 맥납과 이야기를 했다.

나는 메이든헤드에 사는 햇병아리 훌리건 히슬람과 함께 빌라 파크에 갔다. 그 애와는 열차에서 가끔 마주치곤 하는 사이였다. 나는 그를 우러러보았다. 히슬람은 언제나 아스널의 구호가 붉은 글씨로 조잡하게 써진 흰 가운을 입고 다녔다. 당시 아스널 팬이라면 필수적으로 갖추어야 하는 복장이었다. 경기가 끝나고 집으로 오는 길이면 패딩턴 발 5.35 열차의 내 옆자리에 앉아 경기 결과를 물어보았고, 자신은 경기장 아래 경찰서에 갇혀 있어서 어떻게 되었는지 모른다고 이야기하곤 했다. 노스 뱅크의 전설적인 행동대장 젠킨스(당연히 나는 들어본 적도 없는 이름이었다)와 친구 사이라고도 했다.

짐작대로 이런 이야기는 전부 헛소리임이 곧 밝혀졌다. 히슬람이 현실과 맺는 관계는 엉성하기 짝이 없었다. 젠킨스라는 인물이 정말 있었다 하더라도(전술을 지휘하는 훌리건 대장이 존재할 것이라는 생각 자체가 도시나 교외에 사는 사람들 사이에 떠도는 풍문에서 비롯된 것이리라) 히슬람은 그와 친구 사이가 아니었다. 게다가 아는 사람 가운데 진짜 범죄자가 생기기를 간절히 바라던 나조차도, 겉보기에 멀쩡한 열네 살짜리 소년이 어떻게 매주 토요일에 도무지 알 수 없는 애매한 잘못으

• 애스턴 빌라의 홈구장.

로 체포될 수 있는지 의아하게 생각하기 시작했다.

축구 문화란 뭐라고 꼬집어 정의하거나 파악하기가 어렵고, 너무나 광범위하기 때문에(히슬람이 킹스 크로스나 유스턴, 패딩턴의 뒷골목에서 벌어진 사건을 이야기하는 것을 듣고 있노라면, 런던 전체가 그 영향력 아래 놓여 있는 것처럼 느껴졌다) 온갖 판타지의 대상이 될 수밖에 없는 것이다. 토트넘 팬들과의 무서운 전투에 나도 가담했기를 바란다면, 그 전투가 반드시 경기장 안에서 벌어진 것으로 상상할 필요는 없다. 경기장 안의 전투는 참말인지 확인하기가 더 쉬우니까 말이다. 기차역이나 경기장으로 가는 길, 적들이 모인 술집에서도 전투는 벌어질 수 있다. 이런 종류의 축구 풍문은 스모그처럼 두껍고 꿰뚫어보기 어려운 것이다. 이 사실을 잘 알고 있는 히슬람은, 끔찍하고 황당한 거짓말을 지어내는 것을 엄청나게 좋아했다. 내 경우와 마찬가지로, 히슬람에게도 축구는 자기기만의 욕망을 채워주기에 완벽한 기제가 되어주었던 것이다. 한동안 우리는 만족스러운 공생 관계를 유지했다. 우리는 둘 다 자신이 훌리건이라 믿고 싶었으므로, 그가 내게 무슨 소리를 하더라도 먹혀든 것이다.

아버지는 나를 위해서 이 경기 입장권을 두 장 예매했다. (나는 아버지에게 내가 혼자 축구를 보러 다닌다는 사실을 털어놓지 않았다.) 히슬람은 너그럽게도 남는 입장권 한 장을 받아주기로 했다. 빌라 파크에 도착하자, 우리는 입장권을 받기 위해 매표소로 갔다. 그때가 1시 30분이었고, 선수 몇몇이 그곳에서 아내와 가족, 친구들에게 입장권을 나눠

주고 있었다. 레프트백이었던 밥 맥납도 그중 하나였다. 맥납은 1월 이후 주전으로 뛰지 않았기 때문에, 나는 그가 눈에 띄자 깜짝 놀랐다. 버티 미 감독이 석 달 만에 그를 FA컵 준결승전에 선발로 내보낼 것이라는 사실을 믿을 수가 없었다. 결국 호기심이 낯가림을 이겼다.

"오늘 뛸 거예요, 밥?"

"응."

나는 남들의 자서전에 대화가 나올 때면 몹시 의심스런 마음이 든다. 대체 어떻게 15년, 20년, 50년 전에 나눈 대화를 정확하게 기억할 수 있는 것일까? 하지만 "오늘 뛸 거예요, 밥?"은 내가 아스널 선수에게 건넨 단 네 마디의 말 가운데 하나이며(다른 세 마디도 적어보면, 그다음 시즌에 부상에서 회복 중이던 밥 윌슨에게 했던 말 "다리는 어때요, 밥?", 그리고 찰리 조지, 팻 라이스, 앨런 볼, 버티 미에게 했던 말 "사인 좀 해줄 수 있어요?", 마지막으로 철이 든 다음 아스널 기념품 가게 바깥에서 브라이언 마우드에게 했던 말 "다리는 어때요, 브라이언?"이다) 나는 이 말이 절대적으로 정확하다고 주장할 수 있다.

물론 나는 축구 선수들과 대화를 나누는 상상을 종종 해왔다. 지금도 나는 앨런 스미스나 데이비드 오리어리를 술집에 데려가 알코올 라거를 한잔 사고, 함께 앉아 술집이 문을 닫기 전까지 이야기를 나누는 상상을 곧잘 한다. 조지 그레이엄이 정말로 그렇게 노랑이인지, 찰리 니콜라스의 몸 상태는 어떤지, 존 루킥의 이적 소문이 사실인지. 그렇지만 팀이라는 것은, 사실은 거기서 뛰는 선수들보다는 우리 같은 팬에게 더 큰 의미를 지니고 있다. 20년 전 그 선수들은 어디에 있었는가? 20년 후에 그들은 어디에 있을 것인가? 또 몇몇 선수들은 고작 2년 뒤에도 어디에 있을지 모르는 일이 아닌가? (빌라 파크나 올드 트래퍼드*에서 드리블을 하면서 아스널의 골문을 향해 쇄도하고 있을지도 모른다.)

아니, 나는 지금 그대로의 현실에 만족한다. 그들은 선수이고 나는 팬이며 그 경계선을 허물고 싶지 않다. 남자들은 오빠부대의 엽기적인 행각을 비웃지만, 스타와의 하룻밤이라는 것은 얼마든지 이해할 수 있는 일이며, 그 나름대로 의미 있고 타당하기도 하다. (내가 만일 스무 살의 처녀였다면, 연습장을 찾아가 데이비드 로캐슬에게 팬티를 벗어 던지고 있을 것이다. 남자가 이런 식의 고백을 한다는 것은, 아무리 신식 인간이라 해도 아직은 받아들이기가 무지하게 힘든 일이지만 말이다.) 축구화 론칭 행사나 스포츠숍 개점 행사, 나이트클럽이나 레스토랑에서 선수들과 이야기를 할 수 있는 기회가 종종 생기는데, 우리는 대부분 그 기회를 잡는다. ("다리는 어때요, 밥?" "지난 토요일에 정말 멋졌어요, 토니." "저, 다음 주 토트넘 전에 꼭 나올 거죠?") 이렇게 어색하게, 창피함을 무릅쓰고, 더듬거리며 말을 건네는 것이, 어둠 속에서 맥주 냄새를 풍기며 더듬는 짓과 무엇이 다르단 말인가? 우리는 젊고 예쁘장한 아가씨가 아니라 배 나온 아저씨이며, 내줄 만한 것은 아무것도 없다. 프로 축구 선수들은 모델처럼 아름답고 다가설 수 없는 존재이고, 나는 주책맞고 눈치 없는 중년이 되고 싶지는 않다.

* 맨체스터 유나이티드의 홈구장.

시합 전에 입는 트레이닝복 차림이었던 밥 맥납을 보았던 그때는 이런 것을 잘 몰랐다. 나는 경기장에서 앞줄에 앉은 두 녀석이 선수 교체에 대해 이야기하는 것을 보고, 맥납이 나올 것이라고, 그에게서 직접 들은 이야기라고 말해주었다. 그러자 그들은 나를 한 번 쳐다보고, 자기네끼리 서로 쳐다보더니 고개를 가로저었다. (물론 출전 선수 명단이 나오자 그들은 나를 다시 쳐다보았다.) 그사이 히슬람은 빌라 파크의 커다란 홀트 엔드* 꼭대기에 올라가서는, 자신이 출입문을 몰래 지나 경기장 안으로 들어온 이야기를 하느라 정신없이 바빴다. (그는 경기장에 들어서자마자, 아는 사람이든 모르는 사람이든 다 붙잡고 이 이야기를 해댔다.) 우리 두 사람 중에 누가 헛소리꾼 취급을 받았겠는가? 물론 나였다. 경기 전에 선수와 이야기를 할 수 있는 사람은 아무도 없지만, 돈을 내지 않고 경기장에 숨어들어오는 사람은…… 대체 입장권 반쪽을 주머니에 넣고 있으면서도 이런 거짓말을 하는 까닭은 무엇일까?

* 원정 응원석이 있는 빌라 파크 관중석의 남쪽 골대 뒷자리.

웸블리 II — 악몽은 계속된다

●●●

리즈 vs 아스널
1972. 5. 5.

불안감을 표출하는 전형적인 꿈 이야기. 진부할 정도로 뻔한 스토리다. 나는 웸블리에 가려는 참이며, 호주머니 안에는 결승전 입장권이 들어 있다. 킥오프 시각인 3시까지 시간을 넉넉하게 잡고 집을 나섰지만, 나는 계속해서 축구장과는 반대 방향으로 움직이게 된다. 처음에는 그저 희한한 일이라고 생각하지만, 이내 허둥거리기 시작한다. 3시 2분 전, 나는 런던 중심가에서 택시를 잡으려고 이리저리 뛰어다니면서 이 경기를 놓칠 거라는 사실을 깨닫기 시작한다. 하지만 재미있는 점은, 내가 이 꿈을 좋아한다는 것이다. 1972년 이후 아스널이 리그 컵이나 FA컵 결승전에 진출할 때마다 여섯 번이나 이 꿈을 꾸었고, 이 악몽은 왠지 모르게 승리를 예견하는 꿈이 되었다. 나는 식은땀을 흘리며 깨어나고, 그 땀은 그날의 결과를 예감하게 하는 첫 번째 조짐 역할을 해준다.

내 FA컵 결승전 입장권은 암표상이나 아버지를 통해서 구한 것이 아니라 구단에서 직접 보내온 것이었다. 나는 그 사실을 우스꽝스러울 정도로 자랑스러워했다. (입장권에 딸려온, 인사말이 적힌 쪽지를 보았을 때는 훨씬 더 비정상적인 희열을 느꼈다. 나는 그 쪽지를 그 후로 여러 해 동안 보관하고 있었다.) FA컵 결승전 입장권은 프로그램 뒷면에 찍혀 있는 쿠폰 숫자에 따라 할당된다. 나처럼 프로그램을 전부 갖고 있다면 입장권을 받게 될 확률이 높다. 이는 곧 성실한 팬들에게 보답하기 위한 시스템인 셈이다. 하지만 실제로 보답을 받는 사람들은, 경기장 바깥의 프로그램 가판대에서 필요한 프로그램을 찾아낼 정열이 있는 이들이었다. (그것만 해도 상당한 성실성이 요구되는 힘든 작업이다.) 나는 홈경기 대부분을 보러 갔고, 원정 경기에도 여러 번 갔다. 그러니 나에게도 웸블리에 가서 결승전을 관람할 자격이 누구 못지않게 충분했다. 나는 그 전해에는 느끼지 못했던, 소속감에서 비롯된 자랑스러움을 느꼈던 것이다.

(이 소속감이란 수요일 밤 플리머스에서 열리는 의미 없는 경기를 보러 가는 사람들의 심리를 이해하는 데 필수적인 요소다. 이 소속감이 없다면, 축구 산업은 결국 실패할 것이다. 하지만 그 결과는 어떠한가? 매주 국토를 종단하거나 횡단하는 팬들, 우리 팀은 나보다 그들에게 더 많이 '소속'되어 있을까? 1938년 이래 매 시즌 열 번씩뿐이기는 하지만 오랜 세월 동안 꾸준히 하이버리를 찾는 팬이 있다면…… 아스널은 그의 팀이라 부를 수 있고 그 역시 아스널의 일원이라고 할 수 있지 않을까? 그러나 내가 이 사실을 깨닫는 데는 또 몇 년이 더 걸렸다. 그때까지는 고통 없이는 아무것도 얻을 수 없다고 생각했다. 괴로움에 부들

부들 떨고, 스카프에 얼굴을 묻고 울며 코를 풀어대지 않는다면, 승리의 순간에 즐거워하거나 자부심을 느낄 자격도 없다고 생각했던 것이다.)

경기 자체는 아스널 대 리즈 전이 늘 그렇듯이 우울 그 자체였다. 두 팀에게는 일종의 내력 비슷한 것이 있었는데, 이들이 만나면 보통 격렬하지만 득점은 적은 경기가 되는 것이었다. 내 친구 밥 맥납은 경기를 시작한 지 2분 만에 옐로카드를 받았고, 그 순간부터 프리킥과 쓸데없는 시비, 발 걸기와 손가락질, 으르렁거리기의 연속이었다. 더욱 한심했던 것은, 이 경기는 바로 FA컵 100주년 기념 결승전이라는 사실이었다. 축구협회의 높은 사람들이 결승전 진출 팀을 마음대로 고를 수 있었다면, 필시 아스널과 리즈는 뽑힐 가능성이 매우 낮았을 것이다. 경기 시작 전 기념식에서(나는 습관대로 경기 시작 90분 전부터, 나의 지정석이 되다시피 한 자리에 가 있었다) 이전의 결승 진출 팀의 대표들이 깃발을 들고 경기장을 행진했는데, 이것은 마치 풍자적인 의도를 지닌 행사처럼 보였다. 1953년 매튜스*가 뛴 결승전을 기억하는가? 1956년 베르트 트라우트만이 목이 부러졌음에도 불구하고 득점한 것도 기억하는가? 1961년 토트넘의 2관왕은? 1966년 에버턴의 컴백은? 1970년 오스굿의 다이빙 헤더는? 그런데 지금, 스토리와 브렘너가 서로 허벅지를 걷어차려고 아웅다웅하는 꼴을 보라. 형편없는 수준의 경기를 보고 있노라니 뱃속의 긴장은 점점 더 심해졌고, 그것은 3년 전 스윈던 전 때처럼 내 기력을 쏙 빼놓았다. 경기의 수준에 대해

* 잉글랜드 프로리그에서 30여 년간 활약한 전설적인 축구 선수로서 '드리블의 마술사'로 불렸으며, 선수 생활 중 기사 작위까지 받았다.

서 전혀 신경 쓰지 않을 셈이라면(게다가 심지어 공이 어디로 날아가는지에 대해서도 전혀 신경 쓰지 않는 순간이 여러 차례 있었다) 우승은 훨씬 더 절실해졌다. 달리 생각할 것이 없었으니까.

후반전이 시작되자마자, 믹 존스가 어찌어찌 옆으로 나가더니 크로스 패스를 올렸고, 앨런 클라크가 우스꽝스러울 정도로 힘들이지 않고 고개만 까딱해서 넣은 골을 성공시키는 바람에 리즈가 1-0으로 앞서갔다. 슬프게도 그것이 그 경기에서 유일한 골이었다. 우리의 슈팅은 번번이 골포스트나 크로스바를 맞추거나 골라인 밖으로 넘어갔다. 허나 이것은 전형적인 FA컵 결승전의 모습이니 심각하게 받아들일 일은 아니었다. 아스널 선수들은 아무리 기를 써봐도 소용없다는 것을 이미 알고 있는 듯한 표정이었다.

경기가 끝날 시각이 되자, 나는 스윈던과의 경기 때처럼 슬픔에 통째로 잡아먹힐 순간에 대비해 마음을 단단히 먹었다. 나는 열다섯 살이었고, 1969년 이후로는 눈물을 흘리는 일은 생각조차 할 수 없었다. 경기 종료 휘슬이 울렸을 때, 무릎이 약간 흔들렸던 기억이 난다. 지금에 와서야 축구에서 느끼는 슬픔이란 모두 그런 것임을 깨우치게 되었지만, 그때로서는 아스널이나 다른 팬들 때문이 아니라 나 스스로 몰아넣은 이런 처지가 정녕 서럽게 느껴졌다. 자기가 응원하는 팀이 웸블리에서 지면, 순간 머릿속에 월요일 아침 만나게 되는 회사 동료나 반 친구들이 떠오르게 된다. 또한 애써 무시해온 그들의 광란 상태도 떠오른다. 어리석게도 내가 또다시 아스널 같은 팀을 응원하고, 그 바람에 사람들의 놀림감이 되었다는 사실이 도저히 믿기지 않았다. 나는 축구팬이 될 만한 배짱이 없는 것 같았다. 어떻게 이 일을 다시 겪을 수 있단 말인가? 앞으로 남은 평생 동안을, 웸블리에 3,4년마다 와서 이런 비참한 기분을 맛보아야 한단 말인가?

누군가 팔로 어깨를 감싸는 느낌이 들었다. 나는 그제야 비로소 내 바로 옆에 리즈 팬 할아버지 한 분과 그의 아들과 손자가 서 있었던 것을 깨달았다. "너무 슬퍼하지 마라, 얘야." 그 할아버지가 말씀하셨다. "다음엔 이길 테니." 그 순간 처음 느꼈던 가장 격렬한 고통이 지나가고 다리에 힘을 되찾았다. 그 할아버지가 나를 부축해주고 있었던 것 같은 기분이 들었다. 그와 거의 동시에, 머리를 짧게 깎은 아스널 팬 두 명이 불길하게 두 눈을 번뜩이며 사람들을 밀치고 우리 넷을 향해 걸어왔다. 그들은 어린 손자의 목에서 리즈 스카프를 벗겼다. 나는 뒤로 한 발자국 물러섰다. "다시 묶어주세요."라고 아이의 아버지가 말했지만, 그건 아무 말도 안 하고 있으면 나약한 아버지 취급을 받게 된다는 것을 알기 때문이지, 진심으로 한 말은 아니었다. 잠시 주먹다짐이 오가고, 나이가 좀 든 두 사내는 물러갔다. 나는 그 가족이 어떻게 두들겨 맞는지 쳐다보지 않았다. 나는 통로로 달려가, 두려움과 메스꺼움을 느끼며 곧바로 집으로 돌아왔다. FA컵 100주년 결승전이 결국 이렇게 끝날 수밖에 없다니.

새로운 가족

•••

아스널 vs 울브스
1972. 8. 15.

1972년 여름이 지나면서 상황이 급변했다. 지금까지 가장 영국적인(즉 가장 융통성 없고 가장 거친) 팀이었던 아스널이 완전한 유럽 스타일로 면모를 싹 바꾸고 1972/73시즌 첫 여섯 경기 동안 토털 사커를 구사하기로 결정한 것이다. (축구 전술을 잘 모르는 독자들을 위해 간략하게 설명하자면, 토털 사커란 네덜란드에서 고안한 것으로, 경기하는 선수 전원을 융통성 있게 활용하는 전술이다. 수비수도 공격을 하고, 공격수도 미드필드에서 뛰어야 한다. 말하자면 포스트모더니즘을 축구에서 구현한 것인데, 지식인들도 토털 사커에 환호를 보냈다.) 1972년 8월, 하이버리에서는 감사의 뜻을 담은 차분한 박수 소리를, 이태 전 6만 명이 발을 굴러대던 소리만큼이나 자주 들을 수 있었다. 브뤼셀 방문을 마치고 돌아온 대처 여사가 호전적 애국주의의 위험성에 대해 설교를 한다고 상상해보면, 이 변화가 얼마나 현실감이 없는 것인지를 조금이나마 느낄 수 있을 것이다.

토요일 개막전에서 레스터에게 승리를 거둔 데 이어, 이날의 경기에서는 울브스를 대파했다. (스코어는 5-2로, 수비수 맥납과 심슨까지 골을 넣었다.) "아스널 경기에 이렇게 흥분한 적은 여태껏 한 번도 없었다." 라고 이튿날 《데일리 메일》지에 보도되었다. 《텔레그라프》지는 "아스널은 2관왕을 기록한 해에 벌였던 여남은 경기보다 훨씬 더 멋진 축구를 보여주었다." "아스널은 정말로 팀의 색채를 바꾸었다."라는 평가를 내렸고, 이어서 이렇게 보도했다. "스트라이커의 헤더만을 집요하게 바라던 낡은 방식이 사라졌다. 대신 무기력한 울브스가 직접 겪어보았듯이, 창조적이면서도 즉흥적인 플레이가 등장했다."

이유는 알 수 없으나, 이때 처음으로 아스널의 분위기와 운수가 내 기분과 운수를 반영한다는 생각이 들기 시작했다. 그 후에도 그런 믿음은 계속되었다. 우리 둘 다 탁월한 기량을 과시하며 승리를 거두고 있었기 때문만이 아니었다. (보통 등급 중학교 수료 시험을 통과한 것만으로도, 나는 인생 승부 챔피언십의 진정한 우승자임을 증명하고도 남았다.) 더욱이 이해 여름, 내 앞에는 갑자기 정신없을 정도로 신 나는 삶이 펼쳐졌는데, 이는 아스널이 현란한 유럽 스타일을 채택한 것과 시기적으로 딱 맞아떨어지는 일이었다. 다섯 골, 정확한 패스(앨런 볼의 패스는 탁월했다), 그리고 관중의 대만족, 적대적이었던 언론의 진정한 흥분 등등, 울브스 전에서 벌어진 모든 것은 이전과는 판이하게 달랐다. 나는 이 광경을 이스트 스탠드 아래층에서 아버지와 새어머니와 함께 지켜보았다. 새어머니는 바로 몇 주 전에 처음 만난 사람으로, 그

전까지는 항상 '적'이라고 생각했던 상대였다.

부모님이 헤어진 뒤 4,5년 동안 나는 아버지의 사생활에 대해서는 한마디도 묻지 않았다. 그 이유는 어느 정도 짐작할 수 있을 것이다. 대부분의 아이들처럼 나 역시 그런 것을 말로 옮길 어휘력도, 배짱도 없었던 것이다. 또 하나의 이유는 설명하기가 쉽지 않은데, 피할 수 있는 한 우리 가족 가운데 누구도 그간 벌어진 일을 입에 담지 않았기 때문이었을 것이다. 아버지가 어머니와 헤어지기 전부터 다른 여자를 만나고 있었다는 사실은 나도 알고 있었지만, 아버지에게 그 사람에 대해 물어본 적은 한 번도 없었다. 그랬기 때문에 아버지를 떠올리면 대단히 추상적인 그림이 되었다. 아버지가 일을 한다는 것과 외국에 산다는 것은 알고 있었지만, 그 밖의 아버지의 삶에 대해서는 그려보려고 시도하지도 않았다. 아버지는 나를 축구장에 데려가고, 학교생활이 어떠냐고 물어보고 나서는 두어 달 동안 미지의 변방으로 사라져버렸다.

우리 모두와 마찬가지로 아버지 역시 또 다른, 훨씬 충만한 삶의 배경을 갖고 있다는 사실을 깨닫게 되는 날이 결국 오고야 말았다. 1972년 초여름, 나는 아버지와 아버지의 두 번째 부인이 아이 둘을 낳아 키우고 있다는 사실을 알게 되었다. 그 놀라운 소식을 미처 제대로 받아들이지도 못하고 있었던 7월, 나는 프랑스로, 꿈에도 생각지 못했던 그 가족의 집으로 놀러 갔다. 그 직전까지 그런 상황은 철저히 비밀에 부쳐졌으므로, 나는 자잘한 사건들을 하나씩 알게 되면서 차츰차츰 적응해나갈 시간을 갖지 못했다. 영화 〈카이로의 붉은 장미〉의, 객석에서 스크린을 뚫고 영화 속으로 들어가는 미아 패로처럼 나는 나와는 전혀 무관하게 설계되고 완성되어, 완전히 낯설지만 아는 사람들이 등장하는 세계 속에 던져졌던 것이다. 이복 남동생은 검은 머리에 자그맣고 얌전한 아이였으며, 십팔 개월 더 어린 이복 여동생은 금발에다 총명하고 자부심이 강했는데…… 이 두 아이를 전에 어디서 보았더라? 다름 아닌 우리 가족의 옛 모습을 담은 비디오테이프에서였다. 하지만 저 애들이 나와 내 여동생 질이라면, 어째서 반은 프랑스어로, 반은 영어로 말하는 걸까? 나는 저 애들에게 어떤 존재가 되어주어야 하는 걸까? 형이나 오빠? 제3의 부모 같은 것? 그도 저도 아니면 어른 세계에서 온 중재자 정도? 게다가 대관절 어떻게 하기에 그 집에는 수영장이 있고, 냉장고에는 콜라가 떨어지는 법이 없을까? 나는 그곳이 좋기도 했고 싫기도 했으며, 다음 비행기로 집에 돌아가고 싶기도 했고 남은 여름 내내 그곳에서 살고 싶기도 했다.

집에 돌아오자, 앞으로 몇 년 동안 지켜야 할 모두스 비벤디*를 만들었다. 옛 세계 속에서는 새로운 세계를 결코, 절대로 언급해서는 안 되었다. 우리 집의 손바닥만 한 뒷마당에는 왜 수영장이 없냐고 불평을 해본들 득 될 것은 아무것도 없었지만 말이다. 그리하여 내 삶 속에서 커다란 자리를 차지하던 중요한 한 부분이 다른 부분과 완벽하게 평화적으로 분리·유지되었는데, 이는 이미 혼란을 겪고 있

* 잠정적 협정. 원래는 '생활양식'이라는 뜻의 라틴어.

던 십 대 소년이 거짓말, 자기기만, 정신분열증을 일으키기 딱 좋은 조건이었다.

하이버리에서 울브스 전을 관람하는 동안 새어머니가 내 옆에 앉아 있다니, 엘시 태너*가 〈크로스로즈 모텔〉**에 걸어들어온 것 같은 느낌이었다. 한 세계에 사는 사람이 다른 세계의 중심에 등장하자, 양쪽의 현실성이 모두 사라져버린 것이다. 그때 아스널은 칼 같은 패스를 주고받으며 경기장을 누비고 다녔고, 우리 수비수들은 상대 팀 페널티에어리어 안까지 뛰어들어 요한 크루이프를 연상케 하는 결정력과 정확도를 자랑하며 상대 골키퍼를 괴롭혔다. 급기야 나는 세상이 미쳐 돌아가는 것이 분명하다는 결론을 내리게 되었다. 나는 적과 나란히 앉아 있었고, 아스널은 자신들이 네덜란드 대표팀이라고 생각했다.

두 달 후, 우리는 더비에서 5-0으로 완패했다. 그러기가 무섭게 아스널은 예전의 완고한 안전 제일주의로 되돌아가버렸다. 아스널이 토털 사커를 실험한 기간이 그렇게 짧게 끝나버린 것만 보아도 충분히 알 수 있었다. 이는 대단히 독창적인 은유로서, 나를 위해 만들어졌다가, 내가 그 의미를 이해하는 순간 폐기처분되었다.

* 섹스 심벌로 유명했던 여자 탤런트.
** 영국에서 방영된 인기 TV 멜로드라마.

생사의 문제

●●●

크리스털 팰리스 vs 리버풀
1972. 10.

나는 축구 경기에서 많은 것들을 배워왔다. 내가 아는 영국과 유럽 지명 가운데 대부분은 학교에서 배운 것이 아니라 원정 경기나 스포츠 신문을 보면서 알게 된 것이고, 훌리건들을 통해 사회학에 대한 관심과 현장학습 체험을 갖게 되었다. 내가 통제할 수 없는 것에 시간과 감정을 투자하는 일과, 비판적 시각 없이 온전히 같은 대상을 응원하고 그 소속감을 갖는 것의 가치도 배웠다. 그리고 친구 프록과 함께 셀허스트 파크*에 맨 처음 갔을 때, 나는 처음으로 죽은 사람을 보게 되었다. 그러니까 삶에 대해서도 조금은 알게 된 것이다.

경기가 끝나고 기차역으로 걸어가던 중, 우리는 한 남자가 길바닥에 드러누워 있는 것을 보았다. 그 남자는 레인코트를 뒤집어쓰고,

* 크리스털 팰리스의 홈구장.

목에는 자주색과 파란색의 크리스털 팰리스 스카프를 두르고 있었다. 한 청년이 그 사람을 들여다보고 있었다. 우리 둘은 길을 건너 살펴보러 갔다.

"괜찮아요?" 하고 프록이 물었다.

청년은 고개를 가로저었다. "아니, 죽었어. 내가 바로 뒤에서 걸어오고 있었는데, 이 아저씨가 갑자기 푹 고꾸라지더라고."

정말 죽은 것 같았다. 얼굴은 잿빛이었고, 우리가 아는 한 살아 있는 사람이 그렇게 꼼짝도 하지 않을 수는 없을 것 같았다. 우리는 깜짝 놀랐다.

프록은 4학년뿐만 아니라 5학년 애들까지 관심을 가질 만한 이야기를 지어내려고 했다. "누가 이랬어요? 리버풀 팬이요?"

그 말을 듣고 청년은 자제심을 잃었다. "아냐, 심장마비였어. 이 꼬맹이들아, 알았으면 이제 가봐."

우리는 시키는 대로 했고, 그걸로 끝이었다. 그러나 그 이후로 줄곧 내가 품고 있는 유일한 죽음의 이미지는 그 장면과 크게 다르지 않다. 크리스털 팰리스의 스카프와 진부하고 통속적인 몇 가지 사항들. (경기가 끝난 후이긴 하지만 시즌 도중이라는) 타이밍, 가슴 아파하지만 결국 심리적 거리를 두고 바라보는 낯선 사람. 게다가 호기심을 넘어 기쁨을 감추지 못하고 작은 비극을 멀뚱멀뚱 구경하는 어리석은 십대 소년 둘.

나는 걱정에 사로잡힌다. 나도 그렇게 시즌 도중에 죽게 될까 봐.

나도 아마 8월에서 이듬해 5월 사이의 어느 시점에 죽게 될 것이다. 우리는 우리가 세상을 떠날 때 제대로 매듭짓지 못한 일은 하나도 남겨놓지 않으리라는 순진한 기대를 하면서 살아간다. 자식들과 좋은 사이를 유지하고, 그들에게 행복하고 안정된 삶을 살게 해주고, 살면서 소망했던 것들을 전부 이루고 나서야 떠나고 싶은 것이다. 물론 이건 말도 안 되는 바람이다. 죽음에 대해서 사색해본 축구팬들 역시 이런 바람이 말도 안 된다는 사실을 알고 있다. 매듭짓지 못한 일들이 수백 가지는 남을 것이다. 어쩌면 우리는 우리가 응원하는 팀이 웸블리에서 FA컵 결승전을 벌이는 전날 밤 죽거나, 유러피언 컵* 1차전 다음 날 죽거나, 리그 승격 경기나 강등 경기 도중에 죽을지도 모른다. 게다가 내세에 관한 여러 가지 이론에 따르면, 경기 결과를 알지 못하게 될 가능성도 있다. 은유적으로 말하면, 축구팬의 죽음에 있어서 가장 중대한 문제는, 큰 트로피를 타기 전에 죽게 될 가능성이 높다는 것이다. 프록이 집으로 돌아오는 길에 말한 것처럼, 도로에 쓰러져 있던 그 아저씨는 크리스털 팰리스가 그 시즌에 어떤 성적을 거두었는지 알지 못할 것이다. 그들이 그 후 20년 동안 1부 리그와 2부 리그를 오르락내리락하며 깃발 무늬를 대여섯 차례나 바꾸고, 마침내 처음으로 FA컵 결승에 진출하여 셔츠에 '버진'**이라고 더덕더덕 붙이고서 뛰어다니게 될 줄도 몰랐을 것이다. 하지만 산다는 건 그런 거다.

* 유럽 각국 리그에서 최고 성적을 거둔 팀들이 겨루는 대회로, 지금의 챔피언스 리그.
** 셔츠 스폰서가 영국의 재벌기업인 버진사이기 때문.

나는 시즌 중간에 죽고 싶지는 않지만, 한편으로는 죽고 나서 하이버리 경기장에 뼈를 묻고 싶은 사람들 가운데 하나이기도 하다. (하지만 여기에는 규제가 생긴 것으로 알고 있다. 구단에다 남편의 유골을 그라운드에 뿌려도 되느냐는 문의를 하는 미망인들이 하도 많다 보니, 잔디에 좋지 않은 영향을 줄 것이라는 우려가 나온 것이다.) 어떤 모습으로든 경기장 안을 떠돌면서 한 주 토요일에는 1군 경기를, 다음 주 토요일에는 2군 경기를 돌아가며 볼 수 있다면 행복할 것이다. 내 자식들과 손주들도 아스널 팬이 되어, 그 애들과 함께 경기를 구경하면 좋겠다. 그렇게 영원히 사는 것도 나쁘지 않을 것 같다. 대서양 바닷물이나 어느 깊은 산속에 버려지기보다는, 이스트 스탠드에 뼈를 묻게 되기를 간절히 바라고 있다.

하지만 (스코틀랜드가 웨일스를 꺾고 월드컵 본선에 진출한 직후 죽었던 조크 스타인이나 몇 년 전 셀틱 대 레인저스 전 직후 돌아가신 친구의 아버지처럼) 경기가 끝난 직후에 죽고 싶지는 않다. 그건 마치 축구팬의 죽음에 어울리는 배경은 축구뿐이라는 듯한 극단적인 인상을 주기 때문이다. (물론 헤이젤이나 힐즈버러*, 아이브록스**나 브래드퍼드*** 사태와 같은 것을 말하는 것은 아니다. 이들은 전혀 다른 차원의 비극이었다.) 나는 사람들이 고개를 저으며, 그럴 줄 알았다는 식으로 씩 웃으며 기억하는 존재가

* 1989년 4월 리버풀 대 노팅엄 포레스트의 FA컵 준결승전에서 과다한 관중 때문에 방벽이 무너지면서 95명이 죽고 200여 명이 다친 참사.
** 1971년 레인저스 대 셀틱 전에서 강철기둥이 쓰러져 관중 66명이 압사하고 140여 명이 부상당한 참사.
*** 1985년 5월 브래드퍼드 대 링컨 시티 전에서 스탠드 바닥에 불이 붙어 56명이 죽고 200여 명이 다친 참사.

되고 싶지는 않다. 그렇게 뻔한 추측에 맞아떨어져주고 싶지는 않은 것이다.

그러니 이것만큼은 분명히 해두겠다. 나는 경기가 끝난 후 길레스피 로드에 쓰러져 죽음을 맞고 싶지 않다. 그러면 정말 못 말리는 괴짜로 기억될 테니까. 하지만 유령이 되어 영원히 하이버리를 떠다니며 2군 선수들의 경기를 구경하고 싶은 걸 보면, 분명 괴짜는 괴짜다. 나와 같은 집착이 없는 사람들에게는 도저히 납득할 수 없을 정도로 모순되어 보일 이 두 가지 소망은, 강박증 환자의 특징과 딜레마를 요약해서 보여준다고 할 수 있겠다. 우리는 남들의 배려를 받는 것을 싫어하지만(나를 오로지 편집광으로만 알고 있어서, 대화의 요점을 말하기 전에 아스널의 경기 결과를 한 마디씩 천천히, 참을성 있게 물어보는 사람들도 있다. 축구팬이라고 하면, 가족도 직장도 없고, 대체요법에 대한 의견을 가질 수도 없는 사람이라고 단정하는 모양이다) 우리의 광적인 태도는 남들의 배려를 불가피하게 만든다. 이 모든 사실을 다 알고 있으면서도 나는 여전히 아들에게 리암 찰스 조지 마이클 토마스라는 성가신 이름을 붙여주고 싶은 걸 보면, 내가 이런 취급을 받는 것도 다 이유가 있지 싶다.

졸업식날

●●●

아스널 vs 입스위치
1972. 10. 14.

열다섯 살이 되던 해, 나는 키가 훌쩍 컸다. 사실, 우리 학년에 나보다 키가 작은 아이들이 많아졌다. 그것은 대체로 다행스러운 일이었지만, 그로 인해 발생한 한 가지 문제가 몇 주에 걸쳐 나를 괴롭혔다. 이제 내 자존심을 유지하려면, 학생 구역에서 아스널의 가장 시끄러운 서포터들이 자리하는 골대 바로 뒷자리, 노스 뱅크로 옮기는 것을 더 이상 미룰 수 없게 된 것이다.

나는 아주 조심스럽게 데뷔 계획을 짰다. 그 시즌 들어서 나는 눈앞에서 펼쳐지는 경기보다는 오른쪽에 있는 시끄러운 인간 군상을 관찰하는 데 더 많은 시간을 들였다. 정확히 어디에 자리를 잡고, 어디를 피해야 할지 파악하려고 애를 썼던 것이다. 입스위치 전은 이상적인 기회로 판단되었다. 입스위치 팬들은 노스 뱅크를 '점거'하려 들지 않을 것이고, 관중도 경기장 전체 수용 인원의 절반가량인 3만

명을 넘지 않을 것이었다. 나는 학생 구역을 떠날 마음의 준비를 마쳤다.

대체 뭐가 그렇게 걱정이었는지 지금은 잘 기억나지 않는다. 더비나 빌라와의 원정 경기를 보러 갔을 때 나는 주로 원정 응원석에 있었는데, 그것은 노스 뱅크를 떼어다 놓은 것이나 마찬가지였다. 그러니 말썽이 생길까 봐(홈경기보다는 원정 경기에서 말썽이 생길 가능성이 더 큰 법이다) 혹은 옆에 서 있는 사람들이 무서워서 그렇게 걱정했던 것은 아닐 것이다. 아마 그해 초 레딩 전에서 그랬던 것처럼 정체가 발각될까 봐 두려웠던 것 같다. 곁에 있는 사람들이 내가 이즐링턴에 살지 않는다는 걸 알면 어쩌지? 교외 중학교에 다니면서 라틴어 시험에 통과하기 위해 공부하고 있다는 사실을 들키면 어쩌지? 하지만 결국 위험을 감수해야 했다. 관중 전체가 〈댐버스터스 마치〉의 곡조에 맞추어 "혼비는 변태야!"라든가 "우리는 공부벌레가 싫어, 싫어, 정말 싫어!"를 귀가 멍멍하도록 외치게 되더라도 할 수 없는 일이었다. 적어도 시도는 해봐야 했다.

2시가 조금 넘어 경기장에 도착한 나는 노스 뱅크로 향했다. 그곳은 거대했다. 평상시의 내 자리에서 볼 때보다도 훨씬 더 커 보였다. 가파른 회색 계단이 광활하게 펼쳐진 위로, 금속 벽이 규칙적으로 세워져 있었다. 내가 자리 잡은 곳, 아래쪽 한가운데는 열혈 팬으로서의 의지(관중석의 함성은 대부분 홈 응원단 한가운데부터 시작되어 밖으로 퍼져나간다. 양쪽 가장자리와 지정 좌석은 아주 흥분된 순간에만 합세할 뿐이다)와 조심성(중앙 뒤쪽은 심약한 서포터가 데뷔하는 날에 있을 만한 자리가 아니다)을 모두 어느 정도씩 나타내는 자리였다.

통과의례란 문학작품이나 할리우드 영화에서는 흔히 볼 수 있지만 실제 생활, 특히 런던 교외에 사는 소년의 실제 생활에서는 찾아보기 어렵다. 첫 키스, 동정을 잃는 일, 첫 주먹질, 첫 술, 첫 마약 등등 나를 완전히 다른 사람으로 만들어놓아야 할 온갖 사건들은 그저 우연히 일어난 것 같았다. 거기에는 아무런 의지도, 고통스러운 의사결정 과정도 개입되지 않았고(나의 경우에는 또래 집단의 압력, 나쁜 성질머리, 십 대 소녀가 성적인 면에서 십 대 소년보다 더 조숙하다는 사실이 이 모든 사건을 결정했다) 그 결과 나는 이러한 통과의례를 전부 거치면서도 전혀 성숙하지 않았던 모양이다. 이십 대 중반이 되도록, 내가 의식적으로 역경을 헤쳐나가려고 노력했던 기억은 오로지 노스 뱅크 출입구를 통과하여 걸어가던 그때밖에 없었다. (정말로 그랬다. 그때까지 내게 역경을 헤쳐나가야 했던 기회가 없었던 것은 아니다. 하지만 나는 그런 것에 관심이 없었다.) 나는 노스 뱅크에 서고 싶었지만, 가엾게도 그와 동시에 조금은 두려웠던 것이다. 그러니 내가 겪은 유일한 통과의례란 콘크리트 조각 위에 서 있는 것이었다. 하지만 내가 원하기는 하면서도 한편으로는 두려웠던 일을 혼자 해내고 무사했다는 사실…… 그것이 내게는 큰 의미를 지녔다.

경기 시작 한 시간 전, 내 자리에서 보이는 광경은 굉장했다. 그라운드 어느 한구석도 가려서 보이지 않는 곳이 없었고, 아주 작게 보일 것이라 생각했던 반대편 골대마저도 꽤 분명하게 보였다. 그러나 3시가 되자, 그라운드의 모습이라고는 바로 앞 페널티에어리어에서 반대편 터치라인으로 이어지는 좁다란 잔디 한 줄밖에 볼 수 없게 되었다. 코너 깃발은 모조리 사라졌고, 바로 아래 골대도 중요한 순간 팔짝 뛰어야 간신히 보였다. 우리 쪽에서 아슬아슬한 실책이 있을 때마다 관중들은 앞으로 몰려나갔다. 나도 일고여덟 계단을 떠밀려 내려갔고, 주위를 둘러보자 발치에 놓아두었던 프로그램과《데일리 익스프레스》지가 든 가방이 아주 멀리 떨어져 있었다. 거센 파도를 헤치고 헤엄치면서 돌아본, 백사장에 놓여 있는 타월처럼 말이다. 이 경기에서 조지 그레이엄이 25야드짜리 발리슛을 성공시킨 골 하나는 제대로 보았지만, 오로지 그것이 클락 엔드 쪽에서 들어간 덕분이었다.

물론 나는 노스 뱅크가 좋았다. 선수들이 등장할 때 나오는 의례적인 함성(좋아하는 선수부터 차례로 돌아가며, 선수가 손을 흔들어줄 때까지 이름을 불러댄다), 경기장에서 뭔가 신 나는 일이 벌어졌을 때 나오는 즉흥적인 고함 소리, 골이 나오거나 공격이 계속될 때 흥이 나서 부르는 노랫소리 등등 제각기 다른 소리들이 좋았다. (게다가 아직 창창한 청년들이 모인 이 자리에서도 경기가 잘 풀리지 않을 때면 구시렁거리는 소리가 들렸다.) 처음 긴장했던 순간이 지나가자, 경기장 쪽으로 떠밀려나갔다가 다시 제자리로 빨려들어가는 그 움직임도 좋아하게 되었다. 그리고 사람들 가운데 묻혀 있다는 사실도 좋았다. 정체가 발각되는 일 따위는 없었다. 그 후 17년 동안 무사했으니까.

이제 예전의 노스 뱅크는 없어졌다. 힐즈버러 사태 이후, 〈테일러 리포트〉*는 축구장의 관중석을 모두 지정 좌석제로 바꿀 것을 권고했고, 구단들은 전부 그 권고에 따르기로 결정했다. 1973년 3월, 나는 첼시와의 FA컵 재경기를 보기 위해 하이버리에 모인 6만 3천 명의 관중과 함께 있었다. 지금은 웸블리를 제외하고는, 하이버리를 비롯해서 잉글랜드의 어떤 축구장에도 그만한 규모의 관중은 모일 수 없게 되었다. 힐즈버러 사태가 벌어지기 1년 전이었던 1988년만 해도 아스널은 한 주에 두 번이나 5만 5천 명의 관중을 모은 적이 있었다. 그중 두 번째 경기였던 에버턴과의 리틀우즈 컵 준결승전은 기억에 남는 축구 관람을 대변하는 최후의 경기였다. 라이트, 폭우, 경기 내내 이어지던 엄청난 함성. 슬픈 일이다. 앞으로도 관중들은 전율을 느낄 수 있는 새로운 관람 환경을 창조해낼 수 있을 것이다. 하지만 엄청난 숫자의 사람들을 모으고 그 사람들을 하나의 거대한 감정 공동체로 만들어주었던 그때의 그런 환경은 결코 되살릴 수 없을 것이다.

더더욱 슬픈 것은 아스널이 경기장을 개축한 방식이다. 그날 입스위치 전 입장료는 25펜스였다. 아스널의 경기장 신축 계획으로, 1993년 9월부터 노스 뱅크에 들어가려면 최소 1,100파운드짜리 채권을 사고 거기다 푯값까지 내야 할 것이다. 인플레이션을 감안하더라도 그건 너무 심하다는 생각이 든다. 채권 발행 계획은 구단의 재정에는 도움이 되겠지만, 하이버리의 응원 모습은 다시 예전으로 돌

* 프로 축구의 전면적인 개혁 조치.

아갈 수 없을 것이다.

명문 구단들이 주축을 이루는 팬들에게 진력이 나버린 것은 아무도 뭐라고 할 수 없는 일 아닐까? 젊은 노동자계급과 하층계급 남성들은 이따금 골치 아프고 복잡다단한 문제들을 가져오니까 말이다. 구단 임원들은 그들 스스로가 기회를 날려버린 것이며, 새로운 마케팅 대상이 되는 중산층 가족들은 질서 있게 행동할 뿐만 아니라 돈도 훨씬 더 많이 낼 것이라고 주장할지도 모른다.

허나 이러한 주장은 책임감이나 공정성, 축구팀이 지역사회에서 맡는 역할과 같은 중요한 문제들을 무시한 것이다. 설령 그런 문제들이 없다손 치더라도 이런 식의 논리에는 치명적인 결함이 있다. 대형 축구장에서 느낄 수 있는 즐거움 가운데 일부는 남의 감정과 공감하고 이입하는 과정에서 나온다. 왜냐하면 자신이 노스 뱅크나 캅* 혹은 스트렛퍼드 엔드**에 서 있는 것이 아니라면, 남들이 그런 분위기를 제공해주어야 하기 때문이다. 그리고 그 분위기는 축구 관람 체험에서 가장 필수적인 요소 가운데 하나다. 선수뿐만 아니라 구단을 위해서도 이렇게 열혈 서포터들의 응원석이 커야 하는 까닭은, 그들의 목청이 커서가 아니고, 그들이 구단에다 많은 돈을 내기 때문도 아니다. (물론 이것도 중요한 요인이기는 하다.) 그들이 없다면 다른 사람들이 힘들여 축구장을 찾지 않을 것이기 때문이다.

아스널과 맨체스터 유나이티드 등 구단 측에서는 관중들이 폴 머

* 리버풀의 홈서포터 전용 관중석.
** 맨체스터 유나이티드의 홈서포터 전용 관중석.

슨과 라이언 긱스를 보려고 돈을 낸다고 생각하고 있는데, 그 말도 물론 일리는 있다. 하지만 20파운드짜리 지정 좌석에 앉은 사람들이나 귀빈석에 앉은 사람들 가운데 많은 이들은 폴 머슨을 보러 온 사람들을 보러(혹은 사람들이 머슨을 향해 소리 지르는 것을 들으러) 온 것이기도 하다. 온 경기장에 귀빈만 가득 차 있다면, 누가 귀빈석에 앉으려고 비싼 돈을 내겠는가? 구단은 노스 뱅크의 분위기가 함께 제공된다는 전제하에 귀빈석 입장권을 팔았고, 노스 뱅크는 선수들만큼이나 많은 수입을 벌어들여온 것이다. 이제 누가 함성을 지르겠는가? 교외에 사는 중산층 꼬마들과 그들의 부모들이 직접 함성을 질러대야 한다면, 그래도 경기를 보러 올까? 보러 와서는 자신들이 속았다는 느낌을 받지는 않을까? 사실 구단은 그들에게 자리를 내주기 위해 쇼의 가장 큰 볼거리를 밀어내고 입장권을 판 셈이니까 말이다.

축구계가 바람직한 관중이라고 생각하는 사람들에 대해서 한마디만 더 하자. 그 새로운 관중은 실패를 참아주지 않을 테니, 구단들은 올해도 좋은 성적을 거두리라는 확신을 주어야 할 것이다. 이들은 1부 리그에서 11위를 기록하고 각종 대회 출전 가능성을 모조리 상실한 팀의 경기를 보러 3월에 윔블던까지 갈 사람들이 아니다. 그럴 까닭이 없지 않은가? 그들에게는 다른 할 일이 많다. 그러니 아스널이여⋯⋯ 1953년에서 1970년까지 그랬던 것 같은 연패를 기록한다면, 더 이상 용서받을 수 없을 것이네. 알겠나? 1975년과 1976년처럼 강등 위기에 처해서도 안 되고, 1981년에서 1987년까지 그랬던 것처럼 5년이 넘도록 결승전에 단 한 번도 오르지 못해서도 안 돼. 우리 같은 얼간이들은 그런 것을 참아주었고, 아스널 자네가 아무리 형편없어도(이따금 자네는 정말, 정말 형편없었네) 최소한 2만 명은 모여주었지만, 이 새로운 관중들은…… 글쎄올시다.

축구팬에겐 선택의 여지가 없다

●●●

아스널 vs 코벤트리
1972. 11. 4.

노스 뱅크로 옮겨가서 생긴 유일한 문제라면, 거기에 있는 관중들이 하는 행동을 전부 보고 배우게 된 것이었다. 그곳에서 세 번째로 구경한 경기(두 번째로 본 맨체스터 시티 전에서는, 이언 어는 저리 가라 할 정도로 덜떨어진 신참 제프 블로클리가 상대의 코너킥을 골라인 안에서 손으로 쳐내어 공이 페널티에어리어 안쪽에 떨어졌는데도 주심이 페널티킥을 주지도 않았고, 골로 선언하지도 않았다는 것이 기억에 남는다. 그때 우리는 정말 신 나게 웃어댔다!) 후반, 코번트리 시티의 토미 허치슨이 깜짝 놀랄 만큼 멋진 단독 골을 넣었다. 허치슨은 레프트윙 쪽 40야드 지점에서 공을 잡더니, 아스널 수비수들을 줄줄이 이끌고서 드리블을 해나가다 반대쪽 코너에서 미친 듯이 달려오는 제프 바넷을 살짝 피하면서 커브 슛을 쐈다. 노스 뱅크는 일순간 정적에 휩싸였다. 우리는 클락 엔드 쪽의 코번트리 팬들이 돌고래처럼 날뛰는 모습을 보고 있다가, 누가 먼저랄 것도 없이 가슴에 절절히 사무치는 노래 〈네놈 머리통을 차 넣어버릴 테다〉를 부르기 시작했다.

이 노래는 전에도 종종 들어보았었다. 잉글랜드의 어느 축구장에서나, 어느 원정팀이 골을 넣거나, 이 노래가 공식 주제가 역할을 한 지 15년은 족히 되었을 것이다. (하이버리에는 그 외에도 〈네놈은 런던 앰뷸런스를 타고 집으로 돌아가게 될 거야〉, 〈네놈들 모두 밖에 나가면 두고 보자〉, 〈클락 엔드여, 네 임무를 수행하라〉—클락 엔드에 있는 아스널 서포터들은 원정팀 팬들과 가까이 있으므로 보복할 임무를 맡게 된다—가 있었다.) 하지만 이 날, 나는 저주를 퍼붓는 데 처음으로 동참했다. 나 역시 그 자리에 있던 다른 사람들과 마찬가지로, 그 골에 분통을 터뜨리고 화를 내며 괴로워했다. 나와 코번트리 팬 사이에 그라운드가 있었으니 다행이었다. 그렇지 않았다면…… 그렇지 않았다면 나는 뭔지 몰라도 엄청난 대형 사고를 쳤을 것이고, 그것은 N5 구역의 테러로 기억되었을 것이다.

물론 이런 것은 여러모로 우스운 일이었다. 십 대 소년들의 훌리건 흉내는 대부분 우스꽝스러운 수준이었으니 말이다. 하지만 지금에 와서도 나는 나 자신의 모습을 돌이켜보며 가볍게 웃음을 터뜨리기가 어렵다. 근 20년 전 일인데도, 아직도 그 일을 생각하면 창피하기 짝이 없다. 그때의 열다섯 살짜리 열혈 팬에게는 어른이 된 지금 나의 자아가 하나도 없었다고 생각하고 싶지만, 그건 너무 낙관적인 생각이 아닌가 싶다. 지금의 나에게는(수백만 명의 남자들이 그러하듯) 그 열다섯 살짜리 소년의 많은 부분이 그대로 남아 있다. 따라서 그렇게 창피함을 느끼는 것이다. 또 그 소년에게서 어른의 모습이 보이기 때문이기도 하다. 어느 쪽이든 우울한 이야기가 아닐 수 없다.

결국 나는 깨닫게 되었다. 내가 누군가에게 협박을 하는 것은 아무짝에도 쓸모없는 짓이라는 교훈(내가 떠들어댄 소리는 코번트리 팬들이 애를 낳게 될 것이라고 장담한 거나 다를 바 없었다), 어떤 경우든 폭력과 그에 따른 문화는 전혀 멋지지 않다는 교훈(내가 한 번이라도 같이 자고 싶었던 여자들 가운데 그날 오후의 내 모습을 보고 근사하다고 생각할 사람은 아무도 없을 것이다), 축구는 운동경기일 뿐이며, 응원하는 팀이 진다고 해도 난동을 부릴 필요가 없다는 교훈…… 나는 이런 교훈들을 터득했다고 생각하고 싶다. 그러나 원정 응원을 갔을 때, 때때로 아직도 그때 버릇이 남아 있음을 느낄 수 있다. 우리는 상대 팀 팬들에게 에워싸여 있고, 주심은 우리 편을 전혀 들어주지 않는다. 우리는 근근이 경기를 계속해나가고, 애덤스가 쓰러지고 상대방의 센터포워드가 달려들면, 사방에서 그 끔찍한 불만과 울분이 터져나온다…… 그러면 나는 한 가지 교훈은 잊어버리고 난동을 부리고 싶은 충동에 휩싸인다. 협박하는 것은 쓸모없는 짓이며 폭력 문화는 멋지지 않다는 두 가지 교훈만 깨달아도 충분하지만, 충분치 않은 경우도 있으니까 문제다.

왠지 모르지만 남성성은 여성성보다 더 구체적이고 덜 추상적인 의미를 갖게 되었다. 많은 사람들은 여성성을 타고난 속성으로 여기는 것 같다. 그러나 많은 남성과 여성들은, 남성성이란 남성이 채택할 수도 있고 거부할 수도 있는 전제이자 가치관이라고 생각한다. 축구를 좋아한다고? 그렇다면 당신은 소울 뮤직, 맥주, 주먹다짐, 여자 가슴 만지기, 돈을 좋아하는 사람이다. 럭비나 크리켓을 좋아한다고? 그렇다면 당신은 다이어 스트레이츠나 모차르트, 와인, 여자 엉덩이 꼬집기, 돈을 좋아하는 사람이다. 두 가지 모두 해당 사항이 없다고? 마초는 사양이라고? 그렇다면 당신은 평화를 사랑하는 채식주의자이며, 미셸 파이퍼의 어디가 매력적인지 알지 못하고, 루서 밴드로스를 듣는 것은 심술궂은 악동뿐이라고 생각하는 사람이다.

남자들도 취사선택할 능력이 있다는 사실은 쉽게 망각된다. 예컨대 축구와 소울 뮤직과 맥주를 좋아하면서도, 여자 가슴 만지기나 엉덩이 꼬집기는 혐오할 수도 있다. (혹은 그 반대도 있을 수 있다.) 뮤리엘 스파크와 브라이언 롭슨을 모두 좋아할 수도 있는 일이다. 서로 어울리지 않는 것을 융통성 있게 짝지을 수 있다는 것은, 흥미롭게도 여성보다 남성이 더 잘 알고 있다. 내 동료 가운데 하나인 페미니스트 여성은 내가 아스널 경기를 본다는 사실을 받아들이길 거부했다. 그 까닭은 우리가 전에 페미니즘 소설에 대해서 대화를 나눈 적이 있기 때문이었다. 어떻게 페미니즘 책을 읽은 내가 하이버리에 갈 수가 있단 말인가? 지적인 여성에게 자기가 축구를 좋아한다고 말해보면, 여성들이 갖고 있는 남성의 개념을 일목요연하게 알 수 있을 것이다.

하지만 코번트리 전을 보면서 내가 느꼈던 악의로 가득 찬 분노는, 4년 전 시작된 상황의 논리적 귀결이었음을 인정해야 할 것이다. 열다섯 살의 나는 취사선택을 할 줄 몰랐고, 축구 문화와 남성성 사이의 연관성을 인식할 줄도 몰랐다. 토요일마다 하이버리에서 축구를 보고 싶다면, 있는 힘껏 독살스러운 말을 퍼부으면서 창을 휘둘러야 하는 줄로만 알았던 거다. 아버지와 떨어져 지냈던 상황으로 비추어, 만일 내가 아스널에 집착했던 것이 그전까지 없었던 남성성을 축구 관람으로 손쉽게 체득할 수 있었기 때문이라면, 그 후에도 한참 동안 허접쓰레기와 간직할 만한 가치가 있는 것을 가리지 않고 무조건 받아들인 것도 이해할 만한 일일까. 나는 보이는 것마다 달려들었다. 필시 내 눈앞에는 어리석고 맹목적이며 난폭한 분노가 펼쳐져 있었을 것이다.

그런 스스로의 모습에 상당히 빨리 염증을 느꼈던 것은 운이 좋았던 덕분이다. (그건 정말 운 때문이지 내가 잘나서 그런 것이 아니다.) 특히 다행한 일은, 내가 반했던 여자들과 친구가 되고 싶었던 남자들(그 무렵, 이런 바람은 바람으로 그치고 말았다)은 내가 스스로의 모습에 염증을 느끼지 않았더라면 나와 한마디도 나누지 않았을 사람들이었다는 것이다. 만일 싸움 잘하는 남자를 좋아하는 여자를 만났더라면 나는 갈등할 필요가 없었을지도 모른다. (베트남 반전 구호를 기억하는가? "여자들은 전쟁을 허락하지 않는 남자들에게 마음을 허락한다.") 그러나 자신의 공격성을 객관적으로 바라볼 필요도 없고, 바라보고 싶어하지도 않는 축구팬들도 엄청나게 많다. 나는 그런 사람들을 걱정하고 경멸하며 두려워한다. 그들 가운데는 머리를 걷어차겠다는 협박을 하기에는 너무 나이가 든 애 딸린 삼십 대 중반의 남자들도 있지만, 어쨌든 그들은 그러고 산다.

캐롤 블랙번

•••

아스널 vs 더비 카운티
1973. 3. 31.

이 시점에서 내 기억력의 정확도, 어쩌면 모든 축구팬들의 기억력의 정확도에 대해서 짚고 넘어가야 할 것 같다. 나는 축구 일지를 쓴 적은 한 번도 없고, 새카맣게 잊어버린 경기도 셀 수 없이 많다. 그러나 내 삶은 아스널을 중심으로 진행되어왔으며, 조금이라도 중요한 사건은 모두 축구와 연관시켜 기억하고 있다. 처음으로 결혼식 들러리를 선 날은? 그날 아스널은 FA컵 3라운드에서 토트넘에 1-0으로 졌고, 나는 바람 부는 주차장에서 팻 제닝스가 비극적인 실책을 저질렀다는 라디오 해설을 듣고 있었다. 첫 연애가 끝난 때는? 1981년 코번트리 전에서 아쉬운 2-2 무승부를 거둔 다음 날이었다. 이 사건들을 함께 기억하는 것은 이해할 만하지만, 내가 설명할 수 없는 부분은 어떻게 그 밖의 다른 사소한 사건들까지 축구와 함께 기억하고 있는가이다. 예를 들어, 여동생은 하이베리에 두 번 와본 것을 기억하지만, 그 이상은 전혀 모른다. 나는 여동생이 1973년 버밍엄을 상대로 1-0으로 이긴 경기(리암 브래디가 데뷔한 날이었고, 레이 케네디가 골을 넣었다)와 1980년 스토크를 상대로 2-0으로 이긴 경기(홀린스와 샌섬이 득점했다)를 봤다는 것을 알고 있다. 배다른 남동생은 1973년 1월에 처음 와서 FA컵 경기였던 레스터와의 2-2 무승부를 보았다. 하지만 그 사실을 기억하는 사람이 그 애가 아니라 나라는 것은 대체 무슨 까닭일까? 누군가 1976년 하이버리에 와서 뉴캐슬과의 5-2 승부를 보았다고 하면, 실은 5-3이었다고 말해주고 싶어 입이 근질거리는 까닭은 무엇일까? 어째서 나는 예의 바르게 미소 지으며 "그렇죠, 멋진 경기였어요."라고 맞장구치지 못하는 것일까?

우리가 얼마나 짜증 나는 사람들인지, 타인의 눈에 얼마나 괴짜처럼 보일지 잘 알고 있지만, 이제 와서 해결책이 딱히 없는 것도 사실이다. (아버지 역시 1940년대의 축구팀 본머스와 크리켓팀 햄프셔의 이야기만 나오면 나와 똑같은 반응을 보인다.) 스코어와 득점 선수와 사건은 모두 하나가 된다. 토트넘을 상대로 팻이 실책을 저지른 것은, 물론 스티브의 결혼식보다 덜 중요한 사건이었지만, 나에게는 그 두 사건이 합쳐져 새로운 하나의 사건이 된 것이다. 그러므로 강박증 환자의 기억력이란 정상인의 기억력보다 더 창조적인 것일지도 모른다. 우리가 없는 일을 지어낸다는 뜻이 아니라, 바로크 형식의 영화처럼 컷을 나누고 장면을 쪼개어 기억하는 방법을 알고 있다는 것이다. 친구의 결혼식을 기억하는 데 300마일이나 떨어져 있는 진흙탕에서 선수가 미끄러져 넘어진 일을 써먹을 사람이 축구팬 말고 또 누가 있겠는가? 강박증이란 대단히 날카로운 사고력을 요구하는 것이 틀림없다.

바로 이 날카로운 사고력 덕분에 나는 사춘기가 시작된 날짜를 정확하게 기억하고 있다. 그것은 1972년 11월 30일 목요일, 아버지가 나를 런던에 데려가 새 옷을 사준 날이었다. 나는 통이 넓은 바지 한 벌, 검정색 점퍼 한 벌, 검정색 레인코트 한 벌과 검정색 구두 한 켤레를 골랐다. 그 날짜를 기억하는 것은 그 주 토요일에 아스널이 하이버리에서 리즈 유나이티드를 상대로 2-1로 이겼을 때 내가 그 옷 가지를 전부 입고 있었고, 이전에는 느끼지 못했던 자부심을 느꼈기 때문이다. 나는 그 옷에 어울리는 새로운 머리 모양도 개발했다. (로드 스튜어트를 흉내 내거나 스파이크 슈즈를 신을 엄두를 내지는 못했다.) 그리고 그 머리 모양에 어울리는 여자아이들에게 관심이 생기기 시작했다. 새 옷, 새 머리 모양, 여자아이들에 대한 관심, 이 세 가지로 인하여 모든 것이 바뀌었다.

더비와의 경기는 정말 대단했다. 토털 사커의 실험이 끝난 이후, 아스널은 치사하고 맹렬하며, 강한 승부욕을 가진 꺾기 힘든 예전의 모습으로 되돌아가 리그 순위 다툼을 해나가고 있었다. 아스널이(현재 선두 팀을 상대로) 이 경기에서 이긴다면, 2관왕의 해 이래 처음으로 1부 리그 우승 가능성이 생길 참이었다. 아스널은 같은 날 오후 홈에서 토트넘과 경기를 가진 리버풀과 승점이 같았다. 그때의 더비 전 프로그램을 보고 있노라면, 축구에서 운이란 정말 공평하다는 생각이 든다. 우리가 더비를 이겼다면 다시 리그 우승을 차지할 가능성이 매우 높아지는 승점이 될 수 있었다. 결국 우리는 이날 오후 더비전에서 만회할 수 있었던 승점인 딱 3점 차이로 우승을 놓치고 말았던 것이다. 그다음 주 토요일, 우리는 FA컵 준결승전에서 2부 리그의 선더랜드와 맞붙었고, 거기서도 졌다. 두 번의 뼈아픈 패배를 겪은 버티 미 감독은 팀 조직 전체를 다시 짜려 했지만 성공하지 못했고, 3년 후 아스널을 떠났다. 사실 두 경기 모두 이겨야 했고, 이길 수 있는 경기였다. 그중 하나만이라도 이겼다면 아스널의 역사는 완전히 달라졌을 것이다.

그리하여 이날 오후 경기에서 향후 10년간 아스널의 운명이 결정된 셈이었지만, 그건 아무래도 좋았다. 그 전날 밤, 3,4주 동안 사귀어온 여자친구 캐롤 블랙번이 나를 차버린 것이다. (그 2주 전에 캐롤과 친구 집에서 텔레비전으로 첼시 대 아스널의 FA컵 4강전 하이라이트를 본 기억이 난다. 그 애는 첼시 팬이었다.) 내 눈에 비친 캐롤은 퍽 아름다웠다. 가운데 가르마를 탄 긴 생머리에, 올리비아 뉴턴존을 닮은 따뜻한 눈을 가진 아이였다. 그 애의 아름다운 모습에 넋이 빠진 나는 사귀는 내내 초조해서 말도 제대로 못했다. 그 애가 나를 차버리고 나보다 한 살 많을 뿐이지만 벌써 직장을 가진 대즈라는 소년과 사귀기로 한 것은 그다지 놀랄 일이 아니었다.

경기가 펼쳐지는 내내 우울했다. (나는 클락 엔드에서 경기를 지켜보고 있었는데, 그 이유는 모르겠다. 아마도 노스 뱅크의 넘치는 에너지를 감당할 수 없어서였을 것이다.) 눈앞에서 벌어지는 경기 탓이 아니었다. 아스널 경기를 보아온 지 근 5년 만에 처음으로 경기장에서 벌어지고 있는 일들이 무의미하게 느껴졌고, 우리가 1-0으로 지는 바람에 우승 기회를 날려버렸다는 사실이 아무렇지도 않았다. 아스널이 후반전에 동점골을 넣으려고 뛰어다니는 동안, 나는 우리가 득점하지 못할 것임을, 설사 더비의 센터하프가 공을 손으로 잡아 주심에게 던지는 일이 일어난다 하더라도 우리는 그 덕에 얻은 페널티킥을 놓치고 말 것임을 본능적으로 알고 있었다. 내 기분이 이 모양인데 우리가 어떻게 이기거나 무승부를 기록한단 말인가? 축구는 인생의 은유인데 말이다.

물론 더비 전에서의 패배는 퍽 아쉬웠지만, 캐롤 블랙번에게 버림받은 것만큼 아쉽지는 않았다. 하지만 무엇보다 아쉬웠던 것은—이 아쉬움은 아주아주 나중에서야 느낀 것이다—나와 아스널 사이에 방해물이 생겼다는 사실이었다. 1968년에서 1973년 사이, 내게 토요일은 일주일을 사는 이유였고, 그 밖의 시간에 학교나 집에서 무슨 일이 일어나든 그건 빅 매치 하프타임에 나오는 시시한 광고나 다름없었다. 그 시기 동안은 축구가 바로 인생이었다. 은유적인 표현이 아니라 실제 인생이었다. 내가 겪은 커다란 사건—상실의 고통(1968년과 1972년 FA컵 결승전), 환희(2관왕), 야망의 좌절(아약스와의 유러피언 컵 4강전), 사랑(찰리 조지), 울적함(거의 매주 토요일마다)—은 모두 하이버리에서 벌어진 것이다. 청소년 팀이나 이적 시장을 통해서 새 친구를 사귀기도 했다. 그런데 캐롤 블랙번이 나에게 새로운 종류의 삶을 열어주었다. 그것은 실재하는 삶이며, 아스널을 통해서 겪는 삶이 아니라 내가 몸소 체험하는 삶이었다. 그리고 모두들 알다시피, 그런 삶은 결코 만만한 것이 아니었다.

축구여, 안녕

●●●

아스널 vs 맨체스터 시티
1975. 10. 4.

1973/74시즌 프로그램을 몇 개 갖고 있는 것으로 보아, 그 시즌에도 경기를 몇 번 보러 간 것은 분명한데, 하나도 기억이 나지 않는다. 그다음 시즌에는 축구장에 한 번도 가지 않은 것이 확실하고, 그다음 1975/76시즌에는 브라이언 삼촌과 사촌 동생 마이클과 함께 딱 한 번 갔었다.

축구장에 가지 않게 된 것은 아스널이 너무 못한 까닭도 있다. 조지, 맥린톡, 케네디가 떠났지만, 그들의 자리를 제대로 메워줄 선수가 없었다. 래드포드와 암스트롱은 전성기가 지났고, 볼은 계속 컨디션이 좋지 않았으며, 젊은 선수들(브래디, 스테이플튼, 오리어리가 모두 뛰고 있었다)은 헤매는 팀에 적응하느라 당연히 힘겨워하고 있었다. 새로 영입한 선수들은 기대에 미치지 못했다. (일테면, 대머리에다 쾌활한 성격의 센터하프 테리 맨시니는 마치 2부 리그 승격 시합을 위해 영입한 것처럼 보였다. 상황은 그만큼 암담했다.) 7년 만에 하이버리는 회생 불가능한 축구팀의 고향이라는 우울한 본모습으로 돌아가버렸다. 내가 처음 그들과 사랑에 빠졌을 때처럼.

이 무렵이 되자 나는 경기 결과를 알고 싶지 않았다. (아마 만 명쯤 되는 다른 사람들도 마찬가지였을 것이다.) 보나마나 뻔했다. 축구 대신 내가 보고 싶었던 것은, 주말마다 메이든헤드 하이 스트리트의 '부츠'*에서 일하는 여고생들이었다. 그래서 방과 후에 하던 청소와 진열 아르바이트(원래는 오로지 축구 보러 갈 돈을 벌기 위해서 이 일을 했다)를 1974년 어느 무렵부터는 방과 후뿐만 아니라 토요일까지 하게 되었다.

나는 1975년까지 고등학교에 다녔다. 그해 여름, 상위권 대입 자격시험을 쳤고, 세 과목 가운데 두 과목을 가까스로 통과했다. 그러자 뻔뻔스럽게도 고등학교에 한 학기 더 다니면서 케임브리지 대학 입학시험 공부를 하기로 결정했던 것이다. 이는 케임브리지에 가고 싶어서가 아니라, 곧바로 대학에 가고 싶지는 않은데, 그렇다고 해서 세계 여행을 하거나 장애 아동들을 가르치거나 키부츠 집단농장에서 일하거나, 아무튼 나를 좀 더 괜찮은 사람으로 만들어줄 만한 일은 아무것도 하고 싶지 않았기 때문이었을 것이다. 그래서 나는 일주일에 이틀은 '부츠'에서 일하면서 고등학교에 계속 다녔고, 아직 대학에 들어가지 않은 몇 안 되는 사람들과 어울려 다녔다.

축구가 그리 그립지도 않았다. 고등학교 3학년 때는 친구들도 바

* 영국의 대형 생필품·약국 체인.

뀌었다. 중고등학교 5년 동안 어울렸던, 프록과 카스라고도 불렸던 축구를 좋아하는 패거리들이 영문학 동아리의 우울하고 무뚝뚝하기 짝이 없는 친구들보다 재미없어져버리더니, 술과 가벼운 마약, 유럽 문학과 반 모리슨*이 갑작스레 내 삶을 지배하기 시작했다. 새로 사귄 친구들 가운데 제일 튀는 아이는 헨리라는 전학생으로, 학생회장 선거에 마오쩌둥의 후계자를 자처하며 출마하기도 하고(당선도 되었다) 술집에서 옷을 몽땅 벗어 던지기도 하더니, 결국 동네 기차역에서 우편물 가방을 훔쳐다가 나무 위로 던진 사건으로 보호시설 같은 곳에 수감된 녀석이었다. 케빈 키건의 기가 막힐 만큼 효율적인 플레이가 헨리의 소동들에 비하면 지루하게 느껴졌던 것도 고개를 끄덕일 만했다. 나는 텔레비전으로 축구를 보았고, 스탠 보울스와 게리 프란시스가 뛰던 퀸스파크 레인저스가, 아스널은 전혀 관심을 보이지 않았던 근사한 전술로 리그 우승을 할 뻔했던 시즌에는 두세 번 경기장에 갔었다. 나는 지식인이 되었고, 《선데이 타임스》지에 실린 브라이언 그랜빌의 글을 읽었으며, 지식인들은 축구의 정신보다는 전술을 중심으로 봐야 한다는 가르침을 받았다.

어머니는 무남독녀 외동딸이었기 때문에 우리 친척은 전부 친가 쪽 사람들뿐이었는데, 부모님이 이혼하면서 어머니와 여동생과 나는 친척들과 멀어지게 되었다. 그것은 우리가 선택한 일이기도 했고, 지

* 북아일랜드의 음유시인이라 불리는 록 뮤지션.

리적으로 멀리 떨어져 살기 때문이기도 했다. 나의 십 대 시절에 아스널이 일가친척을 대신해주었다는 소리는 축구 때문에 다른 사람들에게 소홀히 할 때마다 들이대기 위해 지어낸 변명이기는 하지만, 나조차도 어떻게 축구가 내 인생에서 떠들썩한 사촌들, 상냥한 고모들, 배 나온 삼촌들의 역할을 맡아줄 수 있었는지 설명하기 어렵다. 브라이언 삼촌이 아스널을 좋아하는 열세 살짜리 아들을 데리고 하이버리에 가려는데 함께 가겠느냐고 물어보았을 때 일종의 보상관계가 성립했다. 아마도 축구가 더 이상 내 삶에서 큰 힘을 발휘하지 못하게 되자, 이제 친척들과 어울리는 즐거움을 발견해보려는 생각이 들었던 모양이다.

어린 시절의 뚱한 내 모습 그대로인 마이클이, 자기가 응원하는 팀이 3-0으로 지는 상황에서 맥없이 경기를 재개하는 것에 괴로워하는 모습을 바라보고 있으려니 기분이 이상야릇했다. (아스널은 3-2로 졌는데, 사실 경기 내용을 보면 두 골이나 넣은 것도 의외였다.) 나는 마이클의 얼굴에서 미칠 것 같은 표정을 보았고, 그 나이 또래 소년들에게 축구가 왜 그렇게 큰 의미를 가질 수 있는지 깨닫게 되었다. 책은 골치 아파지기 시작하고 여자아이들에게는 아직 관심이 끌리지 않을 때, 우리가 달리 어디에 마음을 줄 수 있겠는가? 그 자리에 앉아 있는 동안, 나는 이제 하이버리와의 관계가 완전히 끝났다는 것을 알았다. 나는 하이버리가 필요 없어졌다. 물론 슬픈 일이었다. 하이버리에서 보낸 6,7년은 내게 매우 중요한 시기였고, 여러 가지 면에서 내 삶을 구제해준 시기였으니 말이다. 하지만 이제 하이버리를 잊고, 학업과 연애에서 잠재력을 발휘하고, 축구는 세련되지 못하거나 덜 자란 사람들에게 넘겨줄 때가 되었다. 아마도 마이클이 앞으로 몇 년 동안 축구를 맡았다가 또 누군가에게 넘겨줄 것이다. 우리 집안에서 축구가 완전히 사라지는 것은 아니고, 언젠가 내 아들을 데리고 돌아올지도 모른다고 생각하니 기분이 좋았다.

삼촌이나 마이클에게 그 이야기를 꺼내지는 않았다. 나는 축구에 대한 열병을 아이들에게 괴로움만 가져다주는 질병으로 취급하고 싶지 않았다. 하지만 축구장을 떠나면서, 나는 가만히 감상적인 작별 인사를 건넸다. 나도 시깨나 읽은 까닭에 그때가 매우 중요한 순간임을 알 수 있었다. 나의 유년기가 말끔하게, 그리고 우아하게 사라지고 있었다. 그 시절이 갖는 의미가 사라지는 것을 슬퍼하지 않는다면, 대체 무엇을 슬퍼할 수 있으랴? 성년이 되어서도 지금까지처럼 강박적으로 살 수는 없을 것이다. 카뮈를 제대로 이해하고, 뻔뻔하고 신경질적이며, 만족할 줄 모르는 인문대 여학생들과 같이 잘 수만 있다면, 테리 맨시니와 피터 심슨을 희생해도 좋았다. 새로운 인생이 시작될 참이니, 아스널의 시대는 막을 내려야 했다. 나는 열여덟 살에 드디어 어른이 된 것이다.

1976~1986

제 2 의 아동기

●●●

아스널 vs 브리스틀 시티
1976. 8. 21.

나중에 밝혀진 일이지만 아스널에 대한 나의 애정이 식었던 까닭은 통과의례나 여자친구, 장 폴 사르트르, 반 모리슨과는 전혀 무관한 것으로, 브라이언 키드와 프랭크 스테이플튼 투톱이 부진한 탓이었다고 볼 수 있다. 1976년 버티 미 감독이 사임하고, 후임인 테리 닐 감독이 뉴캐슬에 333,333파운드를 내고 말콤 맥도널드를 영입하자, 신기하게도 애정이 되살아났다. 시즌 첫날 팀의 장래를 낙관하며 열광의 그라운드에 목숨을 걸었던 1970년대 초의 얼간이 같은 모습으로, 나는 경기를 빨리 보고 싶은 조급한 마음을 안고 하이버리로 돌아왔다. 축구에 시들해진 것이 철들기 시작한 탓이었다면, 나는 딱 열 달 동안만 철들었다가 열아홉 살에 제2의 아동기로 되돌아간 셈이다.

테리 닐 감독은 사실 누가 봐도 구세주가 되어줄 만한 재목은 아니었다. 그가 토트넘에서 바로 옮겨왔다는 사실 때문에 그다지 달가워하지 않은 아스널 팬들도 있었고, 또 거기서 그리 훌륭한 실력을 보여준 것도 아니었기 때문이다. 닐 감독은 토트넘이 2부 리그로 강등되는 것을 가까스로 막아냈을 따름이었다. (그러나 그들은 어차피 강등될 운명이었다.) 하지만 적어도 닐은 새로운 인물이었고, 우리 팀에는 그가 정리해주어야 할 부분이 있었다. 그가 감독을 맡은 이후 첫 경기에 모인 관중 수로 보아, 새 시대의 막이 오를 것이라는 기대를 갖고 하이버리를 다시 찾은 사람은 나뿐만이 아니었던 모양이다.

사실 말콤 맥도널드니 닐 감독이니 새로운 시대니 하는 것은 내가 하이버리로 돌아간 이유 중에서 일부일 뿐이다. 시즌 시작 전 몇 개월 동안 나는 다시 학생 시절과 같은 상태로 돌아갔는데, 희한하게도 학교를 떠나 일자리를 구하면서 그렇게 되었다. 대학 입학시험을 치른 다음, 나는 런던의 큰 보험회사에 취직했다. 그러니까 런던에서 지내봄으로써 런던에 대한 환상에 종지부를 찍을 셈이었는데, 그건 생각보다 힘든 일이었다. 런던 생활비를 감당할 수가 없었던 나는 집에서 통근을 했고(봉급은 기차 삯과 퇴근 후 술값으로 다 날아갔다) 런던 사람들도 그다지 많이 사귀지 못했다. (나는 진짜 런던 사람이란 하이버리 주변의 길레스피 로드, 애브널 로드, 하이버리 힐, N5에 사는 사람들이라는 고정관념을 갖고 있었는데, 그런 사람들은 만나기 어려웠다.) 직장 동료들은 대부분 나처럼 홈 카운티스에서 통근하는 젊은이들이었다.

그리하여 대도시에 사는 성인으로 변모하는 대신, 결국 나는 교외에 사는 청소년으로 되돌아간 것이다. 학교 다닐 때와 똑같이 지루해 죽을 지경이었다. (회사는 곧 브리스틀로 이전할 참이어서 모두 한심할 정도로 할 일이 없었다.) 수십 명의 직원들은 줄줄이 늘어선 책상 앞에 앉아 바쁜 척하려고 기를 쓰고 있었고, 코딱지만 한 개인 집무실도 하나 얻지 못한 책임자들은 독수리처럼 우리를 노리고 있다가, 우리가 너무 눈에 띄게 혹은 너무 시끄럽게 시간을 낭비하는 것을 보면 훈계를 퍼붓곤 했다. 바로 이런 분위기에서 축구가 활성화되는 법이다. 나는 1976년의 길고도 무더운 여름 대부분을, 키에런이라는 동료와 함께 찰리와 2관왕의 해와 바비 굴드에 대한 이야기를 나누면서 보냈다. 그 친구는 아스널의 충성스러운 팬이었고, 그러니 당연히 뚱한 성격이었다. 나는 곧 대학생이 될 참이었고, 그 친구는 경찰관이 될 참이었다. 나는 오래지 않아 예전과 같은 열렬한 애정이 되살아날 것임을 느낄 수 있었다.

같은 팀을 진심으로 좋아하는 팬들은 어디선가 다시 만나게 되는 법이다. 입장권을 사러 늘어선 줄이나 피시 앤 칩스 가게 혹은 고속도로 휴게소 화장실 등. 그러므로 키에런과도 다시 만날 운명이었던 것이다. 2년 뒤, 1978년 FA컵 결승전이 끝난 다음 우리는 다시 만났다. 키에런은 웸블리 구장 바깥의 담벼락에 앉아 친구들을 기다리고 있었는데, 그가 들고 있던 깃발은 비참하게 꺾여 있었다. 그러니 그날의 상황은, 우리가 1976년 여름 사무실에서 나눈 대화가 아니었더라면 나는 제2의 아동기로 돌아가지 않았을지도 모르고, 따라서 그날 오후 우리가 똑같이 비참한 심정을 안고 경기장에서 다시 만나지 않았을지도 모른다는 이야기를 나눌 만한 분위기는 아니었다.

다시 이날의 경기 이야기로 돌아가자. 하이버리에 되돌아와 본 첫 경기, 브리스틀 시티 전이 끝나자 나는 속은 기분으로 집에 돌아갔다. 경기 전 당당하게 군중을 향해 손을 흔들어주었던 말콤 맥도널드의 영입에도 불구하고, 아스널은 지난 2년 동안의 모습과 달라진 면이 없는 것 같았다. 아니, 2부 리그에서 올라와 4년 동안 1부 리그에서 고전했던 브리스틀 시티를 상대로 홈에서 1-0으로 졌다는 사실로 보건대, 아스널의 상태는 한참 더 나빠졌다. 나는 8월의 뙤약볕 아래서 비지땀을 흘리며 욕을 퍼부었고, 한동안 잠자코 잘 있던 예전의 불만이 몸속에서 비명을 지르는 것을 느꼈다. 늘 딱 한 잔만 더 마셔도 괜찮다고 생각하는 알코올중독자처럼, 나는 돌이킬 수 없는 실수를 저지른 것이다.

슈퍼맥

•••

아스널 vs 에버턴
1976. 9. 18.

내가 갖고 있는 비디오테이프 중에 말콤 맥도널드의 기량을 완벽하게 보여주는 순간을 담은 것이 있다. (혹시 관심 있는 독자를 위해 적어두자면, 그 제목은 〈조지 그레이엄의 사상 최고의 아스널〉이다.) 오른쪽에서 트레버 로스가 공을 잡아, 맨체스터 유나이티드의 레프트백이 달려들기 전에 크로스 패스를 올리면, 프랭크 스테이플튼이 솟구치며 헤더를 하고, 공이 골라인을 넘어 그물 안으로 굴러들어가는 장면이다. 슈퍼 맥도널드는 골이 들어가는 데 아무런 공헌도 하지 않았는데, 왜 이 장면이 그의 진수를 보여주는 장면일까? 맥도널드는 공이 골라인을 넘기 직전까지 아등바등 골문을 향해 쇄도하다가, 분명 공에 발이 닿지 않았는데도 화면 오른쪽으로 두 손을 번쩍 들고서 달려오고 있다. 득점을 축하하기 위해서가 아니라, 그 골이 자기 것이라는 몸짓을 해 보이는 것이다. (동료들이 자신을 향해 달려올 생각이 없다는 것을 깨닫고 나면, 맥도널드는 불안한 듯 어깨 너머를 흘깃 돌아본다.)

말콤 맥도널드가 자기 주변에서 득점이 이루어지면 자신이 넣은 골이라고 주장해서 어색한 분위기를 만든 것은 그 맨체스터 유나이티드 전뿐만이 아니다. 그다음 시즌 오리엔트와의 FA컵 준결승전 공식 기록을 보면, 맥도널드가 두 골을 넣은 것으로 나와 있다. 사실 두 차례 슈팅은 모두 골대 쪽으로 가지도 않았으므로 스로인이 되었어야 했다. 그런데 공이 오리엔트 측 수비수(두 번 다 같은 수비수였다)에 맞는 바람에 희한한 포물선을 그리며 골키퍼를 넘어 그물 안으로 들어가버린 것이다. 하지만 말콤은 그런 것에는 아랑곳하지 않고, 두 골 모두 자신이 그라운드를 누비며 달려와 수비수를 전부 제치고 골문 왼쪽으로 슈팅해서 성공시켰다는 듯 당당히 골 세리머니를 했던 것이다. 그는 정말 진지한 표정이었다.

우리가 3 - 1로 이긴 이 에버턴 전에서(그 결과 새로운 시대가 시작되었고, 테리 닐 감독 덕분에 리그 우승도 넘볼 수 있겠다고, 우리 모두는 다시금 믿게 되었다) 또 하나의 명장면이 나왔다. 맥도널드는 상대 팀 센터하프와 공을 다투고 있었는데, 그 센터하프가 한쪽 발을 들이밀더니 달려오던 자기 편 골키퍼 뒤로 공을 보내고 말았다. 그러자 맥도널드는 당장 두 팔을 번쩍 치켜들고 우리가 앉아 있던 노스 뱅크 쪽으로 달려왔다가, 뒤로 돌아 동료들의 환호에 응했다. 본래 수비수들은 자책골을 넣었을 때 가급적 그 책임을 회피하려 하는 법이건만, 그 에버턴의 센터하프는 맥도널드의 뻔뻔스러움에 치를 떨며 기자들에게 아스널의 9번 선수는 공 근처에도 가지 않았다고 이야기했다. 하지만 그 골은 맥도널드의 골로 기록되었다.

사실, 말콤 맥도널드는 아스널에서 오래 뛰지도 않았다. 그는 우리 팀에서 딱 세 시즌을 보내고 심각한 무릎 부상 때문에 은퇴했고, 마지막 시즌에는 단 네 번밖에 출전하지 못했다. 하지만 그는 스스로를 전설적인 존재로 만들었다. 그는 컨디션이 좋은 날이면 훌륭한 기량을 발휘했지만, 하이버리에서는 그런 날이 그리 많지 않았다. 그의 전성기는 줄곧 부진한 팀 성적을 보였던 뉴캐슬에서 지나갔다고 보아야 하지만, 맥도널드는 아스널 명예의 전당에 오르고자 하는 야심을 품고 있었다. (필 소어와 마틴 타일러가 쓴 가장 믿을 만한 구단사《아스널 1886~1986》을 보면 맥도널드가 표지에 대문짝만 하게 나와 있다. 윌슨, 브래디, 드레이크, 콤튼은 얼굴도 내밀지 못했는데 말이다.)

그렇다면 우리는 왜 맥도널드를 이렇게 떠받들어주는가? 아스널에서 100회 출전도 못한 선수를, 그보다 예닐곱 배나 더 많은 경기에서 뛴 다른 선수들보다 더 선명하게 기억하는 까닭은 무엇인가? 다른 건 몰라도 맥도널드는 정말 화려한 선수였고, 우리는 그가 오기 전까지는 한 번도 화려한 팀이었던 적이 없었기 때문이다. 그래서 하이버리에 모인 우리는 맥도널드를 실제 실력보다 더 높이 평가했고, 우리 팀 관련 서적 표지에 그의 사진을 넣으면서 그가 아스널에서 2년밖에 뛰지 않았다는 사실을 아무도 기억하지 못하기를, 그래서 아스널이 맨체스터 유나이티드나 토트넘, 리버풀 같은 팀으로 착각되기를 바라는 것이다. 아스널은 재정이 탄탄하고 유명한 팀이기는 하지만, 결코 그런 화려함을 지니지는 못했다. 우리 아스널 팬들은 늘 어정쩡한 태도로 사는 사람들이라 너무 자신감에 넘치는 사람들을 보면 왠지 수상쩍고 의심스럽다 여기지만, 그 사실을 인정하고 싶지는 않았다. 슈퍼 맥도널드의 신화는 아스널의 자작 신용 사기극이었고, 우리는 즐겁게 속아넘어갔다.

4부 리그 도시

●●●

케임브리지 유나이티드 vs 달링턴
1977. 1. 29.

나는 정말 절묘한 시점에 케임브리지 대학교에 지원했다. 케임브리지 대학교는 공립학교 제도에서 교육받은 학생들을 적극적으로 찾고 있었기 때문에, 대입 자격시험 성적이 저조하고 입학시험 답안도 어설픈 데다 면접시험에서는 구제불능으로 버벅거렸음에도 불구하고, 나는 입학 허가를 받을 수 있었다. h 발음을 열심히 생략하며 런던 북부 사투리를 익힌 나의 노력이 마침내 보답을 받은 셈이었다. 비록 내가 한때 예상했던 대로는 아니었지만 말이다. h 발음을 생략하는 런던 사투리를 써서 하이버리의 노스 뱅크에 모이는 관중들과 동화되는 데는 실패했지만, 대신 케임브리지 대학교 지저스 칼리지에 들어간 것이다. 홈 카운티스의 중고등학교 교육을 보통 사람들이 신뢰하는 교육이라고 여기는 대학은, 필시 우리의 옛 명문 대학뿐일 것이다.

사실 축구팬 가운데 옥스퍼드나 케임브리지 졸업장을 갖고 있는 사람은 드물다. (언론에서 뭐라고 떠들어대든, 축구팬도 사람이며 대부분이 옥스퍼드나 케임브리지 졸업장을 갖고 있지 않다.) 하지만 대부분의 축구팬들은 나와 마찬가지로 전과 기록도 없고 칼을 갖고 다니지도 않으며 노상 방뇨를 하지도 않는다. 이 책이 축구에 관한 책이다 보니(케임브리지에 입학한 것이나 열여섯 살에 학교를 중퇴하고 소년원에 들어간 전과가 없는 것에 대해 변명을 늘어놓고 싶은 마음이 굴뚝같지만), 사실 그런 변명을 늘어놓는 것은 아주 잘못된 행동이다.

그렇다면 축구는 어떤 사람들이 보는 경기인가? 빌 버포드가 쓴 《훌리건들 틈에서》에 대한 마틴 에이미스의 리뷰에서 눈에 띄는 대로 몇 마디만 골라보자면, 축구팬은 "추한 것을 사랑하고" "사냥개 같은 눈빛"을 지니며 "치즈와 양파 칩 같은 안색을 하고 그런 체취를 풍긴다."고 한다. 이런 표현은 전형적인 축구팬을 뭉뚱그려 묘사하기 위해 쓴 것이지만, 전형적인 팬에 해당하는 이들은 그 그림이 틀렸다는 것을 알고 있다. 나도 나 자신이 교육 정도나 관심사, 직업으로 보면 관중석에 모인 사람들을 대표하지 못하는 인물임을 알고 있다. 하지만 축구에 대한 애정과 지식에 있어서 축구 이야기가 나올 만한 기회만 있으면 언제라도 그 기회를 잡아 이야기할 수 있다는 점에서, 그리고 아스널에 빠져 있는 정도로 보아서는 나도 여느 팬들과 전혀 다를 바 없는 사람이다.

축구는 서민의 스포츠로 유명하며, 그 때문에 서민에 해당하지 않는 온갖 사람들의 제물이 된다. 어떤 이들은 감상적인 사회주의자라서 축구를 좋아한다. 어떤 이들은 사립학교에 다닌 것을 후회하기 때문에 축구를 좋아한다. 어떤 이들은—작가나 방송국 사회자 혹은 광고 회사 중역이라는—직업 때문에 소속감을 느끼는 곳이나 고향이라고 느끼는 곳에서 멀어지자, 그곳으로 돌아갈 수 있는 손쉬운 방법이라고 생각해서 축구를 좋아한다. 축구장을 쪼들리고 고달픈 하층계급의 도피처로 묘사해야만 하는 사람들은 바로 이런 사람들이다. 사실을 말해봐야 그들에게는 아무런 득이 되지 않는다. '사냥개 같은 눈빛'을 한 사람들은 안경잡이들 뒤에 가려진 채 드문드문 앉아 있고, 관중석에는 세상의 소금 역할을 하는 건전한 노동자들과 입이 험한 사내들뿐만 아니라 영화배우, 여자 연예인, 교사, 회계사, 의사, 간호사 들로 가득 차 있다는 사실을 말해봤자 그들에게 무슨 도움이 되겠는가? 축구를 해로운 것으로 간주하는 온갖 이론이 없다면, 현대 세계의 진면목을 직접 보고 느낄 기회라고는 없는 그들은 축구 경기 관람을 통해 세상의 어두운 일면을 이해하게 되었다고 주장할 수도 없게 될 텐데 말이다.

에드 호턴이라는 현명한 사람은, 에이미스의 리뷰를 읽고 나서 《토요일이 오면》이라는 축구 잡지에 이런 글을 썼다. "축구팬들을 '인간 이하의 존재'로 전락시켜버리면, 우리는 더더욱 쉽게 인간 이하의 존재로 취급받게 될 것이며, 그리하여 힐즈버러와 같은 사태도 일어나기 쉬워질 것이다." "축구를 좋아하는 작가들이 많이 생겼으면 좋겠다. 축구에 대해 제대로 쓴 글이 드물기 때문이다. 하지만 축구를 '애들'의 오락 취급할 속물들은 사양하는 바다." 옳은 말이다. 그러므로 내가 케임브리지 졸업생이라는 사실에 대해 켕겨하고, 그 사실을 거부하려 들거나 변명하려고 한다면, 축구에 못할 짓을 하는 셈이다. 나는 케임브리지 대학보다 아스널을 훨씬 더 일찍 만났고, 케임브리지를 졸업한 후로도 축구와 함께했으며, 케임브리지에서 보낸 3년이라는 세월은 나의 축구 사랑에 아무런 변화도 주지 못했다고 생각한다.

어쨌든 대학에 도착하자, 내가 외톨이는 아니라는 것을 알게 되었다. 노팅엄, 뉴캐슬, 에식스 등지의 공립학교 제도에서 교육을 받고, 엘리트주의 이미지를 쇄신하고자 하는 케임브리지 대학의 환영을 받은 소년들이 나 말고도 수십 명이나 더 있었던 것이다. 우리는 모두 축구를 했고, 저마다 응원하는 축구팀이 있었으며, 금세 서로를 알아보았다. 그러자 중학교 시절이 다시 시작된 것 같았다. 축구 스타 스티커만 빼고 말이다.

대학에 입학하기 전에는 휴일마다 메이든헤드에서 하이버리로 갔었다. 입학한 후에도 빅 매치가 열릴 때면 케임브리지에서 하이버리로 갔지만, 교통비가 너무 비싸기 때문에 자주 갈 수는 없었다. 그래서 나는 케임브리지 유나이티드와 사랑에 빠졌다. 처음부터 그럴 생각은 아니었다. 케임브리지 유나이티드는 단순히 토요일 오후의 무료함을 달래줄 상대일 뿐이었지만, 처음 마음과는 달리 점점 관심이 생겨났다.

아스널을 버리고 케임브리지 유나이티드와 바람을 피운 것은 아니었다. 이 두 팀은 같은 우주에 속한 팀이 아니었으니까. 혹시 내가 사랑하던 이 둘이 서로 가급적 피하려고 했지만 파티나 결혼식 혹은 여타의 어색한 사교 모임에서 마주칠 기회가 있었다면, 이들은 혼란스러웠을 것이다. '혼비가 나를 정말 사랑하긴 하는 거야? 그렇다면 대체 저것의 어떤 점을 사랑하는 거야?'라고, 아스널과 케임브리지는 서로를 바라보면서 의아해했을 것이다. 아스널은 하이버리와 대형 스타들, 엄청난 관중과 유구한 역사를 갖고 있다. 반면 케임브리지는 다 쓰러져가는 조그만 구장인 애비 스타디움(이따금 못된 상대 팀 팬들이, 하이버리의 클락 엔드에 해당하는 구역인 얼랏먼츠 엔드 뒤편에 모여서 담장 너머로 양배추를 던지곤 했던 곳), 대부분의 경기에 4천 명이 안 되는 관중, 역사랄 것도 없는 축구 리그 6년차의 경력이 전부다. 케임브리지가 승리를 거두면 확성기에서 〈탐스러운 코코넛을 한 아름 얻었네〉가 흘러나오면서, 그 누구도 뭐라 설명할 수 없는 기묘한 분위기를 연출했다. 그런 그들을 보고도 보호해주고 싶은 따뜻한 애정 같은 것을 느끼지 않을 수 없는 일이었다.

케임브리지 유나이티드의 경기를 딱 두 번 보고 나니 그들의 성적에도 관심이 생기기 시작했다. 다행히 그들은 4부 리그에서는 일급에 속하는 팀이었다. 론 앳킨슨 감독은 멋들어지고 스피디한 드리블 위주의 축구를 구사했고, 덕분에 그들은 홈경기에서는 보통 서너 골을 넣었다. (내가 처음 그들의 경기를 보러 갔던 날, 케임브리지는 달링턴을 4-0으로 이겼다.) 또 골키퍼 웹스터와 풀백 뱃슨은 아스널과도 관련이 있다. 나는 웹스터가 1969년에 아스널에서 뛰었던 몇 번의 경기 가운데 하나에서 결정적인 슈팅을 두 차례나 막아내는 광경을 본 적이 있다. 1970년대 초반에 잉글랜드 프로리그에서 뛴 최초의 흑인 선수들 가운데 한 명이었던 뱃슨은, 아스널로 온 이후 함량 미달의 미드필더에서 수준급 풀백으로 변모했다.

뭐니 뭐니 해도 그들을 보는 가장 큰 즐거움은 선수들이 자신의 성격과 결함을 있는 그대로 드러낸다는 점이었다. 지금 1부 리그에서 뛰는 선수들은 대부분 개성이 눈에 띄지 않는 젊은이들이다. 1부 리그 선수들은 체격도 기술도 속도도 성격도 비슷하다. 하지만 4부 리그 선수들은 다르다. 케임브리지 유나이티드에는 뚱뚱한 선수, 마른 선수, 젊은 선수, 나이 든 선수, 빠른 선수, 느린 선수, 은퇴를 앞둔 선수, 이제 막 축구 선수로서 첫발을 내디딘 선수 들이 모두 모여 있었다. 센터포워드였던 짐 홀은 생김새로 보나 움직임으로 보나 마흔다섯은 먹은 사람 같았다. 그와 투톱을 이룬 앨런 바일리는 훗날 에버턴과 더비에서 뛰게 되는데, 로드 스튜어트의 머리를 뭉개놓은 것 같은 머리 모양에 사냥개처럼 날쌨다. 지칠 줄 모르는 미드필더 스티브 스프릭스는 땅딸막한 체구에 다리가 짧았다. (끔찍한 일이었지만, 내가 케임브리지에 있는 동안 사람들이 몇 번이나 나를 이 선수로 착각했다. 스프릭스가 출전할 경기 시작 10분 전쯤 내가 벽에 기대어 담배를 피우며 미트파이를 먹고 있는데, 한 남자가 나를 가리키며 어린 아들에게 뭐라고 뭐라고 열심히 설명한 적도 있었다. 경기 직전에 미트파이를 먹으며 담배를 피우고 있는 사람을 선수로 착각했다는 사실은, 케임브리지에 살고 있는 사람들이 자기 팀에 대해 갖고 있는 기대치를 단적으로 보여준 셈이다. 동네 술집의 남자 화장실에서는 아무리 아니라고 해도 내가 스프릭스라고 부득부득 우기는 사람과 희한한 말다툼을 벌인 적도 있었다.) 가장 기억에 남는 선수는 톰 피니라는 약삭빠르고 싸움을 좋아하는 윙이다. 그는 놀랍게도 북아일랜드 대표 선수로서 1982년 월드컵에서 최종 예선까지 진출하게 되었다. 하지만 할리우드 액션과 파울을 한 다음 관중들에게 윙크를 해대던 그는, 결승전에서는 벤치만 지키고 있었다.

과거에는 몸이 자라는 것과 정신이 성숙하는 것이 같은 것이며, 둘 다 피할 수도, 통제할 수도 없는 과정이라고 생각했다. 하지만 지금 와서 생각하면, 정신적 성숙이란 의지에 따른 일이며, 우리에게는 어른이 될 것인가를 '선택'할 수 있는 어떤 순간이 주어지는 것 같다. 그런 순간이 자주 오는 것은 아니다. 예를 들면, 연인이나 가족과의 관계에 위기가 닥쳤다거나 어딘가에서 새로운 출발을 할 기회가 주어졌을 때가 그런 순간인데, 우리는 그 기회를 무시할 수도 있고 잡을 수도 있다. 내가 똑똑한 사람이었다면 나는 케임브리지에서 새사람으로 거듭날 수 있었을 것이다. 나는 유년기와 십 대 초반에 아스널에 집착함으로써 어려운 시절을 극복해낸 어린 소년의 티를 벗고, 전혀 다른 사람, 자신감과 야심이 넘치며 전도유망한 청년으로 변모할 수도 있었다. 하지만 나는 그렇게 하지 않았다. 이유는 알 수 없지만 나는 소년 시절의 자아에서 벗어나지 못하고 내내 그 꼴로 대학 시절을 보냈다. 그리하여 축구는 다시금 나의 정신적 지주가 된 동시에 성장억제제 작용을 하게 된 것이다. 물론 그건 축구의 잘못은 아니었다.

알고 보니 대학이란 그런 곳이었다. 드라마 〈클럽 풋라이츠〉 같은 일도 없고, 대학 신문에 기고하는 일도 없고, 보수당원이나 학생회 회장, 학생 정치, 식사 클럽, 학위, 전시회 등등 대학 하면 떠오르는 근사한 활동은 아무것도 없다. 나는 일주일에 두어 편의 영화를 보고, 밤늦게까지 맥주를 마시고, 지금도 자주 만나는 좋은 친구들을 많이 사귀고, 그레이엄 파커와 텔레비전과 패티 스미스와 브루스 스프링스틴과 클래시의 앨범을 사거나 빌려 듣고, 1학년 내내 딱 한 번 강의에 출석하고, 대학팀의 2군이나 3군에서 일주일에 두 번 축구를 하고…… 그리고 애비에서 열리는 케임브리지 유나이티드의 홈경기와 하이버리에서 열리는 FA컵 경기를 기다렸다. 나는 케임브리지 대학 교육이 그 수혜자들에게 줄 수 있는 모든 특권을 깡그리 날려버린 것이다. 솔직히 나는 그곳이 두려웠고, 어린 시절 나를 안심시켜주는 담요 역할을 했던 축구는 이번에도 그 두려움을 막아주는 방책이 되어주었다.

보이스 앤 걸스

●●●

아스널 vs 레스터 시티
1977. 4. 2.

이해에 축구 관전과 잡담, 음악 감상 외에 한 일이 하나 더 있었다. 나는 교육대학에 다니던 똑똑하고, 예쁘고, 활기 넘치는 여학생에게 홀딱 반해버렸다. 우리는 친구 사이로 지내게 되었고(그녀는 학기가 시작한 지 몇 주 만에 벌써 남학생 서넛의 관심을 끌었고, 나는 고등학교 때부터 사귀던 여자친구가 있었다) 그 후 3,4년 동안 줄곧 친하게 지냈다.

그녀가 이 이야기에 등장하는 데는 몇 가지 이유가 있다. 우선 그녀는 내가 하이버리에 처음으로 데려간 여성이었다. (2학기가 끝난 다음 부활절 방학 때였다.) 시즌 초의 새로운 기대는 사라진 지 오래였다. 사실 아스널은 역사상 최다 연패 기록을 막 수립한 참이었다. 아스널은 맨체스터 시티, 미들즈브러, 웨스트햄, 에버턴, 입스위치, 웨스트브롬, 퀸스파크 레인저스에게 연달아 패배했다. 하지만 그녀는 나에게 했던 것처럼 아스널에게도 마법을 걸었고, 우리는 전반전이 반도 지나기 전에 세 골이나 넣었다. 그레이엄 릭스는 데뷔전에서 첫 골을 터뜨렸고, 그 후 10년 동안 대여섯 골이나 넣었을까 말까 하는 데이비드 오리어리가 10분 만에 두 골을 넣었다. 아스널이 그렇게 희한한 행동을 보여주었으니, 그녀를 축구장에 데려간 사건뿐만 아니라 그 경기 자체도 기억에 남을 수밖에 없다.

그녀와 함께 하이버리에 있으니 묘한 기분이 들었다. 나는 비뚤어진 기사도 정신을 발휘하여, 그녀가 분명 서서 관람하는 것을 원했는데도 웨스트 스탠드 아래쪽의 지정 좌석표 두 장을 샀다. 지금도 생생히 기억나는 것은, 그녀가 아스널이 득점할 때마다 보였던 반응이다. 골이 터지면, 그녀를 뺀 모든 관중들이 벌떡 일어섰다. (좌석에 앉아 있는 경우, 골이 들어갈 때 일어서는 것은 재채기처럼 반사적인 행동이다.) 내가 앉아 있는 그녀를 내려다볼 때마다, 그녀는 키들키들 웃고 있었다. 그녀는 "너무 웃겨."라고 했고 나는 무슨 말인지 알아들었다. 정말이지 그전까지는 축구가 우스운 경기라고 느낀 적이 한 번도 없었지만, 믿음을 갖고 있으면 실제로 그렇게 보이는 것처럼 뒤에서 본 광경은(계속 앉아 있었던 그녀에게는 남자들의 못생긴 엉덩이가 줄줄이 늘어선 것밖에 보이지 않았던 것이다) 우스꽝스러울 수밖에 없었다. 할리우드 영화 세트장의 뒷모습처럼 말이다.

우리의 관계—난생처음으로 맺은, 진지하고, 지속적이며, 밤을 함께 보내고, 서로의 가족을 만나고, 언젠가 애를 낳게 되면 어떡할지 이야기하는 사이—는 어찌 보면 이성 가운데 자신과 비슷한 상대를 만났다는 신기함에서 비롯된 것이었을지도 모른다. 물론 그전에도 여자친구들이 있기는 했지만 그녀와 나는 비슷한 배경과 비슷한 욕구, 비슷한 관심사와 비슷한 태도를 갖고 있었다. 물론 서로 다른 점도 많았는데, 그건 주로 성별의 차이에 기인한 것이었다. 내가 여자로 태어났더라면 그녀 같은 여자가 되었을 것이며, 또 그러기를 바랐다. 어쩌면 그런 이유에서 나는 그녀의 취향과 변덕과 환상에 그토록 당황했던 것일지도 모르며, 그녀의 소지품을 보고 여자 방에 대한 환상을 갖게 되었던 것일지도 모른다. (삼십 대가 되고 보니, 여자들은 더 이상 방이 아니라 아파트나 집을 갖고 남자와 함께 사는 경우가 많다. 여자만의 방에 대한 환상을 잃어버리는 것은 슬픈 일이다.)

나는 그녀의 방을 보고 나서 여자들이 남자들보다 더 독특하다는 것을 알게 되었고, 그 사실에 괴로워했다. 그녀는 예프투셴코의 시집을 갖고 있었고(대체 예프투셴코가 누구란 말인가?) 앤 불린*과 브론테 자매들**에게 깊은 애착을 갖고 있었다. 그녀는 감수성이 풍부한 온갖 가수와 작곡가를 좋아했으며, 저메인 그리어***의 사상에 정통했다. 그녀는 미술과 클래식 음악에 조예가 깊었고, 대입 시험 과목 이외의 지식도 풍부했다. 어떻게 그런 일이? 어떻게 나는 레이먼드 챈들러의 염가판 소설 두어 권과 레이먼스의 첫 앨범에 의지하여 정체성을 형성하고자 했던 것일까? 여자들의 방은 그들의 성격과 배경과 취향

* 영국 왕 헨리 8세의 두 번째 아내.
** 《제인에어》를 쓴 샬럿 브론테, 《폭풍의 언덕》을 쓴 에밀리 브론테, 《애그니스 그레이》를 쓴 앤 브론테 자매.
*** 호주의 여성학자이자 작가.

에 대하여 셀 수 없이 많은 실마리를 제공한다. 그와는 달리, 남자들이란 태아와 마찬가지로 개성도 없고 미성숙한 존재이며, 그들의 방은 여기저기 붙여놓은 포스터 말고는(나는 내 방 벽에 로드 스튜어트의 포스터를 붙여놓았는데, 그것이 지독하게, 진정으로 어울리지 않는 싸구려라고 생각하며 흡족해했다) 자궁만큼이나 텅 빈 공간이었다.

우리 남자들이란 관심사의 숫자와 범위만으로 정의된다는 말이 있는데, 그건 사실이다. 어떤 남자애들은 다른 애들보다 음반을 많이 갖고 있었고, 어떤 애들은 축구에 대해서 더 많이 알았다. 어떤 애들은 자동차나 럭비에 관심을 갖고 있었다. 우리는 개성이 없는 대신 열광하는 상대를 갖고 있었는데, 그나마도 대단히 예측하기 쉽고 지루한 것뿐이었다. 내 여자친구의 관심사와는 달리, 우리 자신을 반영하거나 비추어주지 못하는 것들 말이다. 이것은 여자와 남자를 구별하는 차이점 가운데 가장 불가사의한 것이다.

나는 축구를 좋아하고 한 시즌에 여러 번씩 경기를 보러 가는 여자들을 만나보았지만, 수요일 밤에 플리머스까지 원정 경기를 보러 가는 여자는 아직 보지 못했다. 그리고 음악을 사랑하며 메이비스 스테이플스의 음성과 셜리 브라운의 음성을 구별할 줄 아는 여자들도 만나보았지만, 이미 엄청난 수에 이른 데다가 계속 늘어나고 있으며, 집요하게 알파벳 순서에 따라 정리한 음반 컬렉션을 갖고 있는 여자는 한 명도 보지 못했다. 여자들은 걸핏하면 음반을 잃어버리거나, 자신의 관심사에 대한 물리적인 세부 사항은 한집에 사는 다른 사람, 즉 남자친구나 오빠나 남자 룸메이트 등에게 맡기는 것 같다. 남자들은 그런 일을 용납할 수 없다. (선명하게 드러나지는 않지만, 나는 아스널 팬 친구들 가운데서 무언가 긴장이 오가는 것을 느낄 수 있다. 우리 가운데 그 누구도 자신이 모르는 아스널 관련 소식을 남에게서 듣고 싶어하지 않는다는 것이다. 예컨대 2군 선수 가운데 누가 부상을 당했다거나 유니폼 디자인이 바뀔 예정이라는 등의 중요한 소식을 다른 사람으로부터 듣는 일은 그리 기분 좋은 일이 아니다.) 이는 프로이트가 말하는 항문기에 머물러 있는 여성이 없다는 얘기가 아니라, 그런 여성의 숫자보다는 그런 남성의 숫자가 훨씬 더 많다는 얘기다. 여성은 강박증에 사로잡히는 경우라 하더라도, 대개 축구 같은 것이 아니라 사람에 관해서 강박적이거나 그 대상이 자주 바뀌는 것 같다.

대학에서 보낸 십 대 후반 시절을 돌이켜보면, 남학생들은 대부분 수돗물처럼 밍밍했다. 그러니 그 무렵부터 남자들은 자신을 구별해주는 개성이 없다는 사실을 보상하기 위해, 지식과 음반과 축구 프로그램을 저장할 능력을 키워야 했던 것이 아닌가 싶다. 하지만 그것이 어느 평범하고 똑똑한 십 대 소녀가, 단순히 여자라는 이유만으로 다른 평범하고 똑똑한 십 대 소년보다 더 재미있는 존재가 되어 있는 까닭을 설명해줄 수 있는 것은 아니다.

어쩌면 내 여자친구가 하이버리에 오고 싶어했던 것은 당연한 일일지도 모른다. 하이버리를 빼고는 달리 나에 대해서 알아낼 것도 없었을 테고(그녀는 나의 레이먼스 앨범을 이미 들어보았다) 내가 그때까지 감추고 보여주지 않았던 것은 하나도 없었다. 내게도 나만의 세계는 있었다. 친구, 어머니와 아버지와 여동생 등 가족과의 관계, 음악, 영화, 유머 감각 등등. 하지만 나의 세계가 개성적이었던 그녀의 세계만큼 개성적이라고 볼 수는 없었다. 그러나 아스널에 대한 고독하고 강렬한 애정과 거기에 수반되는 필수품들…… (그 무렵 모음을 얼버무려 발음하는 습관은 도저히 고칠 수 없는 지경이 되어 있었다.) 최소한 거기에는 뭔가 남다른 면이 있었고, 나에게도 눈 두 개, 코 하나, 입 하나 이외의 특징이 있음을 보여주었다.

여자들이란

•••

케임브리지 유나이티드 vs 엑서터 시티
1978. 4. 29.

내가 케임브리지에서 지내던 시절, 케임브리지 유나이티드는 그 짧은 역사 가운데 최고의 두 시즌을 맞이했다. 1학년 때, 그들은 큰 승점 차이로 4부 리그 우승을 차지했다. 2학년이 되자, 그들은 3부 리그에서 조금 힘겹게 싸워나가다 시즌 마지막 주가 되어서야 승격 자격을 거머쥐었다. 이 마지막 주, 애비 스타디움에서 두 경기가 남아 있었다. 그들은 화요일 밤에 3부 리그 최고의 팀인 렉섬을 상대로 1-0으로 이겼다. 그리고 토요일에는 승격을 위해서 반드시 이겨야 할 엑서터 시티와의 경기가 있었다.

경기 종료 20분을 남기고 엑서터가 선제골을 넣었다. 그러자 내 여자친구(그녀, 그녀의 친구와 그 친구의 남자친구는 모두 승격이라는 아찔한 영광을 직접 체험하고자 축구장을 찾았다)는 위기의 순간, 여자들의 전매특허라고 내가 늘 생각해왔던 행동을 그대로 보여주었다. 기절해버린 것이다. 그녀의 친구와 그 친구의 남자친구는 그녀를 부축해서 성 요한 병원의 앰뷸런스를 부르러 나갔다. 한편 나는 꼼짝도 하지 않은 채 동점골이 터지기를 기도하고 있었다. 다행히 동점골이 터졌고 몇 분 후 결승골도 터졌다. 기뻐서 환호하는 관중을 향해 선수들이 샴페인 병을 다 터뜨린 다음에야 나는 앞서 여자친구에게 무관심하게 군 것이 후회되기 시작했다.

나는 얼마 전 《여성, 거세당하다》*라는 책을 읽고 매우 깊은 감명을 받았다. 하지만 여자들이 절대절명의 승격 시합이 끝나기 직전 몇 분 동안도 제대로 앉아 있을 수 없다면, 도대체 내가 어떻게 여성의 억압에 대해 분개할 수 있겠는가? 또한 아주 많이 사랑하는 사람보다 3부 리그의 엑서터 시티를 상대로 골을 넣는 것에 더 큰 관심을 갖는 남자는 또 어찌해야 할까? 둘 다 전혀 가망 없는 사람들처럼 보인다.

13년이 지난 지금도 나는 여자친구를 도와주지 않았던 것, 도울 수 없었던 것에 부끄러움을 느끼고 있다. 내가 지금까지 조금도 변하지 않았다는 것을 알기 때문이다. 나는 축구 경기를 볼 때 어느 누구에게도 관심을 기울이고 싶지 않다. 경기를 보고 있을 때면 누구도 돌봐줄 수가 없다. 지금 나는 아스널이 하이버리에서 몇 년 만에 갖는 빅 매치인 벤피카와의 유러피언 컵 경기가 아홉 시간 정도 남은 시점에서 이 글을 쓰는 중인데, 현재 사귀고 있는 여자친구도 함

* 저메인 그리어가 쓴 페미니즘 서적.

께 그 경기를 보러 갈 것이다. 만일 그녀가 졸도해버리면 나는 어떻게 할까? 예의와 어른스러움과 상식을 발휘하여 그녀를 제대로 보살펴줄 것인가? 아니면 그녀의 가냘픈 몸을 한쪽으로 밀어놓고 선심에게 고래고래 소리를 질러대며, 90분이 지날 때까지 그녀의 숨이 끊어지지 않기만을 빌고 있을까? 늘 그랬듯이 연장전과 승부차기는 필요 없기를 바라면서?

이런 염려는 축구만 시작했다 하면 튀어나오는 내 안의 꼬마 소년 때문이다. 이 꼬마 소년은 여자들이란 연약하며, 축구 경기를 보러 가면 늘 기절할 것이고, 그들과 축구장에 함께 가면 별수 없이 주의가 산만해지고 엉망이 될 것이라고 생각한다. 비록 지금의 내 여자친구는 하이버리에 수십 번이나 함께 가는 동안 기절할 기미조차 보이지 않았지만 말이다. (사실 FA컵 경기 마지막 5분 동안의 긴장 때문에 가슴이 죄어오고—생물학적으로 이런 현상이 가능한지는 모르겠지만—피가 머리에서 발치로 모조리 내려가서 정신을 잃어버릴 것 같은 사람은 바로 나다. 그리고 때때로 아스널이 득점할 때면, 내 눈앞에는 말 그대로 별—그러니까 반짝반짝 빛나는 점 말이다—이 보이는데, 그런 것을 보면 나도 그리 신체적으로 강건하지는 못한 것이 틀림없다.) 하지만 그것도 다 축구 탓이다. 축구는 나를, 아내가 어느 순간에 아이를 낳는다 해도 병원에 함께 가지 않을 사람으로 만들어놓았다. (나는 아스널이 FA컵 결승전을 치르는 날 아이가 태어나면 어쩌나 하는 생각을 종종 한다.) 경기가 펼쳐지는 동안, 나는 열한 살짜리 꼬마가 되어버린다. 축구가 성장억제제 역할을 한다고 했던 것은 진심으로 한 말이었다.

웸블리 III — 돌아온 악몽

•••

아스널 vs 입스위치
1978. 5. 6.(웸블리)

FA컵 결승전 입장권 배포가 한 편의 코미디라는 것은 만인이 인정하는 사실이다. 모든 서포터들이 다 알고 있듯이, 결승전에 진출한 두 팀은 절반에도 못 미치는 수의 입장권을 받게 되고, 따라서 그 경기에 직접적인 관심이 없는 3,4천 명의 사람들이 나머지 절반의 입장권을 얻게 된다. 축구협회가 내세우는 지론은, FA컵 결승전이란 해당 팀의 팬뿐만 아니라 축구를 위해 일하는 모든 사람들을 위한 경기라는 것이다. 그 말이 그르다는 이야기는 아니다. 한 해 동안 열린 축구 경기 가운데 가장 중요한 경기가 열리는 날 주심과 선심, 아마추어 축구 선수와 지방 리그 사무원들을 초대할 수도 있는 일이라고 생각한다. 축구를 보는 방식은 여러 가지가 있으니, 이런 경우 축구를 열렬히 좋아하되 어느 한 팀만을 응원하지는 않는 사람들도 함께해야 하는 것이다.

이 시스템의 유일한 결점은 이 열광적인 중립자들, 이 나무랄 데 없는 축구 종사자들이, 자신이 그간 해온 노력에 최고의 보상을 받는 길은 런던으로 경기를 보러 가는 게 아니라 암표 장수한테 전화를 거는 거라는 결론을 내린다는 점이다. 그들 가운데 90퍼센트는 받은 입장권을 팔아치워버리고, 그 입장권은 결국 애초에 그것을 받지 못했던 팬들의 손에 들어가게 된다. 이건 정말 말도 안 되는 해프닝이며, 축구협회가 얼마나 멍청한지 단적으로 보여주는 일례다. 결국 일이 이렇게 되리라는 것을 모두가 아는데도 아무도 손을 쓰지 않는 것이다.

아버지는 회사 사람을 통해서 입스위치 전 입장권을 한 장 구해주었지만 다른 곳에서도 손쉽게 구할 수 있었다. 심지어 케임브리지 대학에도 입장권이 돌아다녔는데, 버밍엄 팬들에게도 여섯 장의 입장권을 보내는 것이 관례였기 때문이다. (이듬해 아스널이 또 결승전에 진출했을 때 나는 입장권을 두 장이나 얻게 되었다. 하나는 옆집 사는 이웃에게서 얻은 것인데, 그는 잉글랜드 북서부에 위치한 매우 큰 구단에 아는 사람이 있었다. 그 구단은 결승전 입장권을 통 크게 팍팍 뿌린 일 때문에 축구협회와 갈등을 겪기도 했었다. 내 이웃은 구단에다 편지를 써서 입장권 한 장을 요구했더니 곧바로 날아왔다고 말했다.) 물론 나보다 더 결승전을 볼 자격이 있는 사람들도 많이 있었다. 대학에 죽치고 앉아 있었던 것이 아니라 시즌 내내 전국을 돌아다니며 아스널을 응원했던 사람들 말이다. 하지만 나는 적어도 FA컵 결승전에 진출한 팀의 진정한 팬이었고, 그렇기에 결승전을 보러 웸블리에 모인 다른 많은 사람들보다는 더 충분한 자격이 있었다.

이날 오후 나와 함께 있었던 사람들은 붙임성 있고 성격 좋은 삼십 대 후반과 사십 대 초반의 중년 남자들로, 우리 같은 사람들에게 이날이 어떤 의미를 지니는지 전혀 이해하지 못하는 이들이었다. 그들에게 이 경기는 토요일 오후의 즐거운 소풍이나 다름없었다. 만일 그들을 다시 만나서 물어본다면, 이날의 스코어도, 골을 넣은 선수도 기억하지 못할 것이다. (하프타임에 그들은 회사 일에 대해서 이야기를 했다.) 어떤 의미에서 나는 그들의 무관심이 부러웠다. 어쩌면 젊은 이들이 젊음의 소중함을 모르는 것처럼, 팬들도 결승전 입장권이 얼마나 소중한지 모른다는 주장을 하는 사람들도 있을지 모르겠다. 그날 오후를 즐길 수 있을 정도만 축구에 관한 지식을 갖고 있는 이 사람들이 그날의 드라마와 소음과 활력을 만끽한 반면, 나는 그 순간순간을 증오하고 있었으니까 말이다. 내가 아스널이 진출한 모든 FA컵 결승전을 증오해왔듯이 말이다.

나는 그때 아스널 서포터로서 열 번째 시즌을 맞았다. 내 반평생에 해당하는 햇수였다. 그 열 시즌 가운데, 아스널이 트로피를 차지한 것은 단 두 번뿐이었다. 그것 말고도 그들은 두 차례 더 결승전에 나갔는데, 끔찍한 패배로 끝났다. 그러나 이 승리와 패배는 모두 첫 4년 동안 일어난 일이었고, 나는 열다섯 살의 소년에서 그때와는 전혀 다른 삶을 사는 스물한 살의 청년이 되어 있었다. 가스등이나 마차처럼 웸블리에서의 FA컵 결승전과 리그 우승은 과거의 유물처럼 느껴지기 시작했다.

1978년, 아스널이 FA컵 준결승전에 진출해 승리를 거두자, 몇 년씩이나 계속되던 음울한 11월 오후의 구름이 드디어 걷히고 서광이 비치는 듯했다. 아스널을 미워하는 사람들은, 아스널이 신 나는, 심지어 매혹적인 축구를 구사할 수 있었다는 사실을 잊어버렸거나 믿지 않을 것이다. 릭스와 브래디, 스테이플튼과 맥도널드, 선더랜드, 뭐니 뭐니 해도 딱 한 시즌 동안 엄청나게 눈부신 활약을 보여주었던 앨런 허드슨…… 이 서너 달 동안, 아스널은 축구가 줄 수 있는 즐거움을 전부 다 줄 수 있는 팀이 된 것 같았다.

내가 만일 소설을 쓰는 것이었다면 아스널이 이 1978년 FA컵 결승전에서 승리하게 했을 것이다. 글의 흐름에 있어서나 주제에 있어서나 이때 우승을 하는 쪽이 타당하며, 이 시점에 웸블리에서의 패배가 또 한 차례 반복된다면 독자의 인내심과 정의감을 무리하게 시험하는 결과를 낳을 것이기 때문이다. 이 책의 플롯이 이렇게 허술해진 데 대해 내놓을 수 있는 변명거리라고는, 브래디의 컨디션이 너무나 좋지 않았기 때문에 그의 출전은 무리였고, 언제나처럼 기자들에게 입스위치 수비진에 어떻게 대처할지를 칠칠치 못하게 떠들어댔던 슈퍼 맥도널드는 없는 것만도 못했다는 사실뿐이다. (그는 4년 전 뉴캐슬에 있을 때도 요란하게 잘난 척을 하다가 똑같이 실패한 적이 있었다. 아스널이 입스위치를 상대로 완패한 직후 《가디언》지는 이런 FA컵 퀴즈를 냈다. "해마다 FA컵 결승전에 가져가지만, 써먹지 못하는 것은?" 정답은 패배한 팀의 리본으로, 미리 준비해두었으나 우승컵 손잡이에 묶지 못하는 것을 가리키는 것이었지만, 어떤 똑똑한 친구가 말콤 맥도널드라고 답을 써서 보냈다고 한다.) 입스위치는 후반전에 가서야 한 골을 넣었지만, 결승전치고는 너무나 일방적인 경기였다. 우리는 동점골도 기대할 수 없을 정도로 계속 밀리다가 결국 1-0으로 지고 말았다.

그렇게 나는 웸블리에서 세 번째 패배를 겪었고, 앞으로는 무슨 일이 있어도 아스널이 웸블리에서 우승하는 광경을 볼 수 없을 거라고 확신하게 되었다. 하지만 1978년은 그 모든 패배들 가운데 그나마 고통이 가장 적었던 해일지도 모른다. 나는 이 패배를 보고도 전혀 괴로워하지 않는 사람들과 함께 있었고, 아스널 스카프(경기장 밖에서 방금 산 것처럼 수상쩍을 만큼 깨끗한 것)를 맨 사람들조차도 마찬가지였으니까. 축구팬들의 슬픔(그건 정말 통탄할 만한 슬픔이다)은 개개인의 것이지만—우리는 저마다 응원하는 팀과 개인적인 관계를 맺고 있으며, 남들은 절대 이해해주지 않지만 우리가 남들보다 더 열성 팬인 이유가 따로 있다고 생각하고 있다—우리는 우리가 왜 그렇게 고통스러워하는지 이해를 못하는 사람들에게 둘러싸인 채, 그들이 보는 앞에서 슬퍼할 수밖에 없었던 것이다.

많은 팬들이 자기가 응원한 선수들이나 상대편 팬들을 향해 분노를 터뜨린다. 그들이 욕설을 섞어가며 진심으로 분개하는 것을 보면 나는 속이 상하고 서글퍼진다. 나는 그러고 싶은 적이 한 번도 없었다. 그저 혼자서 곱씹어보고 잠시 머리를 쥐어뜯고는, 다시 처음부터 새로 시작할 기력을 되찾고 싶을 따름이었다. 내 옆에서 회사 이야기를 하던 사람들은, 동정심은 있었으나 관심은 없었다. 그들은 나에게 함께 한잔하러 가자고 했다. 내가 거절하자 악수를 하면서 유감이라고 위로해주었고, 나는 그들의 눈앞에서 사라졌다. 그들에게 그것은 운동경기일 뿐이었다. 축구란 럭비나 골프나 크리켓과 마찬가지로 재미있는 볼거리라고 생각하는 사람들과 함께 시간을 보내보는 것도 좋은 경험이었을지 모른다. 물론 패배의 고통은 여느 때와 다름없었지만, 그날 오후만큼은 축구란 그저 재미있는 볼거리라고 여기는 사람들을 만나 어울리는 것이 재미도, 배울 점도 있었다.

승리를 위한 괴상한 징크스들

•••

케임브리지 유나이티드 vs 오리엔트
1978. 11. 4.

크리스 로버츠가 '더 락 킹'이라는 사탕 가게에서 설탕으로 만든 생쥐를 하나 사서, 그 머리를 떼어 먹은 다음 몸통을 뉴마켓 로드에 떨어뜨렸는데, 자동차 한 대가 그것을 밟고 지나갔다. 그리고 그날 오후, 여태까지 2부 리그에서 고전을 면치 못하던(시즌 내내 이긴 적이라고는 홈경기에서 한 번, 원정 경기에서 한 번, 딱 두 번뿐이었다) 케임브리지 유나이티드가 강팀 오리엔트를 3-1로 무찔렀다. 그 바람에 승리를 기원하는 의식이 탄생했다. 홈경기가 있을 때마다 우리는 경기 시작 전에 사탕 가게로 몰려가 설탕 생쥐를 산 다음, 밖으로 걸어나가서 수류탄에서 핀을 뽑듯이 머리를 떼어 먹고, 몸통을 다가오는 자동차 바퀴 밑에 던졌다. 사탕 가게 주인인 잭 레이놀즈는 문 앞에 서서 서글픈 듯 고개를 가로저으며 우리를 쳐다보곤 했다. 이렇게 우리의 가호를 받은 케임브리지 유나이티드는 몇 달 동안 애비 스타디움에서 지지 않고 버텨나갔다.

나는 내가 징크스를 굳게 믿는 사람이고 축구 경기를 보러 가기 시작한 다음부터는 더더욱 그렇게 되었다는 사실은 물론, 나만 그런 것이 아니라는 사실도 알고 있다. 어릴 적에는 정강이 보호대라든지 뭔가 기묘하고 우스꽝스러운 것들을 하이버리에 가져가서 경기가 펼쳐지는 오후 내내 불안한 마음으로 온몸에 달고 있었던 기억이 난다. (나는 법적으로 흡연 연령이 되기 전부터도 담배를 피웠다.) 프로그램은 항상 같은 프로그램 장수에게서 사야 직성이 풀렸고 경기장에 드나들 때는 특정 출입구를 정해놓고 다녔던 기억도 난다.

내가 응원하는 두 팀의 승리를 위해서 만들어낸, 말도 안 되는 비슷비슷한 징크스가 수백 가지는 되었다. 1980년에 아스널이 리버풀을 상대로 질질 끌면서 신경을 갉아먹는 FA컵 준결승전을 치르는 동안, 나는 마지막 경기의 후반전 절반에 해당하는 시간 내내 라디오를 끄고 있었다. 아스널은 1-0으로 이기고 있었지만, 그 전 경기에서 마지막 몇 초를 남기고 리버풀이 동점골을 넣었기 때문에 끝까지 듣고 있을 수가 없었던 것이다. 나는 대신 버즈콕스의 음악(《싱글즈—고잉 스테디》 컴필레이션 앨범이었다)을 틀어놓았다. 그 앨범의 한 면만 듣고 나면 경기가 끝나 있을 것임을 알고 있었기 때문이다. 우리는 그 경기에서 이겼고, 나는 음반 가게에서 일하던 친구에게 FA컵 결승전 날 오후 4시 20분에 그 앨범을 틀어달라고 졸랐다. 하지만 소용없는 일이었다. (그 친구가 잊어버렸을지도 모른다는 의심이 든다.)

나는 '담배' 골인을 시도해본 적도 있었고(친구 녀석 둘과 내가 동시에 담뱃불을 붙이고 있을 때 아스널이 득점한 적이 있다), 전반전 어느 시점에 치즈와 양파 칩을 먹는 것도 시도해보았다. 나는 생중계 경기를 비디오로 녹화하지 않는 것도 시도해보았다. (집에 와서 비디오로 경기 내용을 살펴보려고 녹화를 해두는 날이면, 아스널은 엄청 힘들어하는 것 같았다.) 행운의 양말, 행운의 셔츠, 행운의 모자, 행운의 친구 들을 모두 시도해보았고, 팀에게 도움이 안 된다고 생각하는 사람들을 모두 경기장 밖으로 몰아내려는 시도도 해보았다.

(설탕 생쥐 외에는) 아무것도 도움이 되지 않았다. 하지만 우리가 이렇게 약체인 판국에, 무엇인들 시도해보지 않으랴? 우리는 우리 힘으로 어찌할 수 없는 일에 매일 몇 시간씩, 매년 몇 달씩, 평생 몇 년씩을 투자하고 있다. 원시 씨족사회에서 도무지 알 수 없는 심오한 미스터리에 봉착했을 때 그랬던 것처럼, 우리가 모종의 힘을 지니고 있다는 환상을 얻기 위해서 좀 괴상하지만 독창적인 의식을 만들어내는 처지가 된다고 해도 이상할 것은 없지 않은가?

웸블리 IV — 카타르시스

•••

아스널 vs 맨체스터 유나이티드
1979. 5. 12.(웸블리)

스물예닐곱 살쯤 되어서 글쓰기를 업으로 삼을 수 있으리라는 생각이 들고 또 삼겠다고 작정하고서, 하던 일을 그만두고 출판사나 할리우드 제작자들이 내게 뭔가 일을 맡겨주기를 기다리기 전까지, 나는 나 자신에 대해서는 아무런 꿈도 없었다. 1979년 나는 케임브리지에서 마지막 학기를 맞았다. 그때쯤은 대학 친구들이 내게 앞으로 무슨 일을 할 거냐고 물어보았을 것이 틀림없다. 하지만 네다섯 살 때나 그때나 나에게 장래란 상상할 수도 없었으며 흥미롭지도 않았으니 뭐라고 대답했는지 모르겠다. 아마도 기자가 어쩌구 출판사가 어쩌구 하면서 얼버무렸을 테지만(목표 없는 인문대 대학생에게 기자나 출판사라는 대답은 어린이들이 우주비행사라고 대답하는 거나 마찬가지다) 속으로는 3년을 허송세월했으니 이런 직업을 가질 수 없으리라는 생각이 들기 시작했을 것이다. 3년 내내 대학 신문에 글을 쓰고도 일자리를 얻지 못하는 사람들이 잔뜩 널렸는데, 대체 나에게 무슨 가능성이 있단 말인가? 나는 결국 무대책이 상책이라는 결론을 내리고 아무데도 지원하지 않았다.

나 자신에 대해서는 아무런 꿈이 없었을지 몰라도 내 축구팀에 대해서는 원대한 꿈을 갖고 있었다. 이 꿈 가운데 두 가지, 그러니까 케임브리지 유나이티드가 4부 리그에서 3부 리그로 승격하는 것, 그리고 3부 리그에서 2부 리그로 승격하는 것은 이미 이루어졌다. 그러나 가장 열렬히 바랐던 세 번째 꿈, 아스널이 웸블리에서 FA컵을 차지하는 것을 보는 것은(어쩌면 이것은 결국 나 개인의 꿈이었을지도 모른다. 거기서 제일 중요한 것은 나도 그 자리에 있어야 한다는 것이니까) 아직 이루어지지 않았다.

아스널은 탁월한 기량을 보이며 FA컵 결승전에 두 시즌 연속으로 진출했다. 그들은 3부 리그에 속해 있던 셰필드 웬즈데이를 이기기 위해서 다섯 번이나 싸워야 했다. (최근 경찰은 시민의 안전을 위하여 여러 차례 마라톤 경기를 계속하는 FA컵의 아름답고도 기묘한 전통을 중단시켜야 한다고 결정했다.) 이어서 아스널은 유러피언 챔피언이었던 노팅엄 포레스트와의 원정 경기에서 힘겹게 무승부를 기록했으며, 사우샘프턴과 또다시 승부를 결정짓지 못하는 바람에 재경기를 한 차례 치르고서야 앨런 선더랜드의 멋진 두 골로 승리할 수 있었다. 울브스와의 준결승전에서는 브래디가 부상으로 결장했지만 비교적 쉽게 승부가 났다. 선더랜드와 스테이플튼의 후반전 두 골로 아스널은 다시 웸블리에 입성했다.

이 맨체스터 유나이티드와의 결승전으로부터 꼭 10년 후 아스널이 18년 만에 얻은 리그 우승의 기회를 날려버리고 말 것처럼 부진한 경기가 펼쳐지는 동안, 나는 원고 한 편을 방송국에 보내놓고 소식을 기다리고 있었다. 시트콤의 대본이었던 그 원고는 여느 때보다 더 많은 관심을 받았다. 채널4 방송국 관계자들과 면담을 했고 그들은 호평을 했다. 잘될 것 같은 느낌이었다. 그러나 그 시즌 마지막 토요일에 아스널이 홈경기에서 더비에게 패하는 것을 보고 실의에 빠진 나는, 그 작품을 마음속의 제단에 제물로 올려놓았다. (그 원고가 채택되었다면 나는 좋은 경력과 거의 사라져가던 자신감을 얻을 수 있었을 것이다.) 우리가 리그에서 우승할 수만 있다면, 거절 통지를 받더라도 아무렇지 않을 것 같았다. 그런데 정말로 거절 통지가 왔고, 몇 달 동안 내 마음을 갈가리 찢어놓았다. 하지만 우승도 함께 왔으며 2년이 지난 지금 거절 통지로 인한 실망감은 사라진 지 오래지만, 마이클 토마스의 골이 선사했던 흥분을 떠올리면 아직도 소름이 끼친다. 그러니 나는 흥정을 제대로 했다고 생각한다.

1979년 5월, 이런 식으로 흥정에 내걸 만한 일들이 여기저기서 벌어지고 있었다. FA컵 결승전이 있기 전 목요일에 대처 여사가 선거에 처음으로 출마했다. 그다음 주 목요일에는 졸업 시험이 시작될 예정이었다. 이 세 가지 사건 중에서 내가 가장 관심을 가졌던 것은 당연히 FA컵 결승전이었다. 하지만 대처 여사가 수상이 될지도 모른다는 사실 역시 심란했다. (혹시 좀 조용히 보낼 수 있는 일주일이 더 주어졌다면 시험 걱정을 할 시간과 힘을 얻었을지도 모르겠지만, 그때는 이미 암울한 성적을 피할 수 없는 시점이었다. 어찌 됐든 영국에서 대학을 졸업하는 것은 생일 파티만큼이나 손쉬운 일이었다. 그냥 좀 어정거리다 보면 졸업하게 되는 법이니까.) 그런데 정말 충격적인 사실은, 아스널이 FA컵 결승전에서 우승하기만 한다면 나는 보수당 정부를 받아들일 용의가 있었다는 것이다. 대처 여사가 금세기에서 최장기 집권 수상이 되리라고는 예상치도 못했던 것이다. (그 사실을 알았더라도 똑같은 흥정을 했을까? FA컵과 11년간의 대처주의를 맞바꾼다? 물론 하지 않았을 것이다. 또 한 번의 2관왕쯤 되면 모를까, 그 이하로는 절대 타협하지 않았을 것이다.)

보수당이 목요일에 가뿐히 승리했다는 것이 우리가 토요일에 가뿐하게 이길 수 있다는 뜻은 아니었다. 정강이 보호대를 하거나 특정한 셔츠를 입는 것과 마찬가지로, 흥정을 하는 것도 승리를 보장해주지 못한다는 사실을 나는 잘 알고 있었다. 더군다나 결승전 상대였던 맨체스터 유나이티드는, 입스위치나 스윈던처럼 어쩌다 여기까지 올라온 운 좋은 팀이 아니라 제대로 된 맞수였다. 맨체스터 유나이티드는 선거와 맞바꾼 흥정을 가볍게 무시하고 소나기 골을 넣으면서 우리를 밀어낼 능력이 있는 팀이었던 것이다.

그러나 맨체스터 유나이티드는 경기 내내, 마치 내가 맺은 계약을 알고 있다는 듯이, 그리고 자신들이 맡은 바를 다할 수 있어서 기쁘기 한량없다는 듯이 움직였다. 아스널은 전반전에 두 골을 넣었다. 킥오프 12분 만에 넣은 선제골(웸블리에서 아스널의 경기를 네 번 보는 동안 선제골을 넣은 것은 이번이 처음이었다) 그리고 전반전 종료 직전에 넣은 또 한 골. 사람들은 하프타임 15분 동안 신 나게 떠들어대고 축하를 나누었다. 후반전도 내내 똑같이 진행되다가 종료 5분을 남기고 맨체스터 유나이티드가 득점했다…… 그리고 2분을 남기고 절대로 잊을 수 없는 충격적인 슬로모션으로 그들은 또 한 골을 넣었다. 우리는 졌다. 선수들도 팬들도 전부 그 사실을 알고 있었다. 맨체스터 유나이티드 선수들이 반대편 터치라인을 뛰어다니며 기뻐하는 광경을 지켜보는 동안, 나는 어릴 적 느꼈던 끔찍한 감정을 또다시 느끼고 있었다. 아스널에 대한 증오감을. 아스널은 내가 더 이상 짊어질 수도 없고, 그렇다고 해서 절대로 벗어던질 수도 없는 짐짝이라는 것을.

나는 다른 아스널 팬들과 함께 맨체스터 유나이티드가 수비하던 골대 바로 뒷자리에 서 있었다. 나는 풀썩 주저앉았다. 고통과 분노와 불만과 자기 연민에 현기증을 느껴서 더 이상 서 있을 수가 없었다. 다른 사람들도 나처럼 주저앉았고 뒤에 앉은 십 대 소녀 둘은 소리 없이 울기 시작했다. 베이 시티 롤러스*의 콘서트에 간 십 대 소녀들이 삼류 배우 울듯이 우는 게 아니라 정말 깊은 슬픔을 드러내는 그런 울음이었다.

이 경기에 우리 가족의 친구였던 미국 소년 하나를 데리고 갔는데, 그는 조금 동정하긴 하지만 대단히 당황스럽다는 내색을 보여서 나의 고통을 어색하게 덜어주었다. 나도 그것이 운동경기일 뿐이며, 바

* 1970년대에 인기 있었던 스코틀랜드 출신의 아이돌 밴드.

다에서는 더 지독한 일도 일어나고, 아프리카에는 굶어 죽는 사람들도 있고, 몇 달 후에 핵전쟁이 일어날지도 모른다는 사실도 알고 있었다. 아직 스코어는 2-2이며 아스널이 어떻게든 수렁에서 빠져나갈 기회가 있다는 사실도 알고 있었다. (하지만 경기 흐름이 바뀌었고 선수들의 사기가 너무 꺾여 연장전에서 득점할 가능성이 없다는 것 역시 알고 있었다.) 그러나 그 사실을 다 안다고 해도 아무런 도움이 되지 않았다. 꼭 5분만 버텼더라면 내가 열한 살 때부터 품어온 유일한 꿈을 이룰 수 있었던 것이다. 만일 사람들에게 승진에서 탈락하거나 오스카 상을 타지 못하거나 런던의 모든 출판사에서 자기가 쓴 소설을 거절했을 때 슬퍼하는 것이 허락된다면—이들은 그 꿈을 나처럼 10년, '반평생'을 꾸어온 것이 아니라 고작 2,3년 동안 꾸어온 것이라 하더라도, 우리 문화는 그런 것을 허락해준다—나 역시 2분 동안 콘크리트 바닥에 주저앉아 눈물을 삼킬 자격이 충분히 있었다.

딱 2분이었다. 경기가 재개되자, 리암 브래디가 공을 몰고 맨체스터 유나이티드 진영으로 깊숙이 들어가(후에 그이는 그때 기진맥진한 상태라 단지 세 번째 실점을 막으려는 생각뿐이었다고 했다) 바깥쪽 멀리 릭스에게 패스했다. 나는 이 광경을 쳐다보고 있었지만 상황이 어떻게 돌아가는지는 몰랐다. 릭스의 크로스 패스가 날아오고, 맨체스터 유나이티드의 골키퍼 게리 베일리가 공을 놓친 순간에도 나는 그다지 눈여겨보지 않았다. 하지만 그때 앨런 선더랜드가 그 공에 발을 갖다 대고 밀어넣었다. 우리 바로 앞에 있는 골문 바로 안쪽으로. 그러자 나는 이럴 때 보통 튀어나오는 "좋았어!"라든가 "골이다!"라는 소리를 지른 것이 아니라 그저 "아아아아으으으아아아아!"라고 기쁨의 절정에서, 그리고 도저히 믿을 수 없는 심정에서 튀어나온 괴성을 질렀다. 사람들은 눈이 휘둥그레져서 콘크리트 응원석에서 벌떡 일어났고 엄청난 난리 법석이 일어났다. 미국 소년 브라이언은 나를 쳐다보더니 예의 바른 미소를 지었고, 그 소란 가운데 양손을 치켜들어 뜨겁게 박수를 보내주었다. 하지만 그 아이는 진심으로 열광하지는 않았지 싶다.

나는 사람을 기분 좋게 백치로 만드는 약에 취한 것처럼 졸업 시험 기간 내내 둥둥 떠다녔다. 잠을 못 자고 시험 걱정을 하느라 얼굴이 누렇게 뜬 친구들 중에는 나를 보고 이상하게 여기는 녀석들도 있었다. 다른 축구팬들은 내 마음을 이해하고 부러워했다. (중고등학교 때와 마찬가지로 대학에서도 아스널 팬은 나밖에 없었다.) 나는 암울한 성적을 받고 그다지 놀라지 않았다. 그리고 두어 달이 지나 FA컵 우승과 시즌 종료 축하 행사를 보러 집으로 왔을 때, 나는 5월 12일 오후에 내가 인생에서 지금까지 원했던 것을 대부분 성취했으며, 남은 인생 동안 뭘 하며 살지 아무 계획도 없다는 사실이 실감나기 시작했다. 나는 스물두 살이었고, 불현듯 장래가 공허하고 두렵게 느껴졌다.

내 삶에 난 구멍을 메워준 축구

•••

아스널 vs 리버풀
1980. 5. 1.

나를 포함한 많은 사람들에게는 1월 1일부터 그 후 365일 동안이 1년처럼 느껴지지 않는다. 나는 1980년은 무기력하고 공허하며 우왕좌왕하면서 보낸 해라고 말하려던 참이었지만, 사실 그건 틀린 표현이다. 그것은 79/80이었다고 말하는 편이 정확하다. 축구팬들은 그렇게 이야기한다. 우리의 한 해는 우리의 시간 단위로 8월에서 이듬해 5월까지다. (6월과 7월은 없는 셈이나 마찬가지다. 특히 월드컵이나 유러피언 챔피언십이 열리지 않는 홀수 해는 더욱 그렇다.) 우리 같은 사람들에게 평생 동안 최고의 시기나 최악의 시기를 물어보면, 보통 네 자리 숫자—맨체스터 유나이티드 팬들은 66/67, 맨체스터 시티 팬들은 67/68, 에버턴 팬들은 69/70 등등—를 댈 것이다. 네 자리 숫자 가운데 발음하지 않는 '/'는 서양에서 사용하는 태양력을 감안해서 쓰는 기호다. 우리도 남들처럼 12월 31일에 술을 마시고 취하긴 하지만, 사실 우리가 여느 사람들처럼 머릿속의 시계를 돌려가면서 맹세나 후회나 새로운 다짐을 하는 시간은 바로 5월, FA컵 결승전이 끝난 다음이다.

우리는 FA컵 결승전 전야에 하루 일을 쉬면서 함께 모여 파티를 열어야 할 것이다. 우리는 사회 속의 작은 사회를 형성하고 있는 셈이다. 그러니 런던에 거주하는 중국인들이 춘절에 런던의 레스터 스퀘어 주변 거리에서 교통을 차단한 채 퍼레이드를 하고 전통 음식을 차리면 관광객들이 그들을 구경하는 것처럼, 우리도 또 한 번의 씁쓸한 실패와 사기나 다름없는 심판의 오심과 엉터리 백패스와 끔찍한 이적 계약으로 얼룩진 한 시즌을 보내는 행사를 벌여도 될 것이다. 우리는 촌스럽기 짝이 없는 새로운 원정 경기용 티셔츠를 입고 응원가를 부를 수도 있을 것이다. 축구장에서만 팔기 때문에 축구팬들만 먹는 마시멜로 비스킷인 웨건 윌스와 상한 햄버거를 먹고, 플라스틱 병에 든 뜨뜻미지근한 오렌지 소다수와 스타브로스인가 에드먼턴인가 하는 회사에서 그 행사를 위해 특별 제작한 청량음료를 마실 수도 있을 것이다. 그리고 우리는 경찰을 불러…… 오, 관두자. 이렇게 끔찍한 이야기를 늘어놓다 보니 이 아홉 달 동안 우리가 얼마나 형편없는 삶을 사는지 새삼 실감이 난다. 그리고 시즌이 끝나면 나는 나머지 12주의 매일매일을 인간답게 살고 싶어한다는 사실도 깨달았다.

나에게 1979/80시즌은, 여태까지 늘 삶의 척추 역할을 해주었던 축구가 골격 전체의 역할까지 해주었던 시기다. 그 시즌 내내 나는 술집에 가서 술 마시고, 달리 할 일이 생각나지 않았기 때문에 케임브리지 외곽의 주유소에서 일하고, 나보다 한 해 늦게 졸업한 여자친구와 데이트하고, 토요일과 수요일을 기다리는 것 말고는 달리 아무 일도 하지 않았다. 특이할 만한 점은, 아스널이 최대한 많은 축구 경기를 필요로 하는 나의 요구를 충족시켜주려는 것처럼 행동했다는 것이다. 그들은 그 시즌에 일흔 번의 경기를 했고, 그중 스물여덟 번이 FA컵 경기였다. 내가 필요 이상으로 무기력해질 때마다 아스널은 또 한 번의 경기를 제공함으로써 나의 요구에 응했다.

1980년 4월, 나는 일과 우유부단한 내 성격과 나 자신이 지겨워 죽을 것 같았다. 하지만 아무리 축구라 해도 내 삶에 난 구멍을 메워줄 수 없을 정도로 그 구멍이 너무 크다는 생각이 들기 시작했던 바로 그때, 아스널은 미친 듯이 나를 도와주었다. 4월 9일에서 5월 1일 사이에 아스널은 준결승전만 여섯 번—리버풀과의 FA컵 준결승전 네 번, 유벤투스와의 컵위너스 컵* 준결승전 두 번—을 치렀던 것이다. 이 가운데 유벤투스와의 준결승 1차전만이 런던에서 치러졌기 때문에, 모든 사건은 라디오 곁에서 벌어졌다. 그 한 달 동안 기억나는 것이라곤 일하고, 잠자고, 애스턴 빌라나 노팅엄 포레스트, 코번트리의 홈구장에서 들려오는 피터 존스와 브라이언 버틀러의 중계방송을 들은 것뿐이다.

* 유럽 각국의 컵 우승팀들끼리 겨루던 대회. 1999년부터 UEFA컵에 통합되었다.

나는 라디오 중계를 제대로 들을 수가 없다. 사실 축구팬 가운데 라디오를 좋아하는 사람은 거의 없다. 관중은 해설자보다 훨씬 더 빠르다. 경기 상황에 대한 해설보다는 함성이나 신음이 한 발 앞서서 튀어나온다. 그리고 경기를 눈으로 볼 수 없기 때문에 경기장에 직접 가거나 텔레비전을 볼 때보다 불안감은 훨씬 더 커진다. 라디오를 듣고 있노라면, 슈팅은 매번 골대 위쪽 코너로 날아가는 것 같고, 크로스 패스가 나올 때마다 당황하게 되며, 상대방의 프리킥은 매번 골대를 아슬아슬하게 비껴나가는 것 같다. 텔레비전 생중계가 나오기 전, 아스널의 FA컵이나 유러피언 컵 원정 경기에 동참할 수 있는 수단이 라디오밖에 없었던 시절, 나는 라디오 주파수를 이리저리 돌리면서 대체 무슨 일이 벌어지고 있는지 알아내려고 기를 썼지만, 도무지 알 수 없어서 절망에 빠지곤 했다. 라디오 축구란 축구라고도 할 수 없는 것이다. 축구 경기의 미학적 즐거움, 나와 일심동체가 되는 관중들이 느끼게 해주는 편안함, 수비수나 골키퍼가 제 위치에 자리 잡고 있음을 확인할 때 느끼는 안정감을 상실하고 나면, 남는 것은 무방비의 공포뿐이다. 게다가 저녁에 라디오를 듣다 보면 귀신 소리 같은 잡음이 들려와 무시무시한 공포 분위기를 조성했다.

리버풀과의 준결승전 마지막 두 경기를 듣는 동안 나는 거의 죽을 지경이었다. 3차전에서 아스널은 1분 만에 선제골을 넣었고, 그 후 89분 동안 계속 리드를 지켰다. 나는 후반전 내내 책도 못 읽고, 말도 못하고, 생각도 못하고, 앉았다, 일어섰다, 담배를 피웠다, 서성거렸다를 반복했지만, 결국 인저리 타임에 리버풀이 동점골을 넣고 말았다. 이 동점골로 나는 그 후 한 시간 동안 머리에 총알이 박힌 기분을 맛보았다. 그 골은 진짜 총알처럼 고통을 끝장내주지도 못했기에 더욱 괴로웠다. 오히려 그 때문에 나는 그 모든 상황을 다시금 겪어야 했다. 사흘 후 4차전에서 아스널은 다시 한 번 선제골을 넣었고, 그때 나는 너무나 걱정이 된 나머지 라디오를 꺼버리고 부적 노릇을 해주던 버즈콕스의 앨범을 찾았다. 이번에는 리버풀이 동점골을 넣지 못했고, 아스널은 3년 연속 FA컵 결승전에 진출했다. 하지만 나는 너무 지치고, 신경이 닳아빠지고, 니코틴에 절어서 좋아할 기력도 없었다.

'왼발의 시인' 리암의 이적

•••

아스널 vs 노팅엄 포레스트
1980. 5. 5.

1950년대 말에서 1960년대 초에 미국의 십 대들이 세상에 곧 종말이 닥칠 것이라 생각하고 살았던 것처럼, 나는 1980년 한 해 동안 리암 브래디가 다른 구단으로 이적할지도 모른다는 불안에 떨며 지냈다. 끝내는 그렇게 되고 말 것을 알고 있었지만, 그런 와중에도 실낱같은 희망을 버리지 못했다. 나는 매일 그 문제를 놓고 끙끙거렸다. 혹시 그가 계약을 연장한다는 암시가 있는지 신문마다 샅샅이 뒤졌고, 행여 아스널의 다른 선수들과의 사이가 아주 돈독해서 헤어질 수 없지는 않은지 선수들 간의 관계를 유심히 살폈다. 아스널 선수를 놓고 그렇게 아까운 마음이 든 적은 한 번도 없었다. 5년 동안 그는 팀의 구심점 역할을 했다. 그리하여 그는 나 자신이 매우 소중히 여기는 부분에서도 중심이 되었으며, 그가 아스널을 떠나고 싶어한다는 풍문은 마음에서 지워지지 않은 채 나의 행복에 조그만 그늘을 만들어주었다.

이렇게 브래디에게 집착했던 까닭은 쉽게 설명할 수 있다. 브래디는 미드필더로서 패스에 매우 능했고, 그가 떠난 이후로 아스널은 그만 한 선수를 얻지 못했다. 축구 규칙을 아주 초보적인 수준으로 이해하는 사람들조차도 1부 리그 축구팀이 제대로 패스할 줄 아는 선수 하나 없이 경기하려 한다는 데 놀라겠지만, 우리에게는 더 이상 놀라운 일이 아니다. 1970년대 말, 실크 스카프에 이어 바나나 튜브의 유행이 사라지기 직전, 패스라는 유행도 사라진 것이다. 감독도, 코치도 그리고 선수들도 필드의 한 곳에서 다른 곳으로 공을 옮기는 데 패스가 아닌 다른 방법을 선호하게 되었는데, 하프라인에다 근육질 선수들로 벽을 쳐서 포워드가 있는 쪽으로 공의 방향을 바꾸어 보내는 것이 바로 그것이다. 사실 모든 축구팬들은 패스가 사라진 것을 아쉬워한다. 나는 우리 모두가 패스 위주의 경기를 좋아했다고 생각한다. 패스는 축구의 가장 아름다운 액세서리였건만(훌륭한 선수는 우리가 미처 보지 못한 팀 동료에게 패스할 줄 알았고, 우리가 생각지도 못했던 각도를 찾아낼 줄 알았기에 그 기하학적 정확도가 주는 짜릿한 쾌감이 있었다) 감독들은 그것이 골칫거리라고 생각해서 패스를 잘할 줄 아는 선수를 키워내는 수고를 그만두기로 한 것 같다. 잉글랜드에는 아직 패스를 잘하는 선수가 몇 명 있긴 하지만, 근육이 불거진 대장장이 같은 선수들이 훨씬 더 많아졌다.

우리 삼십 대 축구팬의 대부분은 1970년대를 지나치게 좋은 시절로 기억하고 있다. 우리는 그 시절을 황금기라 생각하면서 추억하고,

옛날 셔츠를 사고, 옛날 비디오를 본다. 케빈 키건과 존 토색, 콜린 벨과 마이크 서머비, 케빈 헥터와 콜린 토드에 대해 이야기할 때면 거의 숭배조로 이제 그들만 한 선수가 없음을 아쉬워한다. 우리는 잉글랜드 대표팀이 두 차례나 월드컵 본선 진출에 실패했음을 망각하고, 대부분의 1부 리그 팀에 정말 축구에 재능이 없는 선수가 적어도 한 명씩—아스널에는 피터 스토리, 리버풀에는 토미 스미스, 첼시에는 론 해리스—은 있었다는 사실을 묵살한다. 해설자들과 기자들은 폴 개스코인의 성급한 행동, 존 파샤누의 팔꿈치 쓰기, 아스널 선수들의 싸움질 등 요즘 프로 선수들의 품행을 놓고 불만이 많다. 하지만 리와 헌터가 퇴장당한 다음 탈의실로 돌아가는 내내 치고받고 싸운 일이나, 브렘너와 키건이 자선 경기에서 싸우다 퇴장당했던 일을 회고할 때면 흐뭇하다는 듯이 껄껄 웃어댄다. 1970년대 선수들은 요즘 선수들만큼 빠르지도 않았고, 체력이 뛰어나지도 않았으며, 아마 대부분은 그만한 기술도 없었을 것이다. 하지만 그때는 어느 팀에나 패스에 뛰어난 선수가 적어도 한 명씩은 있었다.

리암 브래디는 지난 20년 동안 최고의 패스 기술을 자랑하는 두세 명의 선수 가운데 하나로 꼽혔고, 그 사실만으로도 그는 모든 아스널 팬들로부터 존경을 받을 수 있었다. 하지만 내게는 그 이상의 이유가 있었다. 내가 그를 숭배한 것은 그가 훌륭한 선수였기 때문이고 그를 잘라내면 아스널이 피를 흘릴 것이기 때문이기도 했지만(찰리 조지와 마찬가지로 그도 아스널 청소년 팀이 키워낸 인물이었다) 또 다른 이유가 있었다. 그는 머리가 좋은 선수였다. 그의 지적인 면모는 정확하고 창의력 넘치며 보는 사람을 끊임없이 놀라게 하는 패스에서 분명하게 드러났다. 그런 면모는 경기장 밖에서도 보였다. 그는 달변에다 농담을 잘했으며 의리가 있었다. (그의 친구이자 아스널의 옛 동료였던 데이비드 오리어리가 1990년 월드컵 루마니아 전에서 아일랜드 대표로 나가 결정적인 페널티킥을 차려는 순간, 해설을 맡았던 그는 이렇게 소리쳤다. "자, 데이비드, 넣어버려!") 나의 학력은 점점 높아지는 반면에 축구와 지성이 공존할 수 없음을 보여주는 사람들은 점점 더 늘어가는 가운데, 브래디는 그 두 가지를 이어주는 교량 역할을 해주는 것 같았다.

축구 선수에게 있어서 머리가 좋은 것은 매우 큰 강점이다. 특히 미드필더, 플레이메이커의 경우에는 더욱 그렇다. 하지만 이때 말하는 지성이란 '난해한' 유럽 소설을 감상하는 데 필요한 것과 같은 지성이 아니다. 축구에 있어서는 정말 머리가 좋았던 폴 개스코인이(특히 위치 선점과 1,2초 만에 급변하는 상황을 번개처럼 재빠르게 이용하는 능력은 타의 추종을 불허했다) 몰상식한 행동을 번번이 했던 것은 아주 유명한 사실이었다. 최고의 축구 선수들은 모두 저마다의 재치를 갖추고 있다. 게리 리네커의 앞지르기, 피터 쉴튼의 위치 선점, 베켄바워의 빠른 이해력은 단지 운동 능력에서만이 아니라 우수한 두뇌에서 나온 것이다. 그러나 뭐니 뭐니 해도 지적인 경기를 펼쳐 품격 있는 신문의 스포츠 기자들과 중산층 축구팬들의 호응을 받는 선수는 고전적인 미드필더다.

그 까닭은 브래디나 그와 비슷한 포지션의 선수들이 지닌 지력이 축구에서 가장 눈에 띌 뿐만 아니라, 중산층 문화에서 높이 평가받는 종류의 지력에 해당하기 때문이기도 하다. 플레이메이커를 묘사하는 데 사용되는 형용사들을 살펴보자. 우아하다, 정통하다, 예민하다, 세련되다, 민첩하다, 통찰력 있다…… 이런 형용사들은 시인이나 영화감독이나 화가를 묘사할 때도 똑같이 사용할 수 있다. 이것은 마치 진정 재능 있는 축구 선수는 축구 선수라고만 보기에는 너무 뛰어나므로, 또 다른, 보다 높은 차원으로 끌어올려주어야 한다는 의미 같다.

분명 나도 이런 식으로 브래디를 숭배했다. 이전에 아스널의 노스뱅크에서 추앙받았던 우상 찰리 조지는 리암과 동급이 아니었다. 리암 브래디가 남달랐던 것은(그에게 특별히 다른 점은 없었다. 그의 배경은 대부분의 축구 선수와 거의 비슷했다) 나른하고 신비로운 분위기를 갖추었기 때문이다. 나 자신은 이런 분위기를 전혀 갖추지 못했지만, 고등교육을 받았기 때문에 남들에게서 이런 분위기를 알아볼 수 있는 능력이 있다고 자부했다. 내가 그의 이름을 곧잘 입에 올릴 때마다 여동생은 '왼발의 시인'이라고 무미건조하게 대꾸하곤 했는데, 비꼬는 말이었지만 일말의 진리가 담겨 있었다. 한동안 나는 축구 선수들이 축구 선수답지 않게 행동하길 바랐다. 바보 같은 짓이기는 하지만 지금도 그런 사람들이 있는데, 첼시에서 뛰었던 팻 네빈이 예술과 문학과 정치에 대한 조예가 상당하다는 것이 밝혀지자 훨씬 더 훌륭한 선수로 평가받았던 일도 그 일례다.

졸음이 쏟아지는 잿빛의 뱅크 홀리데이* 월요일, 지루한 0-0 무

* 영국에서 주말 이외에 은행이 쉬는 법정 휴일.

승부였던 노팅엄 포레스트 전은 브래디가 마지막으로 하이버리에서 뛴 경기였다. 그는 자신의 미래를 이국 땅 이탈리아에서 펼치기로 결정했고, 몇 년 동안 잉글랜드를 떠났다. 나는 하이버리에서 그를 배웅했고, 그는 동료들과 함께 천천히 아쉬운 마음으로 경기장을 돌며 인사를 했다. 나는 그 순간까지도 마음 한구석에서는 그가 마음을 바꾸거나, 구단에서 그를 떠나보내면 얼마나 큰 피해를 입게 될지 깨닫고 그를 붙잡으리라는 바람을 버리지 못했다. 오로지 돈 때문에 가는 거라고 하는 사람도 있었고, 아스널이 돈을 더 많이 썼으면 그가 남았을 거라고 하는 사람도 있었지만, 나는 그런 소리들을 믿고 싶지 않았다. 그를 부른 것은 이탈리아 축구의 가능성, 그 문화와 스타일이며, 그가 하트퍼드셔나 에식스 같은 좁은 지역에서 느끼는 즐거움에 실존적 권태를 느끼기 시작한 것이라고 믿고 싶었다. 무엇보다도 나는 그가 우리를 버리고 떠나고 싶어하지 않았으며 갈등했다고 믿었고, 우리가 그를 사랑한 만큼 그도 우리를 사랑했으며 언젠가 돌아올 것을 확신했다.

리암을 유벤투스에 빼앗긴 지 꼭 칠 개월 후, 그 우울한 시즌 중에 나는 여자친구를 다른 남자에게 빼앗기는 청천벽력 같은 사건을 겪게 되었다. 어느 쪽의 상실감이 더 아픈지 알고 있었지만—리암의 이적은 아쉬움과 슬픔을 일으켰지만, 다행히도 실연한 스물세 살 청년이 겪는 불면증과 구토와 도무지 잊을 수 없는 괴로움을 일으키지는 않았다—내 마음속에는 그녀와 리암이 기묘하게 뒤섞여 있는 것 같았다. 리암과 떠나간 그녀, 두 사람은 그 후로도 5,6년이나 유령처럼 나를 쫓아다녔다. 브래디가 떠난 다음 아스널은 여러 차례 미드필더를 교체했다. 그중에는 잘하는 선수도 있었고 못하는 선수도 있었지만, 그 누구도 리암을 대신할 수 없다는 사실에는 변함이 없었다. 1980년에서 1986년까지 브라이언 탤벗, 그레이엄 릭스, 존 홀린스, 데이비드 프라이스, 스티브 개팅, 피터 니콜라스, 스튜어트 롭슨, 블라디미르 페트로비치, 찰리 니콜라스, 폴 데이비스, 윌리엄스, 심지어 센터포워드였던 폴 마리너까지 중앙 미드필드에서 뛰었다.

그리고 나도 그 후 4,5년 동안 계속해서 여자친구를 바꾸었다. 진지한 상대도 있었고, 그렇지 않은 상대도 있었고…… 유사점은 끝이 없었다. 브래디가 돌아온다는 풍문은 끊임없이 나왔지만(그는 이탈리아에서 8년 동안 네 팀을 전전했고, 이적할 때마다 잉글랜드의 타블로이드 신문에는 그가 곧 돌아올 것이라는 잔인한 기사들이 실리곤 했다) 아무도 그가 정말 돌아오리라고 믿지 않게 되었다. 물론 1980년대 초반에서 중반까지 나를 짓누르던 극심한 우울증이 브래디나 떠나간 그녀 탓이 아님을 나도 알고 있었다. 이 우울증은 뭔가 다른 것, 훨씬 더 이해하기 어려운 것, 그 무고한 두 사람보다 훨씬 더 오랫동안 내 속에 잠재되어 있었던 그 무엇 때문이었다. 그러나 이 끔찍한 슬럼프 기간 동안 나는 마지막으로 행복하고, 만족스럽고, 활기 넘치고, 낙관적이었던 시절을 돌아보곤 했다. 그녀와 브래디는 그 시절의 일부였다. 전적으로 그들 덕분은 아니었지만, 그 시절 그들의 존재감이 컸다는 사실만으로도 이들과의 연애를 지나간 아름다웠던 시절을 떠받치는 두 개의 기둥으로 삼을 이유는 충분했던 것이다.

리암 브래디가 떠나고 5,6년 후, 그는 정말로 다시 돌아와 팻 제닝스의 은퇴 기념 경기에서 아스널 선수로 뛰었다. 그날 밤은 정말 기분이 이상했다. 우리는 그 어느 때보다도 그가 절실히 필요했다. (1980년대 아스널의 성적을 그래프로 그려보면 U자 모양이 될 것이다.) 경기가 시작되기 전 나는 잔뜩 긴장하고 있었는데, 여느 빅 매치 직전과 같은 긴장이 아니라 옛날 연인과의 오랫동안 기다려온, 괴로운 재회를 기다리는 심정이었다. 나는 열광적이고 눈물겨운 팬들의 성원이 브래디의 심금을 울리고, 그래서 우리에게 그가 남긴 공백이 아직 메워지지 않았음을 깨달아주길 바랐던 것 같다. 그러나 그런 일은 일어나지 않았다. 브래디는 그 경기를 마치고 우리에게 손을 흔들어준 다음, 이튿날 아침 이탈리아로 떠났다. 그다음 우리가 재회했을 때는 웨스트햄 유니폼을 입고 우리 골키퍼 존 루킥을 향해 슛을 쏘았다.

우리는 그를 대신할 선수를 찾지는 못했지만 다른 재능을 지닌 다른 선수들을 발굴했다. 다른 경우와 마찬가지로 그것이 상실에 대처하는 방법임을 깨닫는 데는 오랜 시간이 걸렸다.

아스널스러움

•••

웨스트햄 vs 아스널
1980. 5. 10.

밀월의 팬들이 〈세일링〉의 곡조에 맞추어 부르는 노래는 유명하다. "아무도 우리를 좋아하지 않아/ 아무도 우리를 좋아하지 않아/ 아무도 우리를 좋아하지 않아/ 그래도 상관없어." 나는 늘 그 노래가 처량한 구석이 있다고 느꼈고, 그 노래에 딱 어울리는 주인공이 있다면 그건 바로 아스널이라고 생각해왔다.

아스널 팬이라면 남녀노소를 불문하고 누구나, 아무도 우리를 좋아하지 않는다는 사실을 알고 있고, 날마다 밉살스럽다는 소리를 들으며 산다. 신문의 스포츠면을 매일 읽고, 텔레비전을 늘 보고, 축구잡지를 보는 평균적인 축구팬이라면, 일주일에 두세 번은 아스널을 무시하는 기사를 접하게 될 것이다. (존 레넌이나 폴 매카트니의 노래를 듣게 되는 횟수와 비슷할 것 같다.) 방금 축구 퀴즈 프로그램 〈세인트 앤 그립시〉를 보았는데, 지미 그리브스가 '환호하는 수백만 명의 팬들을 대신하여' FA컵에서 아스널을 이겨준 데 대하여 4부 리그의 렉섬 감독에게 감사한다고 말했다. 내 숙소에 굴러다니고 있는 축구 잡지의 표지에는 〈어째서 모두가 아스널을 미워하는가?〉라는 기사 제목이 박혀 있다. 지난주에는 신문에 우리 선수들에게 예술성이 부족하다고 공격하는 기사가 실렸다. 그렇게 매도당한 선수 가운데 하나는 겨우 열여덟 살에다 아직 주전으로 뛰어보지도 못한 선수였다.

우리는 지루하고, 재수만 좋고, 지저분하고, 건방지고, 돈이 많고, 치사하다. 내가 아는 한 1930년대부터 늘 그래왔다. 1930년대에는 역사상 최고의 축구 감독인 허버트 채프먼이 수비수를 한 명 더 기용하는 식으로 경기 방식을 바꿈으로써, 아스널이 소극적이며 매력 없는 축구를 한다는 평판을 다진 시기였다. 하지만 그 후로도 계속해서, 특히 1971년 2관왕을 이룬 해에 아스널은 지긋지긋하게 철저한 수비를 성공의 도약대로 삼았다. (그해 리그 경기 가운데 0-0이나 1-0으로 끝난 것이 열세 번이나 되었고, 공정하게 말하자면 그중 어느 한 번도 신 나는 경기는 없었다.) 60년 동안 1-0 승리를 지켜오며 상대 팀 팬들의 믿음과 인내심을 시험해왔으니 '재수 좋은 아스널'이란 말은 '지루한 아스널'에서 나온 것임을 짐작할 수 있다.

반면 토트넘과 웨스트햄은 수준 높고 흐름이 빠른(요즘에는 '프로그레시브'라는 표현을 쓰는데, 나 같은 삼십 대 장년층은 그 말을 들으면 에머슨, 레이크 앤 파머나 킹 크림슨 같은 밴드들이 떠올라서 괴롭다) 축구를 구사하며 즉흥적이고 날카로운 경기를 펼치는 것으로 유명하다. 모두들 스토리와 탤벗, 애덤스 그리고 아스널이 대변하는 모든 것을 증오하고 경멸하듯이 모두들 피터스와 무어, 허스트와 브루킹 그리고 웨스트햄을 사랑하게 된다. 요즘 웨스트햄을 대표하는 선수는 눈이 시뻘건 마틴 앨런과 잔인한 줄리언 딕스이고, 토트넘을 대표하는 선수는 반 덴 후베와 펜위크와 에딘버러라는 것에는 개의치 않는다. 재능 있는 머슨과 눈부신 림파가 아스널에서 뛰고 있다는 것도 상관이 없다. 1989년과 1992년에 우리가 1부 리그에서 가장 많은 골을 기록했어도 상관없다. 웨스트햄과 토트넘은 불꽃의 수호자이며 올바른 길을 따르는 무리다. 우리는 거너스이고 비지고스*이며, 오프사이드 판정에 항의하느라 두 팔을 휘저어대는 '헤롯 왕'과 '노팅엄 보안관'이라는 별명을 가진 센터하프를 데리고 있다.

1980년 FA컵 결승전에서 아스널의 상대였던 웨스트햄은 그해 2부 리그에 있었고 그들이 2부 리그 팀이라는 사실에 사람들은 더더욱 열광했다. 전 국민의 환호를 받으며 아스널은 패배했다. 잉글랜드의 세인트 트레버가 한 골을 넣어 무시무시한 괴물 아스널을 물리쳤으며, 야만인들은 쫓겨나고 아이들은 다시 안전하게 두 발을 뻗고 잘 수 있게 된 것**이다. 그러니 평생 악당 역할을 맡아온 우리 아스널 팬의 손에는 무엇이 남아 있을까? 아무것도 없다. 우리가 묵묵히 참아온 불만은 소름 끼칠 정도다.

지금 사람들이 그 경기에 대해서 기억하는 것은, 브루킹의 보기 드문 멋진 헤더와 윌리 영이 폴 앨런에게 가했던 잔인하고 전문적인

* '고트족 야만인'이라는 뜻의 아스널의 또 다른 별명.
** 잉글랜드의 수호 성자 세인트 조지가 용을 물리친 전설을 패러디한 것.

파울, 그리고 역대 최연소의 나이로 FA컵 결승전에 나간 선수가 웸블리 역사상 가장 귀엽고 가장 낭만적인 골 가운데 하나를 기록했다는 사실뿐이다. 웸블리 관중석의 깜짝 놀라 말문이 막힌 아스널 팬들 틈에서 웨스트햄 팬들과 중립 팬들에게서 쏟아져나오는 야유에 귀가 멍멍해진 채로 서 있던 나는, 파울을 한 윌리 영의 냉소적인 태도에 아연실색했다.

하지만 그날 밤 텔레비전에서 하이라이트를 보면서 나는 마음 한구석으로는 그 파울을 즐겼음을 깨달았다. 그것이 앨런의 골을 막았기 때문이 아니라(경기는 끝난 셈이었고 우리는 어쨌든 졌으므로 그게 들어갔든 말든 상관없었다) 너무나 우스울 정도로 아스널다운 행동이었기 때문이다. 아스널의 수비수 외에 그 누가 열일곱 살짜리 꼬마 선수를 밀치겠는가? 머슨인지 데이비스인지 기억나지 않지만, 해설자는 당연히 기겁을 하면서 법석을 떨었다. 착한 편이 악당을 쫓아냈다는 타령에 지겨워진 나는 그의 정의감 넘치는 해설에 부아가 치밀었다. 그것을 보고 있자니 1976년에 빌 그런디가 펑크록 밴드인 섹스 피스톨스를 텔레비전 쇼에 초대해놓고서는 나중에 그들의 버릇없는 태도에 노발대발했던 일이 떠올랐다. 아스널은 최초의 진정한 펑크 로커다. 우리의 센터하프들은 섹스 피스톨스의 조니 로튼*이 등장하기 훨씬 전부터 남에게 해를 끼치지 않는 일탈성에 대한 대중의 욕구를 충족시켜주고 있었던 것이다.

* 섹스 피스톨스의 보컬.

축구 이후의 삶

•••

아스널 vs 발렌시아
1980. 5. 14.

축구팀들은 대단히 독창적인 방법으로 서포터에게 슬픔을 가져다준다. 우선 웸블리에서 벌어지는 빅 매치에서 선제골을 넣었다가 지는 방법이 있다. 1부 리그 선두에 올랐다가 침몰하는 방법도 있다. 어려운 원정 경기에서 무승부를 이끌어낸 다음 홈경기에서 지기도 한다. 어떤 주에는 리버풀 같은 강팀을 이기고 다음 주에는 약체 스컨소프에게 지기도 한다. 시즌 중반이 지날 때까지 승격될 것처럼 잘 나가다가 갑자기 곤두박질쳐서는 강등되기도 한다…… 이미 최악의 사태는 지나갔다고 안심하는 바로 그때, 축구팀은 늘 뭔가 새로운 것을 보여준다.

FA컵 결승전에서 패배한 지 나흘 후, 아스널은 컵위너스 컵에서 발렌시아에게 패배해서 또 하나의 우승컵을 놓쳤다. 70회의 경기를 치른 시즌이었는데도 손에 남은 것이 아무것도 없었다. 우리는 발렌시아보다 좋은 경기를 펼쳤지만 득점하지 못했고, 승부차기까지 갔다. 브래디와 릭스가 실축했고(그날 밤의 충격 이후 릭스는 예전의 모습을 되찾을 수 없었다고 하는 사람들도 있다. 사실 그는 잉글랜드 대표팀에서 계속 뛰기는 했지만 1970년대 말의 전성기 때 모습을 보여주지는 못했다) 그것으로 경기는 끝났다.

내가 알기로, 잉글랜드에서 일주일 동안 두 번의 결승전 모두를 패배한 팀은 아스널 이외에 없었다. 그 이후 몇 년 동안 아스널 서포터들은 질 때 지더라도 결승전에 진출하는 모습을 보기만 해도 좋겠다고 했지만 말이다. 그때는 그게 왜 그렇게 괴로웠는지 나도 알 수 없었다. 그러나 그런 일주일이었는데도 뭔가 속 시원한 면이 있었다. 6주 내내 준결승전과 결승전 중계를 듣느라 라디오를 끼고 살고, 웸블리 입장권을 구하러 헤매고 돌아다닌 끝에, 드디어 축구로 인한 혼란은 끝났으며 그것을 대체할 것은 아무것도 없어진 셈이니까 말이다. 마침내 아스널 감독이 어떻게 해야 할지가 아니라 내가 어떻게 해야 할지를 생각할 때가 온 것이다. 그래서 나는 런던의 교육대학에 원서를 넣었고, 아스널이 한 해 동안 아무리 많은 경기를 하더라도 축구에 인생을 완전히 내맡기는 일은 두 번 다시 하지 않겠다고 맹세했다. 그런 맹세를 한 것이 그때가 마지막은 아니었지만 말이다.

경기의 일부

●●●

아스널 vs 사우샘프턴

1980. 8. 19.

시즌 개막전은 여느 경기보다 조금 더 기대를 하게 되는 법이다. 게다가 그해 여름 동안 대단한 이적 소식이 있었다. 아스널이 100만 파운드에 클라이브 앨런을 사들였다가, 시즌 전 친선경기를 해보고 마음에 들지 않자 정식 경기를 단 한 차례도 치르기 전에 케니 샌섬과 트레이드한 것이다. (최전방 공격수를 주고 수비수를 데려오다니, 그게 바로 아스널의 방식이다.) 그리하여 리암도 없는 데다가 개막전 상대였던 사우샘프턴이 그다지 매력적인 적수가 아니었는데도, 4만 명 이상의 관중이 모여들었다.

뭔가 잘못되었다. 출입구를 충분히 열지 않았는지 아니면 경찰이 관중의 이동을 제대로 통제하지 못했는지, 애브널 로드 쪽 노스 뱅크 출입구 바깥에 사람들이 엄청나게 밀려 있었던 것이다. 나는 두 발을 다 들어올려도 넘어지지 않을 것 같았고, 한번은 내 주먹이 가슴과

배를 누르지 않게끔 조금이라도 공간을 더 확보하기 위해서 두 팔을 하늘로 치켜들어야 했다. 그렇다고 뭐 특별한 건 아니었다. 축구팬들은 잠시 동안 나쁘게 돌아가는 상황에는 이미 익숙했다. 하지만 줄 앞으로 다가가는 동안 숨이 막혀 아둥바둥했던 일(사람들 사이에 하도 꽉 끼여서 숨조차 제대로 쉴 수 없었다)이 기억나는 것을 보니, 여느 때보다 좀 더 심했던 모양이다. 출입구를 간신히 지난 뒤 나는 기력을 회복하기 위해 잠시 계단에 주저앉았고 다른 사람들도 앉아서 한숨 돌리고 있는 것이 보였다.

정작 심각했던 것은 내가 경기장 운영 체계를 믿었다는 사실이다. 나는 압사당할 수도 있다는 생각은 꿈에도 하지 않았다. 축구장에서 그런 일이 일어난 적은 한 번도 없었기 때문이다. 아이브록스에서 일어났던 일은 일이 이상하게 꼬이는 바람에 벌어진 특수한 경우였을 뿐이다. 어쨌든 그것은 스코틀랜드에서 올드 펌 경기*가 열리는 동안 일어난 일이었으며, 그 경기가 원래 문제가 많다는 것은 누구나 알고 있는 사실이다. 그러니까 잉글랜드에서는 어디선가 누군가가 자기가 맡은 임무를 수행하고 있고, 아무도 설명해주지 않았지만, 이 운영 체계가 그런 종류의 사고를 막아준다고 여겼던 것이다. 구단과 경찰 당국이 이따금 자신들의 운을 시험하는 것처럼 보이기도 했지만, 그건 우리가 그들의 조직을 잘 이해하지 못하기 때문이라고 생각했다. 그날 밤, 애브널 로드의 혼란 속에서 산소 부족을 겪는 와중에도, 낄

* 글래스고에 연고를 둔 레인저스와 셀틱 간의 더비전을 가리키는 말로, 흥분한 팬들 간의 폭력 행위가 자주 벌어진다.

낄 웃어가면서 숨이 막힌다는 표정을 지으며 장난을 치는 사람들이 있었다. 그들이 웃고 있었던 것은, 바로 옆에 무관심한 공무원들과 말을 탄 경찰들이 있었고, 그들 옆에 있으면 안전이 보장된다고 생각했기 때문이다. 도와줄 사람이 그렇게 가까이 있는데, 어찌 죽을 수 있겠는가?

하지만 9년 후 힐즈버러 사태가 벌어진 다음에 그날 저녁을 돌이켜보니, 그리고 다른 시합 날에 대해서도 생각해보니, 축구장에 너무 많은 사람이 모여들고 관중을 적절히 배치하지 못한다는 생각이 들었다. 그날 밤 나는 죽을 수도 있었고 그 외에도 죽음의 문턱까지 다가갔던 경우가 몇 차례 더 있었던 것 같다. 체계나 조직 따위는 존재하지 않았다. 우리는 늘 아슬아슬하게 줄타기를 하며 운을 시험하고 있었던 것이다.

남동생

•••

아스널 vs 토트넘
1980. 8. 30.

전국의 많은 아버지들이 잔인하고 충격적인 배신을 경험해왔을 것이다. 아이들이 다른 팀을 응원하게 되는 것 말이다. 나는 나이가 들어가면서 부모가 된다는 것에 대해 점점 더 자주 생각해보게 되는데, 이런 식의 배신이야말로 정말 두렵다. 내 아들이나 딸이 일곱 살이나 여덟 살쯤 되어서, 아스널을 응원하다니 아버지는 제정신이 아니라고 하면서 토트넘이나 웨스트햄이나 맨체스터 유나이티드를 응원하기로 결심한다면 어떻게 해야 할까? 그 사태를 어떻게 받아들여야 할까? 점잖은 아버지답게 하이버리 시대가 끝났음을 순순히 받아들이고 토트넘이나 웨스트햄의 시즌 입장권을 두 장 끊어야 할 것인가? 턱도 없는 소리. 어린아이의 비위를 맞춰주기에는 나 스스로가 아스널에 대해서 지나치게 아이 같은 태도를 취하고 있는 것이다. 나는 내 아이가 어느 팀을 응원하기로 했든 그 결정을 존중하겠지만,

그 팀의 경기가 보고 싶다면 자기 돈으로, 자기 힘으로 보러 가야 할 거라고 설명해줄 것이다. 그러면 알아듣겠지.

아스널이 FA컵 결승전에서 토트넘과 만나는 상상을 여러 번 해보았다. 상상 속에서 나의 아들은, 처음 아스널을 응원하게 되었을 때의 나처럼 불행하고 긴장해서 넋이 빠진 토트넘 팬이다. 그리고 우리는 웸블리 입장권을 구하지 못해 집에서 텔레비전으로 경기를 보고 있다. 마지막 순간 노장 케빈 캠벨이 결승골을 넣는다…… 그러면 나는 환호성을 올리며 주먹을 불끈 쥐고 거실을 뛰어다니면서, 상처 입은 내 아들을 향해 야유를 보내고, 아이를 마구 흔들고, 머리를 헝클어놓는다. 나는 정말 이럴 것 같아서 염려가 된다. 그러니 어른답게 살기 위해서는 나 자신이 아버지가 될 그릇이 못 된다는 사실을 깨닫고, 오늘이라도 당장 정관수술을 받아야 할 것이다. 1969년 웸블리에서 맞았던 그 끔찍한 오후, 내 아버지가 스윈던 타운의 팬이었다면, 그래서 그때 환호했다면, 우리는 그 후 22년 동안 서로 말도 안 하고 지냈을 테니까 말이다.

그런데 나는 이미 이런 종류의 문제 한 가지를 성공적으로 해결한 바 있다. 1980년 8월, 프랑스와 미국에서 10년 이상 지낸 아버지와 아버지의 가족이 영국으로 돌아왔다. 나의 배다른 동생 조너선은 열세 살이었고 축구광이었다. 내 영향도 있었고 그 애가 미국에 있었을 때가 이제는 쇠퇴한 북미 축구 리그의 전성기였던 탓도 있었다. 동생이 글렌 호들과 오스발도 아르딜레스가 뛰는 토트넘의 경기가 프라이스와 탤벗이 뛰는 아스널의 경기보다 엄청나게 더 재미있다는 사실을 깨닫기 전에, 나는 한발 앞서 그 애를 하이버리로 데려갔다.

조너선은 1973년에 하이버리에 한 번 와본 적이 있다. 그때 여섯 살짜리 꼬마였던 그 애는 레스터와의 FA컵 3차전 경기를 시종일관 부들부들 떨면서 구경했는데, 이제 그 기억을 잊은 지 오래이므로, 이 시즌 초의 런던 더비전*은 새로운 출발 역할을 해주었다. 경기는 잘 풀리는 편이었고, 앞으로 다가올 처절하게 부진한 아스널의 성적을 예고하는 구석은 전혀 없었다. 토트넘에서 거부당했던 팻 제닝스는 크룩스와 아치볼드를 전반전 내내 잘 막아냈고, 누군지 기억은 나지 않지만 토트넘이 팻 대신 뽑은 지독한 골키퍼(데인스였던가? 켄달이었던가?)는 쉬운 슈팅을 하나 막지 못하더니, 스테이플튼의 놀라운 로빙 슛에 결정타를 먹었다.

그러나 조너선을 사로잡은 것은 축구가 아니었다. 그것은 폭력이었다. 사방에서 사람들이 싸우고 있었다. 노스 뱅크에서, 클락 엔드에서, 이스트 스탠드 아래쪽에서, 웨스트 스탠드 위쪽에서. 몇 분마다 경찰이 싸우는 이들을 갈라놓으면 관중석을 메우고 있던 사람들이 커다랗게 갈라지는 광경이 보였고, 어린 동생은 흥분해서 제정신이 아니었다. 그 애는 믿을 수 없을 만큼 신 난다는 표정으로 눈을 반짝이며 나를 돌아보곤 했다. 그 애는 "대단해!"라는 말을 되풀이했다. 그러고 나서 우리는 사이좋은 형제지간이 되었다. 동생은 다음번 경

* 라이벌 팀 간의 경기.

기였던 스완지와의 지루하고 잠잠한 리그 컵 경기도 보러 왔고 그 시즌 대부분의 경기를 관전했다. 그 이후 우리는 함께 시즌 입장권을 끊어서 동생이 나를 차에 싣고 원정 경기를 보러 다니고 있으니 모든 일이 잘 풀린 셈이다.

동생이 아스널 팬이 된 것은 단순히 사람들이 서로 죽일 듯이 싸워대는 광경이 보고 싶었기 때문일까? 아니면 이유는 잘 모르겠지만 어릴 적 나를 존경했기 때문에 나의 선택을 신뢰하기도 했던 걸까? 어느 쪽이든 사실 나에게는 동생이 남은 일생을 윌리 영과 존 홀리와 아스널의 오프사이드 트랩을 보고 살도록 강요할 권리는 없었다. 결국 그렇게 되고 말았지만 말이다. 그래서 나는 일말의 책임감을 느끼고는 있지만 후회는 없다. 내가 아스널에 대한 동생의 충성심을 확보할 수 없었다면, 그 애가 축구가 주는 고통을 다른 팀에서 찾기로 했다면, 우리 둘의 사이는 완전히 달라졌을 것이고, 아마도 훨씬 더 냉랭한 관계가 되었을 것이다.

여기에는 재미있는 사실이 하나 있다. 조너선과 내가 하이버리에 매주 함께 앉아 있게 된 것은, 그를 탄생시킨 우울한 상황 탓이기도 했다. 아버지는 그 애의 어머니와 같이 살기 위해 내 어머니를 버렸고, 그리하여 배다른 동생이 태어난 것이다. 그리고 그 모든 상황이 알게 모르게 나를 아스널 팬으로 만들었다. 그런데 나의 특이한 취향이 마치 유전적 결함처럼 그 애에게도 전달되었다니 참으로 기이한 일이다.

광대들

•••

아스널 vs 스토크 시티
1980. 9. 13.

브래디는 떠나고 조지 그레이엄은 오기 전, 이런 경기를 몇 번이나 보았던가? 상대 팀은 패기를 잃고 낙오자처럼 낑낑거리고 있으며, 그들의 감독(론 손더스나 고든 리 또는 그레이엄 터너나 앨런 더반)은 하이버리에서 무승부를 바라고 수비수 다섯과 과거 포지션이 수비수였던 미드필더 넷을 포진시키고, 득점할 가망이 없는 최전방 공격수 한 명을 내세워 골키퍼가 차낸 공이나 노리게 하는. 리암이 없는(그리고 이 시즌 이후 프랭크 스테이플튼이 없는) 아스널은 상대 팀을 무너뜨릴 창의력이 없었으며, 이기기도 했고, (코너킥 두어 차례, 원거리 슈팅 굴절이나 페널티킥으로 득점하여) 0-0 무승부를 내기도 했고, 경기를 시작하자마자 실점하여 1-0으로 지기도 했지만, 아무래도 크게 상관은 없었다. 아스널이 리그 우승을 할 가능성은 전혀 없었지만, 그렇다고 강등될 위험도 없었으니까. 매주, 매년, 우리는 앞으로 목격하게 될 광경이 엄청나게 우울하리라는 것을 너무나도 잘 알게 되었다.

스토크와의 이 경기도 딱 그런 경기였다. 득점 없는 전반전을 보낸 후, 불만이 고조되는 가운데 뒤늦게 두 골이 터졌다. (스토크의 수비수들의 엄청난 키를 생각하면 이상한 일이지만, 축구 선수들 가운데 키가 가장 작은 축인 샌섬과 홀린스의 헤더였다.) 경기에 패한 스토크의 감독 앨런 더반이 자신의 팀과 전술에 대해 기자들이 보이는 적대적인 태도에 화를 내지 않았더라면, 그 누구도, 심지어 나 같은 사람도 이 경기를 기억하지 못했을 것이다. 그는 기자들에게 이렇게 받아쳤다. "쇼를 보고 싶으면 가서 광대들이나 보시오."

그 말은 1980년대에 가장 유명한 축구계의 명언 가운데 하나가 되었다. 기자들은 그 말이 현대 축구 문화를 손쉽게 요약해준다는 점에서 특히 좋아했다. 이 결정적인 한마디로 축구는 몰락했고, 이제 그 누구도 결과 외에는 아무 데도 신경 쓰지 않으며, 화려한 축구 정신은 죽었고, 더 이상 모자를 공중에 집어던지며 환호하는 일은 없다는 사실이 증명된 것이다. 이 말이 전달하는 핵심은 분명하다. 어째서 축구는 다른 오락 산업과 달라야 하는가? 할리우드 영화 제작자와 웨스트 엔드 극장 흥행주들도 대중의 욕구에 영합하고자 애를 쓰는 판국에, 어째서 축구 감독들은 예외여야 하는가?

지난 몇 년을 거치면서 결국 앨런 더반의 말이 옳았다는 생각이 들었다. 그가 맡은 일은 오락을 제공하는 것이 아니었다. 그가 맡은 일은 스토크 시티 팬들이 바라는 것을 이루어주는 일로, 원정 경기에서 지지 않고, 팀을 1부 리그에 잔류하게 하며, 우울한 분위기 해소를 위해 이런저런 컵 경기에서 몇 차례 승리하는 것이었다. 아스널 팬들이 토트넘이나 리버풀이나 맨체스터 유나이티드와의 원정 경기에서 0-0 무승부에 기뻐하듯이, 스토크 팬들도 0-0 무승부에 기뻐했을 것이다. 홈에서라면 우리는 가급적 모두를 이기길 바라지만, 그 승리가 어떤 과정을 거쳐 얻어졌느냐에 대해서는 별 관심을 두지 않는다.

이렇게 결과에 집착하는 것은, 결국 팬과 기자들이 전혀 다른 시각으로 경기를 본다는 사실을 의미한다. 나는 1969년에 맨체스터 유나이티드의 조지 베스트가 하이버리에서 경기하면서 골을 넣는 장면을 두 번 보았다. 그 경험은 니진스키의 발레를 보거나 마리아 칼라스의 노래를 듣는 것처럼 엄청난 것이 되어야 마땅하다. 비록 어린 팬들이나 다른 이유에서 베스트의 플레이를 보지 못한 이들에게 이따금 그 이야기를 해주고는 있지만, 그의 플레이가 멋졌다고 말한 것은 솔직히 거짓말이다. 나는 그날 오후가 정말 싫었다. 조지 베스트가 공을 잡을 때마다 나는 겁에 질렸고, 지금과 마찬가지로 그때도 역시 그가 부상당해서 경기에 나오지 않았으면 얼마나 좋을까 하고 생각했다. 그 후에도 로와 찰턴, 호들과 아르딜레스, 달글리시와 러시, 허스트와 피터스를 보아왔지만 늘 똑같았다. 나는 이 선수들이 하이버리에서 보여준 기량을 전혀 즐기지 못했다. (하지만 이따금 그들이 다른 팀과 싸울 때 보여주는 기량에 대해서는 마지못해 감탄하곤 했다.) 웸블리에서 벌어진 FA컵 준결승전에서 보여준 개스코인의 프리킥은 경탄스러울 정도로, 내가 그때까지 본 골 중에서 가장 기억에 남을 만한 골 가운데 하나였지만…… 그래도 나는 그것을 볼 수 없었기를, 개스코인이 그 골을 넣지 않았기를 진심으로 바랐다. 실은 경기하기 전 한 달 동안 나는 개스코인이 출전하지 못하게 되기를 기도했는데, 그것이야말로 축구만이 갖는 특징이라 할 수 있겠다. 비싼 연극 표를 사고서 그 쇼의 스타가 출연하지 못하기를 바랄 사람이 어디 있겠는가? 물론 중립 팬들은 개스코인이 그 순간 보여준 영광스러운 드라마에 환호했지만, 사실 경기장 안에 중립 팬은 거의 없었다. 나처럼 겁에 질린 아스널 팬들과 게리 리네커가 돌진하여 밀어 넣은 두 번째 골에도 똑같이 열광했던 토트넘 팬들이 있었을 뿐이다. 사실 그들은 두 번째 골에 더더욱 열광했다. 2-0이 되었으므로 10분만 지나면 아스널을 매장시킬 수 있을 테니까 말이다. 팬들이 경기의 가장 멋진 순간에 이렇게 수상쩍은 반응을 보이고 있는 판에 팬과 오락 사이의 관계가 다 뭐란 말인가?

물론 수준 높은 오락을 제공할수록 팬이 즐거워하는 관계가 존재하기는 하지만, 그것이 정비례 관계는 절대로 아니다. 예를 들어, 일반적으로 더 나은 축구팀이라는 평가를 받는 토트넘은 아스널만 한 서포터들을 갖고 있지 않다. 그리고 재미있는 축구를 한다는 팀(웨스트햄, 첼시, 노리치)도 관중을 많이 모으지 못한다. 우리가 원하는 것이 반드시 무슨 컵이나 리그 우승이 아닌 것처럼 훌륭한 경기 내용도 아니다. 우리 가운데 이성적으로 응원할 팀을 선택한 사람은 거의 없다. 어쩌다 보니 그 팀을 응원하게 된 것이다. 그래서 팀이 2부 리그에서 3부 리그로 강등되거나, 가장 우수한 선수들을 팔아치우거나, 뻔히 경기할 줄 모르는 선수들을 사들이거나, 꺽다리 최전방 공격수에게 공을 제대로 패스 못하는 일이 칠백 번이나 반복되어도, 그저 우리는 욕을 하고 집으로 돌아가서 2주 동안 전전긍긍하다가 다시 축구장으로 돌아와서 또 그 곤욕을 치르는 것이다.

나로 말할 것 같으면, 나는 우선 아스널 팬이고 그다음에 축구팬이다. 나는 결코 개스코인의 골을 즐기지 못할 것이며 그 밖에도 비슷한 순간이 셀 수 없이 많다. 하지만 나는 재미있는 축구가 무엇인지 알고 있으며, 비록 몇 번 되지는 않았지만 아스널이 그런 축구를 보여주었을 때 진심으로 즐거워했다. 아스널과 전혀 경쟁 관계가 아닌 다른 팀들이 보여주는 세련된 플레이와 기백 역시 즐겁게 감상할 수 있다. 다른 사람들과 마찬가지로, 나도 잉글랜드 대표팀의 문제점과 그들이 구사하는, 헤어나올 수 없는 우울함을 선사하는 보기 흉한 축구를 오랫동안 소리 높여 한탄해왔지만, 솔직히 말해서 그건 술을 마실 때 안주 삼아 씹는 소리에 불과할 뿐 그 이상은 아니다. 지루한 축구를 놓고 불평하는 것은《리어왕》의 슬픈 결말을 놓고 불평하는 것과 닮은 구석이 있다. 그것은 핵심을 비껴간 불평이라는 것이 바로 앨런 더반의 생각이었다. 축구는 또 하나의 우주로서 노동과 마찬가지로 심각하고 스트레스가 심한 것이며, 염려와 희망과 실망을, 그리고 이따금씩 기쁨을 가져다주는 것이다. 내가 축구를 보러 가는 이유는 수도 없이 많지만 적어도 오락을 위해서 가는 것은 아니다. 토요일 오후 주위에 모여 앉은 침울한 얼굴들을 보면, 남들도 나와 같은 기분임을 알 수 있다. 충성스러운 축구팬에게, 보기 즐거운 축구의 존재는 정글 한가운데서 쓰러지는 나무의 존재와 같다. 우리는 그 나무가 쓰러지는 것을 알고 있지만, 언제 어떻게 왜 쓰러지는지를 제대로 이해할 입장은 아닌 것이다. 스포츠 기자들과 안락의자에 앉아 미학을 논하는 자들은, 우리보다 정글의 나무에 대해 더 많이 알고 있는 아마존 인디언들과 같다. 그러나 어찌 보면 그들이 모르는 것도 아주 많다.

한결같은 아스널

●●●

아스널 vs 브라이턴
1980. 11. 1.

별 볼일 없는 두 팀의 별 볼일 없는 경기였다. 이 경기가 처음으로 본 축구 경기나 마지막으로 본 축구 경기가 아니고서야 기억하는 사람이 있을지 모르겠다. 그날 오후 나와 함께 이 경기를 보러 갔던 아버지와 남동생은 이튿날이 되자 싹 잊어버리고 말았다. 내가 이 경기를 기억하는 것은 오로지(오로지!) 아버지와 함께 마지막으로 하이버리에 갔던 날이기 때문이다. 언젠가 아버지와 함께 다시 축구 경기를 보러 갈 수도 있겠지만(아버지는 얼마 전부터 아주 조그만 소리로 그 비슷한 말을 두어 번 웅얼웅얼했다) 이제 아버지와 축구장에 다니던 시절은 끝났다는 기분이 든다.

아스널은 12년 전 우리가 보았던 상태와 거의 똑같았으며, 아버지는 날씨가 춥고 아스널이 형편없다고 불평했고, 나는 아버지의 두 가지 불만에 대해 책임을 느끼고 사과하고 싶었다. 나 역시 중요한 면에 있어서는 12년 전과 다를 바가 없었다. 그때까지도 나는 소년 시절과 마찬가지로 우울한 청년이었건만, 그 우울증의 원인을 알게 되고 나서 과거 그 어느 때보다도 더 어둡고 더 위협적이라고 느끼고 있었다. 여전히 그 우울함 가운데는 아스널이 여러 가지 원인과 뒤섞인 채 자리 잡고 있었다. 지금은 잘 기억나지 않지만 다른 원인의 원흉이었든지 아니면 배후였든지 둘 중 하나였을 것이다.

그러나 좋은 쪽으로 바뀐 것도 있었다. 특히 '제2의' 가족을 상대하는 일에 있어서 그러했다. 나는 새어머니를 오래전부터 '적'으로 대하지 않게 되었다. 새어머니와 나는 불과 몇 년 전만 해도 상상도 못했을 정도로 정말 친밀한 사이가 되었다. 동생들과는 전혀 문제가 없었다. 그리고 가장 중요한 것은, 아버지와 내가 미처 깨닫지 못하는 사이에 축구를 빼놓고도 대화할 수 있는 단계에 도달했다는 것이다. 나는 교육대학을 다니던 1980/81시즌 내내 아버지와 아버지 가족들과 함께 런던에서 살았다. 내가 어린아이였을 때를 제외하면 아버지와 함께 산 것은 이때가 처음이었지만, 우리는 잘 지냈다. 우리는 그 무렵 또 다른 공통의 관심사를 갖게 되었다. 아버지의 첫 번째 결혼이 실패로 돌아간 것을 잊을 수는 없었겠지만, 우리는 나름대로 그것을 극복하고 서로 잘 지낼 수 있는 방법을 찾아냈다. 지금도 불만이나 어려움은 있지만 그것으로 부자지간이 갈라질 리도 없으며, 우리 사이가 내 친구들과 그들의 아버지 사이보다 더 나쁘다고는 생각하지 않는다. 사실 우리는 여느 사람들보다 훨씬 더 좋은 부자지간이다.

물론 그때는 별다른 생각을 하지 못했다. 내가 알기로, 홈에서 브라이턴을 맞아 2-0으로 이긴 것은 그다지 특별한 의미가 없었고, 언젠가 또 아버지와 함께 경기를 볼 기회가 있을 거라고 생각했기 때문이다. 하지만 아버지와 내가 함께 본 첫 경기도 마찬가지로 별 볼일 없었으니, 그저 거기에 앉아 있던 우리 세 사람을 있는 그대로 기억하는 것이 가장 좋겠다. 아버지는 휴대용 술병을 꺼내 컵에 술을 따르면서 아직도 늘 똑같은 저놈의 아스널을 보고 있다고 투덜투덜댔고, 나는 의자에서 불편한 마음으로 몸을 꼬면서 좀 재미있는 장면이 나오기를 바라고 있었다. 그리고 추위에 하얗게 질려 있던 아직 어린 조너선은, 형과 아버지가 1968년에 봉착했던 문제를 축구 관람 이외의 다른 방법으로 해결했더라면 좋았을 것이라는 생각을 하고 있었을 것이다.

아스널 잡학 퀴즈쇼

•••

아스널 vs 맨체스터 시티
1981. 2. 24.

이 무렵 나는 방황하고 있었고 그 후로도 몇 년을 줄곧 그런 상태로 지냈다. 코번트리와의 홈경기와 그다음번 홈경기인 맨체스터 시티 전 사이에 나는 여자친구와 헤어졌고, 얼마나 오랜 세월 동안이었는지는 모르겠지만 내 속에 고여 썩어가던 모든 것이 처음으로 흘러나오기 시작했으며, 런던 서부의 문제아 많은 학교에서 교사로 일하게 되었다. 그리고 아스널은 스토크를 상대로 비기고, 포레스트를 상대로 패했다. 맨체스터와 맞붙은 저녁, 3주 전과 똑같은 선수들이 3주 전과 똑같은 모습으로 뛰어다니는 것을 보고 있노라니 기분이 묘했다. 그들에게도 체면이 있다면, 코번트리 전에서 보여주었던 표정과 몸놀림과 결점은 완전히 구시대의 유물임을 인정하고 새로운 모습을 보여주었어야 했다.

평일 저녁마다, 주말 오후마다 축구 경기가 벌어졌더라도 나는 축구장에 갔을 것이다. 술과 담배에 찌들어 신 나게 살이 빠지던 그 황폐한 시절, 축구 경기는 삶에(비록 쉼표 정도라 하더라도) 구두점 역할을 해주었기 때문이다. 이 경기를 분명하게 기억하는 것은 오로지 그 지루한 시절의 첫 경기였기 때문이다. 이 경기가 끝나고 조금 지나자 축구의 의미는 완전히 바뀌기 시작했다. 탤벗과 선더랜드가 두어 개의 골을 넣는 것 외에 축구장에서는 정말이지 아무 일도 벌어지지 않았던 것이다.

그러나 그 무렵 나의 새로운 직업과 관련해서 축구는 또 하나의 의미를 지니게 되었다. 나와 비슷한 젊은 선생들도 같은 생각을 하겠지만, 나의 관심사(특히 축구와 팝 음악)가 교사직을 수행하는 데 도움이 될 것이며, 나는 잼*과 로리 커닝엄**의 가치를 이해하기 때문에 '아이들'과 충분히 '공감'할 수 있을 것 같았다. 내가 관심사의 수준만큼이나 유치한 사람이라는 생각은 들지 않았다. 게다가 나는 학생들이 주로 무슨 이야기를 하는지 알고 있기에 그들과 대화를 시작할 기회가 있다. 이것이 학생들을 더 잘 가르치는 데는 아무런 도움도 되지 않는다는 생각 역시 들지 않았다. 사실 내가 겪은 가장 큰 문제는—어느 재수 없는 날, 내가 들어간 교실에서 엄청난 난리법석이 일어났다—내가 그들과 한편임을 보여주려다 일어난 일이었다. "나는 아스널 팬입니다." 골칫덩이 2학년 학생들에게 내 소개를 하면서 최대한 선생님다운 멋들어진 목소리로 이렇게 말했다. "우우우우우

* 1970년대 모드풍과 브리티시 펑크록을 유행시킨 삼인조 밴드.
** 웨스트 브롬과 레알 마드리드에서 활약했던 축구 선수.

우우우!" 아이들은 아주 오랫동안 엄청 요란하게 맞아주었다.

둘째 날이던가 셋째 날이던가, 나는 3학년 아이들에게 종이 한 장에다 좋아하는 책, 좋아하는 노래, 좋아하는 영화 등에 대해서 쓰라고 한 다음 모두 돌아가며 이야기하게 했다. 그리하여 나는 맨 뒷자리에 앉은 불량소년, 최신 유행 머리 모양에 입가에서는 비웃음이 떨어지지 않는 그 녀석(하지만 어휘력이 가장 좋고 글도 제일 잘 쓰는 녀석)이 아스널에 온통 빠져 있다는 것을 알게 되었고 반가운 마음에 펄쩍 뛰었다. 그리고 나도 아스널을 좋아한다고 고백했건만, 마음이 통했다는 것을 느끼거나 슬로모션으로 포옹하는 일 같은 것은 없었다. 대신 녀석은 철저히 경멸하는 표정으로 나를 쳐다보았다. "선생님이요?" 녀석이 말했다. "선생님이요? 선생님 같은 분이 도대체 아스널에 대해서 뭘 아시는데요?"

순간 나는 그 애의 눈에 비친 내 모습을 볼 수 있었다. 나는 비굴한 미소를 지으며 내가 있을 자리가 아닌 곳으로 기어들어가려고 기를 쓰는 넥타이 맨 꼰대였을 터이니, 그런 반응이 나오는 것도 이해할 수 있었다. 하지만 그때, 아마도 지옥 같은 하이버리에서 보낸 13년의 세월에서 비롯된 분노가 치밀어오르며, 내 정체성 가운데 가장 중요한 부분을 포기할 수 없다는 절박한 심정이 되는 바람에 나는 이성을 잃고 말았다.

분노는 기묘한 형태로 나타났다. 나는 녀석의 멱살을 쥐고 벽에다 내동댕이친 다음 "너보다는 많이 알 거다, 이 건방진 애송이 자식아!"라고 소리쳐주고 싶은 충동을 꾹 억눌렀다. 나는 잠시 웅얼거리다가 나도 모르게(정말 나도 모르게 튀어나왔다) 입에서 퀴즈 문제를 줄줄이 쏟아내었다. "1969년 리그 컵 결승전에서 골을 넣은 선수는 누구지? 1972년 빌라 파크에서 밥 윌슨이 실려나갔을 때, 누가 그 대신 골키퍼를 맡았지? 데이비드 젠킨스 대신 토트넘에서 데려온 선수는 누구지? 누가……?" 질문은 끝도 없이 이어졌다. 앉아 있던 그 학생의 머리 위로 마치 눈송이처럼 질문이 쏟아졌고, 다른 학생들은 재미있다는 표정으로 말없이 구경하고 있었다.

효과는 있었다. 아니면 적어도 내가 그 학생이 생각하는 사람과는 다른 사람임을 증명할 수는 있었다. 나의 퀴즈 쇼 이후 첫 홈경기였던 맨체스터 시티 전 다음 날 아침, 우리 둘은 미드필더 영입이 시급하다는 이야기를 차분하게 나누었으며, 그 후로 교사로 재직하는 동안 아무런 갈등 없이 지냈다. 그러나 걱정스러웠던 것은 내가 엄청난 약효를 자랑하는 성장억제제인 축구를 포기할 수 없었다는 것, 그리고 어린 학생들 앞에서 어른답게 행동할 수 없었다는 것이다. 교직이란 정의상 어른의 직업일 텐데, 나는 열네 살 생일을 기다리는 아이, 아니 3학년짜리 꼬마인 것만 같았다.

코치

•••

우리 학교 vs 다른 학교
1982. 1.

물론 나도 〈황조롱이〉*를 보았다. 배우 브라이언 글로버가 드리블을 하면서 아이들을 헤치고 뛰다가 데굴데굴 구르더니, 자신에게 페널티킥을 주는 장면을 보고 웃기도 했다. 그리고 내가 기초영어 교사로 있었던 케임브리지(케임브리지로 간 까닭은 거기에 일자리를 비롯해 친구들이 있었으며, 런던에서 교육대학을 다녀본 결과 가급적 런던의 학교는 피해야 한다는 것을 깨달았기 때문이다)의 학교 교감이었던 친구 레이는, 교사들이 중요한 경기의 주심으로 나서서 경기가 시작되자마자 상대팀의 열다섯 살짜리 스타 스트라이커를 퇴장시키는 일이 실제로 빈번히 일어난다고 했다. 그러므로 나는 학교 대항 축구 경기에서 교사들이 믿을 수 없을 만큼 바보 같은 행동을 한다는 사실을 잘 알고

* 켄 로치 감독, 데이비드 브래들리 주연의 영화. 황조롱이를 조련하는 것 외에는 잘하는 것이 없는 주인공 소년의 학교생활을 통해 사회적·정신적 빈곤을 다룬 내용.

있었다.

그러나 당신이 가르치는 5학년 학생들이 지역 더비전(학교 축구는 대개 지역 더비가 되기 마련이다)을 벌이는데, 전반전에서 2-0으로 지고 있다가 하프타임에 교묘하게 전술을 바꾸어 후반전에 한 골을 만회하고, 90분이 다 되어서 당신이 실망과 좌절로 목소리까지 갈라져 있을 때 동점골을 터뜨린다면 어찌하겠는가? 아마도 모두 나처럼 공중으로 뛰어올라 주먹으로 하늘을 찌르며, 점잖지 못하고 필시 선생님답지도 못한 괴성을 지를 것이다⋯⋯ 그리고 발이 터치라인에 닿기 직전, 자신의 본분과 아이들의 나이를 상기하고 스스로 제정신이 아니라고 생각하기 시작할 것이다.

경기장에서

•••

아스널 vs 웨스트햄
1982. 5. 1.

돌이켜보면 관중석에서 벌어지는 사태는 점점 더 악화되고 있었다. 조만간 무슨 일이 터질 것은 분명했다. 내가 겪어본 바로는 폭력 사태는 1970년대에 더 자주 벌어졌다. 그때는 크든 작든 매주 싸움이 벌어졌던 것이다. 하지만 1980년대 초에 밀월의 F부대와 웨스트햄의 인터시티 펌(그리고 이런 과격 팬 집단이 두들겨 팬 희생자들에게 남겨놓고 가는 명함)을 비롯해 잉글랜드 훌리건과 그들의 '민족 전선'의 행동은 예측하기도 어렵고 훨씬 더 지독해졌다. 경찰은 칼과 도끼와 이름조차 알 수 없는 스파이크가 튀어나온 무기들을 압수했다. 코에다 화살을 붙이고 나온 어느 팬의 저 유명한 사진도 그때 나온 것이다.

1982년의 화창한 봄날, 나는 레이의 아들 마크를 데리고 웨스트햄전을 보러 하이버리에 갔고, 그 애에게 무슨 사태가 발생한다면 어디에서 어떻게 시작되는지 아주 구식으로 설명해주었다. 나는 노스 뱅크 맨 위 오른쪽 구석을 가리키며, 아마도 거기에 웨스트햄 팬들이 자기네 셔츠를 입지 않고 모여 있다가, 경찰의 조사를 받고는 아무런 잘못을 하지 않았다고 풀려나거나 지붕 아래로 몰려들어 그곳의 아스널 팬들을 쫓아내려고 할 것이라고 말해주었다. 그래서 맨 아래 왼쪽이 가장 안전한 곳이며, 나는 그때까지 몇 년 동안 그곳에 서서 응원했다고도 알려주었다. 아이는 나의 안내와 보호에 마땅히 고마움을 느끼는 것 같았다.

그때 나는 전문가의 눈으로 주변을 살펴보고, 주위에 웨스트햄 팬들이 없음을 확인했다. 그런데 경기 시작 3분쯤 지나자 우리 바로 뒤에서 엄청난 함성이 일어나더니, 청바지를 구둣발로 걷어차는 끔찍하고 둔탁한 소리가 들리는 것이었다. 우리 뒤에 있던 사람들이 앞으로 밀려나왔고, 우리는 그라운드를 향해 밀려나갔다. 그때 또 한 차례 함성이 터져나오기에 주위를 둘러보니, 짙은 노란색 연기가 뭉게뭉게 솟아오르고 있었다. "빌어먹을, 최루가스다!" 누군가가 소리쳤다. 다행히 최루가스는 아니었지만, 모두들 깜짝 놀라서 허둥거렸다. 그쯤 되자 노스 뱅크에서 쏟아져나오는 사람들이 하도 많아서 우리는 그라운드와 응원석을 갈라놓는 얕은 담까지 밀려갔고, 어쩔 도리 없이 마크와 나를 포함한 수백 명의 사람들이 담을 뛰어넘어, 웨스트햄이 막 코너킥을 차려는 순간에 그라운드의 성스러운 잔디를 밟았던 것이다. 우리는 1부 리그 경기가 펼쳐지는 그라운드의 페널티에어리어에 들어왔다는 사실에 창피함을 느끼며 그대로 서 있었고, 주심이 휘슬을 불어 경기를 중단시켰다. 우리는 모두 경기 진행 요원의 안내를 받아 그라운드를 가로질러 클락 엔드 쪽으로 나갔으며, 남은 경기를 그곳에서 조용히 관람했다.

하지만 여기에는 무시무시한 아이러니가 있다. 하이버리에는 그라운드를 에워싼 방벽이 없다. 만일 방벽이 있었더라면, 그날 오후 그라운드로 밀려나간 우리는 심각한 중상을 입었을지도 모른다. 2년 후에 하이버리에서 에버턴과 사우샘프턴이 FA컵 준결승전을 치렀을 때, 멍청한 에버턴 팬 200~300명이 경기 막바지에 결승골이 나오자 그라운드로 뛰쳐나왔고(지금은 다시 결정을 바꾸었지만) 축구협회는 방벽을 치지 않는 한, 하이버리를 준결승전 경기장으로 사용하지 않기로 결정했다. 아스널 구단 측에서는 고맙게도 경기장 대여 수입을 포기하면서 방벽을 세우지 않기로 했다. (안전은 둘째치고 방벽은 시야를 가린다.) 반면에 힐즈버러에는 방벽이 있었기 때문에 큰 경기에 적합한 구장이라고 여겨졌다. 리버풀과 노팅엄의 FA컵 준결승전 때 힐즈버러에서 그 많은 사람들이 죽은 것은 바로 방벽 때문이었다. 사람들에 밀려서 그라운드로 들어가지 못하도록, 그리하여 경기를 방해하지 못하도록 했던 그 방벽이 그들을 죽인 셈이었다.

웨스트햄 전이 끝난 다음, 어린 아스널 팬 하나가 축구장 근처에서 칼에 찔려 즉사했다. 우울한 오후의 구역질 나는 결말이었다. 월요일 아침 학교에 간 나는 어리둥절해하는 2학년 학생들에게 폭력 문화 전반에 대해 노발대발 화를 내며 비난을 퍼부었다. 나는 학생들에게 훌리건의 장비—닥터마틴 부츠와 녹색 공군 점퍼, 번개머리—가 모두 주범이라고 말하고 싶었지만, 아이들은 너무 어렸고 나는 너무 횡설수설했다. 게다가 당시에는 미처 느끼지 못했지만 다른 사람도 아닌 내가, 거친 복장을 한다고 해서 거친 사람이 되는 것은 아니며 거친 사람이 되고 싶어하는 희망은 애당초 불쌍한 희망이라고 시골 아이들에게 설명을 해주다니, 거기에도 뭔가 구역질 나는 면이 있었다.

먼스터 가족과 퀜틴 크리스프

●●●

사프론 월든 vs 팁트리
1983. 5.

나는 비가 오나 눈이 오나 장소와 시간을 불문하고 어떤 축구 경기든 보는 사람이다. 열한 살부터 스물다섯 살 때까지, 지금은 이스미언 리그*에 속한 메이든헤드 유나이티드의 홈구장인 요크 로드에도 종종 가서 경기를 관람했다. 이따금씩 그들의 원정 경기도 보러 다녔다. (1969년 체셤 유나이티드의 경기장에서 열린 결승전에서 그들이 울버턴을 3-0으로 꺾고 벅스 앤 벅스 시니어 컵을 거머쥔 영광의 날, 나도 그 자리에 함께 있었다. 판버러와의 원정 경기를 보러 갔을 때는 구단 사무실에서 한 남자가 나와서 원정 팬들에게 소리 좀 지르지 말라고 한 적도 있었다.) 케임브리지에 살았을 때는, 케임브리지 유나이티드나 아스널의 경기가 없는 날이면 케임브리지 시티의 홈구장인 밀턴 로드에 축구를 보러 갔고, 교

* 잉글랜드 남부에서 가장 큰 아마추어 축구 리그.

사로 일하기 시작했을 때는 친구 레이와 함께 그의 사위 레스가 사프론 월든 팀에서 뛰는 모습을 보러 갔다. 레스는 미남에다 매너도 깔끔해서 아마추어 리그의 게리 리네커가 뛰는 모습을 보는 것 같았다.

아마추어 리그 축구의 매력 가운데 하나는 관중이다. 전부 다 그런 건 아니지만, 그 경기를 보러 오는 사람들 가운데 몇몇은 정말 무시무시하게 화를 낸다. 아마도 몇 년씩 보러 온 경기의 수준이 늘 그 모양이니 그렇게까지 화가 나는 모양이다. (1부 리그 응원석에도 미친 사람들은 있다. 노스 뱅크에서 내 친구들과 나는 몇 년째 우리 곁에서 얼쩡거리는 어떤 사람을 피해왔다. 하지만 1부 리그의 그런 사람들은 여느 평범한 관람객들에게 묻혀서 눈에 덜 띈다.) 밀턴 로드에는 대단히 여성적인 백발과 주름진 얼굴 때문에 우리가 퀜틴 크리스프*라는 별명을 붙여준 노인이 있었다. 그는 90분 내내 헬멧을 쓰고서 늙은 그레이하운드처럼 관중석을 빙빙 돌아다니며(축구장 한쪽 끝의 관중석이 없는 곳에서도 그는 진흙탕과 자갈을 헤치면서 일주를 달성했다) 선심에게 가까이 갈 때마다 욕설을 퍼부었다. "내가 축구협회에다 네놈들 한 짓을 고발할 테다!" 요크 로드에는 특이하고 음울한 외모 때문에 모두가 '먼스터 가족'이라고 부르는 일가족이 있었는데(어쩌면 지금도 있을지 모른다) 그들은 200명의 관중들에게 급사 노릇을 해주겠다고 나섰다. 관중들은 그런 서비스를 전혀 원하지 않는데도 말이다. 또 해리 테일러라는 몹시 늙고 좀 모자란 노인은, 화요일 밤에 목욕을 해야 하기 때문에 화요일 경기는

* 1908년생 영국 작가.

끝까지 못 보고 돌아간다고 했다. 그가 경기장에 들어서면, 사람들은 〈하레 크리슈나〉란 힌두교 찬가에 맞추어 "해리, 해리, 해리, 해리, 해리, 해리, 해리 테일러"라고 노래를 불렀다. 아마추어 축구는 그 특유의 기질 때문에 사람들을 매료시키는 모양이며, 나 역시 여기에 매료된 사람 가운데 하나다.

나는 승부에 연연하지 않고 축구의 패턴과 리듬에 빠져들어 즐길 수 있는 곳을 늘 찾아다녀왔다. 나는 그런 상황만 조성된다면 축구가 일종의 뉴에이지 치료 요법 역할을 할 수 있다는 생각을 갖고 있다. 내 앞에서 펼쳐지는 미친 듯한 움직임이 마음속의 모든 것을 빨아들여 녹일 수 있다는 생각인데, 실제로 그런 작용을 경험한 적은 한 번도 없었다. 우선 팬들과 선수들의 엉뚱한 행동(우리의 영웅 메이든헤드의 미키 채터턴은, 어느 날 오후 특히 까다로운 윙을 상대하게 된 동료에게 "저 자식을 찻집에다 가둬버려!"라고 소리쳤다) 그리고 희한하며 어색한 여흥(케임브리지 시티는 〈오늘의 경기〉 주제가를 틀어주는데, 음악은 중요한 순간마다 애처로운 신음으로 잦아들었다) 등에 신경을 쓰느라 집중할 수 없게 된다. 또 일단 경기를 보다 보면 조바심을 치게 된다. 머지않아 나는 메이든헤드와 케임브리지 시티와 윌든에게도 애초에 생각했던 것보다 더 큰 의미를 부여하기 시작할 것이고, 결국 또 빠져들고 말 것이니, 거기서도 역시 치료 요법의 효과를 볼 수 없을 것이다.

사프론 월든의 조그만 구장은 내가 여태까지 가본 축구장 가운데 가장 좋은 축에 속했고, 거기 모인 사람들은 항상 놀라울 정도로 정상처럼 보였다. 내가 거기 가게 된 것은 원래는 레이와 마크와 그들이 키우는 개 벤을 쫓아서 레스가 뛰는 것을 보기 위해서였다. 하지만 점점 사프론 월든의 선수들을 알게 되자, 앨프 램지라는 재능 있지만 게으른 스트라이커를 보러 가게 되었다. 그는 골초라는 소문이 있었고, 지미 그리브스 스타일로 경기마다 한두 골을 넣는 것 말고는 아무것도 하지 않았다.

따스한 5월 저녁, 월든이 팁트리를 3-0으로 꺾고 뭔가—에식스 시니어 컵이었던가?—를 탔을 때, 프로 축구에서는 결코 느낄 수 없을 화기애애한 분위기를 느꼈다. 수는 적지만 열렬한 팬들, 훌륭한 경기, 팀을 진심으로 사랑하는 선수들…… (레스는 선수 생활 내내 다른 팀으로 옮기지 않았고, 대부분의 팀 동료와 마찬가지로 그 도시에 살았다.) 그리고 경기가 끝나자 관중들은 그라운드 안으로 들어갔는데, 그건 다른 경우처럼 그라운드에 난입해서 허세를 부리거나 주인공 자리를 차지해보기 위해서 그런 것이 아니라, 팀을 축하하기 위해서 들어간 것이었다. 선수들은 대부분 관중들의 형제이거나 아들이거나 남편이었던 것이다. 프로 리그의 명문 팀을 응원하다 보면 씁쓸해질 때가 많은데, 그럴 때는 그저 그러려니 하면서 프로스포츠에 의미를 부여하다 보면 씁쓸한 기분이 들 수밖에 없다고 생각할 따름이다. 그러나 런던 출신의 아스널 선수들이 이따금 프로스포츠에서 벗어날 수 있는 짧은 휴가를 얻어, 아마추어 선수가 되어 오직 축구와 소속 팀을 사랑하는 마음으로 경기를 한다면 어떨까 상상해보는 것도 기분 좋다. 감상적인 이야기이긴 하지만, 월든 같은 팀은 감성을 자극한다. 케임브리지 시티의 경기에서 노래 테이프가 늘어났던 것처럼, 아스널이 그라운드에 입장할 때 〈A특공대〉의 주제가가 끔찍하게 늘어진 소리를 내고, 선수들이 서로 쳐다보며 깔깔 웃어댄다면 그 역시 재미있을 테니 말이다.

찰리 니콜라스

●●●

아스널 vs 루턴
1983. 8. 27.

앞으로 일어날 일을 예언하는 징조가 사방에 깔렸는데, 어찌 모른 체할 수 있으랴? 1983년 여름, 나는 2년간의 교직 생활을 마감하고 작가가 되기로 했다. 그러자 2주 후, 아스널은 정말 뜻밖에도 영국 축구계의 최고 보물인 캐넌볼 키드*, 전 시즌에 스코틀랜드의 셀틱에서 쉰 골도 넘게 넣은 선수 찰리 니콜라스를 영입한 것이다. 이제 우리는 뭔가 해낼 것이다. 찰리가 들어오자 나는 기지 넘치면서도 감수성 풍부한 나의 희곡이 실패할 리 없다는 생각이 들었다. 첫 작품은—창작의 비밀이란 참으로 심오한 것!—작가가 되는 선생님에 관한 이야기였다.

지금 와서 생각하면, 내가 찰리의 경력과 나의 경력을 연결시키지

• 대포알 같은 빠르고 강한 슛을 찬다는 뜻의 별명.

말았어야 하는 것이 당연하지만, 당시만 해도 도무지 그렇게 하지 않을 수가 없었다. 테리 닐 감독과 돈 하우 코치와 언론의 낙관적인 태도에 나도 휩쓸려들었고, 찰리 니콜라스에 대한 기대가 1983년 여름 내내 점점 더 뜨거워지는 가운데(그는 사실 공을 차기도 전에 타블로이드 신문에다 바보짓을 좀 했다) 신문에서 떠들어대는 소리가 나에 대한 기사라고 믿는 것은 아주 쉬운 일이었다. 정말이지, 나는 텔레비전 드라마계의 캐넌볼 키드, 그러고 나서 웨스트 엔드 극장계의 캐넌볼 키드가 될 거라는 확신이 들었다. (비록 텔레비전 드라마에 대해서도, 극장에 대해서도 전혀 아는 바 없었고, 실은 내 입으로 무대를 무시하는 소리를 심심찮게 했음에도 불구하고 말이다.)

어떻게 아스널과 나의 장래를 그렇게 쉽게 동일시할 수 있었는지, 지금 생각해도 황당하기 짝이 없다. 마지막으로 새로운 시대를 맞았을 때, 그러니까 테리 닐이 감독을 맡고 말콤 맥도널드를 영입했던 1976년, 나는 대학 입학을 앞두고 있었다. 그리고 찰리가 들어온 지 꼭 1년이 지났을 때(우리가 두어 달 동안 1부 리그 선두를 지키면서, 누구라도 기억할 수 있을 정도로 잘나가고 있었을 때)는 내가 케임브리지에서 일으킨 온갖 혼란에서 벗어나 새 삶을 시작하러 런던으로 돌아간 시기였다. 어쩌면 축구팀들도 항상 새 출발을 하고 있는데, 아스널과 나는 남들보다 새 출발을 더 자주 하기 때문에 서로 잘 맞는 것일지도 모르겠다.

결국 찰리는 나의 운을 꽤 정확히 예측해준 셈이었다. 나는 당연히 4만 명의 관중과 함께 그의 첫 경기를 보러 갔고, 그는 그럭저럭 괜찮은 플레이를 보여주었다. 찰리는 골을 터뜨리지는 못했어도 자기 몫을 다했고, 우리는 2-1로 이겼다. 그리고 다음 경기인 울브스전에서는 두 골을 넣었다. 하지만 리그 경기에서는 크리스마스가 지나도록 그게 다였다. (그는 11월에 토트넘과의 리그 컵 경기에서 한 골을 넣었다.) 그 이후, 맨체스터 유나이티드와의 홈경기에서 찰리는 굼뜨고 겉도는 것 같았으며, 우리는 3-2로 졌다. (사실 그는 12월 27일 버밍엄을 상대로 페널티킥을 성공시킬 때까지 하이버리에서 무득점 행진을 계속했고, 우리는 그 페널티킥에 토트넘을 상대로 해트트릭을 한 것처럼 환호했다.) 간단히 말해, 그의 첫 시즌은 재난에 가까웠고 팀 전체도 마찬가지였다. 11월에서 12월 초까지 암울한 결과가 줄지어 나오자 테리 닐 감독은 마침내 경질당하고 말았다.

문학계에서 뛰던 또 한 사람의 캐넌볼 키드는 상상력 풍부한 희곡을 완성했고, 친절한 격려가 담긴 거절 편지를 받았다. 그리고 또 한 편을 썼고 또 퇴짜를 맞았는데, 이번에는 좀 덜 친절한 내용이었다. 그래서 그는 집세를 내기 위해 정말 암울한 일—과외 교사, 원고 검토, 임시 교사—을 하고 있었다. 그 역시 크리스마스 이전에는 득점할 조짐이 보이지 않았고, 그 후로도 몇 번의 크리스마스가 그렇게 지나갔다. 그가 만일 리버풀 서포터였다면, 그래서 이언 러시와 운을 함께했더라면, 5월 즈음엔 부커 상을 받았을 것이다.

1983년에 나는 스물여섯 살이었고 찰리 니콜라스는 겨우 스물한 살이었다. 그 후 몇 주일 동안 찰리를 모방한 머리 모양과 귀고리가 관중석을 메우고 있는 광경을 바라보면서, 이미 숱이 적어진 내 머리로는 따라할 수 없다는 사실에 아쉬움을 느꼈다. 그러고 나니 문득 내가 선망하는 스타들은 나처럼 나이가 들지 않을 거라는 생각이 들었다. 나는 서른다섯 살이 되고, 마흔 살이 되고, 쉰 살이 될 테지만, 폴 머슨, 로키, 케빈 캠벨은 나이를 먹지 않을 것이다…… 나는 지금 내가 좋아하는 아스널 선수보다 열 살도 더 먹었다. 심지어 예전만 한 스피드를 보여주지 못할 뿐 아니라, 관절이 좋지 않고 기력이 달려서 선발 출전 횟수에 제한을 받는 노장 데이비드 오리어리보다도 한 살이 많다. 하지만 그렇다고 뭐가 달라지는 것은 아니다. 어느 모로 보나 나는 여전히 오리어리보다 스무 살이나 어리고, 스물네 살의 선수들보다는 열 살은 더 어린 꼬맹이나 다름없다. 중요한 의미에서 보면, 정말로 그렇다. 그들은 내가 결코 하지 못할 일을 해왔다. 나도 단 한 번이라도 노스 뱅크 쪽으로 골을 넣고 팬들을 향해 달려갈 수만 있다면, 마침내 유치한 행동을 모조리 그만두고 성숙할 수 있을 거라는 생각이 들 때가 있다.

칠 개월간의 연패

●●●

케임브리지 유나이티드 vs 올덤 애슬레틱
1983. 10. 1.

전형적인 케임브리지 시즌이 또 시작되었다. 그들은 한 번 이기고 두 번 비기고 두 번 졌지만, 시작은 늘 그랬다. 10월 초, 친구들과 나는 케임브리지 유나이티드가 올덤(거기에는 앤디 고럼, 마크 워드, 로저 파머와 마틴 버컨이 뛰고 있었다)을 2-1로 이기는 것을 지켜보았다. 그들은 습관처럼 편안하게 중위권에 안착했고, 우리는 또 한 차례 무사히 시즌을 보내리라 생각하며 기쁜 마음으로 집에 돌아왔다.

그런데 그게 아니었다. 10월 1일부터 이듬해 4월 28일까지 그들은 홈에서 팰리스에게, 원정에서 리즈에게, 홈에서 허더즈필드에게, 원정에서 포츠머스에게, 홈에서 브라이턴과 더비에게, 원정에서 카디프에게, 홈에서 미들즈브러에게, 원정에서 뉴캐슬에게, 홈에서 풀럼에게, 원정에서 슈루즈베리에게, 홈에서 맨체스터 시티에게, 원정에서 반즐리에게, 홈에서 그림즈비에게, 원정에서 블랙번에게, 홈에서 스완지와 칼라일에게, 원정에서 찰턴과 올덤에게, 홈에서 첼시에게, 원정에서 브라이턴에게, 홈에서 포츠머스에게, 원정에서 더비에게, 홈에서 카디프와 셰필드 웬즈데이에게, 원정에서 허더즈필드와 팰리스에게, 홈에서 리즈에게, 원정에서 미들즈브러에게, 홈에서 반즐리에게, 원정에서 그림즈비에게 비기거나 졌다. 서른한 경기 동안 1승도 거두지 못한 것은 리그 기록이다. (자료를 찾아보면 나온다.) 그중 열일곱 경기가 애비 스타디움에서 치른 홈경기였고, 나는 그 열일곱 번의 경기를 거의 모두 보러 갔을 뿐만 아니라 하이버리에도 꽤 자주 갔다. FA컵 3차전에서 케임브리지 유나이티드가 홈에서 더비에게 패한 것만 놓쳤는데, 동거하던 여자친구가 크리스마스 선물로 주말 동안 파리에 데려가주었기 때문이었다. (비행기표에 적힌 날짜를 보자 나는 부끄럽게도 실망감을 감추지 못했고 그녀는 당연히 마음이 상했다.) 내 친구 사이먼도 열일곱 번의 리그 홈경기 가운데 열여섯 번을 보았다. 그는 12월 28일 그림즈비 전을 몇 시간 앞두고 런던에서 책장에 부딪치는 바람에 머리를 다쳤다. 그런데도 그가 무모하게도 자꾸만 풀럼에서 애비 스타디움까지 차를 몰고 가려고 했기 때문에 그의 여자친구는 자동차 키를 감춰두어야 했다.

그러나 이런 상황에서 나의 애정이 큰 시험을 당했다고는 할 수 없다. 나는 팀이 상대를 이길 수 없다는 이유만으로 그 팀을 버린다는 생각을 단 한 번도 해본 적이 없었다. 사실 이 길고 긴 연속 패배(그리고 그로 인한 강등)는 나름대로 다채로운 드라마를 탄생시켰고, 그런 드라마는 정상적인 상황에서는 전혀 나올 수 없는 것이었다. 시간이 좀 지나고 왠지는 몰라도 승리라는 것 자체가 불가능하게 보일 때, 우리는 평소와는 다른 질서에 적응하여 승리가 주는 만족감을 대신할 것을 찾기 시작했다. 골, 무승부, 지긋지긋한 불운에 맞서 싸우는 불굴의 의지…… (육 개월 내내 한 번도 이기지 못한 팀이라면 당연히 그렇겠지만, 케임브리지 유나이티드는 이따금 정말 끔찍하게 운이 나빴다.) 이 모든 것이 조용하고, 이따금 자조적인 축하를 불러일으켰다. 어쨌든 케임브리지는 그 한 해 동안 불명예스런 유명세를 탔다. 그전까지 그들의 경기 결과에는 아무도 관심이 없었지만, 이제 〈스포츠 리포트〉에 늘 등장하게 된 것이다. 7년이 지난 지금에 와서도, 그 기간 동안 그들의 기록적인 무승 행진에 동참했다고 하면 나를 특별한 사람으로 인정해주는 사람들이 있다.

결국 나는 축구를 보며 살아온 나날 중에서 다른 어떤 때보다도 바로 그 기간에, 상황이 나쁜 것은 나에게는 전혀 중요한 문제가 아니며 경기 결과도 아무런 상관이 없다는 것을 깨달았다. 전에도 말했듯이 나는 자기 지역 팀을 동네 레스토랑처럼 여기고, 그들이 식중독을 일으키는 쓰레기 음식을 내놓으면 발길을 끊을 수 있는 사람이 되고 싶지만, 그건 불가능한 일이다. 불행하게도 나 같은 팬들이 아주 많다. (축구가 온갖 만행을 저지르고도 수습하지 않고 버티는 이유 가운데 하나가 바로 이것이다.) 우리에게는 소비가 전부다. 제품의 품질은 중요하지 않다.

코코넛 한 아름

●●●

케임브리지 유나이티드 vs 뉴캐슬 유나이티드
1984. 4. 28.

4월 말, 뉴캐슬이 키건과 비어즐리와 워들을 앞세우고 케임브리지의 애비 스타디움으로 왔다. 뉴캐슬은 2부 리그의 선두를 바짝 쫓고 있었고 승격을 확실하게 하기 위해서는 반드시 승리가 필요했으며, 그 무렵 케임브리지는 강등이 확정된 지 오래였다. 케임브리지는 전반전이 시작되자마자 페널티킥을 얻어서 득점했지만, 그 무렵 그들의 전적으로 봐서 골 자체만으로는 전혀 신 날 것이 없었다. 이미 몇 달 동안 보아왔듯이 선제골을 넣고 지는 방법은 셀 수 없이 많았으니 말이다. 하지만 그 경기에서는 더 이상 골이 나오지 않았다. 마지막 5분 동안 케임브리지가 자기 진영에서 최대한 멀리 공을 뻥뻥 차내며 시간을 끌고 있는 것을 보니, 마치 유러피언 컵 우승이라도 앞둔 것같이 느껴졌다. 경기 종료 휘슬이 울리자 선수들은(대부분이 연패 행진을 멈추기 위해 영입하거나 2군에서 데려온 선수들로, 케임브리지에서 한 번도 이겨본 적이 없는 이들이었다) 서로 얼싸안고 환호작약하는 홈 팬들에게 웃으며 손을 흔들었다. 그리고 10월 이후 처음으로 케임브리지의 디제이는 〈탐스러운 코코넛을 한 아름 얻었네〉를 틀어줄 기회를 맞았다. 별 의미도 없는 승리였고 그다음 시즌에 케임브리지는 또다시 강등되었지만, 그 길고 황량한 겨울을 보낸 우리로서는 기억에 남는 시간이었다.

이것이 내가 애비 스타디움에서 마지막으로 본 경기였다. 그해 여름 나는 케임브리지와 케임브리지 유나이티드에서 벗어나 런던과 아스널로 돌아가기로 했다. 그러나 어찌 보면 엉뚱하고, 우습고, 신나고, 또 어찌 보면 가슴 아프고, 여느 축구 경기와는 달리 단란한 분위기를 연출했던(이 경기를 보러 온 관중들 가운데 케임브리지 팬은 3천 명도 되지 않았을 것이다) 그날은 케임브리지 유나이티드와 작별 인사를 나누기에 완벽한 날이었다. 그리고 이따금 1부 리그 팀을 응원하면서 일방적인 손해를 보는 것 같은 기분이 들 때면, 그들이 아주 많이 그리워진다.

피트

●●●

아스널 vs 스토크 시티
1984. 9. 22.

"너 내 친구랑 좀 만나봐야겠다. 그 친구도 아스널을 엄청 좋아하거든." 나는 이런 소리를 늘 듣는다. 그래서 그 친구를 만나보면 기껏해야 월요일 아침 신문에서 아스널의 성적을 찾아보거나 최악의 경우 데니스 콤튼 이후의 선수 이름을 한 명도 대지 못하는 사람이다. 이런 식의 소개팅이 성공한 적은 한 번도 없었다. 나는 너무 눈이 높았고, 상대방은 진지한 상대를 찾는 데 전혀 관심이 없었다.

그래서 스토크 전이 있기 전에 세븐 시스터스 로드에서 피트를 소개받았을 때도 나는 별 기대를 하지 않았다. 하지만 그건 정말 일생일대의 완벽한 만남이었다. 그는 모든 면에 있어서 나만큼이나 바보 같았다. (지금도 그렇다.) 그는 나처럼 황당한 기억력을 갖고 있고, 1년 가운데 구 개월을 경기 날짜와 텔레비전 방송 일정에 맞추어 사는 괴짜 기질을 지니고 있다. 그는 나와 똑같이 빅 매치를 앞두면 먹은 것이 전부 올라올 정도로 긴장하고, 형편없이 지고 나면 끔찍한 우울증을 겪는다. 우스운 이야기지만 나는 피트도 나처럼 조금쯤 될 대로 되라는 식으로 사는 편이고, 원하는 것이 뭔지 잘 모를 때가 있을 것이며, 삶 속에서 뭔가 다른 것으로 채워야 하는 공백을 아스널로 채울 거라고 생각한다. 우리는 모두 다 그렇게 사니까.

피트를 만난 것은 내가 스물일곱 살 때였다. 그가 없었더라면 나는 그 후 몇 년 동안 아스널과 헤어져 있었을지도 모른다는 생각이 든다. 그런 작별을 겪기 시작하는 나이가 되고 있었지만(비록 가정을 꾸리거나 아이를 낳거나 정말 원했던 직업을 갖게 되는 등 아스널과 작별하는 계기가 될 만한 일은 전혀 없었지만) 피트를 만나자 그 반대의 사태가 벌어졌다. 축구에 관한 모든 것을 원하는 우리의 욕구는 더욱 강해졌으며, 아스널은 우리 두 사람에게 더욱 가깝게 다가오기 시작한 것이다.

타이밍도 좋았던 것 같다. 1984/85시즌 초, 아스널은 몇 주 동안 1부 리그의 선두를 지켰다. 니콜라스는 미드필드에서 숨 막히는 기량을 보여주었고, 마리너와 우드콕은 우리가 몇 년 동안 기다려온 투톱처럼 보였으며 수비도 탄탄했으니, 팀 분위기가 바뀌면 내 인생도 바뀔 수 있다는 낙관적인 생각이 다시금 들었던 것이다. (그러나 실망스러운 결과가 연이어 나왔고 크리스마스 무렵에는 아스널도 나도 모두 절망의 나락으로 돌아가 있었다.) 만일 피트와 내가 그다음에 이어진 우울한 시즌 초에 만났더라면 상황이 달라졌을 것이다. 한 시즌의 분위기를 결정하는 첫 경기가 그토록 지지부진했으니, 그와 그렇게 돈독한 관계를 맺을 의욕이 들지 않았을 테니까 말이다.

하지만 아스널이 시즌 초에 보여주는 축구는 아무런 의미가 없는 게 아닐까 하는 생각이 든다. 아스널도 나도 하이버리 바깥에서는 어떤 일도 제대로 해나갈 능력이 없었고, 우린 1980년대 중반과 이십대 후반에 불어닥치는 눈보라를 막아줄 조그만 이글루를 지어야 했다. 1984년에 피트를 만난 이후 7년 동안, 내가 놓친 아스널 홈경기는 다섯 번도 채 되지 않았다. (첫 시즌, 내 개인 생활이 계속 혼란을 겪는 바람에 네 경기를 놓쳤고, 그다음 네 시즌 동안은 단 한 번도 놓치지 않았다.) 그리고 과거 어느 때보다도 더 자주 원정 경기를 보러 갔다. 몇십 년 동안 홈이든 원정이든 단 한 경기도 놓치지 않고 가서 보는 팬들이 있기는 하지만, 1975년 그러니까 내가 몇 달 동안 철이 들어서 경기를 보러 가지 않았던 때나, 1983년 아스널과 예의 바르고 따스하지만 소원한 관계를 유지하던 시절에 현재의 출석 기록을 알았다면 깜짝 놀랐을 것이다. 이렇게 된 것은 다 피트가 도와준 덕분이었다. 그에게 고맙다고 해야 할지, 원망을 해야 할지 잘 모르겠다.

헤이젤 참사

•••

리버풀 vs 유벤투스
1985. 5. 29.

1984년 여름, 케임브리지를 떠나 런던으로 간 나는 소호에 있는 랭귀지 스쿨에서 외국인에게 영어를 가르치는 일을 하게 되었는데, 임시직으로 시작했지만 어쩐 일인지 4년이나 계속하게 되었다. 권태로워서, 아니면 우연히, 아니면 우왕좌왕하다 맡게 된 일은 뭐든지 본래 계획보다 오래가는 것처럼 말이다. 하지만 일도 재미있었고 학생들도 마음에 들었다. (대부분 어학연수를 나온 서유럽 대학생들이었다.) 교사 일을 하면서도 글을 쓸 시간은 충분했지만 나는 단 한 자도 쓰지 않았고, 다른 교사들이나 매력적인 이탈리아 청년들과 함께 올드 콤프턴 스트리트의 카페에 죽치고 앉아 긴긴 오후를 보내곤 했다. 시간을 근사하게 허비하는 방법이었다.

물론 그들도 축구를 알고 있었다. (회화 시간에 축구가 화제로 오른 적이 여러 번 있었다.) 그래서 5월 29일 오후에 이탈리아 학생들이 텔레비전을 볼 장소가 없어서 그날 밤 유러피언 컵 결승전에서 유벤투스가 리버풀을 격파하는 장면을 볼 수 없다고 불평했을 때, 나는 열쇠를 갖고 학교에 가서 함께 경기를 보기로 했다.

학교에 가니 수십 명의 학생들이 모여 있었고, 이탈리아인이 아닌 사람은 나뿐이었다. 그들의 유쾌한 적대감과 나의 애매한 애국심으로 말미암아, 나는 그날 밤만 명예 리버풀 팬이 될 수밖에 없었다. 텔레비전을 켜보니 지미 힐과 테리 베나블스가 아직 이야기를 하고 있어서, 나는 소리를 줄여놓고 학생들과 함께 경기에 대해 이야기하면서 칠판에 축구 용어를 몇 개 적어놓았다. 그러나 한참 후에 이야깃거리가 떨어지자 학생들은 왜 아직도 경기를 시작하지 않는지 의아해하면서 영국인 사회자들이 무슨 말을 하느냐고 물었다. 나는 그때까지도 무슨 일이 벌어졌는지 모르고 있었다.

그리하여 나는 아름다운 이탈리아 청년들에게 잉글랜드 훌리건 때문에 유벤투스 서포터 서른여덟 명이 벨기에에서 사망했다고 설명해주어야 했다. 집에서 그 경기를 보았더라면 어떤 기분이 들었을지 모르겠다. 아마 그날 밤 학교에서 느꼈던 것과 똑같은 분노와 똑같은 절망, 그리고 똑같이 욕지기 나는 수치심을 느꼈을 것이다. 그때와 똑같이 자꾸만, 자꾸만, 자꾸만 사과하고 싶은 충동을 느꼈을지는 모르겠지만 말이다. 그 어처구니없는 사건을 보고 내 방에서 혼자 울었을 테지만 학교에서는 그럴 수 없었다. 아마도 헤이젤 사태가 벌어진 날 밤, 이탈리아인들 앞에서 영국인이 눈물을 보인다는 것은 사치처럼 느껴졌기 때문이었을 것이다.

1985년 내내 우리의 축구는 이런 식으로 치달아가고 있었다. 루턴에서는 경악스러운 밀월 팬들의 폭동이 일어났고 경찰은 완패를 당했다. 잉글랜드 축구 사상 최악의 사태가 벌어지는 것 같았다. (대처 여사가 말도 안 되는 신원 카드 계획을 내놓은 것도 그때였다.) 첼시 대 선더랜드 전에서는 첼시 팬들이 그라운드로 난입해서 선수들을 폭행했다. 이런 사건은 몇 주에 한 번씩 끊임없이 일어났고, 그 밖에 보도되지 않은 사건들도 많았다. 헤이젤 사태는 결국 예고된 비극이었던 것이다.

그런데 놀라운 사실은, 달리기라는, 그 자체만으로는 전혀 해롭지 않은 행동이 이 많은 사람들의 죽음을 불러왔다는 것이다. 그것은 잉글랜드의 어린 팬들이 즐겨 했던 행동으로, 상대방을 겁주고 달리는 재미를 느끼는 것 외에 다른 악의는 전혀 없었던 것이다. 대부분 고상한 중산층 남녀로 이루어진 유벤투스 팬들은 그 사실을 모를 수밖에 없었다. 그들은 우리가 알게 모르게 젖어들어 적응하게 된 잉글랜드 관중들의 행동을 세세히 알 수 없었다. 그러니 잉글랜드 훌리건들이 괴성을 지르며 몰려오는 것을 보고 그들은 당황해서 앉아 있던 구역의 구석으로 달아난 것이다. 벽이 무너지는 바람에 혼란이 일어났고 그 와중에 사람들이 밟혀 죽었다. 정말 끔찍한 사건이었고 우리는 그 과정을 지켜보고 있었다. 파바로티를 닮은, 수염이 난 덩치 큰 남자가 손을 뻗으며 나가게 해달라고 애원했지만, 아무도 도와줄 수 없었던 것을 우리는 모두 기억하고 있다.

나중에 체포된 리버풀 팬들 중에는 정말 당황한 사람들도 있었을 것이다. 어찌 보면 그들의 죄는 오로지 잉글랜드인이라는 사실밖에 없었으니까 말이다. 그들의 문화를, 단지 그것을 이해하지 못하는 다른 곳에다 옮겨놓자 사람들이 죽었던 것이다. 헤이젤 사태 이후 12월에 벌어진 경기에서 아스널 팬들은 리버풀 팬들을 향해 "살인자들! 살인자들!" 하고 외쳤지만, 그때 그 자리에 어떤 잉글랜드 축구팬들이 있었더라도 똑같은 상황이 재현됐을 것이라는 생각이 든다. 무용지물이나 다름없는 지역 경찰력(브라이언 글랜빌은 그의 저서《유럽의 챔피언들》에서 벨기에 경찰은 경기가 시작되기도 전에 폭력 사태가 벌어진 데 대해 경악했다고 서술하며, 만일 잉글랜드의 대도시 경찰이었더라면 전화 한 통으로 사태를 바로잡을 수 있었을 거라고 했다) 그리고 말도 안 되게 낡아빠진 경기장, 상대편에 대한 악의로 가득한 팬들, 해당 기관 측의 부실한 계획. 이런 상황에서라면 그 자리에 누가 있든지 간에 틀림없이 똑같은 일이 벌어졌을 것이다.

그렇기에 나는 그날 밤의 사건을 그렇게 부끄러워했던 것이다. 아스널 팬들도 똑같은 행동을 할 수 있었고, 그날 밤 아스널이 헤이젤에서 경기를 했더라면 나도 분명 그 자리에 있었을 것이기 때문이다. 싸움을 하거나 사람들을 향해 달리지는 않았겠지만 나도 이런 행동을 낳은 사회의 일부였다. 그리고 단 한 번이라도 축구를 폭력과 연계해서 이용한 적이 있는 사람이라면 누구나 부끄러웠을 것이 분명하다. 왜냐하면 그 비극의 진정한 의미는, 축구팬들이 루턴의 밀월 난동 사건이나 아스널 대 웨스트햄 상해 사건에 대한 텔레비전 보도를 보고 공포감을 느꼈는지는 몰라도 자신도 거기에 연루되어 있다는 것은 실감하지 못했다는 바로 그것이기 때문이다. 그 범죄자들은 우리 같은 사람들이 이해하거나 동일시할 수 없는 사람들이었다. 그러나 브뤼셀에서 사람들을 살해한 행동은 겉으로 보기에는 해롭지 않지만 확실히 위협적인 것이었다. 시끄러운 노래, 지저분한 내용의 플래카드, 비열하고 난폭한 행동. 비록 전체로 볼 때 소수에 해당하기는 하지만 대단히 많은 수의 팬들이 근 20년 동안 그런 행동에 가담해왔다. 간단히 말해, 헤이젤 사태는 나를 포함하여 많은 사람들이 형성해온 문화의 유기적인 일면이었던 것이다. 루턴의 밀월 팬들에게나 선더랜드 전에서의 첼시 팬들에게는 어떨지 몰라도, 헤이젤의 리버풀 팬들을 보면서 '대체 이 사람들이 누구지?'라고 반문할 수는 없었을 것이다. 이미 답을 알고 있으니까.

내가 결국 그 경기를 모두 지켜봤다는 사실을 생각하면 지금도 창피하다. 나는 텔레비전을 끄고 모두에게 집으로 돌아가라고 한 다음, 앞으로 한동안 축구에서 신경을 끊기로 결심했어야 했다. 그러나 내가 아는 사람들은 전부, 어디에서 보았건 경기를 끝까지 보고 말았다. 우리 학교 교실에는 누가 유러피언 컵 우승을 하든지 신경 쓰는 사람은 더 이상 아무도 없었지만, 그래도 유벤투스가 1-0으로 승리하도록 해준 페널티킥에 대해서는 오랫동안 의혹이 남을 수밖에 없었다. 나는 축구와 관련된 비이성적인 문제 대부분에 대한 해답을 알고 있다고 생각하지만, 이 문제만큼은 어떤 해답도 불가능한 것 같다.

축구열 식은 최악의 시즌

●●●

아스널 vs 레스터
1985. 8. 31.

헤이젤 사태 이후의 시즌은, 내가 기억하기로 최악의 시즌이었다. 아스널의 컨디션이 좋지 않았기 때문이 아니라(물론 컨디션이 좋은 것도 아니었다. 이런 말을 하게 되다니 유감이지만, 우리가 그해 리그 우승이나 FA컵 우승을 했더라면 헤이젤의 비극을 어떤 식으로든 '납득'할 수 있었을 것이다) 5월에 일어났던 그 사건에 모든 것이 영향을 받았기 때문이다. 여러 해 동안 알게 모르게 무너지고 있었던 출입구는 더욱 많이 내려앉은 것 같았고, 관중석에 생긴 커다란 구멍이 갑자기 눈에 거슬렸다. 축구장의 분위기도 팍 가라앉았다. 유러피언 컵 진출권이 없으니 리그 2위·3위·4위는 아무 소용이 없어졌다. (그전에는 상위권에 든 팀은 UEFA컵 진출권을 얻을 수 있었다.) 결과적으로 그 시즌 후반의 1부 리그 팀의 경기 날짜는 어느 때보다 훨씬 더 무의미해졌다.

헤이젤 사태가 일어난 밤에 함께 있던 이탈리아 학생들 가운데 유벤투스 시즌 입장권을 갖고 있던 여학생이 있었는데, 내가 축구팬임을 알자 레스터 전을 보러 하이버리에 같이 가도 좋은지 물어왔다. 그녀는 재미있는 이야기 상대였고, 유럽 여성 축구팬과 내가 서로의 강박증의 차이에 대해 이야기를 나눌 기회는 쉽게 얻을 수 있는 것이 아닌데도 나는 망설였다. 젊은 숙녀를 노스 뱅크의 거친 무리들 사이에 데려갈 수 없었기 때문만은 분명 아니었다. (비록 헤이젤 사태가 일어난 지 석 달 반밖에 되지 않았고 이탈리아인에다 유벤투스 팬이라도 말이다.) 5월에 지켜보았듯이 그녀가 월요일 오후에 만나 주말에 본 축구 이야기를 하는 사람들은 잉글랜드가 앓고 있던 질병에 대해서 잘 알고 있었고, 그녀는 이미 리버풀 팬들을 대신한 나의 서투른 사과에 그럴 것 없다고 말해주었던 것이다. 그보다는 오히려 아스널 축구의 절망적인 상황, 절반밖에 차지 않은 관중석, 심드렁하게 앉아 있는 관중, 내가 그 모든 것을 부끄러워했기 때문이었다. 결국 그녀는 재미있었다고 말했고, 유벤투스도 시즌 초에는 아스널만큼 헤맸다고 주장하기까지 했다. (아스널은 15분 만에 골을 넣고 나머지 시간 내내 형편없는 레스터 팀을 수비하기에만 급급했다.) 나는 아스널이 늘 그 모양이라고 굳이 말하지는 않았다.

그 이전까지 팬으로서 살아온 17년 동안 축구장에 가는 것은 복잡하고 왜곡된 개인적인 의미를 초월하는 그 이상의 뭔가가 있었다. 우리가 승리하거나 좋은 경기를 펼치지는 못했더라도 찰리 조지나 리암 브래디가 있었고, 요란한 관중들과 흥미진진한 반사회적인 동요가 있었으며, 케임브리지 유나이티드의 지긋지긋한 연패나 아스널의 끝도 없는 FA컵 재경기가 있었다. 그러나 이탈리아 여성의 눈을 통해 그것을 바라보자, 헤이젤 사태 이후에는 아무것도 남지 않았다는 것을 알 수 있었다. 처음으로 축구가 그 근저의 의미를 전부 벗어 버린 것처럼 느껴졌고, 축구가 그러한 의미를 상실하자 나도 축구를 포기할 수 있을 것 같았다. 그때, 다른 수천 명의 팬들 역시 축구에서 등을 돌렸으니 말이다.

다시 술을 마실 수 있게 되다

•••

아스널 vs 헤리퍼드
1985. 10. 8.

잉글랜드 안에서 벌어지는 훌리건 난동과 외국에서 잉글랜드 팬들이 일으키는 난동에는 차이점이 있다고 생각한다. 내가 만나본 팬 대부분은 국내 폭력 사태에는 술이 그다지 큰 영향을 미친 적이 없다고 주장한다. (관중들이 경기 전에 술집에 가지 못하도록 하기 위해서 만들어낸 오전 경기에서도 사건은 발생했으니까.) 그러나 면세 쇼핑을 할 수 있는 페리를 타거나, 길고 지루한 기차 여행을 하거나, 외국 도시에서 열두 시간을 죽여야 하는 해외 원정 경기에서는…… 상황이 완전히 달라진다. 헤이젤 사태 전에 리버풀 팬들이 만취한 상태였다는 목격자들의 증언이 있었고(하지만 부끄럽게도 요크셔 경찰은 힐즈버러 사태에서도 음주가 한 가지 원인이었다고 주장하려 들었다는 사실을 기억해야 한다) 베른과 룩셈부르크와 이탈리아에서 벌어진 1980년대 초반 잉글랜드인들의 난동 가운데는 알코올이 기름 역할을 한 경우가 많았다는 주장도 나왔다. (하지만 아마도 알코올이 직접적인 불씨는 아니었을 것이다.)

헤이젤 사태 이후에 오랫동안 미루어왔던 괴로운 자성의 목소리가 쏟아져나왔다. 어쩔 수 없이 술이 집중 공격을 받았고, 새 시즌이 시작되기 전에 축구장 안에서의 주류 판매가 금지되었다. 이로 인하여 일부 팬들은 화를 냈고, 음주는 훌리건 난동과 거의 무관하기 때문에 조치를 제대로 하려면 난폭한 행동을 하게 만드는 원인을 사전에 근절해야 할 것이라고 소리를 높였다. 팀과 팬의 관계, 그라운드의 상태와 경기장의 시설 부족, 의사 결정에 참여하는 팬 대표의 부재 등 제대로 된 것이 아무것도 없다는 이야기도 나왔고, 모두가 술집에서 술을 마시는 판국에 주류 판매를 금지하는 것은(많은 팬들이 지적했듯이 가판대 앞에 줄을 선 사람들의 수로 미루어 축구장 안에서 술에 취하는 것은 불가능하다) 아무런 도움도 되지 않을 것이라고 했다.

나는 이런 주장에 모두 동의하지만 화장실이 좀 더 생기고 각 팀마다 서포터 대표단이 있다 하더라도 헤이젤의 비극이 일어나지 않았을 거라고 주장하기는 어렵다. 요점은 주류 판매를 금지한 것이 아무런 해도 끼치지 않았고, 끼칠 수도 없었다는 점이다. 주류 판매 금지는 폭력 사태를 일으키지도 않았고 어쩌면 한두 건의 싸움을 막았을지도 모른다. 그리고 다른 건 몰라도 그 조치는 우리가 진지하게 잘못을 뉘우치고 있다는 사실을 보여주었다. 그 금지 조치는 몇몇 멍청한 아이들이 술을 너무 많이 먹는 바람에 사랑하는 이를 잃었을 수도 있는 이탈리아 사람들을 향한, 작은 성의 표시가 될 수도 있었을 것이다.

그런데 어찌 되었나? 구단 측은 주류 판매 금지로 인해 돈 많은 팬들과의 관계가 나빠졌다고 불평을 하더니, 금지 조치를 취소해버렸다. 헤이젤 사태가 벌어진 지 17주가 지난 10월 8일, 쌀쌀한 밤에 피트와 나와 몇몇 친구들은 리그 컵 경기를 보기 위해 웨스트 스탠드 좌석 표를 사기로 했는데, 그 자리에 가보니 놀랍게도 몸을 녹여줄 술을 팔고 있었다. 규칙이 '주류 판매 금지'에서 '그라운드가 보이는 곳에서는 주류 판매 금지'로 바뀌었던 것이다. 잔디와 위스키가 섞이면 우리가 모두 흥분해서 발광을 하기라도 한다는 듯이 말이다. 그러니 참회의 분위기는 다 어디로 간 것인가? 우리가 자제심을 발휘할 줄 알고, 어느 날 다른 유럽 팀과 경기를 하게 될 때 그들의 서포터를 해치지 않으리라는 사실을 증명하기 위해 구단은 무슨 일을 하고 있었는가? 경찰은 노력하고 있었고 팬들도 노력하고 있었다. (이 헤이젤 사태 이후의 절망감 속에서 《토요일이 오면》 등의 축구 잡지와 축구 서포터 협회가 생겼으며, 이 협회의 로건 테일러는 4년 후 힐즈버러 사태 때 유능하고 정열적이며 지적인 대변인으로 활약했다.) 하지만 유감스럽게도 구단은 수수방관만 하고 있었다. 그 별것 아닌 조치로 동전 몇 닢을 손해 볼 것이 두려워 그나마도 폐기처분해버린 것이다.

슬럼프의 수렁

•••

애스턴 빌라 vs 아스널
1986. 1. 22.

아스널 vs 애스턴 빌라
1986. 2. 4.

1986년 1월, 애스턴 빌라와의 리그 컵 8강전 원정 경기는 내가 기억하는 최고의 경기 가운데 하나였다. 어렸을 때 이후 처음 가본 웅장한 경기장에서 펼쳐진 원정 응원은 환상적이었고, 경기 내용도 좋았으며 결과도 나쁘지 않았다. (1-1로 끝났는데, 전반전에 찰리 니콜라스가 골을 넣었고, 후반전을 시작할 무렵에는 우세했지만 릭스와 퀸이 도저히 놓칠 수 없는 기회를 날려버렸다.) 그날 밤에는 흥미로운 역사적 의미도 있었다. 적어도 우리 주변의 차가운 1월 공기는 마리화나 연기로 자욱했고, 그때 처음으로 나는 뭔가 다른 관중석 문화가 등장하고 있음을 느꼈다.

크리스마스가 지나자 작은 부활에 해당하는 사건이 발생했다. 상황이 정말로 나빠지는 것처럼 느껴지던 와중에 아스널은 홈경기에서 리버풀을, 원정 경기에서 맨체스터 유나이티드를 연달아 꺾었다.

(리버풀 전 이전에 우리는 에버턴과의 원정 경기에서 6 - 1로 졌고, 그 후로 3주 연속 무득점 행진을 했다. 토요일에는 2부 리그로 강등당한 버밍엄과 홈에서 0 - 0 무승부를 기록했는데, 그 경기는 분명 1부 리그 축구 사상 최악의 경기였을 것이다.) 그런 짓은 언제나 금물이건만, 우리는 조금씩 기대를 하기 시작했다. 그러나 2월부터 시즌이 끝날 때까지 그 기대는 산산이 부서졌다.

애스턴 빌라와의 리그 컵 8강전 재경기는 아마도 최악의 경기로 신기록을 수립했을 것이다. 단지 어떻게 졌느냐의 문제가 아니었다. (이날 밤 돈 하우 감독은 마리너를 미드필더로 내보내고 우드콕을 벤치에 앉혀두었다.) 리그 컵에 대단한 상대가 아무도 남아 있지 않았으니, 우리는 최소한 결승전까지는 갔어야 한다는 문제도 아니었다. (그때 애스턴 빌라를 이겼더라면, 준결승전에서 옥스퍼드를 만났을 것이다.) 심지어 우리가 그 후 6년 동안 아무 데서도 우승하지 못한 것도 문제가 아니었다. 이런 문제들로도 충분히 우울했지만 더 심각한 문제들이 있었다.

그중 하나는, 호시탐탐 기회를 엿보고 있다가 그날 밤 하이버리에서 펼쳐진 광경을 보고는 옳거니 하고 튀어나온 우울증이 내 마음속에 잠재해 있었다는 것이다. 그러나 그보다 더 중요한 문제는 영원히 나쁜 상태로 끝나지는 않는다는 것, 방향이 바뀔 수도 있다는 것, 연패가 언젠가는 끝난다는 것을 아스널이 보여주기를 내가 기다리고 있었다는 것이다. 그러나 아스널은 생각이 달랐다. 그들은 내게 슬럼프가 영원할 수도 있고 갇혀 있는 방에서 나갈 방법을 찾을 수 없는 사람도 있다는 사실을 보여주고 싶어한 모양이었다. 그날 밤 그리고 그 후 며칠 동안, 아스널과 나는 잘못된 선택을 너무 많이 했고 이미 잘못된 길로 너무 멀리까지 접어들어 도저히 제대로 돌아갈 수 없을 것처럼 느껴졌다. 나는 아스널과 하나로 묶였고, 이 비참한 삶에 영원히 묶였다는 사실이 그 어느 때보다도 두려웠다.

나는 패배에 경악하고 기력을 상실했다. (스코어는 2-1로, 결승골은 마지막 순간에 나왔지만 우리는 그전부터도 이미 완전히 패배한 상태였다.) 이튿날 아침, 여자친구가 학교로 전화를 해서는 내 처진 목소리를 듣고 무슨 일이냐고 물었다. "소식 못 들었어?" 하고 나는 그녀에게 불쌍한 말투로 말했다. 그녀는 걱정스러운 목소리였고 내가 무슨 일인지 이야기해주자 아주 잠시 마음이 놓인 듯한 목소리가 되었다. 그러니까 그건 그녀가 그 당시 나에 대해서 걱정하던 일은 아니었던 것이다. 하지만 그녀는 자기가 통화하는 상대가 어떤 사람인지 기억해냈고, 안도감은 그녀가 짜낼 수 있는 최대한의 연민으로 바뀌었다. 그녀가 이런 종류의 고통을 이해하지 못한다는 것을 나도 알고 있었고, 그래서 나는 그것을 설명할 용기조차 내지 않았다. 왜냐하면 이런 슬럼프, 이런 깊은 수렁에서 아스널이 빠져나오지 못하면 나도 빠져나오지 못한다는 생각…… 이런 생각은 멍청이들이나 하는, 비난받아 마땅한 것이기 때문이었다. (나와 아스널의 운명이 하나로 묶인다면 아스널의 강등에는 완전히 새로운 의미가 더해질 것이다.) 게다가 나는 정말로 그렇게 생각했기 때문이었다.

자유로운 퇴행

•••

아스널 vs 왓퍼드
1986. 3. 31.

애스턴 빌라 전 이후 몇 경기의 결과만으로 아스널 구단 임원들이 뭔가 조치를 취해야 한다는 결정을 내린 것은 아닌 듯하다. 물론 그것만으로도 충분히 형편없었지만 말이다. 특히 루턴과의 FA컵 경기에서 3-0으로 패한 것 때문에 돈 하우 감독이 경질되었다고 하지만 (〈아스널의 역사 1886~1986〉 비디오에서는 그렇다고 한다) 사실은 그렇지 않았다는 것을 누구나 다 알고 있다. 하우 감독은 코번트리를 3-0으로 이긴 다음에 사임했는데, 구단주 피터 힐우드가 그를 따돌리고 테리 베나블스와 접촉했기 때문이었다.

우리는 애스턴 빌라 전과 그의 사임 사이에 노스 뱅크에서 "하우를 내쫓아라!"라는 구호를 몇 차례 들었다. 하지만 그가 정말로 그만두자 감독 없는 팀은 엉망이 되었고, 나도 함께 외치지는 않았지만 구호는 이제 구단주를 겨냥하게 되었다. 구단 이사회가 사태 수습을 그다지 공명정대하게 하지 않았다는 것은 알고 있었지만, 어쨌든 뭔가 조치가 필요했다. 파벌과 고액 연봉에 한물간 스타들로 가득한 아스널이 강등될 리는 없겠지만 아무 데서도 우승할 실력이 되지 않았고, 그렇게 앞뒤가 꽉 막힌 상태를 지켜보고 있노라면 우리는 불만으로 가득 차 비명이라도 지르고 싶어졌다.

애스턴 빌라 전 다음 날, 나를 이해하려 애썼으나 실패했던 여자친구와 왓퍼드 전을 함께 보러 갔는데, 그녀는 축구장에 와서 경기를 직접 본 것이 그때가 처음이었다. 어찌 보면 첫 관람치고는 참 황당한 경우였다. 그라운드에는 2만 명이 좀 안 되는 사람들이 모여 있었는데, 그들 대부분이 단지 당시 상황에 대한 불만을 토로하기 위해 그 자리에 모인 것이었으니 말이다. (나는 그와는 달리 습관적으로 그 자리에 간 사람들의 범주에 속했다.)

선수들이 한 시간 남짓 버벅거리며 뛰어다니던 중, 두 점을 뒤지기 시작하자 희한한 일이 벌어졌다. 노스 뱅크가 응원하는 편을 바꿔버린 것이다. 왓퍼드가 공격할 때마다 격려의 함성이 터져나왔고, 그들이(수백 번이나) 아깝게 득점을 놓칠 때마다 "으아아!" 하는 아쉬움의 탄성이 흘러나왔다. 어찌 보면 우스웠지만 처절하기도 했다. 이 팬들은 자신들의 정체성을 완전히 저버리고 팀에게서 등을 돌리는 것 말고는 달리 뼈아픈 혐오감을 표현할 방도를 찾지 못한 것이었다. 따지고 보면 그것은 일종의 자해 행위였다. 이제 더 이상 추락할 곳 없는 나락에 도달한 것이며, 그렇게 생각하니 좀 마음이 놓였다. 우리는 감독이 누가 되든(베나블스는 재빨리 이런 엉망진창인 상황에 관여하고 싶지 않다는 사실을 분명히 밝혔다) 사태가 이보다 더 악화될 수는 없음을 알고 있었다.

이 경기가 끝나자 중앙 출입구 밖에서 시위가 벌어졌지만, 사람들이 원하는 것이 정확히 뭔지는 분간하기 어려웠다. 하우 감독을 다시 데려오라고 하는 사람들도 있었고, 무엇에 화가 났는지는 잘 모르겠으나 진심으로 화를 내는 사람들도 있었다. 우리는 그곳에서 어정거리며 구경을 했지만, 나와 함께 있던 사람들 가운데 거기에 동참할 정도로 분노를 터뜨릴 수 있는 사람은 아무도 없었다. 나는 애스턴빌라 전 다음 날 아침 전화 통화에서 대놓고 했던 유치하고 감상적인 내 행동을 여전히 기억하고 있었고, 나의 관점에서 볼 때 그 시위는 이상하게도 위로가 되었다. 나의 부루퉁한 태도를 참아주어야 했던 여자친구는, 그런 사람이 나뿐만이 아니며 무엇보다도 아스널에서 벌어지고 있는 일을 걱정하는 사람들이 이만큼이나 있다는 사실을 알 수 있었을 테니까 말이다. 내가 종종 축구를 놓고 사람들에게 해명해야 하는 것—그것은 도피처나 오락이 아닌 또 하나의 세상이라는 사실—을 그녀도 분명히 이해할 수 있었을 것이다. 어쩐지 내가 옳다는 사실이 증명된 것 같은 기분이었다.

1986~1992

조지

●●●

아스널 vs 맨체스터 유나이티드
1986. 8. 23.

어머니는 고양이를 두 마리 키우고 있는데, 하나는 오리어리, 다른 하나는 치피—리암 브래디의 별명—라고 부른다. 어머니 집 차고 벽에는 아직도 내가 20년 전에 써놓은 "잉글랜드에 래드퍼드를!" "찰리 조지!"라는 낙서가 남아 있다. 지금도 내가 졸라대면 여동생 질은 2관왕의 해에 뛰었던 선수들의 이름을 대부분 댈 수 있다.

1986년 5월 어느 날, 질이 랭귀지 스쿨의 오전 휴식 시간에 전화를 걸어왔다. 그때 질은 BBC에서 일하고 있었고 방송국에서는 직원들을 위해 확성기로 빅 뉴스를 발표해주었다.

"조지 그레이엄이래."라고 여동생이 전해주어 나는 고맙다고 하고 수화기를 내려놓았다.

우리 가족은 늘 이런 식으로 살고 있다. 아스널이 어머니와 여동생의 삶까지 침범하게 된 것이 나는 항상 미안하다.

조지 그레이엄의 감독 임명은 그다지 창의적인 선택이 아니었고 그 시점에 와서 구단주가 무슨 말을 했든지 간에 조지는 필시 1순위 후보는 아니었을 것이다. 사실, 내가 축구를 보러 다니기 시작했던 무렵에 선수로서 눈에 띄는 활약을 했다는 점만 빼면, 조지 그레이엄은 감독 후보로 거론될 만한 그릇도 아니었다. 그는 그전까지 밀월의 감독을 맡아 강등 위기에서 팀을 구해내고 승격까지 이루어냈지만, 그렇다고 딱히 불꽃 튀는 활약을 보여준 것은 기억나지 않는다. 그는 경험이 부족하기에 아스널을 2부 리그 팀과 같이 취급하여 소극적으로 생각하고, 소극적으로 선수를 영입하며, 다른 명문 팀들보다 앞서 나가려 하기보다는 현 상태의 유지를 목표로 삼지 않을까 걱정스러웠다. 그리고 처음에는 이런 염려가 들어맞는 것 같았다. 그는 첫해에 콜체스터에서 페리 그로브스를 5만 파운드에 영입했을 뿐이었고, 곧바로 마틴 키언을 팔았으며, 조금 있다가 스튜어트 롭슨을 팔았는데, 이 젊은 선수들은 우리가 잘 알고 좋아했던 이들이었다. 그래서 팀은 점점 더 작아졌다. 우드콕과 마리너가 떠났고, 케이튼이 떠났으며, 그들을 대신할 선수는 아무도 없었다.

후반전에 나온 찰리 니콜라스의 골 덕분에, 조지는 감독으로 취임한 후 첫 경기였던 맨체스터 유나이티드와의 홈경기를 승리로 이끌었고, 우리는 조심스럽게 장래를 낙관하는 마음으로 집에 돌아갔다. 그러나 그다음 두 경기는 졌고 10월 중순이 되자 조지는 약간 곤경에 처하게 되었다. 지난 6년 동안 정말 못했던 옥스퍼드와의 홈경기에서 0-0으로 비기는 사건이 있었고, 이미 내 주변 사람들은 그에게 욕을 퍼부으며 대범하지 못한 경기 내용에 분개하고 있었다. 그러나 11월 중순 사우샘프턴을 4-0으로 대파한 다음(우리가 넣은 네 골이 전부 사우샘프턴 골키퍼가 부상으로 실려나간 다음에 들어간 것이기는 하지만) 우리는 리그 선두에 올랐고 두어 달 동안 그 자리를 지켰으며, 그 외에도 많은, 정말 많은 일들이 벌어졌다. 조지는 아스널을, 쉰 살 미만의 팬들은 난생처음 보는 새로운 팀으로 바꾸어놓았고, 글자 그대로 아스널 팬 한 사람 한 사람을 수렁에서 건져주었다. 전에는 하이버리에 경기를 보러 가면서 1-0 승리를 기대했다면, 갑자기 4점, 5점, 심지어 6점도 예삿일이 된 것이다. 나는 지난 칠 개월 동안 세 명의 선수들이 다섯 번의 해트트릭을 기록하는 걸 보았다.

이날 맨체스터 유나이티드와의 시즌 첫 경기는 또 하나의 이유에서 중요한 의미를 가졌다. 그것은 내가 처음으로 시즌 입장권을 사서 본 경기였다. 피트와 나는 이해에 여름 시즌 입장권을 샀는데, 새 감독이 뭔가 바꿔줄 것이라고 기대했기 때문이 아니라, 우리가 중독에서 벗어날 가망이 없다는 사실을 받아들이기로 했기 때문이다. 더 이상 축구를 지나가는 바람 같은 취미로 취급하거나 경기를 골라서 보는 척해봐야 소용이 없었다. 그래서 나는 어찌어찌 값이 오른 옛날 펑크 싱글 음반을 한 무더기 골라서 내다 팔고 받은 돈으로 조지와 운명을 함께했다. 종종 쓰라린 후회를 맛보긴 했지만 후회감이 오래 간 적은 한 번도 없었다.

축구를 통해 맺게 되는 관계 가운데 가장 격렬한 것은 물론 팬과 팀 사이의 관계다. 그러나 팬과 감독 사이의 관계도 그만큼 강력한 것이 될 수 있다. 선수들은 팀의 분위기를 완전히 바꾸어놓는 경우가 드물지만, 새 감독이 임명될 때마다 우리는 그전 감독 때보다 더 큰 꿈을 꿀 수 있게 된다. 아스널의 감독 한 사람이 사임하거나 경질되면, 그 사건은 왕의 서거나 마찬가지로 진지하게 받아들여진다. 버티 미 감독은 해럴드 윌슨 수상과 비슷한 시기에 사임했지만, 후자보다는 전자 쪽이 내게 더 큰 의미를 지녔다는 데는 의심의 여지가 없다. 아무리 제정신이 아니거나 불공정하거나 사악하다 하더라도 수상은 결코 아스널 감독이 내게 미치는 정도의 영향력을 행사할 수 없다. 내가 그간 함께해온 네 명의 감독들을 가족이나 친척처럼 생각하는 것도 놀랄 일이 아니다.

버티 미 감독은 인자하고 약간은 다른 세계에 속한 듯한 할아버지 같은 존재로서 내가 이해하지 못하는 세대의 사람이었다. 테리 닐 감독은 붙임성 있고 익살맞지만 아무리 노력해도 도무지 좋아할 수 없는 새아버지 같았다. 돈 하우 감독은 뚱하고 말이 없는 이모부로, 크리스마스에 카드 마술을 두어 번 보여주는 것으로 인기를 얻었다. 하지만 조지…… 조지는 내 아버지, 진짜 아버지보다는 단순하지만 훨씬 더 두려운 존재다. (당황스럽게도 그는 허리가 꼿꼿하고 머리를 깔끔하게 다듬고 다니며 고급 정장을 좋아하는 것이, 실제 우리 아버지와 약간 닮은 구석마저 있다.)

진짜 아버지가 꿈에 나타나는 횟수만큼 조지도 상당히 규칙적으로 내 꿈에 등장한다. 꿈속에서도 그는 현실에서처럼 결연한 표정을 짓고 있으며, 속내를 알 수 없다. 보통 그는 뭔가 나의 부족한 면—주로 성적인 면—을 보고 실망했다는 표정을 짓고 있고, 그걸 보면서 나는 무지막지한 죄책감을 느낀다. 하지만 때로는 반대로 내가, 도둑질을 하거나 사람을 때리는 그를 목격하고 녹초가 되어 깨어난다. 이런 꿈이나 그 의미에 대해서는 별로 오랫동안 생각하고 싶지 않다.

조지는 첫 시즌 시작 때와 마찬가지로 맨체스터 유나이티드와의 홈 경기로 다섯 번째 시즌을 마쳤다. 하지만 이번에 하이버리에는 회의적인 기대가 아닌, 축하하는 분위기가 넘쳐났다. 우리는 이 경기를 시작하기 45분 전에 1991년 리그 우승을 확정지었고, 하이버리는 떠들썩한 소란과 흥겨운 미소로 가득 찼다. 웨스트 스탠드 가장자리에 걸린 커다란 현수막에는 "조지는 알고 있다"라고만 써 있었는데, 그 말은 희한하게도 그를 아버지처럼 여기는 내 마음과도 통했다. 사실 아버지들은 그런 경우가 지극히 드물지만 조지는 정말로 통찰력을 갖고 있었고, 그날 밤이 되어서야 그의 알 수 없는 결정들(루킥을 팔고 리니건을 사들인 것, 그로브스에 대한 고집)이 우리가 미처 헤아리지 못했던 현명한 처사로 느껴지기 시작했다. 어쩌면 어린 아들들은, 아버지가 이런 식으로 행동은 하되 그 행동의 원인을 설명하지 않고 우리를 위해서 승리한 다음 "너는 의심했지만 내 결정이 옳았으니 이제 나를 믿어야 한다."라고 말해주기를 바랄 것이다. 이런 불가능한 꿈을 이뤄줄 수 있다는 점이 바로 축구의 매력 가운데 하나다.

남자의 판타지

•••

아스널 vs 찰턴 애슬레틱
1986. 11. 18.

나는 그녀와 함께 본 첫 경기를 기억하지만 그녀는 그렇지 못하다. 방금 전 나는 침실 문틈으로 머리를 들이밀고서 그녀에게 나와 함께 본 첫 경기의 상대 팀 이름과 스코어, 득점한 선수를 물어보았는데, 그녀가 아는 것이라곤 아스널이 이겼다는 것과 니얼 퀸이 한 골을 넣었다는 것뿐이었다. (스코어는 2-0이었고, 다른 골은 찰턴 수비수의 자책골이었다.)

솔직히 사귀기 시작한 처음 몇 달 동안은 골칫거리(나 때문에 생긴 골칫거리)가 끊이지 않아서, 우리 두 사람 가운데 누구도 그렇게까지 오랫동안 사귀게 될 줄은 몰랐다. 그녀의 말을 옮겨보면, 그녀도 우리 사이가 곧 끝나게 될 거라고 생각했고, 비 내리는 쌀쌀한 11월의 밤에 찰턴 전 관람을 선택한 것은 앞으로 나와 함께 하이버리에 갈 기회가 별로 없을 거라고 생각했기 때문이었단다. 중요한 경기는 아니었지만 하이버리에 가기는 좋은 때였다. 왜냐하면 아스널이 놀랍게도 스물두 경기 무패 행진을 계속하던 중이었고, 관중들의 사기가 충천했으며, 젊은 선수들(로키, 니얼, 애덤스, 왠지 알 수는 없지만 훗날 그녀가 제일 좋아하는 선수가 된 헤이스)이 잘 뛰어주고 있었고, 그 전 토요일 사우샘프턴으로 원정 응원을 갔던 우리는 아스널이 리그 선두에 올라서는 광경을 보았기 때문이다.

그녀는 목을 쑥 빼고서 구경했고, 경기가 끝난 다음 한잔하면서 또 오고 싶다고 말했다. 여자들은 늘 그렇게 말하지만 보통 그 말은 다시 태어난다면, 그것도 요 다음번에 다시 태어났을 때가 아니라 그보다 훨씬 다음번에 다시 태어났을 때 또 보러 오고 싶다는 뜻이다. 물론 나는 언제든지 환영이라고 말했다. 그러자 그녀는 당장 토요일에 또 홈경기가 있는지 물었다. 홈경기는 있었고 그녀는 또 보러 왔으며 그 시즌 내내 대부분의 홈경기를 보러 왔다. 그녀는 애스턴 빌라와 노리치, 그 외 런던의 다른 팀 구장에 가서도 경기를 보았고, 한 해는 시즌 입장권을 사기도 했다. 그녀는 지금도 자주 경기를 보러 오고 별다른 어려움 없이 아스널 선수들의 이름을 전부 알아맞힌다. 하지만 그녀의 열의는 이제 수그러들기 시작했고, 나이가 들어가는 동안에도 지칠 줄 모르는 나의 열성에 점점 짜증을 느끼고 있는 것이 분명하다.

나는 이 모든 것 때문에 우리 관계가 유지되어왔다고 생각하고 싶지 않다. 사실 결코 그렇지 않았다. 그러나 처음에는 특별한 영향을 준 것이 사실이고, 그녀가 갑자기 축구에 관심을 보인 것 때문에 이미 혼란스러웠던 상황이 더욱 복잡해진 것도 사실이다. 1987년 1월 1일에 그녀와 내가 윔블던과의 3-1 승리를 관전했을 때, 나는 축구를 용인할 뿐만 아니라 거기에 적극적으로 참가하는 여자가, 많은 남자들에게 있어서 판타지의 주인공이 된 까닭을 깨닫기 시작했다. 내가 아는 남자들 가운데 에버턴이나 그 밖의 팀의 오전 경기를 보러 가느라 전날 밤의 즐거움을 망치거나 뱅크 홀리데이의 오붓한 분위기를 깨어놓는 이들은, 집에 돌아오면 긴장감에 휩싸이고 비난의 눈초리를 받기 마련이다. 하지만 나는 우리 두 사람이 모두 원했기에 새해 첫날부터 하이버리에 갈 수 있는 행운아였던 것이다.

그러나 시간이 지날수록 이렇게 아스널을 함께 응원하는 것이 내가 진정으로 원한 것인지 헷갈리기 시작했다. 그녀가 굉장히 열광하고 있을 때, 아주 어린 아이를 안고 끙끙거리며 축구장에 들어오는 남자를 보고 나는 아무 생각 없이 "우리 아이가 스스로 경기장에 오고 싶어할 만큼 자랄 때까지는 데려오지 않겠어."라고 말한 적이 있었다. 이 때문에 장차 토요일 오후의 아이 돌보기에 대한 대화가 시작되었고, 그 대화는 그 후 몇 주, 몇 달 내내 나를 괴롭혔다. "홈경기를 교대로 봐야겠지." 그녀는 이렇게 말했고, 나는 잠시 그녀가 하이버리 홈경기를 두 번에 한 번씩 보러 올 것이고, 그래서 우리 아이들을 한 달에 한 번 정도만 남에게 맡기면 되도록 할 것이라는 뜻으로 생각했다. 그러나 그녀의 말뜻은 우리가 '번갈아가면서' 축구장에 간다는 뜻이었다. 즉 내가 매년 홈경기의 절반을 집에서 〈5시 스포츠〉나 〈캐피털 골드〉(캐피털 골드는 정통성이 약간 떨어지지만 런던 연고 팀의 최신 소식을 빠르게 전해준다) 같은 라디오로 듣는 동안, 그녀는 '내 자리'에 앉아서 내가 고작 몇 년 전에 소개해준 '나의 팀'을 응원한다는 것이었다. 그러니 대체 뭐가 좋다는 것인가? 축구를 증오하는 아내와 사는 친구들은 매 경기를 다 보러 간다. 하지만 스마이디가 빠진 아스널이 전과 같지 않은 이유를 아는 여자와 겉보기에는 이상적인 관계를 맺고 있는 나는, 거실에 〈우편배달부 패트〉라는 만화 비디오를 쌓아놓고 창문을 열어놓은 채, 돌풍이 불어와서 나의 울분을 식혀주기를 바라며 앉아 있게 될 것이다. 찰턴 전이 있었던 그날, 그녀가 또 축구장에 가고 싶다고 했을 때 내가 예상했던 것은 이게 아니었다.

이것과는 달랐다. 축구 인생을 통틀어 나는 축구로 인한 우울증을 참아주는 방법을 배워야 하는 사람들—어머니, 아버지, 여동생, 여자친구들, 룸메이트들—과 함께 살아왔고 그들 모두 성격도 좋고 요령도 있어서 그렇게 해줄 수 있었다. 그런데 어느 날 갑자기 나는 자신이 축구 때문에 우울하다고 주장하는 여자와 함께 살고 있는 내 모습을 발견했고, 그 모습은 대단히 마음에 들지 않았다. 1987년 리틀우즈 컵 결승전에서 좋아 날뛰던 그녀의 모습…… 하지만 그것은 그녀의 '첫 시즌'이었단 말이다. 도대체 무슨 권리로 그녀는 그 일요일 저녁 아스널 모자를 쓰고 우쭐거리며 술집에 들어갈 수 있었단 말인가? 그럴 권리는 전혀 없었다. 피트와 나에게 이것은 1979년 이후 첫 트로피였는데, 어떻게 고작 넉 달 동안 경기를 보러 다닌 그녀가 그 기분을 이해할 수 있단 말인가? "시즌마다 우승을 하는 건 아냐." 하고 나는 계속 이야기했다. 초코바를 우적우적 씹어 먹는 아이가 전쟁 배급 시절이 얼마나 힘들었는지 이해하지 못하는 것을 보면서 쓸데없이 짜증을 느끼는 부모처럼 말이다.

나는 내 감정이 그녀의 감정보다 더 치열하다는 것을 증명하는 유일한 방법은 부루퉁한 표정을 고수하는 것뿐이라는 결론을 내렸고, 축구에 관한 한 축구우울증에 도전하는 어떤 상대도 나를 당할 수는 없다는 자신감에 찬 행동으로 결국 그녀를 이겼다. 때는 1988/89시즌 막바지, 홈경기에서 더비에게 진 다음이었고, 아스널이 시즌 내내 1부 리그의 선두를 달리다가 우승을 놓치게 될 것 같은 시점이었다. 내가 정말로 대책 없이 우울하기는 했지만(그날 저녁 우리는 에릭 포터가 나오는 〈리어왕〉을 보러 갔었는데, 나는 리어의 문제가 뭔지 도무지 알 수가 없어서 연극에 집중을 못했다) 그 비참한 기분을 하나도 남김없이 모아 괴물 같은 크기로 키워낸 다음 성질을 있는 대로 부려댔고, 결국 우리는 (친구들을 만나 차를 마시는 일을 놓고) 말다툼을 시작했다. 그러자 비로소 아스널은 다시 나만의 것이 되었음을 느낄 수 있었다. 그녀는 그건 운동경기일 뿐이며(정확히 그렇게 말한 것은 아니지만, 고맙게도 분명히 그런 뜻을 담은 말이었다) 기회는 내년에 또 있고 올해만 해도 아직 희망이 사라진 것은 아니라고 말하는 수밖에 달리 도리가 없었다. 물론 나는 이 말을 듣고 의기양양하게 펄쩍 뛰었다.

"당신은 이해 못해!" 나는 몇 달 동안 참아온 소리를 질렀고 그 말은 사실이었다. 그녀는 정말로 이해하지 못했다. 이렇게 일단 기회를 얻고, 대부분의 축구팬들이 신장 기증 카드처럼 비상시를 대비하여 갖고 다니는 이 말을 내뱉고 나면 상황 종료라는 것을 나는 잘 알고 있었다. 그녀에게 달리 무슨 방법이 남겠는가? 그녀는 나보다 훨씬 더 심술궂게 굴어보거나 그렇다는 시늉을 해볼 수 있다. 아니면 조용히 물러나 패배를 인정하고 축구로 인한 고통과 환희는 나만의 몫임도 인정하고서, 자신의 우울함은 내 우울함을 받쳐주는 데만 사용할 수도 있다. 그녀는 나보다 심술궂게 굴기에는 너무 상냥한 사람이기 때문에 후자를 선택했고, 나는 흐뭇한 마음으로 내가 이 집안에서 일등 아스널 팬이며, 아이가 태어났을 때 우리 시즌 입장권의 좌석에 앉을 궁둥이의 주인도 바로 나라고 주장할 수 있게 되었다. 물론 이렇게 치사하게 굴어야 하는 나 자신이 부끄러운 것은 사실이지만, 그래도 그 당시에는 정말 초조했단 말이다.

햄프스티드에서 토트넘으로

•••

토트넘 vs 아스널
1987. 3. 4.

이 책에 하이라이트가 있다면 바로 이 부분, 내가 햄프스티드에서 정신과 의사를 만난 다음 리틀우즈 컵 준결승전 재경기를 보기 위해 화이트 하트 레인으로 간 1987년 3월의 수요일 밤이다. 물론 처음부터 그럴 계획은 아니었다. 재경기가 결정되기 훨씬 전에 이미 의사와 예약이 되어 있었다. 하지만 왜 축구가 나를 좌지우지하고 내 머릿속에서 아스널과 내가 어떻게 뒤죽박죽이 되어 있는지 설명하는 글을 쓰고 있노라니, 이 두 가지 사건이 꼭 맞아떨어지는 것처럼 느껴진다.

내게 정신과 의사가 필요했던 이유를 설명하는 것보다는 아스널과 토트넘이 재경기를 해야 했던 이유를 설명하는 편이 훨씬 더 간단하므로, 그 이야기부터 시작하겠다. 두 차례 준결승전의 점수를 합하니 2-2가 되었다. 세 시간 반 동안 나온 네 개의 시시한 골로 그

두 경기가 얼마나 맥 빠지는 경기였는지 제대로 전달해줄 수는 없겠지만, 일요일 화이트 하트 레인에서 인저리 타임이 끝날 때까지도 토너먼트에서 밀려날 한 팀은 결정되지 않았다. 하이버리에서의 1차전에서 토트넘의 클라이브 앨런은 전반전에 그만의 독특한 골 세리머니를 보여주었는데, 공중으로 뛰어오른 다음 1미터 52센티미터 높이에서 그대로 털썩 바닥에 드러눕는 것이다. 이 세리머니는 내가 여태까지 보아온 것 중에 가장 기묘한 기쁨의 표현에 속하는 것이었다. 우리의 폴 데이비스는 15센티미터도 안 되는 아까운 차이로 골을 놓쳤으며, 호들은 멋지게 감아 찬 프리킥으로 골대를 맞추었고, 불쌍한 거스 시저(선수층이 빈약한 아스널 선수들은 엄청나게 혹사당했다)는 워들에게 무참히 농락당하다가 우리에게 남은 유일한 선수이자 1군에서 뛰어본 적이 한 번도 없는 마이클 토마스라는 젊은이와 교체되었다.

2차전에서도 초반에 앨런이 골을 넣었다. 토트넘이 1차전과의 합계 스코어 2 - 0으로 이기고 있는 상황에서 아스널은 굴하지 않고 계속 밀어붙여 루킥이 네 차례나 골키퍼와 일대일 상황을 만들었지만 모두 놓치고 말았다. 하프타임에 토트넘 아나운서는 토트넘 팬들에게 웸블리에서 열리는 결승전 입장권을 신청하는 방법을 알려주었는데, 가만히 앉아 있던 아스널 팬들은 그 지독한 오만함에 정신을 차리고(나중에 들은 이야기로는 탈의실에 있던 선수들도 확성기에서 들려오는 그 소리를 들었다고 한다) 선수들이 입장할 때 자신만만한 함성을 질렀다. 이렇게 격려를 받은 선수들은 용감하게 경기를 재개했다. 신문지상에서는 애덤스, 퀸, 헤이스, 토마스, 로캐슬이 워들, 호들, 아르딜레스, 고프, 앨런의 적수가 되지 못한다고 떠들어댔건만 먼저 비브 앤더슨이 지지부진하게, 이어서 니얼이 근사하게 골을 넣는 바람에 연장전까지 가게 되었다. 우리는 연장전 30분 동안에 이겨야 했다. 토트넘은 기진맥진한 상태였고, 아스널의 헤이스와 니콜라스는 역전골을 넣을 기회를 아슬아슬하게 놓쳐버렸다. 지난 두 경기를 치르는 동안 토트넘과 아스널 모두 경기 마지막 순간에 회심의 골로 승부를 결정짓는 스타일은 아님이 밝혀졌으므로, 재경기를 바라는 편이 상책이었다. 경기가 끝난 후 조지가 그라운드로 나와 동전을 던져 경기장을 결정했다. 그가 우리를 향해서 토트넘 구장의 진흙을 가리키며 자신이 졌음을 알렸을 때, 아스널 팬들은 다시 함성을 질렀다. 우리는 몇 주 동안 토트넘을 그들의 홈에서 두 번이나 이겼고(1월 초 리그 경기는 2-1로 끝났다) 하이버리에서는 무승부와 패배를 기록했기 때문이었다. 우리는 모두 수요일에 다시 모일 생각이었다.

이렇게 해서 재경기를 하게 된 것이다. 축구란 그렇게 단순명료하다. 우리가 리틀우즈 컵 준결승전에 진출하게 된 과정이 궁금하다면, 그것 역시 간단하게 설명할 수 있다. 우리는 하이버리에서 열린 8강전에서 포레스트를 이겼고, 그 전에 맨체스터 시티, 찰턴, 허더즈필드를 상대로 각각 2라운드씩 열리는 경기에서 이겼으며, 허더즈필드와의 경기 이전에는 아무것도 없었다. 강렬하고 깔끔하며 곧은 직선길로 이뤄진 컵 경기에 비해 인생은 뒤죽박죽에다 얼기설기 꼬부랑길이다. 나도 햄프스티드에 있는 낯선 정신과 의사의 진료실에 가게 된 과정을 아스널의 준결승전 진출 과정처럼 명료하게 그릴 수 있었으면 좋겠다.

최대한 상황을 정리해본다면 이렇다. 1986년 봄, 나는 대학을 졸업한 지 7년이나 되었는데도 원하는 일을 할 수 없다는 것, 그리고 보통 제삼자의 소개로 만나 잠시 시시하게 만나는 사람은 널렸지만 떠나간 그녀를 잃은 지 6년이나 지났는데도 지속적으로 건전한 관계를 유지하는 여자친구를 사귈 수 없다는 사실에 도저히 참을 수 없는 불만을 느끼게 되었다. 그리고 당시 융 심리치료사 교육을 받고 있던 랭귀지 스쿨의 교장과 많은 시간을 보내다 보니 그가 말하는 심리 치료의 효과에 관심을 두게 되었고, 어찌어찌 하다 보니까 일주일에 한 번씩 바운즈 그린으로 한 여성 심리치료사를 만나러 가게 되었다.

사실 나는 가고 싶지 않은 마음이 훨씬 더 컸다. 윌리 영이 심리 치료 같은 것을 받았을까? 아니면 피터 스토리나 토니 애덤스가? 하지만 나는 목요일마다 커다란 안락의자에 앉아 머리 위에 대롱거리는 인조 화분을 손가락으로 퉁기면서 가족과 직장, 만나는 사람들 그리고 종종 아스널에 대해서 이야기하게 되었다. 이렇게 인조 화분을 퉁기며 두세 달을 보내고 나니, 그때까지 우울증 증세가 퍼지는 것을 막고 있던 마개 같은 것이 날아가버렸고, 나는 이전 몇 년 동안 나 자신을 지탱해주었던, 어떻게든 되겠지 하던 낙관적인 마음가짐마저 잃어버렸다. 대부분의 사람들보다 운이 좋은 사람들을 괴롭히는 우울증이 대개 그러하듯이 나는 우울증에 걸렸다는 사실이 부끄럽게 느껴졌다. 그럴 만한 원인이 없는 것처럼 보였기 때문이다. 나는 마치 어딘가에서 탈선해나온 듯한 기분이었다.

어떤 상황에서 이런 일이 일어날 수 있는지 나는 전혀 몰랐다. 사실 애초에 궤도에서 탈선할 만한 요인이 있었는지도 알 수 없었다. 여자친구를 비롯해서 친구도 많았고, 일자리도 있었으며, 가까운 가족 모두와 정기적으로 만났고, 병에 걸린 것도 아니었으며, 거처도 있었다…… 나는 아직 궤도 위에 있었던 것이다. 그렇다면 탈선이란 정확히 무엇이었을까? 일자리나 연인이나 가족이 없는 사람들에게는 딱 부러지게 설명해줄 수 없지만, 나는 어쩐지 불운하며 저주받았다는 느낌이 들었다. 나는 불만으로 가득한 삶을 살 운명을 타고났다는 생각이 들었다. 뭔지는 몰라도 내가 지닌 재능은 영원히 인정받지 못할 것이고, 내가 전혀 손쓸 수 없는 상황 때문에 만나는 여자마다 헤어지게 될 거라는 확신이 들었다. 이 확신이 너무나 강했기 때문에 내게 자극제가 되어줄 일을 찾아보거나 행복해질 수 있는 사생활을 추구하여 상황을 개선하려고 해봤자 아무 소용도 없을 것만 같았다. 그래서 나는(나처럼 불행의 별 아래 태어난 사람은 아무리 노력해봤자 결국 끝없이 거절당하는 창피만 겪게 될 뿐이니까) 글쓰기를 그만두었고, 비참하고 기운 빠지는 삼각관계에 힘닿는 대로 자주 끼어들었으며, 이제 나도 삼십 대에 접어들었다는 끔찍한 공허함에 몸을 내맡겼다.

사실 이런 것은 내가 그다지 열렬한 마음으로 바랄 수 있는 미래가 아니었다. 이런 황량함을 가져온 것이 바로 그 심리 치료라는 생각이 들기는 했지만, 치료를 더 받아야 한다는 생각도 들었다. 나에게 마지막 남은 상식은 이런 문제가 세상 탓이 아니라 내 탓임을 깨닫게 했다. 그것은 실제적인 문제가 아니라 심리적인 문제이며, 나는 불행의 별 아래 태어난 것이 아니라 자기 파괴적인 정신병자이고, 말 그대로 무슨 생각이 머릿속에 들었는지 살펴봐야 한다는 생각이 들었던 것이다. 문제는 내가 빈털터리라서 바운즈 그린의 심리치료사를 더 이상 만나볼 수 없게 됐기 때문에 그녀는 나를 햄프스티드의 의사에게 보냈다. 그 의사는 내가 정말로 심각한 상태라는 걸 확인하면 다시 저렴한 값에 치료받을 수 있도록 의뢰해줄 수 있기 때문이었다. 그리하여 이 아스널 팬은 리틀우즈 컵 준결승전 재경기를 보러 가기에 앞서 정신과 의사를 만나 자신이 돌았다고 설득하게 된 것이다—전국에는 이 사건이 대단히 의미심장하다고 생각할, 아스널을 싫어하는 팬들이 많을 것이다. 나는 따로 아스널의 시즌 입장권을 보여주지 않고도 진료 의뢰서를 무사히 받을 수 있었다.

나는 햄프스티드에서 베이커 스트리트로, 베이커 스트리트에서 킹스 크로스로, 킹스 크로스에서 세븐 시스터스로 와서 버스를 타고 토트넘 하이 로드까지 갔다. 정신과 의사에게서 벗어나 축구 경기를 향해 나아가는 지점인 베이커 스트리트부터는 기분이 나아지고, 고립된 기분도 덜해지고, 목적의식이 생겼다. (비록 축구장에 도착할 무렵에는 다시 기분이 우울해졌지만, 그건 경기 전에 흔히 일어나는, 앞으로 겪게 될 감정적인 노동을 생각하니 속이 메슥거리고 팔다리에 힘이 빠지는 현상이었다.) 더 이상 내가 어디에서 출발하여 어디로 가고 있는지 스스로에게 설명하지 않아도 되었고 다시 현재의 흐름으로 돌아온 것이다. 그것이야말로 군집 본능 덕분이었다. 나는 관중들 틈에서 겪을 수밖에 없는 정체성의 상실에 반가운 마음뿐이었다. 그날 저녁, 내가 왜 경기 전 심리치료사를 찾아가게 되었는지 정확히 설명하거나 기억할 수 없을 거라는 생각이 들었고, 어떤 의미에서 축구는 삶을 비추는 데 썩 좋은 비유가 아니라는 생각도 들었다.

나는 아스널과 토트넘의 경기를 싫어하고, 특히 적대적인 분위기 속에서 아스널 팬들의 가장 좋지 않은 면이 드러나는 원정 경기를 싫어하기 때문에 이제는 토트넘으로 원정 응원 가는 것을 그만두었다. "네 마누라가 암으로 죽었으면 좋겠다, 로버츠!"라고 몇 년 전 내 뒤에 있던 남자가 소리쳤다. 그리고 1987년 9월, 타블로이드 신문에 사생활에 대한 추잡한 기사가 실린 데이비드 플릿이 토트넘 감독직을 사임하기 직전, 나를 둘러싼 수천 명의 사람들은 이렇게 외쳤다. "섹스 재판! 섹스 재판! **교수형에 처해라, 교수형에 처해라, 교수형에 처해라!**" 그러자 나는 이런 식의 오락을 즐기기에는 너무 섬세한 사람이라는 생각이 들었다. 우리 쪽에서는 섹스용품 가게에서 파는 풍선 인형을 신 나게 집어던졌고 충성스러운 아스널 팬들은 젖가슴 모양을 한 안경을 끼고 나왔는데, 그것은 섬세한 자유주의자가 마음 편히 경기를 관람하는 데 전혀 도움이 되지 않았다. 그리고 1989년에 토트넘이 4년 만에 처음으로 홈경기에서 우리를 이겼을 때, 경기 종료 휘슬이 울리고 나자 아스널 응원석 쪽에서는 아주 심란할 정도로 추한 광경이 벌어지면서 의자들이 부서졌다. 그것으로 나는 완전히 질려버렸다. 아스널에도 토트넘과 비슷한 수의 유태인 팬들이 있었건만, 그때 불러대던 반유태인 노래 가사는 추잡하고 용서받을 수 없는 것이었다. 지난 몇 년 동안 양쪽 팬들은 지긋지긋한 경쟁 관계였다.

그러나 컵 경기는 다르다. 토트넘을 미워하긴 미워하지만, 일부 이십 대와 삼십 대 팬들처럼 격렬한 증오심을 품고 있지 않은 원만한 시즌 입장권 소지자들 가운데 원정 경기를 보러 갈 의향이 있는 사람들이 많기 때문에 적대감은 좀 희석된다. 그리고 지난 20~30년 동안 줄곧 중위권을 지켜온 아스널과 토트넘에게 컵 경기 결과는 리그 경기보다 더 큰 의미를 지니며, 따라서 서로 으르렁거리는 데에도 뭔가 초점이 있다. 이상한 소리 같지만, 경기 자체에 의미가 생길 때 적이 누구냐는 중요하지 않게 된다.

어쨌든 나는 이날 밤에 나의 중산층 감수성이 과도하게 혼란을 겪는 일은 없으리라는 것을 알았다. 이날 관중석에는 섹스 재판을 부르짖거나 암에 걸리라는 소리를 질러 나를 괴롭히는 사람들은 없었다. 경기는 일요일과 마찬가지로 속도감 있게 펼쳐졌고, 이번 역시 전반전 내내 클라이브 앨런이 수비수가 없는 무인지경에서 골을 놓치는 광경밖에 보지 못한 것 같았다. 하지만 경기가 계속되는 동안 점점 더 아스널이 걱정되었다. 아스널은 매 경기 선수들의 평균연령이 낮아지고 있었다. (1차전에서 시저 대신 풀백으로 교체되어 나온 토마스는 90분 내내 미드필드에서 뛰었다.) 전반전은 0-0으로 끝났지만, 후반전이 시작되자마자 앨런에게 골을 먹었다. 그 직후 니콜라스가 들것에 실려 나갔고 구세주 역할을 할 재목이 못 되는 이언 앨린슨이 들어오자 경기는 끝난 셈이었다.

내 앞에서 무릎에는 담요를 덮고 수프를 담아온 보온병을 쩔렁거리던 중년 아저씨, 아줌마 들이 지정 좌석에 앉는 나이 많은 팬들이 빅 매치가 있는 밤에 종종 부르는 아일랜드 노래—노스 뱅크에서는 그 노래를 부르는 것을 한 번도 들어보지 못했다—를 부르기 시작했고, 가사('그러자 그는 일어나서 그 노래를 다시 불렀네/ 자꾸만 자꾸만 자꾸만 다시 불렀네')를 아는 사람들은 전부 합세했다. 그래서 경기 종료를 6,7분 남겨놓고, 비록 씁쓸하고 우울한 결과로 끝날지라도 이 경기를 조금은 기분 좋게 추억할 것이라는 생각이 들었다. 그런데 바로 그때, 믿을 수 없을 만큼 날쌔게 왼쪽으로 파고들던 앨런슨이 힘없는 슈팅으로 클레멘스를 완전히 속여넘긴 다음 골포스트 바로 안쪽으로 공을 슬그머니 차 넣자, 엄청난 환호성과 안도의 한숨이 터져나왔다. 그러자 일요일과 마찬가지로 토트넘의 조직력은 무너졌다. 그다음 2분 동안 헤이스는 백패스를 가로채어 골네트 측면을 향해 찼고, 토마스는 페널티에어리어 가장자리를 돌파하며 이리저리 뛰어다녔는데, 훗날 우리는 그 무사태평한 동작을 좋아하기도 하고 싫어하기도 했다. 토마스가 찬 슈팅은 골포스트 바로 옆으로 지나갔다. 비디오를 보면, 앤더슨이 스로인을 하러 가는 동안 아스널 팬들이 흥분해서 말 그대로 방방 뛰는 장면을 볼 수 있다. 게다가 경기는 아직 끝나지 않았다. 토트넘의 디지털시계가 90분에서 멈춰 있는 동안, 로키가 크로스 패스를 가슴으로 트래핑하더니 클레멘스를 지나 골문 안으로 넣어버린 것이다. 그와 동시에 주심은 종료 휘슬을 불었으며, 줄줄이 늘어서 있던 사람들은 사라지고 기쁨에 넋을 잃고 하나로 뭉친 덩어리로 바뀌었다.

평생 동안 서너 번 겪을까 말까 하는 경험이었다. 축구 때문에 기쁜 나머지 넋을 잃고 잠시 모든 것이 멍하게 변하는 순간. 뒤쪽의 어느 노인이 내 목을 조르더니 놔주지 않았던 것이 기억난다. 보통 때와 비슷한 수준으로 정신을 차려보니, 우리를 구경하면서 너무 놀라고 메스꺼워 움직이지 못하고 있는 토트넘 팬들 몇몇을 빼고는 모두 돌아가고 없었다. (하얗게 질린 그들의 얼굴이 떠오르지만, 우리는 충격으로 안색이 가신 것을 알아보기에는 너무 먼 곳에 있었으므로 내가 상상해낸 것이 아닐까 싶다.) 그리고 아스널 선수들은 그라운드에서 신 나게 뛰어다녔다. 아마 그들도 우리만큼이나 승리에 기뻤고, 또 놀랐을 것이다.

우리는 경기 종료 20분이 지나도록 경기장을 떠날 줄 모르다가 함성을 지르며 거리로 몰려나갔다. 피트와 나는 차를 몰고 돌아와 아스널 선술집에서 폐점 시간이 지나도록 대형 텔레비전으로 경기 하이라이트를 보았으며, 나는 또 엄청나게 많은 술을 마셨다.

그날 밤, 1980년대를 나와 함께 보낸 가장 극심했던 우울증은 짐을 싸서 떠나기 시작했고, 그 후 한 달 만에 나는 훨씬 나아졌다. 우울증이 치료된 원인이 좋은 여자와 사랑에 빠졌다거나 작가로서 조촐한 성공을 거두었다거나 '라이브 에이드'* 기간 동안 나는 축복받

* 1985년 밥 겔도트, 폴 매카트니, 필 콜린스 등 당대 최고의 가수들이 에티오피아 기아 돕기 기금 마련을 위해 참가했던 대규모 공연.

은 사람이며 살 가치가 있다는 초월적인 깨달음을 얻었다거나 하는, 뭔가 다른, 가치 있고 실제적이며 의미 있는 사건이었으면 하고 바라는 마음도 당연히 들었다. 아스널이 리틀우즈 컵에서 토트넘을 이겼기 때문에 10년 묵은 우울증이 나았다고 고백하자니 스스로도 부끄러웠고(FA컵 우승이었다면 조금 덜 부끄러웠겠지만 리틀우즈 컵이라니!) 왜 이런 현상이 일어났는지 가끔 생각해보았다. 물론 그날의 승리는 모든 아스널 팬들에게 큰 의미를 지녔다. 7년 동안 우리 팀은 준결승전에서 이기고 결승전에 진출한 적도 없었고, 영원한 몰락의 길을 걷고 있는 것 같았으니 말이다. 심지어 의학적인 설명도 가능하다. 종료 7분 전까지 전혀 가망 없는 상태로 한 점 뒤져 있던 토트넘과의 준결승전에서 마지막 순간 결승골이 나오면서, 아드레날린이 마구 솟아나와 두뇌나 다른 어딘가의 화학적 불균형을 고쳐준 것일지도 모른다.

그렇지만 나에게 설득력 있게 느껴지는 유일한 설명은, 그전까지 1년 넘게 그런 절망감을 느끼게 했던 슬럼프는 내 탓이 아니라 아스널 탓이었다는 것이다. 그래서 아스널이 승리하자 나도 덩달아 승리한 기분이 되었고, 그들 덕분에 긴 터널을 뚫고 나와 밝은 빛 한가운데 서게 된 것이다. 그날 밤 나는 불운하다는 생각을 그만둘 수 있었다. 어찌 보면 그 덕분에 나는 그들과 헤어질 수 있게 되었다. 나는 지금도 아스널의 가장 열성적인 팬 가운데 한 사람이고, 매번 홈경기를 빼놓지 않고 보러 가며, 예전과 똑같이 긴장과 환희와 우울함을 느끼고 있지만 이제 나는 그들이 나와는 다른 존재임을, 그들의 성패가 나의 성패와는 아무런 관계가 없음을 알고 있다. 그날 밤, 나는 아스널 사이코에서 벗어나 진정한 팬이 되는 법을 다시 배웠다. 여전히 별나고 여전히 위험할 정도로 강박증에 사로잡혀 있기는 하지만, 그래도 나는 팬일 뿐이다.

흔하디흔한 토요일

●●●

첼시 vs 아스널
1987. 3. 7.

토요일에 모두 파티가 연속되길 바라며 첼시와의 원정 경기를 보러 갔는데, 후속 파티가 열린 지 불과 15분 만에 어떤 일—헤이스의 실책이었던가 시저의 백패스였던가, 이제 정확히 기억나지 않는다—이 벌어짐과 동시에 몇 년 동안 토요일마다 들려왔던 불만과 짜증의 신음이 튀어나오기 시작했다. 축구팬들이란 보통 잔인할 정도로 무정한 것으로 악명 높다.

그러나 스탬퍼드 브리지는 눈물을 글썽거리며 애정을 표현하거나 너그럽게 용서해주는 일이 벌어질 만한 장소가 아니라는 말을 해두어야겠다. 첼시와의 원정 경기는 언제나 우울하다. 아스널이 1991년 챔피언십을 차지한 시즌에 유일하게 리그 경기에서 패배한 것이 바로 첼시와의 원정 경기였다는 것은 결코 우연이 아니다. 스탬퍼드 브리지는 그라운드 주위를 에워싼 트랙이 팬과 선수들을 갈라놓고 있는데, 이는 경기장 분위기에 큰 영향을 미친다. 양쪽 골대 뒤의 서포터 대부분이 완전히 탁 트인 곳에 자리 잡고 있어서(그래서 비가 오면 흠뻑 젖게 된다) 소음도 전혀 없다. 내 경험상 첼시 팬들의 폭력적인 행동과 추악한 인종차별은 지난 2년 동안 조금씩 줄어들었다고는 해도 그만한 이유가 있었다. 자리에 앉아서 혼자 개별 행동을 하다가 사람들 눈에 띄어 두들겨 맞느니, 일어서서 경찰의 조직적이고 철저한 보호를 받는 편이 더 안전하다는 것을 누구나 알고 있기 때문이다.

경기는 계속되었고 하늘은 어두워졌으며 아스널은 점점 더 헤매더니 결국 한 골을 내주었는데, 숙취에 해롱거리던 그들의 상태로 보아 한 골은 만회하기 아주 힘든 점수 차이였다. 무너져가는 거대한 관중석에 서서 발은 저리다 못해 얼어가는 와중에 첼시 팬들이 우리를 향해 퍼붓는 야유를 받고 있노라면 이런 생각이 든다. 경기는 지루하기 짝이 없고, 선수들은 제 기량을 발휘하지 못하며, 수요일에 느꼈던 감정은 토요일 경기가 시작한 지 20분도 되지 않아 모조리 사라질 것이고, 집에 있었거나 음반을 사러 나갔더라면 그 따뜻한 감정의 불씨를 일주일은 더 품고 있었을 것임을 가슴뿐만 아니라 머리로도 잘 알고 있으면서 도대체 여기에 왜 왔을까. 하지만 쌀쌀한 3월 오후 첼시에서 1-0으로 지는 이런 경기가 바로 다른 경기에 의미를 부여하는 것이며, 이런 경기를 너무나도 많이 봐왔기 때문에 우리는 6년, 7년, 10년 만에 한 번 나오는 승리를 진정한 기쁨으로 맞을 수 있는 것이다.

경기가 끝나자 아스널 팬들은 바로 얼마 전에 지나간 성과를 인정하여 선수들을 향해 말없는 감사를 보내긴 했지만, 이날의 경기는 한 편의 투쟁이자 사전 작업에 불과한, 정말 우울한 경기였다. 하지만 우리가 밖으로 나가기를 기다리고 있는 동안(첼시 원정 경기의 또 한 가지 특징인데, 바깥 거리에 위협적인 요소가 사라질 때까지 우리는 족히 30분은 경기장 안에 남아서 기다려야 한다) 그 지독한 상황이 더 심해졌기 때문에, 그것을 참아낸 것은 대단한 일이라는 기분이 든 우리는 스스로에게 무공훈장을 수여할 자격이라도 생긴 것 같았다.

두 가지 일이 일어났다. 우선 눈이 내리기 시작했다. 너무나 춥고 축축해서 이런 팬의 삶을 감내하는 스스로를 비웃어주고 싶은 심정이 되었다. 두 번째로는 한 남자가 땅을 다지는 롤러를 타고 나와 그라운드를 밀고 돌아다녔다. 그는 축구팀마다 전해 내려오는 전설 같은 이야기에 등장하는 성난 노인이 아니라 괴상한 스킨헤드 머리 모양을 한 덩치 큰 청년이었다. 그 역시 고용주들의 추종자들과 마찬가지로 아스널을 미워하는 것이 틀림없었다. 그 남자는 롤러를 타고 신이 나서 우리 쪽으로 다가오더니 정신병자 같은 미소를 지으며 가운뎃손가락을 치켜들었다. 그는 저쪽으로 갔다가 다시 우리에게 오면서 또 가운뎃손가락을 치켜드는 그 짓을 되풀이했다. 갔다가 돌아와서 손가락을 치켜들고, 다시 갔다가 돌아와서 또 손가락을 치켜들고. 그리고 우리는 차가운 콘크리트 위에 서서 머리 위로 눈을 맞으며 어둠과 추위 속에서 그가 하는 짓거리를 보고 있어야 했다. 정확하고도 철저하게, 본래의 우울한 상태로 복귀한 셈이었다.

황금기

●●●

아스널 vs 리버풀
1987. 4. 11.(웸블리)

그런가 하면 어떤 시절은 무조건 황금빛으로 물들어 있기도 하다. 이 무렵 나의 우울증은 완전히 사라졌다. 아팠던 자리가 어딘지만 알 수 있는 정도였는데, 식중독에 걸렸다가 회복하여 다시 음식을 먹을 수 있게 되었을 때 위 근육의 통증이 기분 좋게 느껴지는 것과 비슷했다. 엿새만 지나면 서른 번째 생일이었고, 나는 모든 것이 제대로 돌아가고 있다고 생각했다. 서른이란 강 끝에 있는 폭포 같은 것이었고, 거기에 도착할 때까지도 침체되어 있었더라면 나는 그 폭포 너머로 몸을 던져버렸을 것이다. 그렇게 되지 않았기에 기분이 좋았고, 아스널이 다시 웸블리에 돌아온 것도 기분 좋은 일이었다. 젊은 선수들과 새로운 감독이 함께 리틀우즈 컵을 딴 것, 그것은 메인 요리라고 하기보다는 상상을 초월할 정도로 맛있는 전채 요리처럼 느껴졌기 때문이었다. 내가 막 스물세 살이 되었을 때 아스널은 마지막으로 웸블리에서 열린 결승전에 진출했고, 그 이후의 7년이 그렇게 끔찍할 줄은 꿈에도 생각지 못했다. 그러나 이제 우리는 어둠을 벗어나 밝은 곳으로 나온 것이다.

정말 환했다. 눈부신 4월의 햇빛이 비치고 있었다. 겨울이 아무리 길더라도 그것이 지나고 봄이 올 때 드는 기분은 누구나 잘 알 테지만 축구장, 특히 웸블리처럼 그 기분을 잘 살려주는 곳은 없다. 관중석의 그늘에서 햇빛이 환히 비치는 파란 잔디밭을 내려다보고 있노라면, 이국적인 풍경을 배경으로 한 영화 속에 들어온 기분이 된다. 물론 경기장 바깥에도 햇빛이 비치고 있기는 하지만, 이런 기분은 직사각형 모양의 축구장 안에 햇빛이 가득할 때만 느낄 수 있는 기분이다.

그리하여 경기가 시작되기 전부터 이미 모든 것이 갖추어져 있었다. 우리의 상대는 리버풀이었기에(하지만 비어즐리와 반스가 영입되기 전이며, 그날 교체 선수로 뛴 달글리시의 전성기가 지난 이후라 리버풀의 전력은 다소 약해져 있었다) 패배를 예상할 수밖에 없었지만, 그래도 상관없다고 생각했다. 나와 아스널이 웸블리로 돌아온 것만으로도 충분하다는 확신이 생겼다. 그래서 크레이그 존스턴이 러시를 따돌리고 나서 잠시 움직임을 멈추고 숨을 고르더니 자신만만한 슈팅으로 우리 골키퍼 루킥의 왼손 너머로 멋지게 공을 차 넣는 광경을 보았을 때도 마음이 아프기는 했지만 놀라지는 않았다. 나는 그 골과 패배 때문에 도로 우울증에 빠지거나 봄을 맞아 새로 솟아난 의욕을 잃지 않으려고 마음을 단단히 먹었다.

그러나 전반전이 끝나기 전, 찰리가 골포스트를 맞추는 불길한 행동을 했지만 곧이어 동점골을 터뜨리며 리버풀의 페널티에어리어에 엄청난 혼란을 일으켰다. 양 팀이 모두 우아하고 솜씨 있게 의욕적인 플레이를 보여준 후반전, 우리 쪽 교체 선수로 가엾게도 늘 비난을 받아온 페리 그로브스가 길레스피를 가볍게 따돌리더니 크로스패스를 올렸고, 찰리가 받아 찬 공은 수비수 몸에 맞더니 방향을 제대로 읽지 못한 골키퍼 그로벨라를 가뿐하게 지나 골라인 안으로 굴러 들어갔다. 너무나 맥없는 광경이었고 공이 하도 천천히 굴러갔기 때문에 골라인을 완전히 넘을 수 있을까, 골라인을 넘어 주심이 골로 선언하기 전에 누가 걷어내지 않을까 걱정스러웠지만, 결국 공은 그물에 닿을 때까지 굴러갔다. 75만 파운드 가까이 되는 몸값에 셀틱에서 이적해온 니콜라스와 그 값의 15분의 1 정도의 몸값에 콜체스터 유나이티드에서 이적해온 그로브스는 함께 골대 뒤로 달려와 우리 앞에서 기쁨에 넘쳐 춤을 추었다. 그들은 자신들이 함께 춤을 출 거라고는 상상해본 적도 없었을 것이고, 그 후로도 그런 일은 없을 것이다. 하지만 둘은 다시는 반복할 수 없는, 솔직히 말해서 우연한 합작으로 101년간의 아스널 역사 속의 한순간을 장식하며 그 자리에서 하나가 되었다. 그리하여 아스널은 리틀우즈 컵을 차지하게 되었던 것이다. 그것이 최고의 트로피라고 할 수는 없지만, 피트와 나와 우리 모두가 이전 2년 동안은 감히 바랄 수도 없던 것이었다. 그것은 맹목적이고 고집불통인 서포터들에게 바치는 모종의 보답이었다.

팬이 된다는 것에 대해 내가 확실히 알고 있는 것 한 가지는 이것이다. 겉보기와는 반대로 팬이 된다는 것은 대리 만족이 아니며, 구경을 하느니 직접 축구를 하겠다는 사람들은 핵심을 제대로 파악하지 못한 것이다. 축구를 보는 것은 결코 수동적인 활동이 아니며, 실제로 뛰는 것과 마찬가지다. 물론 에어로빅의 차원에서 하는 이야기는 아니다. 경기를 보면서 담배를 뻑뻑 피워대고, 경기가 끝난 다음 술을 마시고, 집에 돌아가는 길에 칩을 먹는 일에는 그라운드를 뛰어다니는 운동 효과가 없기 때문이다. 그러나 승리했을 때 느끼는 만족감은 그라운드의 선수들로부터 뿜어져나와서 창백하고 지친 표정으로 응원석 구석에 서 있는 우리 같은 사람들에게 희석되어 전달되는 것이 아니다. 우리가 느끼는 기쁨은 선수들이 느끼는 기쁨에서 뭔가 함량이 빠진 것이 아니다. 비록 골을 넣고 웸블리의 계단을 올라 다이애나 황태자비를 만나는 것은 그들이지만 말이다. 이럴 때 우리가 느끼는 기쁨은 남의 행운을 축하해주는 것이 아니라 우리의 행운을 자축하는 것이다. 재난에 가까운 패배를 겪고 났을 때 우리를 집어삼키는 슬픔은 실은 자기 연민이며, 축구가 소비되는 방식을 알고 싶은 사람이라면 무엇보다도 이 사실을 깨달아야 할 것이다. 선수들은 우리의 대리인이다. 우리 손으로 뽑은 것이 아니라 감독이 선택한 이들이기는 하지만, 그래도 역시 우리의 대리인이며 자세히 쳐다보면 그들을 조립하는 작은 막대기와 우리가 그들을 움직일 수 있도록 해주는 핸들이 옆구리에 붙어 있는 것이 보일 것이다. 팀이 나의 일부이듯이 나도 팀의 일부다. 팀이 나를 이용해먹고 내 의견을 무시하며 나를 종종 싸구려 취급하는 것을 잘 알고 하는 말이니, 팀과 팬 사이의 유기적 연관 관계에 대한 나의 이런 느낌은 얼간이처럼 프로 축구를 감상적으로 오해한 데서 나온 것이 아니다. 이 웸블리에서의 승리는 찰리 니콜라스나 조지 그레이엄의 몫인 만큼 내 몫이기도 했고(그다음 시즌 초, 그레이엄이 선발에서 제외시키고 나서 팔아버린 니콜라스도 그날 오후를 나만큼 흐뭇한 마음으로 기억하고 있을까?) 나 역시 그들만큼 열심히 싸웠다. 나와 그들 사이의 유일한 차이점은 내가 그들보다 더 많은 시간과 더 많은 햇수를 투자했으며, 그래서 그날 오후의 의미를 더 잘 이해했고, 지금까지도 그날을 떠올릴 때마다 햇살 가득한 화창한 날씨를 더 달콤하게 기억한다는 것이다.

바나나

•••

아스널 vs 리버풀
1987. 8. 15.

내 여자친구는 키가 작아서 입석에서 축구를 보게 되면 불리하기 때문에 그날 오후 시즌 개막전을 보기 위해 나는 시즌 입장권을 남에게 빌려주고 웨스트 스탠드 맨 위쪽 좌석표를 샀다. 이날 경기는 스미스의 아스널 데뷔전이자 반스와 비어즐리의 리버풀 데뷔전이었고, 뜨거운 날씨에 하이버리는 달아오르고 있었다.

우리는 클락 엔드 쪽 페널티에어리어를 내려다보는 자리에 앉아 있어서 올드리지의 첫 골 이후 데이비스가 다이빙 헤더로 동점골을 넣는 광경과, 마지막 순간 리버풀에게 승리를 안겨준 니콜의 25야드짜리 헤더까지 완벽하게 볼 수 있었다. 그리고 우리 아래쪽과 오른쪽에 있던 리버풀 팬들의 희한한 행동도 너무나 분명하게 보였다.

데이브 힐은 반스 선수와 리버풀 내부의 인종 문제에 관한 《그의 피부색》이라는 책을 썼는데, 이 첫 경기에 대해서는 짤막하게 언급할 뿐이다. ("리버풀의 원정 서포터들은 기쁜 마음으로 돌아갔고, 감독이 여름 동안 사들인 선수들에 대한 의심은 이미 수그러들고 있었다.") 그는 몇 주 뒤 앤필드에서 열린 에버턴과의 리틀우즈 컵 경기에 더 큰 관심을 보이는데, 그 경기에서 원정 서포터들은 "니거풀*! 니거풀!" "에버턴은 하얗다!"라고 외쳐댔다. (이상한 일이지만 에버턴은 지금까지도 흑인 선수를 영입하지 않고 있다.)

그러나 데이브 힐은 반스의 첫 경기에서도 원하는 정보를 충분히 찾아낼 수 있었다. 킥오프 전에 선수들이 몸을 풀고 있을 때 원정 서포터 구역에서 바나나를 던져대는 광경을 분명히 볼 수 있었기 때문이다. 관중석에서 오가는 은어를 잘 모르는 독자를 위해 설명하자면, 바나나는 그라운드에 원숭이가 있음을 알리기 위한 것이었다. 우리한테도 1900년대 초부터 늘 한 명 이상의 흑인 선수가 있었으나, 전에는 리버풀 팬들이 아스널과의 경기에 바나나를 가져온 적이 한 번도 없었다는 사실에 미루어, 그들이 원숭이라고 부른 선수는 바로 자기네 선수 존 반스였다고 추측할 수밖에 없다.

존 반스라는 아름답고 우아한 청년이 축구를 하거나 인터뷰를 하거나 혹은 그저 그라운드로 걸어나오는 장면을 본 사람들이라면, 이 시끄럽고 뚱뚱한 오랑우탄들이 바나나를 던지고 원숭이 울음소리를 내는 것이 얼마나 말도 안 되는 일인지 알 수 있을 것이다. (인종차별주의자 가운데에도 매력적이고, 말 잘하고, 우아한 사람들이 있을 수 있겠지

* 리버풀에 흑인을 경멸하여 일컫는 '니거'를 붙인 말.

만, 그런 사람들은 결코 축구 경기를 보러 오지 않는다.) 어쩌면 바나나는 흑인에 대한 증오를 표현하기 위한 것이 아니라 엽기적인 환영 인사로 가져온 것이었을지도 모른다. 재치 넘치는 것으로 유명한 이 리버풀 팬들은 바나나를 던져야만 반스가 환영으로 받아들인다고 생각해서 토트넘 팬들이 1978년 아르딜레스와 빌라에게 아르헨티나 색종이 테이프를 뿌려준 것처럼 환영해주고 싶었던 것일지도 모른다. (후자 쪽 이론은 신빙성이 없지만, 자기 팀에 세계 최고의 선수 가운데 한 명이 영입되었다는 사실에 그토록 많은 팬들이 지독하게 화를 냈다는 사실보다는 믿기 쉽다.) 그러나 그것이 아무리 말도 안 되는 상황이며 리버풀 팬들의 의도가 무엇인지는 모른다 해도, 정말 혐오스럽고 메스꺼운 광경임에는 틀림없었다.

아스널에는 이런 종류의 지저분한 문제는 없지만 다른 종류의 문제가 있는데, 특히 반유태인 감정이 심하다. 관중석에는 흑인 팬들이 여럿 눈에 띄고, 우리 팀의 최고 선수들—로캐슬, 캠벨, 라이트—도 흑인이며 큰 인기를 얻고 있다. 물론 아직도 가끔 상대 팀의 흑인 선수들에게 야유를 보내는 멍청이들이 있기는 하다. (언젠가 나는 맨체스터 유나이티드의 폴 인스 선수에게 원숭이 소리를 내는 아스널 팬을 째려보려고 돌아본 적이 있는데, 알고 보니 그는 맹인이었다. 맹인 인종차별주의자라니!) 때때로 상대 팀의 흑인 선수가 파울을 하거나, 좋은 기회를 놓치거나, 놓치지 않거나, 주심과 말다툼을 벌이면, 진보주의자는 불길한 예감을 느끼고 떨게 된다. "제발 아무도, 아무 말도 하지 말아줘." 라는 혼잣말이 나온다. "제발 나를 위해서 좋은 분위기를 망치지 말아줘." ('나를 위해서'임에 주목하라. 사악한 파시스트 돌격대 바로 아래서 경기를 해야 하는 불쌍한 친구를 위해서가 아니다. 현대의 자유사상가가 지닌 관대한 자기 연민이란 바로 이런 것이다.) 그러나 어느 네안데르탈인이 일어나서 인스나 윌리스, 반스나 워커에게 손가락질을 하고 우리는 숨을 멈춘다…… 그리고 그가 그 선수에게 좆 같은 놈이라거나 변태라거나 뭔가 음란한 욕지거리를 하면, 우리 아스널 팬들은 역시 대도시에 사는 세련된 사람들이라는 엉터리 자부심을 느끼게 된다. 왜냐하면 문제의 명사가 빠졌기 때문이다. 머지사이드나 웨스트 컨트리나 노스이스트 등 다인종 사회가 아닌 곳에서 경기를 보고 있었다면 틀림없이 문제의 명사가 붙었을 것이기 때문이다. 사실 한 사람이 다른 사람을 '좆 같은 검둥이 놈'이 아니라 '좆 같은 놈'이라고 부른다고 해서 고마워할 일은 전혀 아니지만 말이다.

일부 축구장 안에서 으레 일어나는 흑인 선수에 대한 야유가 싫다고 말하는 것만으로는 불충분하며, 조금이라도 근성이 있다면 (a)가장 심한 사람들에게 맞서 싸우거나 (b)경기 관람을 그만두어야 할 것이다. 맹인 인종차별주의자에게 항의하기 전에 나는 미친 듯이 계산을 하고 있었다—그가 얼마나 힘이 셀까? 그의 친구들은 얼마나 힘이 셀까? 내 친구들은 얼마나 힘이 셀까?—그러다 그가 징징거리는 소리를 듣고는 내가 두들겨 맞지는 않을 거라는 결론을 내리고서 (a)방식으로 행동에 옮겼지만 이것은 매우 드문 일이었다. 나는 대개의 경우, 이 사람들도 지하철에서 담배를 피우는 사람들과 마찬가지로 자신이 나쁜 짓을 하고 있다는 것을 알고 있으며, 그들의 욕설은 흑인이건 백인이건 그런 행동을 꾸짖고자 하는 사람들을 겁주기 위한 것이라고 생각하게 된다. 그리고 (b)경기 관람을 그만두는 것은…… 축구장은 인종차별주의자들만을 위한 곳이 아니라 모두를 위한 곳이며, 상식 있는 사람들이 축구장에 가지 않는다면 축구 경기는 곤란을 겪게 될 것이라고 말해둘 수밖에 없다. 마음 한구석으로는 나도 경기장에 가지 말아야 한다고 생각한다. (리즈 팬들은 훌륭한 조치를 취하여 그라운드의 지저분한 분위기를 쇄신해냈다.) 하지만 또 한구석으로는 나의 강박증이 너무 심하기 때문에 축구장에 가지 않고는 도저히 배겨낼 수 없음을 알고 있다.

나도 다른 팬들이 바라는 것을 똑같이 바라고 있다. 축구 해설자들이 지금보다 더 큰 분노를 표현해주기를 바란다. 아스널이 영원히 협박만 하고 앉아 있을 것이 아니라 정말로 가스실로 유태인들을 보낸 히틀러에 대한 노래를 부르는 팬들을 내쫓아주었으면 좋겠다. 흑인이든 백인이든, 모든 선수들이 좀 더 적극적으로 혐오감을 표해주었으면 좋겠다. (만약 에버턴의 골키퍼 네빌 사우솔이 자기 팬들이 그런 추한 소리를 낼 때마다 그라운드에서 걸어나가버린다면, 문제는 하룻밤 만에 해결될 것이다. 하지만 그렇게 하지 않는 것이 문제다.) 그러나 무엇보다도 바라는 것은, 내가 덩치가 크고 거친 사람이어서 내가 느끼는 대로 분노를 폭발시키며 주위에서 벌어지는 일을 내 손으로 해결할 수 있었으면 좋겠다.

케닐워스 로드의 왕

●●●

루턴 vs 아스널
1987. 8. 31.

축구팬이 아닌 친구들과 가족들은 나보다 더 증세가 심각한 사람을 본 적이 없다고 말한다. 사실 그들은 내가 속수무책의 강박증 환자라고 확신하고 있다. 그러나 나의 충성도—홈경기 전부, 원정 경기 몇 번, 시즌마다 2군 경기나 청소년 팀 경기 한두 번—가 부족하다고 생각할 사람들도 많다. 루턴의 원정 팬 입장 금지 기간 동안 나와 남동생을 자기 손님으로 데려가 아스널의 루턴 원정 경기를 보게 해주었던 루턴의 열혈 팬 닐 카스 같은 사람은, 망설임이나 의심의 흔적 같은 것이 전혀 없는 강박증 환자다. 그들 옆에 서면 나는 심약한 딜레탕트처럼 느껴질 뿐이다.

닐 카스에 대해 알게 된 여덟 가지는 다음과 같다.

(1) 그는 수요일 밤 플리머스까지 원정 경기를 보러 가는 데 아주 당연하게 소중한 휴가 하루를 써버린다. (그는 위건과 던캐스터까지 갔

고, 그곳 말고도 어디든지 갔다. 심지어 하틀풀에서 있었던 주중 경기를 보고 돌아오는 길에 버스가 고장나 버스 안에서 〈폴리스 아카데미 3〉를 일곱 번 본 적도 있었다.)

(2) 내가 그를 처음 만났을 때 그는 막 키부츠에서 일하다 돌아온 참이었는데, 좀 더 친해지고 나서 그가 한동안 루턴과 떨어져 지낼 수 있었던 이유를 듣고 깜짝 놀랐다. 그의 설명에 따르면, 키부츠에 갔던 것은 루턴 팬들이 밀턴 케인스로 연고지를 옮기는 것에 반대하는 뜻으로 홈경기의 관전을 전부 거부할 계획이었기 때문이었다고 한다. 닐은 그 관전 거부 운동에 성실하게 동참하고 싶기는 했지만, 먼 나라로 떠나지 않는다면 그 뜻을 관철해낼 수 없을 것임을 깨닫고 키부츠에 갔다고 한다.

(3) 여기에 다 설명하기에는 너무 복잡하고 희한한 사건들이 벌어진 다음, 그는 구단 임원석에서 퀸스파크 레인저스와의 경기를 보게 되었고, 데이비드 에반스와 그 외 루턴 임원 일동에게 '루턴 타운 의회의 차기 위원장'이라고 소개된 경험이 있다.

(4) 그는 늘 선수 입장 터널 근처에 자리를 잡고 앉아서 루턴의 홈구장인 케닐워스 로드의 잔디밭을 밟을 자격이 없다고 생각하는 선수에게 신랄한 욕설을 집요하게 퍼부어, 결국 마이크 뉴웰과 다른 여러 선수들을 쫓아낸 전력이 있다.

(5) 《인디펜던트》지의 한 기사에서는, 루턴의 메인 스탠드에 앉아 있는 시끄러운 떠버리를 언급하면서 그 떠버리 때문에 근처에 앉아 있는 사람들은 경기를 즐기지 못한다고 했다. 닐과 함께 경기를 본

경험이 있는 나로서는 유감스럽게도 닐이 바로 그 떠버리라고 결론을 내릴 수밖에 없었다.

(6) 그는 루턴 구단에서 팬과 감독, 이사들이 대화를 나누도록 마련한 시간에 꼬박꼬박 참석해왔는데, 최근 사람들이 자신에게 질문할 기회를 주지 않는 것이 아닌가 하고 의심하기 시작했다. 그는 이에 어리둥절해하고 있었지만, 내가 알기로 그가 한 질문 가운데 몇 가지는 사실 질문이 아니라 감독과 이사들이 팀에 어울리지 않고 무능하다는 비방이었다.

(7) 그는 루턴 의회에 래디 앤틱을 기리는 동상을 세워달라는 편지를 보냈다. 래디 앤틱은 맨체스터 시티와의 경기에서 마지막 순간에 골을 넣어 루턴이 2부 리그로 강등되는 것을 막아준 선수였다.

(8) 바로 몇 시간 전 토요일 경기를 보러 전국 어디라도 달려갔다 와서, 그는 마카비 리그의 부시 'B'팀(이 팀은 골키퍼의 개가 골라인에 서서 슈팅을 방해한 탓에 승점 2점을 박탈당한 불운을 겪었다)에서 선수로 뛴다. 하지만 그는 최근 감독과 주심에게 대들다가 징계를 받아 이 글을 쓰고 있는 현재는 출전 금지 상태다.

이런 장황한 설명은 닐의 일면을 알려주기는 하지만, 모든 면을 알려주지는 못한다. 그는 자신의 유별난 성격에 대해 유쾌하고 아이러니한 시각을 갖고 있으며, 자기 남동생쯤 되는 사람을 놓고 말하듯이 자신에 대해서 이야기한다. 케닐워스 로드를 나서기만 하면 그는 매력적이며, 사려 깊고, 적어도 낯선 이들에게는 정말로 예의 바른 사람이다. 토요일마다 그가 폭발시키는 분노는 오로지 루턴에 의해서만 생겨나는 것이다.

루턴은 명문 구단이 아니고 팬도 많지 않다. 그들의 홈 관중은 아스널의 3분의 1이나 4분의 1 정도다. 그와 함께 본 이 경기에서 기억에 남는 것은 데이비스가 선제골을 넣은 다음 시시하게 1-1 무승부로 끝난 경기 내용이 아니라, 자기가 좋아서 팀을 떠맡은 사람에게서 발산되는 주인 의식이었다. 우리가 좌석으로 걸어가는 동안 지켜본 바로는, 닐은 관중 세 명 중 한 명과 안면이 있는 것 같았고 그중 절반과 발걸음을 멈추고 이야기를 나누었다. 그리고 원정 경기를 보러 갈 때면 닐은 침략군 속에 묻힌 일개 병사로서 가는 것이 아니라, 너덜너덜 지친 200명 남짓한 사람들 가운데 단연 눈에 띄는 한 사람으로서 가는 것이다. 물론 경기 일정이 좋지 않을 때는 그보다 훨씬 더 적은 수가 움직이기도 한다.

그러나 이런 사실들 역시 그를 매료시키는 것들이다. 그는 루턴의 주인이며 케닐워스 로드의 왕인 것이다. 그러니 그의 친구들은 어느 토요일 오후 라디오나 텔레비전 또는 다른 경기장의 확성기에서 루턴이 득점했다는 소식을 접하게 되면, 곧바로 '닐 카스'를 떠올린다. 닐 카스 0 리버풀 2, 닐 카스가 마지막 순간에 나온 골로 강등당할 위기에서 벗어나다, 닐 카스가 리틀우즈 컵을 따다……

비록 닐과 루턴이 서로를 정의하는 것처럼 나와 아스널이 서로를 정의한다고 주장할 수는 없지만, 이런 것 역시 축구가 나에게 주는 매력이다. 이런 매력은 여러 해 동안 서서히 깨닫게 되었지만, 그럼에도 불구하고 매우 강력하다. 나는 사람들이 규칙적으로 나를 기억해준다고 생각하면 기분이 좋다.

정말로 그렇다. 1989년 5월 26일에는 밤 늦게까지 흥청망청 퍼마시고 놀다가 아파트로 돌아오니, 영국과 유럽 전역의 친구들에게서 열네댓 통의 전화 메시지가 도착해 있었다. 그 가운데 몇 명은 몇 달 동안 한 번도 통화한 적이 없는 친구들이었다. 아스널이 대패하거나 승리한 다음 날이면, 심지어 축구를 좋아하지 않는 친구들조차도 종종 전화를 걸어온다. 그들은 신문을 보거나 스포츠 기사를 무심코 보다가 나를 떠올리고 연락한 것이다. (증거 한 가지: 방금 아래층에 내려가서 우편함을 보니 몇 주 전 시시한 일로 도움을 준 친구 하나가 고맙다는 엽서를 보내왔는데, 한참 만에 처음 보내온 소식이다. 처음에는 문제의 사건이 한참 지난 지금 고맙다고 하는 이유—고맙다는 인사를 받을 만한 일이라고 생각지도 않았다—가 의아했는데, 맨 끝에 붙은 "아스널이 진 건 유감이야."라는 추신을 보고 그에 대한 답을 알 수 있었다.)

누군가에게 하던 생각을 멈추게 하고 내 생각을 하게 만드는 계기는 무엇이든 될 수 있지만—미키 루크나 미니 양배추나 워런 스트리트 지하철역이나 치통 등등 사람들이 우리를 연상하도록 만드는 계기는 수없이 많으며, 제각기 남모르는 사연이 있게 마련이다—언제 그런 계기와 마주치게 될는지는 알 수 없는 법이다. 이는 예측할 수도 없고 무작위로 벌어지는 사건이다. 하지만 축구의 경우에는 이런 무작위성이 전혀 없다. 1989년 아스널이 리그 우승을 했을 때, 또 1992년 FA컵에서 렉섬에게 지는 재난이 벌어졌을 때, 수십 명, 어쩌면 수백 명의 사람들이 나 같은 강박증 환자들을 떠올렸을 것이다. 그리고 나는 그것이 좋다. 옛날 여자친구들, 그 외에도 연락을 끊었고 아마도 다시는 만나지 못할 사람들이 텔레비전 앞에 앉아서 잠시나마 그러나 동시에 닉이나 나를 추억하며 그로 인해 행복해하거나 슬퍼한다는 사실이 너무나도 좋다. 그런 기회는 아무나 얻는 것이 아니다. 우리 말고는.

발목 부상

●●●

아스널 vs 윔블던
1987. 9. 19.

어찌 된 일이었는지는 기억나지 않는다. 아마도 공을 밟았거나 그 비슷한 바보짓을 했을 것이다. 그리고 그 자리에서는 그 사태의 의미를 깨닫지 못했다. 파이브 어 사이드* 코트에서 다리를 절며 걸어나올 때는 발목이 너무나 아프고 미친 듯이 부어오른다는 사실밖에 몰랐다. 하지만 룸메이트의 차를 타고 집으로 돌아오면서 나는 당황하기 시작했다. 그때가 1시 15분 전이었고 나는 걸을 수가 없었는데, 3시까지 하이버리에 가야 했기 때문이다.

집에 와서 발목에다 얼린 강낭콩 주머니를 올려놓은 채 나는 어떻게 하면 좋을지 곰곰이 생각했다. 룸메이트와 그의 여자친구와 내 여자친구는 내가 꼼짝도 못하는 처지에다 통증이 심하니 집에 앉아서

* 한 팀이 다섯 명으로 이루어진 실내 축구 경기.

라디오를 들어야 한다고 했지만, 분명 그건 있을 수 없는 일이었다. 일단 어떻게든 경기를 보러 가야겠다고 마음먹자, 택시도 있고 웨스트 스탠드 좌석도 있고 필요하면 기댈 친구의 어깨도 있다는 사실이 떠올랐으며, 그 모든 수단을 어떻게 조달할지 침착하게 생각할 수 있게 되었다.

그다지 힘들 게 없었다. 우리는 핀즈베리 파크 역 대신 아스널 역으로 가는 지하철을 탔고, 노스 뱅크의 지붕 아래서 경기를 보던 여느 때와는 달리, 지붕 없는 자리에서 경기를 보았다. 비록 한 골도 나오지 않은 후반전 내내 비가 억수같이 퍼부었지만 말이다. 지붕 없는 곳에 자리를 잡은 건 내가 노스 뱅크에서 방벽에 몸을 기대고 서 있다가 아스널이 득점했을 때 쓰러지는 사태를 방지하기 위해서였다. 하지만 그래도 마찬가지였다. 뼛속까지 젖고(게다가 남들까지 나와 함께 비 맞은 생쥐 꼴이 되어야 한다고 고집을 부리고) 발목이 아파 부들부들 떨고 경기장까지 오가는 시간이 세 배나 걸렸어도, 그리 비싼 값을 치른 것 같지는 않았다. 라디오나 들으면서 구겨져 있는 모습을 생각해 보면 말이다.

매치 데이

●●●

코벤트리 vs 아스널
1987. 12. 13.

아마 일요일 오후 3시에 시작한 경기로 기억하는데, 피트와 나는 정오쯤 출발하여 킥오프 시간에 꼭 맞춰 코번트리 경기장에 도착했다. 날씨는 매섭게 추웠고, 경기는 이루 말할 수 없이 지지부진한 0-0 무승부였다…… 게다가 그 경기는 텔레비전으로 생중계되었으니, 우리는 집에서 볼 수도 있었다. 나의 자기분석 능력은 여기서 완전히 멈춘다. 나는 왜 축구장에 갔는지 모른다. 그냥 간 것이다.

1983년까지는 텔레비전으로 리그 경기 생중계를 잘 볼 수 없었고, 나와 같은 세대에 속하는 사람은 모두 비슷한 처지였다. 내가 어렸을 적에는 텔레비전에서 축구 경기를 생중계해준 적이 별로 없었다. 토요일 밤에 한 시간, 일요일 오후에 한 시간, 잉글랜드의 프로 팀이 유러피언 컵 경기에 진출하게 될 경우 주중에 한 시간 정도뿐이었다.

90분의 전 경기를 볼 수 있는 기회는 매우 드물었다. 이따금 잉글랜드 대표팀의 경기가 생중계되었다. 그리고 FA컵 결승전과 유러피언컵 결승전 정도가 생중계되었고…… 보통 리그 경기를 생중계한 적은 많아야 두세 번뿐이었다.

분명 말도 안 되는 일이었다. 컵 준결승전이나 리그 우승팀을 가리는 경기조차도 생중계해주지 않다니. 때때로 하이라이트마저도 방송해주지 못할 때가 있었다. (리버풀이 1976년 퀸스파크 레인저스의 리그 우승을 가로막았을 때 우리는 뉴스에서 골인 장면을 봤을 뿐이다. 아무도 제대로 이해하지 못한, 텔레비전 보도에 관한 해괴한 법률 때문이다.) 그러니 위성 기술과 컬러텔레비전, 24인치 모니터가 나왔는데도 우리는 트랜지스터라디오에 귀를 갖다 대고 앉아 있어야 했다. 하지만 구단들은 이내 큰 돈을 벌어들일 수 있는 방법을 깨달았고, 방송국에서는 그 돈을 기꺼이 지불했다. 그 후 축구협회의 행동은 도저히 이해할 수 없다. 축구협회는 누구나 원하는 대로 하게 내버려둔 것이다. 경기 시작 시간을 바꾸고, 경기 날짜를 바꾸고, 팀을 바꾸고, 셔츠를 바꾸고, 뭐든지 멋대로 바꿨다. 한편 팬들은, 역시 돈을 지불했는데도 만만한 얼간이 취급을 당했다. 입장권에 적힌 날짜는 아무 의미도 없었다. ITV나 BBC가 자기들에게 편리한 시간으로 멋대로 경기 날짜를 바꿔버리는 것이다. 1991년 선더랜드와의 중요한 경기를 보러 가려고 했던 아스널 팬들은 방송국 측의 약간의 간섭으로 인해(경기 시작이 3시에서 5시로 바뀌었다) 경기가 끝나면 런던행 열차가 끊겨버린다는 사실을 알게 되었다. 하지만 무슨 상관이랴? 보잘것없는 우리 문제일 뿐인데.

내가 텔레비전 중계방송을 해주는 아스널의 홈경기를 계속 보러 가는 것은 이미 시즌 입장권을 샀기 때문이다. 하지만 집에 앉아서 경기를 볼 수 있다면, 코번트리나 선더랜드나 그 밖의 다른 원정 경기들을 보러 가지 않을 것이며, 다른 많은 사람들도 그럴 것이라고 생각한다. 텔레비전은 언젠가 우리가 사라졌음을 알게 될 것이다. 텔레비전 중계가 사람들을 많이 끌어 모을 수 있을지는 몰라도, 아무도 축구를 직접 보러 가지는 않게 될 테니 경기 분위기는 조성되지 않을 것이다. 그리고 정말 그렇게 되면, 감독과 구단주들은 프로그램에다 우리가 변덕스러워서 서운하다고 떠들어대는 칼럼을 쓰지나 말았으면 좋겠다.

사과할 필요는 없다

●●●

아스널 vs 에버턴
1988. 2. 24.

이 책을 쓰면서 무척 많은 사과를 했음은 나도 알고 있다. 축구는 나에게 너무나도 큰 의미를 갖게 되었고, 너무나도 많은 것을 대변하게 되었으며, 나는 너무 많은 경기를 보았고, 너무 많은 돈을 썼고, 다른 일 때문에 짜증이 나면 아스널에 대해 짜증을 냈고, 친구들과 가족에게 너무 많은 인내심을 요구해왔다고 생각한다. 그러나 이따금은 경기를 보러 가는 것이 내가 생각할 수 있는 가장 효과적이고 보람 있는 레저처럼 느껴질 때가 있는데, 아스널과 에버턴의 리틀우즈 컵 준결승 2차전 역시 그런 경우였다.

그 나흘 전에 또 한 번의 빅 매치가 있었다. 맨체스터 유나이티드와의 FA컵 경기였다. 이 경기에서 맨체스터 유나이티드의 브라이언 맥클레어가 페널티킥을 실축하여 열광하는 노스 뱅크 팬들에게로 공을 날려버린 후, 아스널은 2-1로 이겼다. (나이젤 윈터번은 맥클레어가 실축한 후 불쾌할 정도로 집요하게 하프라인까지 그를 쫓아다녔는데, 아스널이 창피스러울 정도로 예의가 없다는 사실을 처음으로 암시해준 사건이었다.)

그리하여 토요일 맨체스터 전에 5만3천, 수요일인 이날 에버턴 전에 5만1천 명의 엄청난 관중이 모인 대단한 한 주였다.

우리는 이날 밤 에버턴을 3-1로 이겼고 1,2차전의 점수 합계가 4-1이 되어 가뿐하게 결승에 진출했다. 이는 상당히 오랜 시간을 기다린 끝에 나온 결과였다. 전반 종료 4분 전에 로캐슬이 에버턴의 오프사이드 트랩을 뚫고 사우솔을 제친 다음, 완전히 텅 빈 골문 앞에서 홈런을 날려버렸다. 그리고 3분 후 헤이스도 에버턴의 수비진을 돌파해냈는데, 이번에는 사우솔이 골라인 코앞에서 그를 잡아당겨 쓰러뜨렸다. 헤이스가 직접 페널티킥을 찼지만 맥클레어와 마찬가지로 골대 너머로 넘겨버렸다. 관중들은 불안과 염려에 휩싸였다. 주위를 돌아보면 침울한 표정들이 가득했으며(특히 극적인 사건 이후) 그라운드에 퍼지는 속삭임은 하프타임 내내 계속되었다. 할 이야기가 너무 많았기 때문이다. 그러나 후반전이 시작되면서 토마스가 사우솔을 제치고 마침내 골을 터뜨렸으며, 우리는 안도의 한숨을 내쉬었다. 그 골을 맞는 환호성에는 특별한 울림이 섞여 있었다. 원정팀 서포터를 제외한 경기장에 모인 모든 사람들, 심지어 맨 꼭대기의 15파운드짜리 귀빈석에 앉은 사람들조차도 있는 힘껏 탄성을 질러댔기 때문이다. 그리고 곧 히스가 동점골을 넣었지만, 로키가 전반전에서 저지른 실책을 만회하고 스미스가 또 한 골을 추가했다. 하이버리에 모인 모든 사람들은 통쾌한 승부로 또 한 번 웸블리 결승전에 진출했다는 기쁨에 환호성을 지르고 서로를 얼싸안았다. 이 모든 상황에 나도 한몫을 하고 있다는 것, 나와 나 같은 수천 명의 사람들이 없었다면 이날 저녁의 감동은 똑같을 수 없었을 것이라는 사실은 정말 특별한 감흥을 준다.

이상하게도 아직까지 축구가 멋진 스포츠라는 말을 하지 못했다. 물론 축구는 멋진 스포츠다. 골이 터지는 것은 몹시 어려운 만큼 희소성이 있다. 운이 좋으면 경기 내내 서너 번, 운이 나쁘면 전혀 볼 수 없기 때문에 누군가가 그 광경을 만들어내는 과정을 볼 때면 언제나 전율을 느낀다. 그리고 나는 축구 특유의 속도감과 반드시 어느 쪽에게 유리하다는 원칙이 없다는 점이 좋다. 신체를 접촉하는 경기와는 달리 덩치 작은 선수가 덩치 큰 선수를 이길 수 있다는 점(비어즐리와 애덤스의 대결을 보라)이 좋고, 강팀이 반드시 이기는 것은 아니라는 사실도 좋다. 날쌘 움직임(이언 보덤과 현재 잉글랜드의 스트라이커를 생각해보면 뚱뚱하면서도 훌륭한 축구 선수는 극히 드물다)과 거기에 힘과 두뇌가 더해져야 한다는 점도 마음에 든다. 몇몇 스포츠와는 달리 축구 선수들의 동작은 발레처럼 아름답다. 완벽한 타이밍의 다이빙 헤더나 완벽하게 찬 발리슛은, 다른 경기에서는 볼 수 없는 우아한 자세에서 나오는 것이다.

그러나 그런 것 말고도 더욱 중요한 것이 있다. 매우 드문 경기이기는 하지만, 에버턴과의 준결승전 같은 경기가 펼쳐지는 동안에는 그 시각, 그 자리에 있다는 사실 자체만으로 감동에 휩싸인다. 하이버리에서 빅 매치가 벌어지는 밤 혹은 웸블리에서 더욱 큰 경기가 벌어지는 오후에 그곳에 가 있노라면, 전 세계의 중심에 앉아 있는 것 같은 기분이 든다. 살아가면서 이런 기분이 들 때가 또 언제일까? 앤드류 로이드 웨버 쇼의 첫날 티켓을 어렵사리 구할 수 있을지 모르지만, 그 쇼는 여러 해 동안 계속될 것이니 나중에 남들보다 그 쇼를 먼저 보았다고 해봤자 촌스러운 행동이 될 것이다. 웸블리에서 롤링스톤스의 콘서트를 볼 수도 있겠지만, 요즘은 그런 것도 며칠씩 계속되니 축구 경기와 같은 일회성의 효과는 없다. 그런 공연은 아스널 대 에버턴 준결승전과 같은 사건이 아니다. 이튿날 신문을 보면, 어느 신문을 보더라도 내가 함께했던, 내가 그 자리에서 소리를 지르며 동참했던 시간에 대한 기다란 기사가 나와 있을 것이다.

축구장 바깥에서는 절대로 이런 것들을 얻을 수 없다. 전국을 다 뒤져보아도 사건의 중심에 앉아 있는 것 같은 느낌이 들게 해주는 곳은 축구장밖에 없다. 어느 나이트클럽에 가든, 어떤 연극이나 영화나 콘서트를 보러 가든, 어느 식당에 가든, 바깥의 세상은 나 없이도 언제나처럼 돌아가고 있기 때문이다. 그러나 이런 경기를 보러 하이버리에 와 있노라면, 온 세상이 그 움직임을 멈추고 문밖에 모여서 최종 스코어를 듣기 위해 기다리고 있는 것 같은 기분이 든다.

잉글랜드에 오신 걸 환영합니다

●●●

잉글랜드 vs 네덜란드
1988. 3.

1988년부터 나는 극동 무역회사에서 일하게 되었다. 중간 관리직 사원들에게 영어를 가르치는 것이 내 임무였지만, 나는 내 학생들이 영어보다는 상부에서 내려오는 이상한 요청에 더 당황하고 있다는 사실을 이내 깨달았다. 그래서 영어 강습은 사라졌고, 대신 나는 기타 업무라고밖에 설명할 수 없는 일들을 하게 되었다. 내가 맡은 일을 총체적으로 설명하는 것은 내 능력 밖의 일이다. 나는 변호사들에게 수도 없이 많은 편지를 썼고, 조너선 스위프트*에 대한 긴 논문을 한 편 써서 번역하여 팩스로 보내기도 했다. 마시는 물의 성분을 확인해주고 칭찬을 받은 일도 있었다. 햄프턴코트의 조경 계획을 연구하고, 볼리외 자동차 박물관의 사진을 찍기도 했다. 또 사회사업부

* 《걸리버 여행기》의 작가.

임원들을 만나 고아원에 대해 의논하기도 했으며, 워릭셔의 승마 센터와 스코틀랜드의 순종견에 관한 오랜 협상에 참여하기도 했다.

중간 관리직 사원들은 깜짝 놀랄 만큼 열심히 일했다. 계약상 그들의 근무시간은 월요일에서 금요일 오전 8시부터 오후 8시까지, 토요일에는 오전 8시부터 오후 2시까지였지만, 그건 말뿐이었다. 영화 〈월스트리트〉에서 고든 게코가 '점심은 쪼다들이나 먹는 것'이라고 했듯이, 하루 열두 시간 근무는 쪼다들에게나 해당되는 것이었다. 그러나 내가 가르치는 직원 세 사람에게 네덜란드의 굴리트와 반 바스텐이 런던에 와서 리네커와 쉴튼과 겨룰 것이라고 하자, 그런 일 중독자들도 그 경기를 너무나 보고 싶어했기 때문에 나는 그들의 보호자이자 안내자 역할을 맡기로 하고 입장권 넉 장을 샀다.

나는 웸블리에 가서 잉글랜드 대표팀의 경기를 보는 것이 얼마나 비참한 경험인지 까맣게 잊어버리고는, 2년마다 한 번씩 다시 시도하곤 한다. 1985년에는 스코틀랜드의 조크 스타인이 사망한 지 2주가 지났을 때 월드컵 예선전을 보러 갔는데, 정말 섬뜩할 정도로 기분 나쁜 사망 축하 노래를 들었다. 4년 후 나는 또다시 월드컵 예선전을 보러 가서는 국가 연주 중에 술에 취해서 나치 경례를 붙이는 사람들 사이에 앉아 있었다. 어째서 네덜란드와의 친선경기가 뭔가 달라졌을 거라고 생각했는지는 모르겠지만, 아무튼 그건 정말 지독한 오해였다.

우리는 타이밍도 참 잘 맞추었다. 킥오프 15분 전쯤 우리는 입장권을 주머니에 넣고 웸블리 로드를 걸어가고 있었다. 나는 모든 일을 완벽하게 계획했다는 생각에 흐뭇했다. 그런데 경기장 출입구 앞에서 기마경찰의 무차별적인 저지를 받고 입장권을 가진 수백 명의 사람들과 함께 되돌아서게 되자 우리 일행은 당황하기 시작했다. 우리는 새로운 계획을 세우고 다시 시작했다. 이번에는 우리가 들고 간 12파운드짜리 입장권이 가까스로 적법한 보증서 취급을 받을 수 있었고, 그제야 입장이 허락되었다. 그러는 동안 경기는 이미 시작되었고 시작하자마자 잉글랜드가 골을 터뜨렸지만, 우린 그 장면을 모조리 놓치고 말았다. 아직도 입장 때문에 옥신각신하고 있었기 때문이었다. 출입문 하나가 떨어져나가 있었는데 구장 직원 한 사람이 말하기를, 많은 사람들이 그라운드 안으로 난입했기 때문이라고 했다.

일단 안으로는 들어갔으나, 우리의 자리는 사라진 것이 분명했다. 통로에는 우리처럼 아무짝에도 소용없는 입장권을 쥔 채 자기 자리에 앉아 있는 짧은 머리에 목 굵은 사람들과 싸울 자신이 없어서 서 있는 사람들로 가득했다. 좌석 안내원도 보이지 않았다. "빌어먹을 왕 서방 놈들이 오네." 내가 그라운드가 조금이라도 보이는 자리를 찾아 일행을 안내해서 계단을 내려갈 때, 젊은이들 무리에서 들려온 말이었다. 나는 일행에게 굳이 통역해주지 않았다. 우리는 선 채로 30분 정도 경기를 보았고, 그동안 네덜란드는 2-1로 역전했다. 애초에 입장권을 매진시킨 원인이었던, 길게 머리를 땋은 굴리트가 공을 잡을 때마다 관중석에서는 원숭이 울음소리가 튀어나왔다. 하프타임 직전에 우리는 두 손 들고 경기장을 나섰다. 집에 도착했을 때, 텔레비전에서 경기 하이라이트가 막 시작되었다.

사람들은 이제 웸블리의 분위기가 바뀌기 시작했고, 1990년 이탈리아 월드컵과 폴 개스코인의 팬들과 리네커의 매력과 함께 잉글랜드 관중의 평균 계층이 바뀌고 있다고 말한다. 하지만 이런 일은 어느 팀이 잘나가고 있을 때면 늘 일어나는 것이며, 그 자체만으로는 별로 희망을 걸 만한 일이 못 된다. 그 팀이 다시 헤매기 시작하면 곧바로 예전으로 돌아가버리기 때문이다. 비록 확실한 증거를 대어 입증할 수 있는 이론은 아니지만, 내 생각에는 후진 팀일수록 추한 팬들을 모으는 것 같다.

요즘 사회적·경제적 상황과 축구장의 폭력 사이의 관계를 진지하게 생각하는 사람은 돌대가리들밖에 없다고는 하지만, 예컨대 버밍엄 시티 팬들이 선더랜드 팬들보다 확실히 평판이 나쁜 것은 무슨 이유일까? 웨스트 미들랜즈도 노스이스트와 마찬가지로 사회적·경제적 불이익을 겪고 있다 치더라도 애스턴 빌라 서포터들의 나무랄 데 없는 행동은 어떻게 설명할 수 있을까? 같은 도시를 연고지로 둔 두 팀일지라도 한 팀은 1부 리그에 속해 있고 다른 팀은 3부 리그에서 헤매고 있기도 하다. 리즈, 첼시, 맨체스터 유나이티드가 2부 리그로 강등되자 그 팬들은 두려운 존재가 되었다. 밀월이 1부 리그로 승격되자 지독하게 난폭한 팬들은 조금 잠잠해졌다. 축구를 못한다고 해서 정말로 사람들의 행동 양식이 바뀐다고 생각하는 것은 아니다. 보상 심리가 작용하기는 하겠지만, 꼭 그런 것은 아니다. ("우리가 축구는 못할지 몰라도 네놈들을 멋지게 걷어차줄 수는 있다.") 그것보다는—어떻게 하면 요령 있게 설명할 수 있을까?—그저 즐기기 위해 모이는 사람들보다 무슨 일이 있어도 응원하겠다는 완고한 서포터 중에 사이코 비율이 더 높다는 것이다.

2만5천 명의 관중들 가운데 몇백 명의 사고뭉치들은 늘 있게 마련이다. 5천 명이나 6천 명이 모이더라도 그 몇백 명은 여전히 나타날 것이고, 극소수였던 그들의 수가 갑자기 훨씬 더 큰 비율을 차지하게 되면서 그들의 팀은 오명을 얻게 되는 것이다. 게다가 일단 그런 일로 유명해지면 폭력 사건이 일어날 것이라는 사실에 마음이 동하는 사람들을 끌어모으게 된다. 1970년대 말에서 1980년대 초, 첼시와 밀월에서는 바로 이런 상황이 벌어진 것이라고 생각한다. 또한 1974년 월드컵 본선 진출이 좌절된 후부터 1990년 이탈리아 본선에 진출하기까지의 사이, 잉글랜드 대표팀도 마찬가지였다. 그 시기 동안 그들은 구제불능인 팀이었고, 그래서 구제불능인 관중을 모았던 것이다.

여기서 문제는, 어떤 팀이 경기를 잘하고 우승을 함으로써 관중석을 채우지 않는 한 구단 측에서는 몰아내야 하는 사람들을 몰아낼 경비를 따로 마련할 방도가 없다는 사실이다. 과거 자기 구단의 적자를 면하게 해주는 불쾌한 인물들에 대해서 눈에 띄게 모호한 태도를 취해 온 구단주를 꼽으라고 하면, 나는 적어도 한 사람의 이름을 댈 수 있다. 그러나 그런 관중을 몰아내고 다른 관중을 유치하기 위해 잉글랜드의 관계 당국에서 노력했다는 이야기는 전혀 들은 바가 없다. (그런 종류의 캠페인은 전부 팬들이 자체적으로 벌인 것이다.) 그들은 내심 어느 쪽을 선택하는 편이 값싸고 손쉬운지 알고 있는 것이다.

나는 새로운 회사 동료들을 하이버리로 데려감으로써 그날 저녁의 경험을 상쇄하려고 했다. 하이버리라면 우리가 서서 응원을 하든 지정 좌석에 앉든, 남의 훼방을 받지 않을 수 있기 때문이다. 하지만 내가 그 말을 꺼낼 때마다 그들은 그저 나를 쳐다보며 웃기만 했다. 또 축구장에 초대하다니, 알아듣기 어렵기로 유명한 영국식 농담의 극단적인 예라고 생각한 모양이었다. 아마 그들은 지금도 내가 토요일 오후마다 기마경찰에게 쫓기고 나서 내 돈을 낸 좌석을 빼앗기고는, 통로 어딘가에서 쭈그리고 앉아 경기를 본다고 생각할 것이다. 네덜란드 전의 경험으로 미루어 틀림없이 그런 추측을 할 것이다. 그들의 입장에서 보면, 나는 목요일 아침이 밝자마자 본사로 전화를 걸어 외국 어디라도 좋으니 다른 곳으로 자리를 옮겨달라고 애걸복걸했어야 할 정도로 창피한 일을 당한 사람인 것이다.

거스 시저

•••

아스널 vs 루턴
1988. 4. 24.(웸블리)

이해 리틀우즈 컵 결승전은 엄청난 재난이었기 때문에 지금도 가끔씩 이 경기를 돌이켜보게 된다. 우리는 경기 종료 10분 전까지 2 - 1로 앞선 상황이었고 내가 여태까지 본 경기 중에 가장 일방적인 축구 경기가 끝날 무렵(헤이스가 골포스트를 맞추었고, 스미스가 크로스바를 맞추었으며, 스미스는 또 골키퍼 디블과 일대일 상황도 만들었지만 실패했다) 로키가 쓰러지고 페널티킥을 얻어서 윈터번이 찼지만……

안 돼! 그는 또 실책을 저질렀다. 그 4월의 오후로부터 마흔 번째였던가 쉰 번째였던가. 그렇게 수도 없이 빠져든 나의 백일몽은 너무나 생생해서 윈터번이 또 한 번의 기회를 날려버렸다는 사실을 도저히 용납할 수 없을 지경이었다. 정신을 차리고 내가 지하철을 타고 있다거나 책을 읽고 있었다는 사실을 깨닫는 데는 한참이 걸렸고, 이따금 속으로 '그 경기는 끝났어. 결코 다시 할 수 없어.'라고 읊조려

야만 했다. 그러나 윈터번이 성공했더라면(게다가 대체 왜 다른 선수들이 페널티킥을 차겠다고 하지 않았을까? 웸블리에서의 결승전은 그가 첫 페널티킥을 찰 만한 상황은 아니란 말이다) 우리는 당연히 3-1로 이기고 2년 연속 우승컵을 안았을 것이다. 하지만 그는 실축했고 루턴은 마지막 7분 동안 두 골을 넣어서 3-2로 이겼다. 공정하든 공정하지 않든, 내가 이야기를 나눠본 아스널 팬들은 모두 한 사람만 탓했다. 바로 오거스터스 시저였다.

오랫동안 관중들의 무시를 당한 선수들은 아주 많았지만, 그렇다고 그들이 전부 형편없는 것은 아니었다. 어, 새멀스, 블로클리, 릭스, 채프먼, 헤이스, 그로브스, 심지어 마이클 토마스조차도 첫 리그 우승을 한 시즌 후반과 그 이듬해 대부분 동안에는 잘했다. 그러나 거스는 달랐다. 그의 재능에 대해서는 논쟁의 여지가 전혀 없었다. 헤이스, 그로브스, 토마스와 릭스는 저마다 그들을 변호하는 팬이 있었지만, 거스는 그렇지 못했다. 적어도 내가 만난 사람 중에는 한 명도 없었다. 그가 아스널에서 뛴 시기 동안 최악의 경기는 아마도 1990년 1월 윔블던 전의 끔찍한 1-0 패배였을 것이다. 그 경기 내내 그가 재난을 일으키지 않고 백패스나 걷어내기를 할 때마다 비꼬는 환호성과 박수 소리가 터져나왔다. 어떻게 사람이 그런 대대적인 망신을 겪고도 죽지 않고 살 수 있는지 상상이 안 된다.

교사 일을 그만두고 글을 쓰기 시작한 직후, 나는 월터 테비스가 쓴 《허슬러》라는 책을 읽었다. 찰리 니콜라스가 셀틱에서 이적해오자 내가 바로 캐넌볼 키드라는 착각에 사로잡혔듯이, 나는 이 책을 각색한 영화에서 폴 뉴먼이 연기한 인물, 패스트 에디에게 빠져들었다. 그리고 이 책은 뭐든 이루기 어려운 일—글쓰기, 축구 선수 되기 등등—을 성취하는 것을 주제로 삼은 것처럼 여겨졌기 때문에 각별히 꼼꼼하게 읽었다. 한번은 (오 하느님, 오 하느님, 오 하느님!) 다음과 같은 대목을 타자로 쳐서 책상 앞에다 붙여놓기도 했다.

> 바로 이거다. 너는 자신의 삶에 온 힘을 다해 열심히 살아야 한다. 너 자신이 그 삶을 선택한 것이 아닌가. 대부분의 사람들은 그만한 행동도 하지 않는다. 너는 똑똑하고, 젊고, 내가 전에 말했듯이 재능 있는 사람이다.

원고 거절 편지가 쌓여가는 동안 이 구절은 내게 위로가 되어주었다. 나만 빼고 모두가 갖고 있는 것, 그러니까 직업이나 좋은 아파트나 주말에 쓸 용돈 같은 것이 품에서 빠져나가는 것처럼 느껴져 당황하기 시작했을 때, 친구들과 가족들은 다시 내게 믿음을 주었다. "너도 알다시피 너는 잘하고 있어." 그들은 이렇게도 말해주었다. "잘될 거야. 조금만 참아." 나도 내가 재능이 있다는 것과 내가 선택한 삶에 온 힘을 다해 열심히 살고 있다는 것을 알았으며, 내 친구들과 패스트 에디의 친구들의 말이 전부 틀릴 리는 없다고 생각하고, 편안하게 앉아 기다렸다. 지금 나는 내가 그렇게 행동한 것이 얼마나 멍청한 짓이었는지 똑똑히 알고 있으며, 그 사실을 깨닫게 된 것은 순전히 거스 시저 덕분이다.

거스는 이런 자신감, 어떤 직업이 천직이라는 느낌(여기서 말하고자 하는 것은 자만심이 아니라 생존에 필수적인 건전한 자신감이다)이 완전히 틀린 것일 수도 있음을 보여주는 살아 있는 증거다. 거스는 자신이 선택한 삶에 전심전력으로 열심히 살았나? 물론 그랬다. 노력 없이 1부 리그에 속하는 주요 축구팀의 1군 선수가 될 수는 없는 법이다. 그렇다면 그는 자신에게 재능이 있음을 알았을까? 필시 그랬을 것이며, 그럴 만도 하다. 생각해보라. 학교 시절, 그는 동급생들보다 훨씬, 대단히 더 뛰어난 기량을 갖고 있었을 것이며, 그래서 학교 대표팀과 남부 런던 청소년팀 등에 선발되었을 것이다. 게다가 그 팀에서도 남보다 훨씬 더 뛰어났기 때문에 스카우트 담당자들이 보러 왔을 것이고, 풀럼이나 브렌트퍼드, 심지어 웨스트햄도 아닌 저 유명한 아스널의 견습 선수로 입단 제의를 받았을 것이다. 그뿐만이 아니다. 5년 전 1부 리그의 청소년팀을 들여다보면 대부분 모르는 이름들인데, 모두들 유명해지지 못한 채 사라졌기 때문이다. (무작위로 집어든 프로그램 속 1987년 4월의 아스널 청소년팀의 명단에는 밀러, 해니건, 맥그리거, 힐리어, 스컬리, 카스테어스, 코넬리, 리베로, 카지가오, S.볼, 에스컬런트가 있었다. 밀러는 수준 높은 2군 골키퍼로 뛰고 있지만, 결국 힐리어만이 남은 셈이다. 스컬리는 아스널이나 그 외 1부 리그 팀은 아니지만, 어디선가 프로 선수로 뛰고 있다. 나머지 선수들은 모두 사라졌다. 그것도 자기 구단에서 키운 선수들에게 좋은 기회를 주는 것으로 유명한 팀에서 사라진 것이다.)

그러나 거스는 살아남았고 계속해서 2군 선수로 뛰었다. 그러다가 어느 날 갑자기 기회가 왔다. 돈 하우 감독은 선수 기용이 뜻대로 되지 않자 어린 선수들—니얼 퀸, 헤이스, 로캐슬, 애덤스, 마틴 키언—을 1군에 마구 투입한다. 그리고 비브 앤더슨이 1985년 크리스마스에 출전 정지를 당하자 거스는 다름 아닌 맨체스터 유나이티드의 홈에서 라이트백으로 데뷔전을 치르고, 거기서 1-0으로 이긴다. 그래서 그는 맨체스터 유나이티드에게 한 점도 내주지 않은 네 명의 수비수 가운데 한 사람이 된 것이다.

하우 감독이 경질된 후, 조지 그레이엄 감독 역시 계속해서 그를 기용했다. 조지가 감독을 맡은 첫 시즌 이후, 거스는 꽤 많은 경기에 교체 선수로 뛰었다. 그때까지만 해도 거스는 잘나가고 있었다. 로키나 헤이스나 애덤스나 퀸만큼은 아니지만, 이 선수들의 첫 시즌은 예외적인 것이었으니 논외로 치자. 또 잉글랜드 청소년 대표팀에 아스널 선수들이 대거 뽑혔는데, 거스 시저도 그 가운데 하나였다. 아스널 팬들과 마찬가지로 잉글랜드 대표팀을 선정한 사람들도 아스널의 청소년팀 육성 정책을 암암리에 믿기 시작한 것이며, 거스는 정기적으로 1군에서 뛰지는 못해도 소집은 된 것이다. 그러니 이유를 불문하고 그는 전국 최고에 속하는 스무 명 남짓한 청소년 선수들 가운데 하나로 인정받은 셈이다.

이 시점에서 거스가 조금 느슨해졌다 하더라도 용서받을 수 있는 일이었다. 그는 젊고, 재능이 있으며, 자신이 선택한 삶을 열심히 살았고, 모든 사람을 괴롭히는 스스로의 능력에 대한 의심은 이제 거의 사라졌을 것이다. 이 시점에서는 타인의 판단을 믿어야 한다. (나는 내 글을 읽고 괜찮다고 말해줄 사람이라면 친구든 에이전트든 모든 사람의 판단을 믿고 있었다.) 그런데 그를 인정하는 그 타인에 두 명의 아스널 감독과 잉글랜드 대표팀 코치가 포함된다면, 당연히 걱정할 것 없다는 생각이 들 것이다.

그러나 나중에 밝혀졌듯이 모든 것이 착각이었다. 지금까지 그는 장애물을 가볍게 뛰어넘어왔지만, 뒤늦게 걸려 넘어질 수도 있었던 것이다. 아마 우리가 뭔가 잘못되었다는 것을 처음으로 눈치챈 것은 1987년 1월 토트넘과의 준결승 1차전이었을 것이다. 시저가 토트넘 공격수에게 쩔쩔매는 모습은 눈 뜨고 보기 민망할 정도였다. 그는 자동차 헤드라이트 앞에서 꼼짝달싹 못하고 서 있다가, 워들이나 앨런이나 다른 누군가가 휙 지나가면 그제야 불쌍하게 달려가는 토끼 꼴이었다. 결국 조지는 그를 교체시킴으로써 재난에서 구원해주었다. 그 후로 그는 한동안 경기에 나오지 못했다. 그다음 그가 출전한 경기로 기억나는 것은 루턴과의 결승전이 있기 1,2주 전에 벌어졌던 첼시와의 원정 경기다. 1-1 무승부였는데, 토트넘 전과 마찬가지로 첼시의 공격수 딕슨은 전반전부터 시저를 세워둔 채 마치 아버지가 어린 아들을 뒷마당에서 데리고 놀듯 자유자재로 움직이더니 골포스트를 맞추는 슈팅을 날렸다. 이번 루턴 전의 상황은 부상으로 빠진 오리어리를 대신할 선수가 거스밖에 없기 때문에 우리는 곤경을 겪게 될 것이 틀림없었다. 시저는 잘 버티다가 경기 종료를 7분 남기고 공이 페널티에어리어 안으로 들어가자 너무 세게 헛발질을 해서 고꾸라졌다. 이때 그는 길거리에서 '웸블리 결승전에 출전한 센터하프 흉내 내기 대회'에 참가해서 우승한 사람처럼 보였지, 결코 프로 축구 선수처럼 보이지 않았다. 그리고 뒤이은 혼란 속에서 데니 윌슨이 헤더로 루턴의 동점골을 터뜨렸다.

그것으로 끝. 거스는 3,4년 더 아스널에서 뛰었지만 중앙수비수 가운데 최후의 수단에 해당했고, 이미 애덤스와 오리어리가 있는데도 조지가 보울드를 사들이고 리니건과 페이츠를 영입했을 때에는, 그도 자신에게 별다른 미래가 없음을 알았을 것이다. 그는 두 포지션에 대해서 여섯 번째 순위에 있었다. 1990/91시즌이 끝나고 그는 자유 이적 선수가 되어 케임브리지 유나이티드로 이적했다. 하지만 두 달 만에 다시 브리스틀 시티로 옮겼고, 거기서 또 두어 달 만에 스코틀랜드의 에어드리로 옮겼다. 거스 시저가 같은 세대에 속하는 다른 누구보다도 재능이 있었음은 분명했지만(우리 같은 사람들은 그와 같은 기술은 꿈이나 꿀 따름이다) 그걸로도 충분치 않았던 것이다.

스포츠와 삶—특히 예술가의 삶—이 똑같은 것은 아니다. 스포츠의 위대한 점 가운데 하나는 그 잔인할 정도로 명쾌한 성격이다. 예컨대 실력은 없지만 운 좋은 100미터 달리기 선수라든가 무능한데 재수 좋은 센터백 같은 것은 없다. 스포츠에서는 결국 진정한 실력이 드러나기 마련이다. 또한 세상에 알려지지 못한 채 옥탑방에서 굶고 있는 천재 스트라이커 같은 것도 없다. 스카우트 시스템이 절대적이기 때문이다. (그들은 모든 선수를 지켜보고 있다.) 반면 운 좋은 시점에 운 좋은 장소에 있었기 때문에 혹은 인맥이 있거나 재능에 대해 과대평가를 받은 덕분에 잘 먹고 잘살고 있는 함량 미달의 배우나 음악가나 작가는 아주 많다. 그렇다 하더라도 거스 시저의 이야기에는 절실히 느껴지는 점이 있다. 여기에는 자신의 운명에 대한 확고한 신념(여기서도 이런 운명에 대한 소신을 자만심과 혼동해서는 안 된다—거스 시저는 자만한 축구 선수가 아니었다)을 가진 지망자들에게 보내는 무시무시한 교훈이 담겨 있다. 소극장에서 연주한 경험이 있는 팝 밴드가 언젠가는 메디슨 스퀘어 가든에서 연주하고 잡지 표지를 장식할 날이 올 거라고 생각하듯이, 대형 출판사에 보낼 원고를 완성한 작가가 2년만 있으면 부커 상을 타게 될 거라고 생각하듯이, 거스도 자신의 실력을 믿었을 것이다. 우리는 인생에 대한 예감을 믿고, 그것이 보내주는 힘과 의지가 혈관 속에 헤로인처럼 퍼지는 것을 느낀다……

하지만 그건 아무런 의미도 없는 것이다.

걸어갈 수 있는 거리

•••

아스널 vs 셰필드 웬즈데이
1989. 1. 21.

다른 이유에서도 런던 북부의 구시가지로 이사하는 것은 현명한 선택이었다. 그곳은 셰퍼즈 부시나 노팅 힐보다 물가도 훨씬 싸고, 대중교통도 편리하기 때문이다. (킹스 크로스에서 5분 거리이며 지하철 두 개 노선이 지나고 버스도 아주 많다.) 그러나 사실 하이버리를 걸어서 다닐 수 있는 곳에 사는 것은 20년간의 숙원 사업이었으니, 이런저런 구실을 갖다 붙이려 해봤자 소용없는 짓이다.

적당한 집을 찾아 돌아보는 것도 재미있었다. 어떤 아파트는 하이버리의 정면 일부를 내려다보고 있었으며, 'RSEN'•이 커다랗게 보였다. 딱 그것뿐이었는데도 가슴이 마구 두근거렸다. 결국 우리는 사기를 당해 웃돈을 얹어주고, 아스널이 우승할 때면 이층 버스로 행진을

• 아스널(ARSENAL) 철자 일부.

하는 길가에 있는 집을 구했다. 지금 사는 집보다 크기도 작고 어두웠지만, 거실 창문으로 웨스트 스탠드를 전부 다 볼 수 있었다. 거기에 계속 살고 있었더라면, 이 책을 쓰는 동안 잠시 쉬면서 밖을 내다본 다음 새로운 활력을 얻고 책상 앞에 돌아와 앉을 수 있었을 것이다.

결국 우리는 핀즈베리 파크가 내려다보이는, 하이버리가 발하는 신성함이 약간 떨어지는 곳으로 다시 이사를 했다. 이 집에서는 걸상을 갖다 놓고 올라서서 목을 쭉 빼고 창밖을 쳐다보아도 아무것도 보이지 않는다. 글을 쓰고 있는 현재, 아직까지 하이버리 앞에서 펄럭이고 있는(하지만 그럴 시간도 얼마 남지 않은 것 같다) 바클레이 리그 우승 기념 페넌트도 보이지 않는다. 하지만 그렇다 하더라도! 경기 시작 전 사람들은 우리 집 앞에 차를 주차시킨다! 바람 부는 날이면 확성기에서 나오는 소리가 뚜렷이 들리고, 창문을 열어놓으면 아파트 안에서도 들린다! (경기가 있을 때는 집에 있은 적이 없으니, 사실 함성이 들리는지 어떤지 모른다. 하지만 축구장의 떠들썩한 소리들이 여기까지 닿는다고 생각하면 기분이 좋다. 언젠가 매제의 소니 녹음기를 빌려다 창문 아래 텔레비전 옆의 의자 위에 놓고 녹음해볼 것이다. 순전히 재미로 말이다.) 그리고 가장 기뻤던 일은 이사를 오고 나서 며칠 후에 길을 걷다가—정말이다—지저분하고 약간 찢어지기는 했지만 20년이나 된 피터 마리넬로 풍선껌 카드를 발견한 일이었다. 이렇게 고고학적 가치가 있는 유물이 풍부한 지역, 나 자신의 과거와 밀접한 연관을 갖고 있는 지역에 살고 있다는 사실에 나는 얼마나 행복했는지 모른다.

모퉁이를 돌아 우리가 이사온 거리로 처음 들어서던 순간, 이삿짐

트럭의 라디오에서는 케빈 리처드슨이 에버턴과의 원정 경기에서 세 번째 득점을 올렸다는 뉴스가 흘러나왔다. 우리는 3-1로 이겼다. (그리고 에버턴의 한 골은 골라인을 넘지도 않았는데 골인으로 판정된 것이었다.) 그건 상당히 좋은 징조로 느껴졌다. 하지만 나는 그다음 토요일, 내 생애 최초로 진짜 집에서 맞는, 셰필드 웬즈데이와의 홈경기를 기다리고 있었다. 내 나이 서른한 살, 그제야 나는 마침내 북부 런던 사람으로서 애브널 로드를 걸어내려가 출입구를 통과하여 노스 뱅크로 들어갈 수 있게 된 것이다.

그 주 토요일 오후 2시 40분(2시 40분!) 현관문을 열고 거리로 나가 하이버리를 향해 오른쪽으로 돌았을 때, 나는 어떤 일을 기대하고 있었을까? 시트콤에 나오는 교외 지역의 모습처럼 똑같은 현관문이 동시에 열리면서 똑같은 옷을 입은 남자들이 똑같은 서류 가방과 우산과 신문을 들고서 함께 거리로 나오는 장면을 생각했을 것이다. 물론 내 경우는 출근하는 사람들 대신 납작한 모자를 쓰고 빛바랜 아스널 스카프를 맨 아스널 서포터들이 등장하는 장면을 상상했다. 그들은 나를 보고 웃으며 손을 흔들고, 나는 금세 유복한 노동자 계층이 모여 사는 아스널 지역사회의 사랑받는 일원이 되는 것이다.

그러나 문은 하나도 열리지 않았다. 내가 사는 거리에는 아스널 서포터가 한 명도 없는 것이다. 이웃 가운데 몇몇은 오래전 여피족*이

* 도시 근교를 생활 기반으로 삼고 전문직에 종사하면서 신자유주의를 지향하는 젊은이들.

라고 불렸던 사람들이고, 축구에는 아무런 관심도 없다. 다른 사람들은 단기 거주자, 무단 거주자 혹은 단기 임대인으로 축구에 관심을 가질 만큼 오래 살지 않고 떠난다. 그리고 나머지는…… 나도 모르는 사람들이다. 만인에게 예외 없이 적용되는 이론은 있을 수 없는 것이고, 취향은 설명할 수 없는 법이다. 내가 아는 것이라고는 원정경기용 셔츠를 입고 돌아다니던 젊은이 한 명이 내가 이곳에 온 직후에 이사를 갔다는 사실뿐이다. 그 젊은이 외에 경기가 있는 날 주차할 곳을 찾아 여기저기 다니는 자동차마저 없었다면, 나는 메이든헤드로 돌아갔을지도 모른다.

내가 이곳으로 이사를 온 게 한 20년쯤 뒤늦은 것이 아닐까 싶다. 지난 20년 동안 지역 서포터들이 꾸준히 줄어든 것으로 여겨지기 때문이다. 구단에서 제공하는 정보에 따르면, 홈 카운티스에 살고 있는 팬들의 비율이 엄청나게 높다. (내가 케임브리지에서 하이버리 경기를 보러 올 때, 하트필드에 도착할 무렵이면 기차는 아스널 서포터로 가득 차곤 했다.) 런던에서—토트넘, 첼시, 아스널 그리고 좀 덜하지만 웨스트햄—축구는 교외에서 보내는 소풍과 비슷한 행사로 취급받게 되었다. 인구통계는 이제 20년 전과는 달라졌고, 이즐링턴과 핀즈베리 파크와 스토크 뉴잉턴에서 경기를 보러 걸어오던 사람들은 전부 사라졌다. 그들은 죽었거나, 집을 팔고 에식스나 하트퍼드셔, 미들섹스로 떠난 것이다. 아스널 셔츠를 입고 다니는 사람들이 꽤 많이 눈에 띄고, 상점 주인들 가운데 경기 결과를 물어오는 사람들이 있지만(지하철역 신문가판대를 운영하는 사람들 가운데 한 명은 축구 지식이 풍부한 충성스러운 아스널 팬이다. 그의 동생은 첼시를 응원하지만 말이다) 1960년대 말, 내가 아버지에게 애브널 로드에 집을 사달라고 조르면, 아버지는 그러면 아스널에 금방 싫증이 날 거라고 했던 그 시절보다 나는 지금 이곳에서 더 외톨이로 지낸다.

축구 사이코의 횡포

●●●

아스널 vs 찰턴
1989. 3. 21.

이제 나 자신의 이야기를 해보겠다. 이 책의 첫 부분에 등장했던 불안한 소년은 사라졌다. 이십 대 시절 내내 자신을 비꼬던 젊은이도 없어졌다. 이제 더 이상 예전처럼 어리다거나 젊다는 것을 핑계 삼아 내가 왜 이러고 사는지 해명할 수 없게 되었다.

나이가 들면서 내 삶과 내 주변 사람들의 삶에 축구가 미치던 절대적인 영향력은 이해하기도 어렵고 호감도 가지 않는 것으로 변했다. 오랜 세월 동안 나 때문에 기운 빠지는 일들을 겪어온 가족과 친구들은, 어떤 약속이든 결국은 축구 경기 날짜에 의해 결정된다는 것을 알게 되었다. 우리 가족은 다른 가정에서라면 두말할 나위도 없이 우선권을 가지는 세례식이나 결혼식이나 그 외의 모임을 나와 상의한 다음에야 계획할 수 있다는 사실을 알고 있으며, 그러려니 하고 받아들인다. 축구는 결국 견디며 살아야 하는 장애 같은 것으로 간

주되는 것이다. 내가 만일 휠체어를 타야 하는 처지라면 내 가족이나 친구들이 아파트 맨 꼭대기 층에서 행사를 열 계획은 하지 않을 테니, 축구 시즌 중의 토요일 오후에 행사를 열어야 할 까닭도 없지 않은가?

그러나 나 또한 여느 사람들과 마찬가지로 알고 지내는 사람들 대부분의 삶 속에서는 주변적인 존재에 지나지 않으며, 이 사람들은 보통 1부 리그의 경기 일정에 관심이 없는 경우가 많다. 그래서 가고는 싶지만 할 수 없이 사양해야 하는 결혼식 초대가 여러 차례 있었다. 하지만 나는 언제나 조심스럽게, 집안에 일이 있다거나 마감이 바쁘다거나 하는, 사회적으로 용인 가능한 변명을 대고 있다. '셰필드 유나이티드와의 홈경기'라는 것은 이런 상황에 적절하지 못한 변명으로 여겨지기 때문이다.

그런데 미리 알 수 없는 무슨 컵의 재경기, 주중의 경기 재편성, 텔레비전 방송 일정에 맞추어 경기 직전에 날짜가 토요일에서 일요일로 바뀌는 경우 등이 있으므로, 나는 실제로 경기 일자와 겹치는 행사뿐만 아니라 경기 일자와 겹칠 가능성이 있는 행사의 초대까지도 거절해야 한다. (혹은 내가 어떤 행사를 주관하게 되면, 관련자 모두에게 마지막 순간 내가 빠져야 할지도 모른다고 미리 말해두지만, 잘 먹혀들지 않는 경우가 많다.)

그러나 이런 일은 점점 더 어려워지고, 때때로 남에게 상처를 주는 일도 피할 수 없다. 이날 찰턴 전은 일정이 갑자기 바뀌는 바람에 아주 친한 친구의 생일 파티, 그것도 딱 다섯 명만 초대받은 생일 파티와 겹치게 되었다. 일단 두 가지 이해관계가 상충할 것을 알고 나자, 나는 나 없이 홈경기가 열릴 것을 생각하는 동안 잠시 공황 상태에 빠졌다. 그래서 친구에게 무거운 마음으로 전화를 걸어 사연을 털어놓았다. 웃으며 괜찮다는 반응이 나오기를 기대했지만, 그녀의 음성과 거기에 실린 실망감과 지긋지긋한 짜증에서 절대 그런 반응이 나오지 않을 것임을 알 수 있었다. 대신 그녀는 "네가 옳다고 생각하는 대로 해." 혹은 "네가 원하는 대로 해."라는 식의 무서운 말을 했다. 그것은 나의 정체를 드러내놓는 무시무시한 소리였다. 나는 생각 좀 해보겠다고 대답했지만, 그 대답으로 내가 전혀 생각해보지도 않을 것이며, 나는 쓸모없고 천박한 벌레만도 못한 존재임이 밝혀졌음을 우리 둘 다 알고 있었다. 나는 결국 축구를 보러 갔다. 나는 경기를 보게 되어서 기뻤다. 폴 데이비스가 하이버리에서 내가 본 골 중 가장 멋진 축에 속하는 골을 넣었던 것이다. 찰턴 공격수의 뒤를 따라 그라운드를 날쌔게 횡단하다가 다이빙 헤더로 완성한 골이었다.

이런 사건에서는 두 가지 문제가 발생한다. 우선, 내가 소속감을 느끼는 대상이 아스널 팀보다는 하이버리가 아닌가 하는 생각이 들기 시작했다. 경기가 찰턴이나 크리스털 팰리스 혹은 웨스트햄의 홈에서 있었다면, 그곳 역시 갈 수 있는 거리였지만, 비록 내가 광적인 팬일지라도 거기까지는 가지 않았을 거라는 생각이 든다. 그건 무슨 까닭일까? 왜 나는 런던의 한 지역에서 벌어지는 아스널의 경기는 반드시 봐야 하면서, 같은 런던의 다른 곳에서 벌어지는 아스널의 경기는 보지 않아도 되는 것일까? 심리학자들의 용어를 빌리자면, 여기에 작용하는 판타지는 뭘까? 단 하룻저녁이라도 하이버리에 가지 못해서, 행여 리그 순위에 결정적인 영향을 미칠지도 모르는 경기—반드시 재미있다는 보장도 없다—를 놓치게 된다면 큰일이라도 벌어질 거라고 생각하는 것일까? 내 생각에 해답은 이렇다. 나는 놓친 경기의 다음 경기를 볼 때, 응원가라든가 관중들이 어떤 선수에 대해 느끼는 반감 등을 이해하지 못할까 봐 두려운 것이다. 그래서 내가 세상에서 가장 잘 아는 곳, 내 집 이외에 절대적이고 의심의 여지없는 소속감을 느끼게 해주는 그곳이 낯설게 느껴질까 봐 두려운 것이다. 나는 1991년 코번트리 전과 1989년 찰턴 전을 놓쳤는데, 그 때는 외국에 있었다. 처음으로 홈경기에 가지 못하게 되자 기분이 이상했지만, 하이버리에서 몇백 마일이나 떨어져 있다는 사실이 위로가 되어 그런 대로 참을 만했다. 딱 한 번, 아스널이 홈경기를 하는데 런던 안의 다른 곳에 있은 적이 있다. (1978년 9월에 우리가 퀸스파크 레인저스를 5-1로 이기고 있었을 때, 나는 빅토리아에서 프레디 레이커스 스카이트레인* 비행기 표를 끊으려고 줄을 서 있었다. 스코어와 상대 팀을 모두 기억한다는 사실로 미루어 얼마나 고통스러운 기억이었는지 알 수 있다.) 그때 나는 가만히 서 있지 못할 정도로 괴로웠다.

하지만 언젠가는 하이버리에 가지 못하는 날이 올 것이며, 나도 그 사실을 알고 있다. 병이 나거나(하지만 나는 독감에 걸렸을 때나 발목이 삐

* 런던과 뉴욕 간 최초의 저가 여객기.

었을 때나 그 밖에 이곳저곳이 아플 때, 화장실에 자주 가야 하지만 않는다면 어떤 경우에라도 하이버리에 갔다) 장차 아이가 처음으로 축구 경기를 하거나 학교에서 연극을 할 때나(학교 연극에는 꼭 갈 것이다…… 그런데 내가 그걸 빼먹을 정도로 미치광이라서 그 아이가 2025년쯤 햄프스티드의 안락의자에 앉아 믿을 수 없다는 표정을 짓고 있는 정신과 의사에게, 어린 시절 내내 아버지가 자기보다 아스널을 더 중하게 여겼다고 할까 봐 두려운 마음도 든다) 가족의 장례식이나 일 때문에……

그렇다. 경기 일정이 바뀌는 바람에 생기는 두 번째 문제는 바로 일이다. 남동생은 현재 정규 근무시간 외에도 일을 해야 하는 직업을 갖고 있다. 지금까지는 남동생이 일 때문에 경기를 놓친 일이 없는 것으로 알고 있지만, 언젠가는 그런 날이 올 것이다. 이번 시즌이나 다음 시즌 중 어느 날, 누가 갑자기 전화를 걸어 회의를 요청하고 그 회의가 8시 30분이나 9시까지 끝나지 않는다면, 남동생은 머스가 상대 팀 풀백을 괴롭히는 곳에서 3,4마일 떨어진 자리에 앉아 메모지를 노려보고 있게 될 것이다. 아무리 못마땅해도 달리 방법이 없으니 남동생은 어깨를 한번 으쓱하고 참는 수밖에 없을 것이다.

위에서 설명한 이유에서 나는 결코 남동생 같은 일을 할 수 없을 거라고 생각한다. 하지만 내가 그런 일을 하게 된다면, 나도 남동생처럼 아무렇지도 않게 넘길 수 있기를 바란다. 어쩔 줄 몰라서 미친 듯이 발길질을 하고 입을 내밀고 난리법석을 떨어서, 성인으로서의 생활이 요구하는 바를 제대로 수행할 수 없는 사람으로 낙인찍히지 않기를 바란다. 작가는 보통 사람들보다 운이 좋은 편이지만, 언젠가 나도 재난에 가까울 정도로 불편한 시각에 어떤 일을 해야 할 때가 있을 것이다. 토요일 오후에만 만날 수 있는 사람과 단 한 번밖에 기회가 없는 인터뷰를 해야 할 수도 있고, 마감 날짜 때문에 수요일 저녁에 워드프로세서 앞에 앉아 있어야만 할 경우도 생길 것이다. 제대로 된 작가라면, 작가 여행을 가기도 하고 토크쇼에도 출연하는 등 온갖 위험천만한 일을 하게 되는 법이니, 나도 언젠가는 그런 일을 겪게 될지도 모른다. 하지만 아직은 아니다. 이 책을 발행하려고 하는 출판사 사람들이 제정신이라면, 이런 식의 강박증에 대해 글을 쓰게 해놓고서 그들의 출판을 위해 축구를 못 보게 할 수는 없을 테니까. "나는 사이코라고요, 그거 기억하시죠?" 나는 이렇게 말할 것이다. "이 책의 내용이 다 그런 거라니까요! 난 수요일 밤에는 절대로 낭독회를 할 수 없어요!" 그러면 나는 조금 더 오랫동안 버틸 수 있을 것이다.

내가 10년 넘게 봉급쟁이로 살면서도 경기를 놓칠 수밖에 없는 입장들을 모두 피할 수 있었던 것이 정말로 우연이나 운 덕분일까? (보통의 경우 사람들이 사교 생활을 즐겨야 한다는 것을 도저히 이해하지 못했던 극동 무역회사의 상사들조차도, 나에게는 아스널이 최우선이라는 점을 인정해주었다.) 그렇지 않으면, 강박증 덕분에 소망을 이룰 수 있었던 것일까? 그렇게 생각하고 싶지는 않다. 그렇다면 그것이 의미하는 바는 충격적인 것이니까. 만약 정말 강박증 때문이라면, 십 대 소년 시절 내가 갖고 있었다고 생각했던 선택의 자유는 존재하지 않았던 것이 되며, 1968년의 스토크 시티로 인해 나는 사업가나 의사나 진짜 저널리스트가 되지 못한 것이 된다. (다른 많은 팬들처럼 나 역시 스포츠 기자가 되고 싶다는 생각은 해본 적이 없다. 하이버리에서 아스널과 윔블던의 경기를 봐야 할 시간에, 어찌 리버풀과 바르셀로나의 경기에 대한 기사를 쓸 수 있단 말인가? 또 내가 사랑하는 경기에 대해 글을 쓰면서 많은 돈을 받는 것은 몸서리가 나도록 두려운 일 가운데 하나다.) 나는 운 좋게도 내가 선택한 작가라는 직업 덕택에 경기가 있을 때마다 하이버리에 갈 수 있는 자유를 누리는 편이 훨씬 더 좋다.

힐즈버러 참사

●●●

아스널 vs 뉴캐슬
1989. 4. 15.

라디오를 갖고 온 사람들로부터 웅성거리는 소리가 들려오긴 했지만, 우리는 하프타임까지 아무것도 알지 못했다. 하프타임이 되어도 리버풀 대 포레스트의 FA컵 준결승전 스코어가 나오지 않았지만, 그때까지도 그 엄청난 사태의 전모를 안 사람은 아무도 없었다. 지지부진한 1-0 승리였던 우리 경기가 끝날 무렵에야, 힐즈버러에서 사망자가 여럿 나왔다는 사실을 알게 되었다. 빅 매치 때 힐즈버러에 가본 적이 있는 사람들은 그 비극이 그라운드 어디쯤에서 일어났는지 짐작할 수 있었다. 하지만 정작 경기를 진행하는 사람들 중 팬들의 예감에 손톱만큼이라도 관심을 가져본 이는 하나도 없었다.

집에 돌아오니, 이 사건은 여느 축구 사고, 그러니까 3,4년에 한 번씩 일어나 운이 나쁜 한두 명의 목숨을 앗아가고, 관계 당국은 관중이 선택한 축구 관전이라는 오락에서 피치 못하게 발생하는 사고 가운데 하나로 대수롭지 않게 치부해버리는 그런 사건이 아니라는 사실이 명백해졌다. 사망자 수는 몇 분마다 늘어났다. 일곱 명에서 열두 명, 그러다가 쉰 몇 명, 최종적으로는 아흔다섯 명으로 집계되었고, 조금이라도 상식이 있는 사람이라면 누구나 사태의 심각성을 알 수 있었다.

가족을 잃은 사람들이 사우스요크셔 경찰서의 경찰들을 재판에 회부하고 싶어하는 까닭은 쉽게 이해할 수 있다. 그들의 판단 착오가 그 재앙을 불러온 것이었다. 하지만 비록 그날 오후 경찰 지도가 엉망이었다고 하더라도, 그들에게 무능하다는 비난 이상의 비난을 던진다면 그것은 앙심에서 나온 보복 행위라고 볼 수 있다. 우리 가운데 자신이 직장에서 저지른 실수가 사람의 목숨을 앗아가는 운 나쁜 입장에 놓인 사람들은 극소수에 불과하다. 출입구를 몇 개 열었든 힐즈버러의 경찰이 안전을 보장할 수는 없었다. 전국의 어느 축구장에 배치된 경찰력도 그런 보장은 해줄 수 없었다. 그런 일은 어느 구장에서나 일어날 수 있었던 것이다. 하이버리의 노스 뱅크에서 거리로 이어지는 콘크리트 계단에서도 일어날 수 있는 일이었다. (그다지 상상력이 풍부하지 않더라도 쉽게 머릿속에 그릴 수 있는 일이다.) 원정 팬 수천 명이 '커피 바'를 통해서야 관중석으로 입장할 수 있는 퀸스파크 레인저스의 구장에서도 일어날 수 있는 일이었다. 그런데 사건 조사와 신문 보도가 있은 후 경찰과 검표원, 술 취한 팬들 혹은 누군가에게 비난의 화살이 겨누어졌다. 하지만 그런 비난은 옳지 않은 것이다.

모든 사태가 그토록 말도 안 되는 전제하에서 벌어졌다면 말이다.

그 전제라는 것은 이러하다. 100년 전쯤 지어진 축구장(1부 리그에서 가장 최근에 지어진 축구장은 노리치 시티의 구장으로 58년 되었다)이 1만 5천 명에서 6만 3천 명의 관중을 안전하게 수용할 수 있다는 것이다. 소도시 인구 전체(내가 살던 도시는 인구가 5만 명 정도다)가 커다란 백화점에 들어가려고 하는 상황을 생각해보면, 이 전제가 얼마나 현실성 없는 것인지 조금이나마 알 수 있을 것이다. 관중들은 벽돌 1만 장 내지 1만 2천 장으로 쌓은 가파른 둑 위나 무너져내리고 있는 콘크리트 계단 위에 서 있었던 것이다. 경기장 보수 작업은 때때로 있었지만, 근본적으로는 수십 년 동안 마냥 방치한 것이나 다름없었다. 미사일이 없었던 시절부터도 이 시설은 그다지 안전하지 못했던 것이다. 1946년에는 번든 파크*의 방벽이 무너져 서른세 명이 목숨을 잃었고, 1971년 아이브록스의 재난은 그곳에서 두 번째로 일어난 것이었다. 축구장이 갱단 전투의 장이 되는 바람에 관중의 안전 보장보다는 축구장 난입 봉쇄를 우선으로 하다 보니(여기서도 그라운드 방벽이 문제가 된다) 대형 참사는 예고된 것이나 다름없었다. 그런 참사를 피할 수 있다고 생각한 것이 이상할 지경이다. 6만 명 이상의 관중을 모아놓고 할 수 있는 일이라고는, 출입문을 닫고 모두 찍소리 말고 열심히 기도나 올리라고 하는 것밖에 없다. 1971년 아이브록스 참사는 무시무시한 경고였지만, 아무도 귀를 기울이지 않았다. 사고에는

* 볼턴 원더러스의 전 홈구장.

다른 원인도 있었지만, 근본적인 문제는 우리가 너무 낡은 경기장에서 너무 많은 사람들과 함께 축구를 본다는 사실이었다.

이 축구장들은 자가운전이 보편화되기 전, 심지어 대중교통에도 그다지 의존하지 않던 시대에 지어진 것이라, 좁다란 거리와 주택가 한복판에 위치하고 있다. 관중들이 아주 먼 곳에서도 축구장을 찾아오기 시작한 후로 20~30년이 지났어도 아무것도 변한 게 없다. 이제 도심 외곽에다 주차장이 딸리고 안전 규정을 강화한 새 경기장을 지어야 할 때이다. 유럽의 다른 나라에서는 그렇게 했고, 그 결과 이탈리아, 스페인, 포르투갈, 프랑스의 축구장들은 더 크고 시설도 더 좋으며 더 안전하다. 하지만 영국에서는, 인프라가 붕괴되기 시작했는데도 아무런 조치도 취하지 않았다. 이곳에서는 수만 명의 팬들이 좁다랗고 구불구불한 지하 터널을 걸어오르고, 골목길에 두 줄로 차를 세우고 있지만, 해당 기관은 상황이나 팬 층, 교통수단, 심지어 지은 지 50년이 넘어 초라해지기 시작한 축구장 자체의 상태마저, 그 어떤 것도 변하지 않았다는 듯이 예전과 똑같이 밀어붙이고 있다. 해야 할 일과 할 수 있는 일이 너무나 많았지만 아무것도 하지 않았고, 100년 동안 줄곧 모두가 위태위태하게 지내오다가 힐즈버러 사태가 터진 것이다. 힐즈버러 사태는 2차대전 이후 영국에서 네 번째로 일어난 축구 재난이며, 관중 통제에 실패하여 일어난 압사 사고 가운데 사망자 수가 세 번째로 많은 사건이었다. 또한 단순히 운이 나빠서 일어난 것만이 아니라는 평가를 받은 최초의 사건이었다. 경찰이 부적절한 타이밍에 출입문을 열었다고 탓할 수도 있겠지만, 그것은 사태의 핵심을 간과하는 일이라고 생각한다.

〈테일러 리포트〉에서 모든 축구장의 관중석을 전부 지정좌석제로 바꾸어야 한다고 권장한 사실은 잘 알려져 있고, 나도 그 의견에 동의한다. 물론 여기에는 또 다른 위험이 있을 수 있다. 예컨대 스탠드 밑에 인화성 쓰레기가 쌓이는 바람에 인명을 앗아간 브래드퍼드 화재 사건이 반복될 수도 있다. 그리고 좌석 자체만으로는 훌리건 난동을 근절할 수 없을 것이며, 구단에서 아주 멍청하게 대처한다면 상황을 더욱 악화시킬 수도 있다. 지정좌석제는 구단에게 구장 어느 쪽에 누가 앉아 있는지 더 잘 파악하고 통제하도록 해줄 수 있지만, 의자가 싸움 도구로 사용될 수 있으며, 문제가 발생할 경우 사람들이 줄지어 앉아 있는 것은 경찰의 개입을 방해할 수도 있다. 하지만 구단에서 테일러 판사의 권장 사항을 제대로 따른다면, 아이브록스와 힐즈버러에서처럼 사람들이 죽게 될 가능성은 대폭 줄어들 것이며, 내가 알기로는 그것이 가장 중요한 문제다.

이 글을 쓰고 있는 현재, 〈테일러 리포트〉에 대해서 팬들과 일부 구단은 소리 높여 반대를 표명하고 있다. 여러 가지 문제점이 있다. 경기장을 안전하게 바꾸는 일에는 비용이 많이 들 것이고, 그만한 돈이 없는 구단이 많다. 그 돈을 모으기 위해서는 입장료를 더 올리거나, 아스널이나 웨스트햄처럼 채권을 발행해야 할 텐데, 그렇게 된다면 전통적으로 핵심적인 서포터 집단이 되어온 젊은 노동자 계층의 남성들은 상당수 제외될 수밖에 없다. 그리고 계속 서서 관전하고 싶어하는 팬들도 있다. (서서 경기를 보는 것이 더 나은 관전 방식이기 때문은 아닐 것이다. 아무래도 서서 보는 것은 불편하고, 키가 187센티미터 미만인 사람들은 시야가 가려진다. 팬들은 서서 응원하는 문화가 사라지면 축구를 추억하도록 만드는 소음과 분위기도 같이 사라질까 봐 우려하고 있지만, 아이브록스의 좌석은 클락 엔드와 노스 뱅크를 합친 것보다도 더 요란하다. 의자가 있다고 해서 축구장이 교회가 되는 것은 아니다.) 축구장의 수용 인원도 줄어들어, 개중에는 현재의 평균 관중 수보다 낮아지는 경우도 있을 것이다. 심지어 일부 구단은 완전히 문을 닫아야 할 것이다.

나는 수백 명의 팬들이 〈테일러 리포트〉에 반대하고, 축구장에 급진적인 변화를 주는 것보다는 보다 안전한 입석 응원석과 보다 나은 시설로 보완하는 쪽이 낫다고 주장하는 것을 들었다. 그런데 가장 인상적인 것은, 이러한 주장에서 느껴지는 보수적이고 거의 노이로제에 가까운 향수다. 어떤 의미에서 보면, 그것은 이 책에 스며들어 있는 것과 같은 종류의 향수이기도 하다. 구단에서 경기장 신축을 거론할 때마다 격렬한 항의가 나온다. 몇 년 전 아스널과 토트넘이 알렉산드라 팰리스 근처에 공동 구장 건립을 의논하자 거센 항의가 이어졌고("전통을 지켜라!") 그 결과 우리는 세계에서 가장 작은 경기장을 갖게 되었다. 리스본의 라이트 구장은 12만 명을 수용하고, 레알 마드리드의 홈구장 베르나베우는 9만 5천 명을 수용하며, 바이에른 뮌헨의 구장은 7만 5천 명을 수용한다. 그러나 유럽 최대 도시 런던에서 가장 큰 구단인 아스널은, 홈구장의 개축이 끝나면 관중이 4만 명 이하로 줄어들 것이다.

새 경기장도 싫고, 헌 경기장을 개축해야만 안전이 보장되기 때문에 입장료를 더 내야 한다면 헌 경기장도 싫다는 거다. 사람들은 이런 우려를 나타낸다. '애들을 데리고 경기를 보러 가고 싶으면 어쩌지? 그 돈을 다 낼 능력이 없을 텐데.' 하지만 이는 애들을 데리고 카리브 해의 바베이도스에 가거나 전원 속의 일류 호텔에 자러 가거나 오페라를 보러 갈 수 없는 것이나 마찬가지다. 물론 그런 일을 원하는 대로 할 수 있으려면 엄청난 혁명이 필요하겠지만, 그때까지 이러쿵저러쿵 불평만 늘어놓는 것은 설득력 있는 반대라기보다 트집 잡기에 불과할 것이다.

'파산하게 될지도 모르는 작은 구단들은 어쩌나?' 체스터가 쓰러지면 2천 명 남짓 되는 팬들에게는 매우 슬픈 일이 될 것이다. 내가 그들 가운데 한 명이라면 억장이 무너질 것이다. 하지만 그 이유만으로 구단이 팬들의 생명을 위협할 수는 없다. 제2의 힐즈버러 사태를 방지하는 데 드는 돈이 없어서 구단이 문을 닫게 된다면, 닫아야 할 것이다. 냉혹한 일이긴 하다. 체스터나 윔블던, 그 외에 수십 개의 팀처럼 가난한 구단인 경우, 그 구단이 살아남든 쓰러지든 관심을 가지는 사람들이 충분치 못한 까닭도 있을 것이며(인구가 밀집한 지역의 1부 리그 팀인 윔블던은 런던 반대편으로 옮겨가기 전에도 관중을 모으지 못했다) 거기에는 나름대로 사연이 있을 것이다. 그러나 바꿔 말하면, 이들 구단의 경기장에서는 응원하다가 압사당할 가능성이 전혀 없다는 이야기가 되기도 한다. 팬들이 관중석에 자기 집 뒤뜰 넓이의 공간을 차지할 수 있는데도 의자를 설치하라고 강요하는 일은 말도 안 된다.

'비가 오나 바람이 부나 오랜 세월 동안 구단과 함께 선수들의 봉급을 지불해온 서포터들은? 구단이 어떻게 그들을 내칠 생각을 할 수 있단 말인가?' 이는 축구 소비의 핵심을 관통하는 문제를 제기한 것이다. 앞서 나는 구단이 전통적인 팬 기반을 붕괴시키면 결국 심각한 문제를 겪게 될 것이며, 그릇된 행동이 될 거라는 소견을 피력한 바 있다. 경기장 신축 공사 비용은 어디선가 충당해야 할 것이며, 입장료 인상은 불가피하다. 우리 대부분은 축구 경기를 보기 위해 몇 파운드 더 내야 한다는 사실을 순순히 받아들일 것이다. 그러나 아스널과 웨스트햄의 채권 발행 계획은 그 이상의 문제다. 이렇게 가격을 올림으로써 옛날 팬들을 제거하고 새로운 돈 많은 팬들을 불러들여 관중을 교체하려는 것은 판단 착오다.

그렇다고 하더라도, 구단들은 이러한 판단 착오를 저지를 자유가 있다. 축구 구단들은 재정 능력에 관계없이 누구라도 받아주어야 하는 의무를 지닌 병원이나 학교가 아니다. 그런데 마치 구단에게 서포터에 대한 도덕적 의무가 있기라도 하다는 듯이, 서포터들이 사회 개혁 운동의 맥락에서 이런 채권 발행 계획에 대해 반대하는 것은 흥미로운 점도 있고 시사하는 바도 있다. 따지고 보면, 구단이 우리에게 무슨 빚이 있는가? 나는 지난 20년 동안 아스널의 경기를 보기 위해 수천 파운드를 써왔다. 하지만 돈을 내줄 때마다 나도 반대급부로 받은 것이 있다. 입장권, 열차표, 프로그램이 그것이다. 축구가 영화관이나 음반 가게와 달라야 하는 이유가 무엇인가? 그것들과의 차이라면, 우리 모두가 놀라울 정도로 깊은 충성심을 지니고 있으며, 최근까지 누구나 남은 일생 동안 우리 팀의 매 경기를 보러 갈 수 있으리라고 기대했다는 점뿐이다. 그런데 이제 우리 가운데 몇몇에게는 그 일이 불가능한 것처럼 여겨지기 시작한다. 그러나 그렇다고 세상이 끝나는 것은 아니다. 입장료가 비싸지면 우리가 보게 될 축구의 질이 높아질 수도 있다. 어쩌면 구단이 경기 횟수를 줄이고, 선수들의 부상이 줄고, ZDS컵* 경기처럼 돈 몇 푼 벌기 위해 벌이는 한심한 토너먼트에 참가할 필요가 없어질지도 모르는 일이다. 이번에도 역시 유럽의 경우를 보자. 이탈리아, 포르투갈, 스페인에서는 입장권 값이 비싼 반면, 그곳 구단들은 유럽과 남미 최고의 선수들을 영입할 수 있다. (그들은 우리보다 하위 리그 축구에 관심이 적기도 하다. 그곳에도 3부, 4부 리그 팀이 있기는 하지만, 그들은 세미프로이고 상위 리그의 경기 일정을 짜는 데 아무런 영향을 미치지 않는다. 1부 리그가 최우선이며, 그 덕분에 훨씬 더 바람직한 축구 분위기가 조성된다.)

오랜 세월 동안 우리는 축구를 뭔가 다른 것, 보다 '절실'한 것과 혼동해왔고, 그런 까닭에 이런 분노의 목소리가 터져나오는 것이다. 우리는 매사를 이렇게 편파적인 감정에서 바라보고 있다. 우리의 시각이 모조리 그르다고 해도 이상할 것이 없다. 어쩌면 이제 편파적인 시각을 버리고, 외국의 모든 사람들이 세상을 바라보는 대로 바라볼 때가 온 것인지도 모른다.

힐즈버러 사태를 바라본 외국의 시각은 대단히 냉철하고 가혹하

* 1985~1992년까지의 영국 자체 리그.

며 실질적이었다. 그 주 《이코노미스트》의 표지에는 앤필드의 골문에 리버풀 팬과 에버턴 팬, 그 외 수백 명의 사람들이 갖다 쌓아놓은 꽃과 깃발을 찍은 사진이 실렸다. 크로스바 바로 위에 가지런히 박힌 머리기사는 "경기는 죽었다"였다. 나는 난생처음 그 잡지를 샀고, 놀랍게도 그 기사에 깊이 공감했다. 어쩌면 이것이 《이코노미스트》라는 제목의 잡지이기 때문에, 축구가 빠진 수렁을 가장 잘 파악할 수 있는 것이 당연할지도 모른다. 결국 이는 관중의 안전을 위해서는 땡전 한 푼 내놓지 못하는 수백만 파운드짜리 산업의 문제니까 말이다.

《이코노미스트》는 이 사건의 필연성에 대해 이렇게 말한다. "힐즈버러 사태는 단순한 재난이 아니었다. 그것은 체제가 실패했음을 냉엄하게 보여준 사건이었다." 구장의 상태에 대해서는 "영국의 축구장은 현재 특수 보안 교도소와 닮아 있다. 당국의 부실한 규제 탓에 구단들은 교도소식 건축으로 관중의 안전이 보장될 수 있다고 우기고 있다."라고, 축구 당국에 대해서는 "자기만족과 무능력에 있어서 카르텔만 한 것이 없다. 그리고 영국에 현존하는 카르텔 중에서 축구리그는 가장 독선적이고 태만한 축에 속한다."라고, 구단주에 대해서는 "옛 신문사 사주들처럼, 그들은 인기를 얻기 위해 기꺼이 돈을 낸다. 편리한 근대식 경기장을 짓는 데 내는 것이 아니라, 스타 선수를 사들이는 데에 말이다."라고 말했다. 끝으로 앞으로 해야 할 일에 대해서는 이렇게 말했다. "구단 수를 줄이고 보다 나은 경기장을 짓는다면, 지난 10년 동안 축구를 멀리할 수밖에 없었던 이들의 관심을 다시 불러일으킬 수 있을 것이다."

이 잡지의 다른 기사들도, 구단의 이기주의와 정부의 축구에 대한 증오(힐즈버러 사태는 적어도 대처 수상이 내놓은 말도 안 되는 신분증 계획을 철회시켜주었다)와 팬들의 왜곡된 강박증에서 벗어나 정확한 정보를 바탕으로 논리 정연한 주장을 펼침으로써, 축구가 당면한 실패를 전체적으로 보다 명확하게 바라볼 수 있게 해주었다. 힐즈버러 사태 이후 외부인들이 축구 문제에 관심을 갖기 시작하면서, 우리가 얼마나 닫힌 시각으로 축구를 바라보았는지가 분명해진 것이다. 그리고 이 책에서 말하듯이, 그런 닫힌 시각이 늘 현명한 것은 아니다.

2주 하고도 이틀 후인 5월 1일, 힐즈버러 사태 이후 첫 경기에서 아스널은 하이버리에서 노리치와 맞붙었다. 화창한 뱅크 홀리데이 오후였고, 아스널은 5-0으로 멋지게 승리했다. 나를 포함해서 그날 그 자리에 있었던 사람들에게는 다시 매사가 어느 정도 제자리로 돌아온 것처럼 느껴졌다. 애도 기간은 끝났고, 텔레비전 카메라가 와 있었으며, 햇살이 퍼지고, 아스널은 골 잔치를 벌이고…… 황량하기 짝이 없는 2주가 지나고, 경기는 축제 분위기를 띠었다. 지친 마음으로 묵묵히 보내는 축하였지만, 틀림없는 축하였으며, 지금 와서 돌이켜보면 참으로 기묘한 축하였다.

그날 오후 우리는 모두 무슨 생각을 하고 있었을까? 대체 어떻게 포레스트 대 리버풀 전을 다시 할 수 있었을까? 어찌 보면, 그건 전부 똑같은 것이다. 내가 아스널 대 노리치 전을 보러 가서 즐거워한 까닭은, 헤이젤 사태 이후 리버풀 대 유벤투스의 결승전을 끝까지 본 것과 같은 이유이며, 또 축구가 100년이 지나도록 그다지 변하지 않은 것과도 같은 이유이다. 축구 경기가 불러일으키는 흥분이 제정신과 상식을 포함한 모든 것을 집어삼켜버리기 때문이다. 축구 경기에서 백 명에 가까운 사람들이 죽은 지 열엿새 만에 또 경기를 보러 가서 즐기는 일이 가능하다면—힐즈버러 사태 이후 새로운 현실감각을 얻었으나 내게는 가능한 일이었다—이런 인명 피해를 불러온 문화와 상황을 이해하기가 좀 더 쉬워질 것이다. 축구 말고 중요한 것은 아무것도 없다는 것 말이다.

생애 최고의 순간

●●●

리버풀 vs 아스널
1989. 5. 26.

내가 축구를 보아온 스물세 시즌 동안, 1부 리그 우승을 차지한 팀은 단 일곱 팀뿐이다. 리즈 유나이티드, 에버턴, 아스널, 더비 카운티, 노팅엄 포레스트, 애스턴 빌라 그리고 열한 번 우승한 리버풀. 처음 5년 동안은 각기 다른 다섯 팀이 우승했기 때문에, 당시 내게 리그 우승이란 좀 기다리다 보면 이따금 우연히 하게 되는 것처럼 느껴졌다. 그러나 1970년대가 지나가고 1980년대가 계속되는 가운데, 아스널의 리그 우승을 평생 다시 보지 못할 것 같은 생각이 들기 시작했다. 그것은 말처럼 그렇게 감상적인 상황이 아니다. 1959년, 6년 만에 세 번째 리그 우승을 축하하던 울브스 팬들은 자기네 팀이 그 후 30년을 주로 2부 리그나 3부 리그에서 보내게 될 줄은 몰랐을 것이다. 1968년에 마지막 리그 우승을 지켜보았던 사십 대 중반의 맨체스터 시티 서포터들은 이제 칠십 대 초반이 되었다.

다른 팬들과 마찬가지로 내가 본 경기도 대부분 리그 경기였다. 그리고 거의 해마다 크리스마스가 지나고 나면 아스널의 1부 리그 우승 가능성이 사라졌고, 그렇다고 해서 강등될 성적도 아니었기 때문에, 내가 본 경기의 절반가량은 스포츠 기자들이 무의미한 경기라고 말하는 경기였다. 초조해서 손톱이나 주먹을 잘근잘근 씹거나 얼굴을 찡그리고 있는 사람은 없다. 다른 곳에서 벌어지는 리버풀의 경기 상황을 파악하기 위해 라디오에 귀를 바짝 갖다 대서 귀가 얼얼해지는 일도 없다. 사실 결과가 나오더라도 절망의 구렁텅이에 빠질 정도로 슬프거나 눈이 튀어나올 정도로 기쁜 일은 없다. 그런 경기가 던져주는 의미란, 1부 리그에서의 성적이 아니라 우리가 그 경기에 부여하는 의미인 것이다.

이렇게 한 10년을 지내다 보니, 리그 우승이란 신의 존재처럼 믿을 수도, 믿지 않을 수도 없는 것이 되어버렸다. 물론 리그 우승이 가능하다는 사실을 인정하고, 아직도 그 가능성을 완전히 떨쳐버리지 못하는 사람들의 견해를 존중해주려고 노력하게 된다. 그러나 1975년에서 1989년 사이에 나는 그 가능성을 믿지 않았다. 매 시즌 초마다 아예 희망을 걸지 않았다. 그리고 두어 번, 예컨대 1986/87시즌 중반 우리가 8주인가 9주 동안 리그 1위에 있었을 때, 나는 회의적인 태도를 버릴 뻔하기도 했다. 그러나 어린 시절, 내가 늙기 전까지 죽음을 치료하는 약이 나오지 못할 거라고 막연히 느꼈던 것처럼, 마음 깊은 곳에서는 그런 일이 벌어지지 않을 것임을 알고 있었다.

아스널이 마지막으로 리그 우승을 한 지 18년이 지난 1989년, 몹시 내키지 않았는데도, 나는 바보처럼 아스널이 리그 우승을 정말로 할 수도 있겠다고 믿어버렸다. 아스널은 1월부터 5월까지 1부 리그 선두를 달리고 있었다. 힐즈버러 사태 때문에 일정이 연기된 시즌 마지막 주말, 세 경기를 남겨놓은 아스널은 승점 다섯 점 차이로 리버풀에 앞서 있었다. 현명한 사람들은 힐즈버러 사태와 그로 인한 부담감 때문에 리버풀이 우승하기는 불가능할 거라고 판단하고 있었고, 아스널의 남은 세 경기 가운데 두 경기는 약체와의 홈경기였다. 나머지 하나가 바로 리버풀과의 원정 경기로서 1부 리그 시즌을 마감하는 경기가 될 예정이었다.

그러나 내가 다시 챔피언십 우승을 믿는 신도가 되는 순간, 아스널은 패배의 나락으로 떨어지고 말았다. 그들은 우울하게도 홈에서 더비에게 졌다. 또 그다음 홈경기에서는, 시즌 첫날 5-1로 대파한 윔블던에게 역전을 당하더니 2-2 무승부를 내고 말았다. 더비 전이 끝난 다음 나는 여자친구와 차 한잔을 놓고 화를 버럭버럭 내며 싸웠지만, 윔블던 전이 끝나자 무기력한 실망 외에는 화를 낼 기력조차 남지 않았다. 난생처음으로 나는 드라마에 나오는 여자들이 전에 실연한 경험 때문에 다른 사람을 만나지 못하는 심정을 이해할 수 있게 되었다. 전에는 그런 것을 선택의 문제로 여긴 적이 없었건만, 냉철한 자세를 지켜야 할 바로 이 순간, 나 역시 무너져버린 것이다. 이런 일이 또다시 일어난다는 것은 결코, 절대로 용납할 수 없었다. 그토록 아슬아슬하게 실패한 상황에서 겪은 끔찍한 실망감에서 회복되려면 몇 해가 걸릴 것을 똑똑히 알고도 그랬으니, 정말 바보짓이었다.

사실 완전히 끝난 것은 아니었다. 리버풀은 웨스트햄과 우리를 상대로 홈경기 두 차례를 남겨놓고 있었다. 두 팀의 승점이 거의 비슷했기 때문에 확률은 유난히 복잡했다. 리버풀이 웨스트햄을 몇 점 차이로 이기든 우리는 리버풀을 그 절반 차이로 이겨야 했다. 리버풀이 2-0으로 이긴다면, 우리는 1-0으로 이겨야 하는 것이었다. 결국 리버풀은 5-1로 이겼고, 따라서 우리는 두 점차 승리가 필요했다. 《데일리 미러》지의 뒷면 머리기사는 **"가망이 없다, 아스널"**이었다.

나는 앤필드에 가지 않았다. 경기 일정은 그 결과가 이렇게 중요해질지 아무도 몰랐던 시즌 초에 잡혀 있었고, 이 경기로 리그 우승팀이 가려질 것이라고 밝혀진 무렵에는 입장권이 매진된 지 오래였다. 나는 오전에 하이버리로 걸어가 새로 나온 아스널 셔츠를 샀는데, 단지 가만히 앉아 있을 수가 없었기 때문이었다. 텔레비전 앞에서 그 셔츠를 입고 있다고 해서 우리 팀에게 엄청난 격려가 될 것 같지는 않았지만, 그래도 그렇게 하면 마음이 좀 가벼워질 것 같았다. 경기 시작을 여덟 시간 앞둔 정오 무렵임에도 하이버리 근처에는 수십 대의 전세 버스와 자동차가 모여 있었고, 집으로 돌아오는 길에 나는 지나치는 모든 사람들에게 행운을 비는 인사를 건넸다. 이 아름다운 월요일 아침, 그들의 낙관적인 태도("3-1" "2-0, 문제없다!" 심지어는 "4-1")를 보고 있자니 가엾다는 생각이 들었다. 이 쾌활하고 용감하며 득의만만한 젊은이들이 앤필드로 응원하러 가겠다고 나서는 모습을 보니, 나는 그들이 믿음을 잃게 되는 것이 딱한 정도가 아니라 솜강에 투신하러 가는 것처럼 비장하게 보였다.

나는 오후에 일하러 갔고, 초연함을 유지하려고 노력했지만 속이 메슥거렸다. 일이 끝난 뒤에는 노스 뱅크 바로 길 건너편에 있는 아스널 서포터 친구의 집으로 가서 경기를 보았다. 아스널이 그라운드에 들어서서 캅 쪽으로 달려가 관중석에 있는 사람들에게 꽃다발을 선물하는 순간부터 시작해서, 그날 밤에 벌어진 일 하나하나가 모두 기억에 남는다. 경기가 진행되면서 아스널이 질 것이 확실시되자, 나는 그들의 얼굴과 매너리즘을 정말 잘 알고 있으며, 우리 선수 한 사람 한 사람을 굉장히 좋아한다는 생각이 들었다. 머슨이 벌어진 앞니를 드러내며 보여주는 미소와 촌스러운 소년풍 머리 모양, 애덤스가 자신의 불리한 점을 극복하기 위해 고군분투하는 귀여운 모습, 로캐슬의 한껏 부풀어 오른 우아함, 스미스의 사랑스러운 바지런함…… 마음속으로는 그들이 그렇게 아슬아슬하게 리그 우승을 놓쳐버려도 용서할 수 있을 것 같았다. 그들은 아직 젊고, 환상적인 시즌을 보냈으니, 서포터로서 그 이상을 요구할 수는 없는 일이다.

후반전이 시작되자마자 아스널이 골을 넣는 순간, 나는 흥분했다. 종료 10분 전, 토마스가 기회를 잡았으나 골키퍼 정면으로 공을 보냈을 때, 또다시 흥분했다. 하지만 리버풀은 종반으로 가면서 점점 더 강해지고 많은 기회를 만드는 것 같았고, 결국 텔레비전 화면 모서리의 시계가 90분이 지났음을 알려주었을 때, 나는 용감한 팀을 위해 용감한 미소를 지어줄 준비를 했다. 관중석에서는 벌써 환호성이 터져나오고 있었다. "아스널이 이렇게 선두에 있다가 리그 우승을 놓친다면, 비록 지더라도 마지막 날 그 결과가 나왔다는 사실이 어느 정도 위로가 되어줄 것입니다." 케빈 리처드슨이 부상 치료를 받는 동안 해설을 맡았던 데이비드 플릿이 한 말이었다. "그 말씀은 별로 위로가 되지 않을 겁니다, 데이비드." 브라이언 무어가 대꾸했다. 정말 우리 모두에게 별로 위로가 되지 않는 말이었다.

리처드슨은 마침내 일어섰고, 92분이 지날 무렵에는 존 반스에게 페널티에어리어에서 태클까지 걸었다. 그러더니 루킥이 공을 딕슨에게 굴려 보냈고, 딕슨이 스미스에게, 스미스가 멋지게 패스…… 시즌 마지막 경기의 마지막 순간, 토마스가 단독 돌파로 아스널의 리그 우승을 향해 나아갔다. "자, 조금만 더!" 브라이언 무어가 고함쳤다. 그러나 그때까지도 나는 '제발 마이클, 제발 마이클, 제발 골을 넣어줘. 오 하느님, 득점하게 해주세요.'라고 생각하는 대신, 조금 전에 겪은 실망으로 더욱 단단해진 회의론에 빠져서는 '적어도 저만큼은 했구나.'라고 생각하면서 희망을 걸지 않으려고 애쓰고 있었다. 그런데 토마스가 공중제비를 넘었고, 내가 바닥에 벌러덩 드러눕자 거실에 있던 사람들이 전부 내게 달려와 엎어졌다. 그 순간 18년이란 세월은 온데간데없이 잊혀졌다.

그런 순간을 어디다 비교할 수 있을까? 1990년 월드컵에 대해, 피트 데이비스의 근사한 책 《모두의 승부》에서는, 선수들이 골을 넣는 순간의 기분을 묘사할 때 성적인 이미지를 사용한다는 사실을 지적하고 있다. 여느 평범한 일상을 초월하는 어느 순간, 나 역시 그런 느낌을 받을 때가 있다. 예컨대 1990년 12월, 홈에서 맨체스터 유나이티드에게 6-2로 진 나흘 후 리버풀에게 3-0으로 이겼을 때, 스미스의 세 번째 골은 정말 기분 좋게 긴장을 풀어주었다. 그리고 4, 5년 전, 노리치를 상대로 경기 내내 주도해나가다가 16분 동안 네 골을 터뜨렸을 때도 마치 섹스를 할 때처럼 딴 세상에 온 기분이었다.

그러나 이런 순간을 오르가슴에 비유하는 것이 적합하지 않은 까닭은, 오르가슴이란 분명 즐거운 것임에도 불구하고, 낯익고 반복할 수 있으며(한창 때라면 두어 시간 만에도 가능하다) 특히 남성의 경우 지극히 예측이 가능하다는 점 때문이다. 섹스를 하는 중에는 앞으로 일어날 일을 미리 알고 있다. 혹시 18년 동안 사랑을 나누어보지 못했고 앞으로 18년 동안도 사랑을 나눌 희망을 포기했는데, 그러다 갑자기, 불현듯, 그럴 기회가 나타났다면…… 그런 상황이라면 아마도 그때 앤필드에서 벌어진 순간과 비슷한 느낌을 재현할 수 있을 것이다. 보통의 경우에는 섹스가 축구 관전보다 더 나은 활동이라는 것이 의심의 여지가 없다 하더라도(0-0 무승부도 없고, 오프사이드 트랩도 없으며, 결승전 진출 좌절도 없고, 뭐니 뭐니 해도 따뜻하니까) 그것이 주는 느낌은, 평생 단 한 번 느낄 수 있는, 마지막 순간에 결정된 리그 우승이 가져다주는 느낌만큼 강렬하지는 못하다.

사람들이 일생의 최고의 순간이라고 묘사하는 순간 가운데 서로 비슷한 것은 아무것도 없는 것 같다. 아이가 태어나는 순간은 대단히 감동적이겠지만, 거기에는 사실 반드시 필요한 놀라움이라는 요소가 빠져 있고 진통이 너무 길기도 하다. 개인의 야망이 이뤄지는 순간—승진이나 수상—은 마지막 순간에 결정된다는 점도 없고, 내가 그날 밤 느꼈던 무기력함이라는 요소도 없다. 게다가 그때처럼 '갑작스러움'을 느끼게 해줄 수 있는 것이 달리 무엇이 있겠는가? 거금의 복권 당첨이 있겠지만, 많은 돈이 생기는 것은 정신의 전혀 다른 부분에 영향을 미치는 것이며, 결코 축구가 느끼게 해주는 공동체의 일원으로서의 환희를 느끼게 해주지 못한다.

그렇다면 결국 그 기분을 묘사해줄 수 있는 것은 아무것도 없다. 나는 온갖 가능한 방법을 다 동원해보았지만 허사였다. 나는 내가 20년 동안 갈망해왔다는 사실(그렇게 오랫동안 갈망할 수 있는 것이 그 외에 또 무엇이 있겠는가?) 외에는 아무것도 생각할 수 없고, 내가 아이였을 때나 어른이 되어서나 늘 바랐다는 사실 말고는 그 어떤 것도 떠오르지 않는다. 그러니 스포츠에서 겪은 순간을 자기 생애 최고의 순간이라고 말하는 사람들을 참아주시라. 우리는 상상력이 부족한 것도 아니고, 처량하고 메마른 삶을 사는 것도 아니다. 단지 현실의 삶은 스포츠보다 맥 빠지고, 우중충하며, 예기치 못한 광란 상태가 일어날 가능성이 적다는 것뿐이다.

종료 휘슬이 울리자(토마스가 돌아서서 루킥에게, 완벽하게 안전하지만, 너무너무 무심하게 자로 잰 듯한 백패스를 보낸 그 순간에도 심장이 멎을 것 같았다) 나는 곧바로 문밖으로 달려나가 블랙스톡 로드의 술집으로 향했다. 비행기놀이를 하는 꼬마처럼 양팔을 벌리고 거리를 날아가는 동안, 노부인들이 현관으로 나와서 마치 내가 마이클 토마스라도 되는 듯 박수를 쳐주었다. 나는 내 눈빛에서 지각이 완전히 사라진 것을 알아차린 술집 주인에게 바가지를 쓰고 싸구려 샴페인 한 병을 샀다. 사방의 술집과 가게와 집에서 함성과 비명이 들려왔다. 팬들이 하이버리에 모이기 시작했다. 깃발을 몸에 휘감은 사람도 있었고, 경적을 울리는 차 지붕 위에 앉아 있는 사람도 있었다. 낯선 사람들끼리도 마주칠 때마다 얼싸안았고, 텔레비전 카메라는 심야 뉴스에 내보낼 파티 장면을 찍으러 몰려들었으며, 구단 직원들은 창문 밖으로 펄쩍펄쩍 뛰고 있는 관중들에게 손을 흔들었다. 앤필드에 가지 않은 덕분에 우리 집 문 앞에서 벌어지는 이 열광적인 라틴 축제를 놓치지 않을 수 있어서 다행이라는 생각이 들었다. 21년이 지난 후에야 비로소 2관왕의 해에 그러했던 것처럼 경기를 보러 가지 않았으니 축하에 동참할 수 없다는 느낌을 지울 수 있게 된 것이다. 나는 정말 정말 정말 오랜 세월 동안 노력해왔고, 드디어 나도 하나가 되었다.

입석에서 좌석으로

•••

아스널 vs 코벤트리
1989. 8. 22.

내가 삼십 대가 되면서 겪은 변화는 다음과 같다. 집을 장만했다. 《뉴 뮤지컬 익스프레스》와 《페이스》를 사는 걸 그만두고, 왠지 모르지만 거실 선반 아래 《Q 매거진》 과월호를 모으기 시작했다. 조카가 생겼다. 시디플레이어를 샀다. 회계사가 생겼다. 어떤 종류의 음악—힙합, 인디 기타 팝, 스래시 메탈—은 다 똑같이 들리고 곡조가 없는 것처럼 느껴졌다. 나이트클럽보다는 레스토랑을, 파티보다는 친구들과의 저녁식사를 더 좋아하게 되었다. 아직도 맥주 한 잔 정도는 좋아하지만, 맥주로 배를 채우는 것은 싫어하게 되었다. 가구를 들여놓고 싶어하게 되었다. 주방에다 메모를 꽂아놓는 코르크판을 하나 샀다. 특정한 시각을 갖게 되었다. 예컨대 우리 집 앞을 무단으로 점거한 사람들이나 너무 시끄러운 파티를 싫어하게 되었는데, 그것은 예전의 내가 견지하던 태도와는 전혀 일치하지 않는 것이다.

그리고 1989년, 15년 동안 노스 뱅크에서 서서 응원해온 내가 좌석 시즌 입장권을 샀다. 이런 이야기들로 내 나이가 들어가는 과정을 다 보여주지는 못하겠지만, 어느 정도는 알 수 있을 것이다.

좌석 입장권을 산 건, 오로지 지쳤기 때문이다. 줄을 서는 것도 지쳤고, 아스널이 득점할 때마다 이 사람 저 사람에게 눌리고 밀리는 것에도, 빅 매치 때는 항상 골대 근처가 가려져 보이지 않는다는 사실에도 지쳤다. 또한 킥오프 2분 전에 경기장에 도착해도 아무런 손해를 볼 것이 없다는 점에도 상당히 솔깃했다. 입석은 전혀 아쉽지 않았다. 사실 거기 서 있었을 때보다 앉아서 그곳을 구경하니 그 분위기와 소음을 더 즐겁게 감상할 수 있었다. 이 코번트리 전은 우리가 처음으로 앉아서 본 경기였고, 토마스와 마우드가 바로 내 눈앞에서 골을 넣었다.

함께 간 사람들은 다섯 명으로, 피트와 내 남동생, 내 여자친구(그녀의 자리에는 요즘 주로 다른 사람이 앉는다)와 나 그리고 학생 구역에서 경기를 보던 시절 랫이라고 불렸던 앤디였다. 나는 앤디와 연락이 끊어진 지 10여 년 만에 조지 감독이 두 번째 맞던 시즌의 노스 뱅크에서 우연히 다시 만났다. 그 친구 역시 입석을 떠날 참이었다.

좌석 시즌 입장권을 사면, 사실 소속감이 조금 더 커진다. 입석에도 내 자리를 정해놓기는 했지만 그 자리에 대한 권리는 없었고, 빅 매치 때만 보러 오는 팬 누군가가 그 자리에 서 있으면 눈썹을 치켜올리는 것밖에 달리 도리가 없었다. 이제 나는 축구장에 정말로 내 집을 장만한 셈이다. 한집을 쓰는 친구들도 있고, 공통의 관심사, 즉 새로운 미드필더와 스트라이커와 경기 방식이 필요하다는 등의 이야기를 나누는 사이좋은 이웃도 생겼다. 그러니 나 역시 늙어가는 축구팬의 길을 판에 박힌 듯 따르고 있지만, 후회는 없다. 세월이 흐르면, 매일매일 경기에 목숨 걸고 사는 삶은 더 이상 원치 않게 되고, 경기가 없는 날에는 안정된 삶을 누리길 바라게 되는 법이니까.

흡연

•••

아스널 vs 리버풀
1989. 10. 25.

이 경기를 기억하는 것은, 교체로 들어간 스미스가 막바지에 결승골을 넣어 오랜 숙적을 꺾고 손쉽게 우승컵을 차지할 수 있었다는 평범한 이유에서다. 그러나 무엇보다도 이 경기는 1980년대와 1990년대를 통틀어 90분 내내 나의 혈관 속에 니코틴이 전혀 들어있지 않았던 유일한 경기이기도 했다. 나는 그때 담배를 피우지 않고 경기를 보려고 노력하던 중이었다. 1983/84시즌 전반에는 니코틴껌을 씹었지만, 담배를 끊지 못하고 결국 다시 피우기 시작했다. 그러나 1989년 10월, 금연 강사 앨런 카를 만난 이후 열흘 동안 담배를 끊었고, 이 경기가 바로 그 불행한 시기 도중에 있었던 것이다.

나는 담배를 끊고 싶다. 나 역시 금연을 원하는 많은 사람들처럼 조금만 참으면 끊을 수 있다고 굳게 믿고 있다. 나는 면세 담배나 라이터, 심지어 가정용 크기의 성냥도 사지 않는데, 곧 담배를 끊을 것이므로 돈 낭비라고 생각하기 때문이다. 그러나 지금, 오늘, 바로 이 순간, 담배를 끊지 못하는 까닭은 늘 똑같다. 글이 잘 써지지 않아서 집중력이 필요한데, 오로지 담배만이 도와줄 수 있기 때문이기도 하다. 비명이 터져나올 정도로 심각한 가정 문제도 있다. 그리고 언제나 피할 수 없는 이유가 있는데, 바로 아스널이다.

약간의 여유가 생기는 시기도 있다. FA컵이 시작되기 전 그리고 리그 경쟁이 달아오르기 전인 시즌 초반이 그렇다. 그리고 지금 같은 1월 말, 우리 팀에게서 모든 가능성이 사라지고 나면, 다섯 달간의 지루하지만 긴장할 일 없는 세월을 보내게 된다. (그러나 이 책을 써야 하고, 마감을 맞추어야 한다……) 하지만 리그 우승을 한 1988/89시즌이나 2관왕을 노리던 1990/91시즌 같은 경우에는 1월에서 5월 사이에 벌어지는 매 경기가 중요했기 때문에, 나는 담배 없이는 앉아 있을 수가 없었다. 웸블리에서의 준결승전, 토트넘에게 11분 만에 두 골을 내준 상황에서 담배가 없다면? 상상할 수도 없는 일이다.

앞으로도 영원히 아스널을 내세울 것인가? 아스널은 앞으로도 쭉 내가 담배를 피우고, 주말에 놀러 가지 않고, 홈경기 날짜와 같은 날 일하지 않는 핑계가 되어줄 것인가? 이날 리버풀 전에서, 아스널은 이 모든 상황이 그들의 탓이 아니며, 내 행동을 통제하는 것은 바로 나라는 사실을 보여주었다고 생각한다. 나는 그날 밤 그라운드로 뛰쳐나가 바보 같은 선수들을 잡아 흔들어주지 않고 버틴 것을 기억하고 있다. 그러나 그 후 경기 일정을 보자, 니코틴중독과 대결할 때가 아니라는 생각이 들어 모든 것을 다 잊어버리고 말았다. 등에 혹처럼 붙어서 절대 떨어지지 않는 아스널이 나를 정말 무능하게 만든다고 말한 적이 있다. 하지만 나 역시 그 아스널을 이용해서 온갖 핑계를 짜내고 있다.

일곱 골과 주먹다짐

●●●

아스널 vs 노리치
1989. 11. 4.

어떤 경기가 정녕 기억에 남는 경기가 되려면, 거기서 느낀 충만함으로 온몸에 전율이 느껴지려면, 다음 항목들 가운데 가능한 한 많은 것을 만족시켜야 한다.

(1) 골 : 많을수록 좋다. 너무 일방적인 경기에서는 골이 그 가치를 잃기 시작한다는 주장도 있지만, 실제로 그런 경우를 본 적은 한 번도 없었다. (아스널이 셰필드 웬즈데이를 7-1로 이겼을 때, 마지막 골도 첫 골이나 다름없이 즐거웠다.) 양 팀 모두 골을 넣게 된다면, 상대 팀이 선제골을 넣는 쪽이 낫다. 내가 특히 좋아하는 스코어는 3-2 홈 승리로서, 전반전까지 2-0으로 지다가 마지막 순간 결승골이 나오는 경우다.

(2) 말도 안 되는 심판의 편파 판정 : 편파 판정으로 인해 경기에 지지만 않는다면, 나는 아스널이 그 수혜자가 되기보다는 피해자가 되는 쪽이 더 좋다. 완벽한 축구 관전 경험을 구성하는 데 분노는 필수

적인 요소다. 그러므로 심판이 눈에 띄지 않는 경기가 좋은 경기라고 주장하는 해설자들의 말에 공감할 수 없다. (나도 몇 분마다 자꾸만 경기가 중단되는 것은 싫지만 말이다.) 나는 심판을 쳐다보고, 소리를 지르고, 편파 판정에 당했다는 느낌을 받는 쪽이 더 좋다.

(3) 시끄러운 관중 : 내 경험상, 팀이 경기를 잘하는데도 지고 있을 때 관중은 최선을 다해 응원한다. 그런 까닭에 나는 3-2 승리를 가장 좋아하는 점수로 꼽는 것이다.

(4) 수중전, 미끄러운 잔디 등등 : 8월의 완벽한 푸른 잔디 그라운드가 미학적으로는 더 우수한 법이지만, 나는 문전에서 이리저리 미끄러지는 혼란을 좋아한다. 완전히 진흙탕이 되어버리면 경기를 할 수 없겠지만, 태클이나 크로스 패스를 시도하기 위해 선수들이 10야드나 15야드씩 슬라이딩하는 광경은 정말 근사하다. 또한 쏟아지는 빗속을 뛰어다니는 광경에도 뭔가 강렬한 면이 있다.

(5) 상대 팀의 페널티킥 실축 : 아스널의 골키퍼 존 루킥은 페널티킥 선방의 제왕이라서 나는 이런 경우를 꽤 많이 보아왔다. 가장 좋아하는 페널티킥 실축 장면을 꼽는다면, 1988년 FA컵 경기 5차전 마지막 순간에 브라이언 맥클레어가 찬 페널티킥이다. 맥클레어의 킥은 너무나 강해서 공이 노스 뱅크 지붕 위로 날아갈 뻔했다. 1990년 리그 경기 중, 역시 마지막 순간에 나왔던 나이젤 클러프의 실축 역시 기억에 남는다. 주심은 다시 차라고 했지만, 그는 또 실패하고 말았다.

(6) 상대 팀의 퇴장 : 1992년 FA컵 포츠머스와 포레스트의 8강전

에서 포레스트의 브라이언 로스가 퇴장당하고 포츠머스 서포터들이 열광했을 때 배리 데이비스가 이렇게 말했다. "관중의 반응을 듣고 있자니 실망스럽군요." 그는 대체 뭘 기대한 것일까? 팬들에게 상대 팀 선수의 퇴장이란 언제나 황홀한 순간이다. 하지만 너무 일찍 퇴장당하지 않는 것이 중요하다. 전반전에서 퇴장이 나오는 경우, 열한 명이 뛰는 팀에게 지루할 정도로 쉬운 승리를 선사하거나(1991년 FA컵 준결승전인 포레스트 대 웨스트햄 전) 도저히 돌파할 수 없는 수비진을 짜서 경기의 활력을 앗아가버리는 경우가 많다. 팽팽한 접전에서 후반전 퇴장이 나오면 유쾌하기 그지없다. 무인도에 가게 되었을 때 챙겨가고 싶은 퇴장 장면을 하나만 고르라고 한다면, 1978년 하이버리에서 있었던 FA컵 4차전에서 울브스의 밥 헤이젤이 당한 퇴장을 택하겠다. 그때 점수는 1-1이었다. 헤이젤은 코너킥을 빨리 차기 위해서 공을 빼앗아간 릭스에게 주먹질을 했다. 그 덕분에 경기 내내 자신을 수비하던 헤이젤에게서 벗어난 맥도널드가 그 코너킥을 머리로 받아 결승골을 넣었다. 또한 1986년 하이버리에서 토니 코튼이 퇴장당하고 쓸쓸히 걸어나가던 광경 역시 엄청 즐거웠다. 골키퍼가 퇴장당하는 모습에는 뭔가 특별한 것이 있다. 그리고 1990년 월드컵 개막전에서 마싱이 카니기아를 잔인하게 가격한 다음, 퇴장당하면서 관중들에게 손을 흔들던 광경도 기억에 남는다.

(7) 모종의 '수치스러운 사건'(또는 '바보스러운 사건'이나 '말도 안 되는 사건' '불쾌한 사건'): 이 시점에서 우리는 윤리적으로 모호한 영역으로 들어간다. 분명 선수들은 흥분하기 쉬운 관중들을 자극하지 말아야

한다. 비 내리는 11월 오후, 추위로 얼어붙은 만 명의 관중 앞에서 평소에 별다른 감정이 없던 코번트리와 윔블던 선수들이 싸우는 것과, 통제가 불가능할 정도로 서로에 대한 악감정이 가득한 팬들 앞에서 해묵은 앙숙 셀틱과 레인저스 선수들이 싸우는 것은 전혀 다른 차원의 문제다. 하지만 대단히 유감스럽게도, 지루한 경기에 활력을 불어넣어주는 요소로 주먹다짐만 한 것이 없다는 결론을 내릴 수밖에 없다. 이때의 파생 효과는 다양하다. 선수들과 관중은 하나가 되고, 상황은 더 복잡해지며 맥박이 빨라진다. 그러니 그 결과 불쾌한 원한 관계를 낳는 경기로 전락하지만 않는다면, 나는 주먹다짐을 상당히 반가운 요소로 환영한다. 내가 만일 스포츠 기자라거나 축구 당국의 대표라면, 필시 입술을 오므려서 못마땅한 소리를 내며, 싸움을 한 사람들을 징계해야 한다고 주장할 것이다. 그러나 마리화나와 마찬가지로, 사소한 싸움을 공식적으로 금지시킨다면 아무런 재미가 없어질 것이다. 다행히도 내게는 그런 책임이 전혀 없다. 윤리적 책임을 질 의무가 없는 단순한 팬의 입장이니까.

1989년 말에 있었던 아스널 대 노리치 전에서는 일곱 골이 나왔고, 아스널이 2-0으로 지고 있다가 3-2까지 뒤쫓더니 4-3으로 이겼다. 페널티킥이 두 번 나왔고, 그중 하나는 3-3 동점 상황에서 마지막 순간에 주어졌다. (그런데 둘 다 주심의 대단한 오심이었다.) 그리고 노리치의 골키퍼 건이 페널티킥을 막아냈으나 공은 딕슨에게 굴러갔고, 딕슨이 발로 찌르자 공은 아주 살짝 굴러 빈 네트 안으로 들어갔다. 이 순간 싸움이 터졌다. 모두들 달려들어 주먹다짐을 하느라 엉겨붙은 아스널 골키퍼를 뜯어말리자, 영원히 계속될 것 같던 이 상황은 몇 초 만에 끝났다. 아무도 퇴장당하지는 않았지만 괜찮았다. 이런 경기를 어찌 즐기지 않을 수 있으랴?

물론 두 팀은 거액의 벌금을 물어야 했다. 팬들이 원하는 것을 보여주었다고 축구협회에서 선수들에게 감사장을 보낼 수는 없는 일이니 말이다. 하지만 중요한 것은 이것이다. 경기가 끝나자 우리는 그날 오후 스포츠계에서 가장 중요한 순간을 생생하게 목격한 장본인들이 되어 집으로 돌아갔다. 그 순간은 몇 주, 몇 달 동안 사람들의 입에 오르내릴 것이며, 신문과 뉴스에 나오고, 월요일 아침에 출근하면 모두들 우리한테 그 사건에 대해 물어볼 것이다. 그러니 결국 다 자란 어른들이 3만 5천 명의 관중 앞에서 바보짓을 하는 광경을 그 자리에서 볼 수 있었던 것은 특권이라고 할 수밖에 없다. 나는 온 세상을 다 준대도 그것과 바꾸지 않을 것이다.

사담 후세인과 워런 바턴

●●●

아스널 vs 에버턴
1991. 1. 19.

별로 알려지지 않은 사실 한 가지. 축구팬들은 다른 사람들보다 앞서 걸프전 발발 소식을 알게 되었다. 자정 직전, 우리는 텔레비전 앞에 앉아서 첼시 대 토트넘의 리그 컵 경기 하이라이트를 기다리고 있었는데, 갑자기 닉 오웬이 모니터를 바라보는 장면이 나오더니, 뉴스 속보를 내보낸 후 스탬퍼드 브리지로 다시 연결하겠다고 했다. (그 상황에 비추어볼 때, 이튿날 아침 《데일리 미러》지에 난 경기 기사는 유난히 눈에 띄었다. "계속해서 밀려오는 공격에 토트넘은 간신히 목숨을 부지하다." 이런 식이었다.) ITV는 BBC보다 몇 분 먼저 뉴스를 전했다.

나도 대부분의 사람들처럼 겁에 질렸다. 핵무기와 화학무기가 사용될 수 있다는 사실도 두려웠고, 이스라엘이 개입할까 봐 걱정스러웠으며, 수십만 명의 사람들이 죽어가고 있다고 생각하니 우울했다. 토요일 오후 3시, 전쟁이 시작된 지 이틀하고 열다섯 시간이 지난 시점에 축구 경기를 보러 와 있다는 사실은 대단히 혼란스러웠다. 나는 밤늦게 텔레비전을 너무 많이 보았고, 뒤숭숭한 꿈도 너무 많이 꾸었다.

관중들 틈에서는 색다른 노래도 나왔다. 노스 뱅크에서는 〈사담 후세인은 호모다〉라는 노래와 〈사담은 아스널한테서 도망갔다〉라는 노래가 들려왔다. (첫 번째 노래는 설명할 필요가 없을 테고, 두 번째 노래에서 '아스널'은 선수가 아니라 팬을 가리킨다. 즉 그 노래는 사담 후세인을 놀리는 내용이 아니라 아스널 팬이 망상에 빠져 있다는 내용이다. 이는 아스널 팬의 바람일 뿐, 후세인이 정말 아스널 팬을 무서워하는지는 알 수 없다. 그러고 보면, 후세인이 호모섹슈얼이라는 것 역시 아스널 팬들의 생각이지, 후세인 본인의 의견은 빠져 있다는 것을 깨닫게 된다. 이런 노래 속에서 일관성 있는 이데올로기를 바라는 것은 무리한 요구일지도 모른다.)

세계가 전쟁을 치르고 있는 와중에 축구 경기를 보는 것은 난생처음 하는 흥미로운 경험이었다. 멀리서 백만 명의 사람들이 서로를 죽일 준비를 하고 있는 판국에, 어떻게 하이버리가 우주의 중심이 될 수 있을까? 간단하다. 후반전 시작 직후 머스의 골로 우리는 1-0 승리를 거두었지만, 그것만으로는 바그다드로부터 관심을 돌리기에 충분치 않았다. 그러나 잠시 후 워런 바턴의 프리킥으로 윔블던이 리버풀을 이기자, 우리는 그 시즌 처음으로 리그 선두에 올라섰고 다시 모든 것이 분명해졌다. 12월에 리버풀에게 승점 5점을 뒤지고 있던 우리는, 1월에 1점 앞서게 된 것이다…… 4시 45분, 사담 후세인은 잊히고 하이버리는 들썩이고 있었다.

아스널다운 것

●●●

아스널 vs 맨체스터 유나이티드
1991. 5. 6.

1991년 5월, 3년 만에 두 번째, 내 평생 세 번째로 아스널은 다시 리그 우승을 거머쥐었다. 하지만 1989년 때처럼 드라마틱한 우승은 아니었다. 리버풀은 불명예스럽게 무너져내렸고 우리는 독주할 수 있었다. 5월 6일 저녁, 우리가 홈에서 맨체스터 유나이티드를 맞기 전에 리버풀이 포레스트의 홈에서 패배하는 바람에 우리의 우승이 결정되었고, 그래서 맨체스터 유나이티드와의 경기는 요란하고 왁자지껄한 축하 파티로 변했다.

아스널의 모습을 모범적으로 보여준 시즌이 있다면 바로 그 시즌이었다. 시즌 내내 아스널은 리그 경기에서 단 한 번 패배했을 뿐만 아니라 열여덟 골만을 허용하는 놀라운 수비력을 과시했다. 이 통계는 그 자체만으로도 전형적인 아스널의 끈질긴 투지를 보여준다. 게다가 거의 코미디에 가까운 적개심과 역경에 맞서 싸우며 이룬 리그 우승이었다. 우리는 그 신 나는 노리치 소동이 있은 지 1년도 안 되어 또 한 차례 싸움에 휘말리는 바람에 벌점으로 승점 2점을 빼앗겼다. 그 직후 우리 주장이 어처구니없을 만큼 멍청한 음주 운전으로 구속되었다. 이 두 사건뿐만 아니라 그 외에도 자잘한 사건들이 경기장 안팎에서 수두룩하게 벌어졌다. 패싸움, 술 마시고 추잡한 행동을 했다는 타블로이드 신문기사들, 관중 앞에서 보인 성급하고 버릇없는 행동(가장 기억에 남는 것은 1989년 말 애스턴 빌라와의 원정 경기에서 경기 종료 후 선수들 대다수가 선심을 에워싸고 욕을 해대던 사건이었는데, 응원하러 간 우리마저도 창피할 정도였다) 등등등. 이런 일이 벌어질 때마다 신중하게 말하고, 올바른 생각을 하고, 아스널을 미워하는 사람들이 잉글랜드 본토로부터 아스널과 그 팬들은 점점 더 먼 곳으로 고립되었다. 하이버리는 런던 북부 한복판에 위치한 악마의 섬, 쓸모없는 이단아들의 고향 취급을 받았다.

맨체스터 유나이티드 전 내내 관중들은 "승점 2점은 네 엉덩이에나 처박아라!"라고 신이 나서 노래를 불러댔고, 그것이야말로 아스널의 본질을 보여주는 노래같이 느껴졌다. 우리의 승점을 빼앗아가고, 우리 주장을 구속하고, 우리가 하는 축구를 미워하는 놈들아, 나가 뒈져라. 남의 즐거움 따위는 생각할 것 없이 우리의 단결과 반항심을 과시하고, 덕스럽지 못한 모든 것의 미덕을 세상에 천명하는 우리만의 밤이었다. 아스널은 다른 축구팬들의 애정과 존경심을 불러일으키는 노팅엄 포레스트나 웨스트햄이나 리버풀 같은 팀이 아니다. 우리는 기쁨을 우리 외에 그 누구와도 나누지 않는다.

지난 2,3년 동안 아스널이 시즌 내내 치고받고 싸우며 지내온 것이 잘했다는 말은 물론 아니다. 나도 토니 애덤스가 맥주를 들통으로 마신 다음 차를 몰다가 미끄러지는 일이나, 그가 투옥되어 있는 동안 구단에서 그에게 봉급을 주지 않는 일이 일어나지 않기를 바라고, 이언 라이트가 올덤 팬들에게 침을 뱉는다든가 나이젤 윈터번이 하이버리 터치라인에 있던 서포터 한 사람과 괴상한 싸움을 벌이는 일이 일어나지 않았으면 좋겠다. 이런 일은 모두 나쁜 짓이다. 그러나 내가 느끼는 감정은 좀 다르다. 지긋지긋할 정도로 미움을 받는다는 것은, 아스널에게 있어서는 본질적인 부분이다. 누구든지 유리한 입장이 되기 위해 약삭빠르게 오프사이드 트랩과 추가 수비수를 두고 경기하는 세상에서, 어쩌면 이런 불쾌한 사건들은 아스널이 큰 몫을 차지하기 위해 거는 판돈인 셈이라고 볼 수도 있겠다.

그러므로 아스널이 이런 식으로 행동하는 까닭을 묻는 것은 그다지 흥미로운 질문이 되지 못한다. 그저 그들이 아스널이기 때문에, 그리고 축구계에서 자신이 맡은 역할을 잘 알기 때문에 이렇게 행동한다는 것이 해답이 될 것 같다. 그보다 더 흥미로운 질문은 이것이다. 그런 행동이 팬들에게 무엇을 느끼게 해주는가? 모두가 신이 나서 미워하는 팀을 평생 응원하는 정신 상태는 어떠한가? 축구팬들도 강아지처럼 주인을 닮게 되는가?

물론 그렇다. 내가 알기로, 웨스트햄 팬들은 약자로서의 도덕적 권위 의식을 타고난 사람들이며, 토트넘 팬들은 자부심이 강하고 세련된 척하는 사람들이고, 맨체스터 유나이티드 팬들은 한풀 꺾인 화려함을 지니고 있으며, 리버풀 팬들은 정말로 화려하다. 그리고 아스널 팬들은…… 온 세상의 다른 사람들이 근본적으로 사랑할 수 없다고 여기는 것을 사랑하면서도 우리가 그것으로부터 아무런 영향을 받지 않았다고 생각할 수는 없는 일이다. 1969년 3월 15일 이후로 나는 아스널로 인해 느끼게 되는, 심지어 아스널이 요구하는 고독을 늘 끼고 살아왔다. 내 여자친구는 내가 자잘한 패배를 겪을 때마다, 내가 배신을 당했다고 생각할 때마다 괴로워하며 반항하는 것을 아스널로부터 배운 것이라고 생각하는데, 그 생각이 맞을지도 모른다. 아스널처럼 나도 그다지 낯이 두껍지 못하다. 내가 비평에 과민한 것은, 비신사적인 반칙을 하고서도 금세 손을 내밀어 악수를 청하고 아무 일도 없었다는 듯이 경기를 계속하는 영리하고 약삭빠른 편이 아니라, 아스널처럼 아둔하고 비사교적으로 골방에 처박혀 운명이나 탓하는 편이라는 뜻이다. 정말 아스널 서포터답게도, 나는 호통치고 꾸짖을 수는 있지만, 내가 그런 일을 당하는 것은 참지 못한다.

그래서 두 번째 리그 우승은 비록 첫 번째 리그 우승보다 덜 감격스러웠지만 훨씬 더 만족스러웠고, 아스널의 방식을 보다 진실하게 보여주었다. 모두가 똘똘 뭉쳐서, 숭고할 정도로 단순한 목적의식으로 하나가 되어, 자기 손으로 만든 온갖 장애물을 극복해냈다. 그것은 단순히 팀의 승리일 뿐만이 아니라, 아스널이 표방하게 된 가치와 이 팀의 모든 팬들이 상징하는 바의 승리였다. 5월 6일은 우리의 밤이었고, 남들은 어찌 되든 알 바 아니었다.

실축

•••

친구들 vs 다른 친구들
매주 수요일 밤.

축구를 보기 시작하면서, 내가 직접 축구를 할 때도 퍽 진지해졌다. 선생님의 성화에 못 이겨 움직이는 것이 아니라, 내가 하는 동작에 신경을 쓰기 시작한 것이다. 학교에서는 테니스공으로 축구를 했고, 길거리에서는 두세 명씩 편을 짜서 구멍 난 플라스틱 공으로 축구를 했다. 여동생과 뒷마당에서 축구를 하기도 했다. 여동생에게 미리 9점을 주고 10점을 먼저 내는 사람이 이기는 것이었는데도, 내가 골을 넣으면 여동생은 집에 들어가겠다고 으름장을 놓았다. 또 일요일 오후 '빅 매치'가 끝나면, 동네 근처 축구장에 가서 장래 희망이 골키퍼였던 아이와 경기를 하기도 했다. 우리는 리그 경기 흉내를 냈고, 나는 뛰면서 동시에 중계와 해설을 하기도 했다. 대학에 가기 전에는 동네 스포츠센터에서 다섯 명씩 편을 짜서 축구를 했으며, 대학에서는 2군이나 3군 축구팀에 속해 있었다. 케임브리지에서 교사

일을 할 때는 교직원 팀에서 뛰었고, 여름방학에는 친구들과 일주일에 두 번씩 경기를 했다. 지난 6,7년 동안 내가 아는 축구광들은 전부 일주일에 한 번 런던 서부의 파이브 어 사이드 축구 코트에 모여서 경기를 해왔다. 그러니 나는 내 생애 3분의 2를 축구를 하면서 보냈고, 남아 있는 30~40년 동안도 가급적 축구를 많이 하고 싶다.

나는 스트라이커다. 아니, 나는 골키퍼도 아니고, 수비수도 아니고, 미드필더도 아니라는 표현이 옳을 것이다. 5년 전 혹은 10년, 15년 전에 넣은 골을 생생히 기억할 수 있을 뿐만 아니라, 지금도 그 골을 추억하면 속으로는 커다란 기쁨을 느끼는데, 이런 식의 자기만족 탓에 결국 냉철하게 스스로를 바라볼 수 없게 된 것이 분명하다. 따로 말할 필요도 없겠지만, 나는 축구에 전혀 소질이 없다. 그러나 다행히도 나와 함께 뛰는 친구들도 마찬가지다. 우리는 겨우겨우 즐길 만한 축구를 할 정도의 실력이다. 매주 우리 가운데 한 사람이 당황한 상대 팀의 수비를 뚫고 날카로운 발리슛 등으로 우연히 골을 넣는데, 우리는 그다음 경기까지 내내 그 일을 내심 켕기는 맘으로(다 큰 어른들이 꿈꾸듯이 떠올릴 만한 일은 아니기 때문에) 곱씹어보곤 한다. 우리 가운데는 머리가 벗겨진 친구들도 있지만, 레이 윌킨스 같은 선수나 지금은 이름이 기억나지 않는 저 훌륭한 삼프도리아*의 윙에게는 대머리가 핸디캡으로 작용하지 않았다고 서로 위로해주곤 한다. 우리 대부분은 약간 뚱뚱하고, 나이는 삼십 대 중반에 접어들었다. 그리고

* 이탈리아 프로 리그의 축구팀.

심한 태클은 하지 않기로 암묵적인 합의를 보았다. 몸을 던져 태클을 할 재주가 없는 우리로서는 그런 합의가 이루어져 다행이지만, 그래도 지난 2년 동안 나는 목요일 아침마다 깨어나면 관절이 삐걱거리고, 힘줄이 당기고, 아킬레스건이 쑤셔서 꼼짝도 할 수 없었다. 한번 뛰고 나면 이틀 동안 무릎이 부어 있는데, 그것은 10년 전 인대가 찢어지는 부상을 입었던 탓이다. (그 후 수술을 받았는데, 그것이 내가 겪은 경험 가운데 진짜 축구 선수와 가장 비슷한 것이었다.) 점점 나이가 들어가고, 자신을 학대하는 라이프 스타일을 고수하는 바람에, 그나마 예전처럼 뛰지도 못한다. 60분 경기가 끝나면 나는 지쳐서 얼굴이 시뻘게지고, 입고 있는 아스널의 레플리카 원정 경기용 유니폼에서는 땀이 뚝뚝 떨어진다.

프로 선수와 가장 가까운 위치가 된 것은 대학 시절이었다. 나는 한 번인가 두 번은 케임브리지 대학 전체의 베스트 11로 구성된 팀 블루스의 대표 선수였다. (마지막 학기에는 3군에서 뛰었다.) 내가 알기로, 우리가 학교에 다니던 시절 블루스 선수 두 명이 프로 리그에서 뛰게 되었다. 대학에서 가장 뛰어난 선수이자 별처럼 빛을 발하던 금발의 스트라이커는 4부 리그의 토키 유나이티드에서 몇 차례 교체 선수로 활약했다. 그는 한 차례 득점까지 했다. 다른 한 명은 케임브리지 시티, 그러니까 케임브리지 유나이티드가 아니라 퀜틴 크리스프가 응원하던 팀, 늘어진 〈오늘의 경기〉 노래 테이프를 틀어주고 200명의 관중이 모이던 그 팀에서 풀백으로 뛰었다. 그를 보러 간 적도 있는데, 그의 플레이는 다른 선수들에 비해 훨씬 굼떴다.

그러니…… 내가 만일 대학에서 25등이나 30등이 아니라 1등 선수였다고 할지라도, 운이 좋아야 아주 후진 세미프로 팀의 뒤떨어진 선수로 보였을 것이다. 스포츠는 글쓰기나 그림 그리기나 회사의 중간 관리직 사원의 경우처럼 꿈을 꿀 수 없는 분야다. 열한 살 때 나는 결코 아스널의 선수가 될 수 없음을 깨달았다. 열한 살이란 그렇게 끔찍한 일을 깨닫기에는 너무 어린 나이였지만 말이다.

하지만 다행히도, 프로 리그의 그라운드에서 뛸 수 없고, 축구 선수에 어울리는 체격이나 속도, 체력, 재능이 없다 해도 나 자신이 프로 선수라고 상상할 수는 있다. 인상을 쓰거나 몸짓을 이용해서, 좋은 기회를 놓치면 눈알을 굴리거나 어깨를 늘어뜨리고, 골을 터뜨리면 하이파이브를 하고, 팀 동료들에게 격려가 필요하면 주먹을 불끈 쥐거나 손뼉을 치고, 자기 위치가 더 좋은데 동료가 욕심을 부릴 때는 양팔을 벌려 손바닥을 위로 치켜들고, 패스받고 싶은 곳을 손가락으로 가리키고, 그 패스가 제대로 왔지만 망쳐버리면 한 손을 들어 그 사실을 인정한다. 그리고 골대를 등지고 짧게 이어 받은 공을 멀리 날려버리지만, 그 정도만 해도 잘했다고 생각한다. 그리고 배만 나오지 않았다면(하지만 몰비를 보라) 머리만 빠지지 않았다면(하지만 윌킨스와 저 삼프도리아의 윙—롬바르도였던가?—을 보라) 키만 작지 않았다면(하지만 힐리어와 림파를 보라) 게다가 같이 뛰고 있는 저 사람들만 아니라면, 우리는 마치 앨런 스미스처럼 완벽한 축구 선수 같을 것이라고 생각한다.

1960년대 리바이벌

●●●

아스널 vs 애스턴 빌라
1992. 1. 11.

이 이야기의 의미를 정신과 의사에게 설명하기가 마음 한구석으로는 두려웠던 것처럼, 이 이야기를 전부 책으로 써내기도 두려웠다. 그렇게 하면 추억이 모두 사라지고 축구가 있던 자리에 뻥 뚫린 구멍만 남게 될까 봐 염려스러웠다. 아직까지는 그런 일이 일어나지 않았지만, 실제로 일어난 일은 더욱 심란하다. 축구가 가져다준 불행을 흐뭇한 마음으로 음미하게 된 것이다. 나는 앞으로도 리그에서 우승하기를, 웸블리에서 열리는 결승전에 진출하고 토트넘 홈에서 마지막 순간에 승리하기를 간절히 바라고 있으며, 그런 일이 일어나면 물론 남들과 똑같이 열광할 것이다. 하지만 아직은, 지금 당장은 그런 것을 바라지 않는다. 훗날을 위해 그 즐거움을 아껴두고 싶다. 그동안 춥고 지루하고 불행한 세월을 하도 오래 겪었기 때문에 막상 아스널이 잘하게 되니 약간, 그러나 분명히 당황하기는 했지만, 걱정할 일은 아니었다. 역사는 반복되기 마련이니까.

이 책을 쓰기 시작한 것이 1991년 여름이었다. 아스널은 1부 리그 우승을 낙관하고 있었고, 정확히 20년 만에 유러피언 컵에 진출하게 되었다. 아스널은 최고의 진용을 갖춘 전도유망한 팀으로, 최강의 수비, 날카로운 공격, 빈틈없는 감독의 기량을 자랑했다. 1990/91시즌 마지막 경기에서, 경기 종료 전 20분 만에 네 골을 넣어 가엾은 코번트리를 6-1로 이기자 신문에는 우리에 대한 기사가 넘쳐났다. "유럽의 새로운 지배자" "5년간 아스널이 득세할 것" "사상 최고의 팀" "챔피언, 최고의 상을 겨냥하다" 등등. 이렇게 낙관적이고 호의적인 기사는 본 적이 없었다. 아스널을 미워하는 친구들도, 아스널이 또 한 차례 리그 우승을 차지할 뿐만 아니라 유러피언 컵 결승전까지 당당히 진출할 것이라 예측하고 있었다.

시즌 초반에 약간의 혼전 양상이 보였지만, 9월 중순 유러피언 컵 경기가 시작될 무렵 아스널은 제 컨디션을 찾았다. 아스널은 오스트리아의 리그 우승팀을 6-1로 꺾었고, 우리는 그 멋진 활약을 보고 유럽 대륙의 다른 팀들도 다 얼어버렸을 것이라고 믿었다. 다음 경기에서 우리는 포르투갈의 벤피카에게 비겼고, 나는 두 대의 서포터 전세기 중에 한 대를 타고 리스본으로 날아가, 어마어마한 경기장에 운집한 8만 명의 포르투갈 관중 앞에서 아스널이 1-1로 버티는 광경을 지켜보았다. 그러나 하이버리 홈경기에서 우리는 완전히 뒤지는 경기를 하더니, 모든 것이 끝나버렸다. 유러피언 컵에 진출하려면 또 20년이 걸릴지도 모를 일이다. 그리고 크리스마스가 지나면서 참혹한 결과들이 줄줄이 나오더니, 리그 우승 경쟁에서도 탈락하고 말았다. 게다가 1부 리그 우승을 한 우리가 4부 리그 꼴찌로 전 시즌을 마친 렉섬에게 지는 바람에 FA컵에서마저 탈락하는, 도저히 믿을 수 없는 끔찍한 일마저 벌어졌다.

1990/91시즌 리그 우승 이후의 희망과 영광스러움으로 가득한 분위기 속에서, 축구팬으로서의 삶 대부분이 얼마나 비참했는지에 대한 글을 쓰고 있자니 기분이 묘했다. 그리하여 희망은 산산이 부서지고, 하이버리는 다시금 불만으로 가득한 선수들과 불행한 팬들이 모이는 장소로 되돌아가고, 미래는 너무나 암울해서 애초에 우리가 왜 미래가 밝다고 생각했는지 까닭조차 생각나지 않게 되자, 나는 도로 편안한 마음이 되었다. 지금 1992년의 대몰락을 겪으며 글을 쓰고 있노라니, 내용에 공감할 기회가 더러 있었다. 렉섬은 스윈던과 대단히 흡사한 복사판이라, 그들에게 진 경기는 어린 시절의 상처를 되새기게 할 정도로 창피한 사건이었다. 내가 그 옛날 1960년대, 1970년대 그리고 1980년대의 지루하고 지루한 아스널을 기억해내려고 애쓰는 것과 동시에, 라이트와 캠벨과 스미스와 그 밖의 선수들은 친절하게도 골을 넣는 것을 딱 멈추고 역사 속의 선배들과 똑같이 헤매기 시작한 것이다.

렉섬과의 경기 일주일 후에 있었던 애스턴 빌라 전을 보는 동안, 나의 축구 인생이 주마등처럼 눈앞을 스치고 지나갔다. 뼛속까지 시린 1월, 안절부절못하고 이따금 화를 내보긴 하지만 대부분 지쳐서 참아주고 있는 관중 앞에서 벌어지는 무의미한 경기, 별 볼일 없는 팀을 상대로 거둔 0-0 무승부…… 예전과 다른 것이라곤 자기 발에 걸려 넘어지는 이언 어가 보이지 않고, 내 옆자리에서 투덜투덜하는 아버지가 있지 않다는 사실뿐이었다.

추천의 말

축구의 본고장에서 《피버 피치》가 왔다!

최승돈·KBS 아나운서

우리나라 사람들에게 '피버 피치Fever Pitch'는 대단히 생소한 표현이다. '피버fever'란 말은 그나마 '열기'라는 뜻으로 쉽게 해석이 되지만, '피치pitch'라는 말은 결코 처음 대하는 말 같지도 않은데 그리 쉽게 해석이 되지 않는다. 하지만 생소함에 비해 결단코 어려운 단어는 아니다. 영국에서는 축구나 럭비 경기를 벌이는 노천 경기장을 '피치'라고 부른다. 우리가 흔히 '그라운드'로 알고 있는 것이 영국에서는 '피치'인 것이다. 결국 '피버 피치'는 '열기 넘치는 축구장'쯤으로 직역할 수도 있겠고, 책 제목답게 의역한다면 어릴 때 보았던 만화 제목처럼 '불타는 그라운드'쯤이 되지 않을지?

내가 '피버 피치'라는 생소한 이름의 콘텐츠를 접하게 된 것은, 4년 전 영국에서 유학하고 있을 때였다. 책이라는 말 대신 굳이 콘텐츠라는 말을 쓴 것은, 책을 사서 읽기에 앞서 영화로 제작된 〈피버 피치〉

를 먼저 보았기 때문이다. '축구 이야기가 공전의 히트를 기록하고 심지어 영화화까지 되었다니…… 도대체 어떤 얘기이기에?' 그렇지 않아도 축구 얘기로 학위논문을 써나가던 사람에게 〈피버 피치〉라는 영화는 너무도 큰 호기심의 대상이었다. 우선 다른 사람에게서 비디오테이프를 빌려서 한 번 보고, 아내와 함께 TV에서 방영해주는 걸 또 한 번 보고, 결국은 두고두고 보기 위해 세일을 기다렸다가 할인된 가격으로 비디오테이프를 구입하기까지…… 그러나 PAL 방식의 비디오테이프는 귀국 후 NTSC 방식의 우리나라에서 결국 쓸모없는 것이 돼버리고 말았고, 역시 끝까지 남은 건 책이었다. 비디오테이프보다 훨씬 싼값에 헌책방에서 구입한 작은 책.

아스널 문양이 찍힌 속옷만 고집하며, 데이트를 할 때도 애인은 제쳐두고 라디오 축구 중계에 몰두하는가 하면, 신혼집을 마련할 때조차도 축구장 근처에다 집을 구한, 정말 못 말리는 축구광. 영화 속에서 이렇게 묘사되는 주인공인 닉 혼비는, 원작인 책 속에서는 사뭇 진지한 모습으로 자신의 축구 편력을 펼쳐나간다. 그러나 닉 혼비가 책을 통해 묘사한 축구의 세계는 기대만큼 아름답지도, 상상만큼 훌륭하지도 않다. 어린 시절 닉 혼비가 처음으로 찾았던 축구장의 모습은 그야말로 우울하기 짝이 없다.

그렇지만 혼비가 축구 그리고 아스널과 맺게 된 인연은 참으로 운명적인 것이 아닐 수 없다. 혼비는 자신의 축구에 대한 강박증을 객관적으로 바라보려고 하지만, 결국 "적어도 축구에 있어서 충성심이라는 것은 용기나 친절 같은 도덕적 선택이 아님을 알게 되었다. 그것은 사마귀나 혹처럼 일단 생겨나면 떼어낼 수 없는 것이었다. 결혼도 그 정도로 융통성 없는 관계는 아니다."라면서 도저히 아스널에서 헤어날 수 없는 처지를 한탄한다. 심지어 축구장에 갔다가 난데없이 흑인 소년에게 얻어맞고 할머니로부터 선물 받은 아스널 스카프를 빼앗기고 난 뒤에도 "똑같은 장소에 또 가서 구경할 만큼 내가 아스널에 미쳐 있었던 것을 알고 있었기에, 2주에 한 번씩, 4시 40분마다 두들겨 맞을 일을 생각하니 처량하기 짝이 없었다."라고 술회하며 축구와의 모진 인연을 계속해나가는 우리의 주인공이다.

하지만 축구는 어린 소년에게 많은 것을 가르쳐주기도 했다. 원정경기나 스포츠 신문을 통해 혼비는 자연스럽게 영국과 유럽의 지명들을 알게 되었고, 훌리건들을 보며 사회학에 대한 관심을 갖고 현장학습 체험을 하기도 한다. 무엇보다도 "내가 통제할 수 없는 것에 시간과 감정을 투자하는 일과, 비판적 시각 없이 온전히 같은 대상을 응원하고 그 소속감을 갖는 것의 가치"를 깨닫게 되는데, 이것이 바로 '팬이 된다는 것'이 아닐까.

때로는 축구가 자신의 성숙을 막는 어리석은 일이라 생각을 하면서도, 부모의 이혼과 숱한 여자친구와의 이별, 그리고 반복되는 (준)실업 상태에 정신과 의사를 찾아야 할 정도의 우울증에 이르기까지 갖은 인생의 굴곡을 축구를 통해, 또 아스널에 대한 애정을 통해 극복해나가는 우리의 주인공 닉 혼비. 《피버 피치》는 어느 축구광의 평범한 듯하면서도 결코 평범하지 않은 삶을 통해 영국, 아니 세계 최고의 인기 스포츠인 축구의 팬이 되는 것에 대한 무궁무진한 이야기를 시종 담담하면서도 유쾌하게 펼쳐나간다.

나의 영국 유학 시절 축구의 현장에서 느낀 감동은《피버 피치》의 여러 이야기와 어우러지며 더욱 분명한 색깔로 다가왔다. 내가 아스널과 첼시의 경기를 보기 위해 다름 아닌 하이버리 경기장을 찾았을 때 '이 경기장과 이 분위기를 통째로 사버릴 수는 없을까?' 하고 생각해보았던 것도 바로《피버 피치》의 영향은 아니었을지.

우리말로 번역된《피버 피치》를 다시 읽고 나서 나는 다시 한 번 우리를 돌아보게 된다. 우리나라 사람들의 축구 사랑은 왠지 좀 어색하다. 축구를 사랑한다는 사람들은 많지만, 이들의 축구 사랑을 확인할 기회나 방법은 별로 없다. 월드컵 4강의 영광이 있고 짧지 않은 역사의 프로 축구가 있기도 하지만, 깊숙이 또 폭넓게 뿌리를 내린 축구 문화가 없다. 많은 사람들이 국가대표팀의 경기를 통해 애국심을 확인하고, 인터넷 등 각종 매체를 통해 축구에 대해 높은 식견을 자랑하곤 하지만, 축구 그 자체가 얼마나 많은 사람들과 직접 관계를 맺고 있으며 얼마나 구체적인 행복을 가져다주는지는 잘 모르겠다. 만연해 있는 것은—닉 혼비의 축구에 대한 강박증과는 사뭇 다른—단지 축구에 대한 강박관념이 아닐까?

축구의 본바닥 영국에서 공전의 히트를 기록한 어느 축구광의 이야기《피버 피치》가 '대~한민국'에 왔다. 닉 혼비의 축구 편력이 우리나라 축구 마니아들과 마니아를 꿈꾸는 숱한 사람들에게 상큼한 비타민과도 같은 자극이 되어주기를 기대해본다.

솔직하고 유쾌한 축구와의 연애담

이나경·번역문학가

2002월드컵을 지켜보며 '축구 열병'에 전염되어버린 뒤, 기회가 된다면 축구에 관한 책을 꼭 한번 번역해보고 싶었다. 사실 이전까지도 잡다한 관심사가 많았지만 번역 일과 연결해보고 싶은 마음이 든 적은 거의 없었는데, 축구만큼은 왠지 그랬다. 어쩌면 여태까지 스포츠를 좋아한 적이 한 번도 없었기 때문에, 뭔가 어색한 마음에 축구와 자신과의 합일점 같은 것을 찾고 싶었던 것일지도 모른다. 하지만 그보다도 중요한 것은, 다른 어떤 분야보다도 축구에 관한 이야기들이 엄청나게 재미있기 때문이다. 선수, 감독, 작전에 대한 불평, 오심에 대한 저주, 이적 루머에 대한 흥분과 불안…… 축구 담론의 장이란 축구 경기만큼이나 흥분되고, 때때로 좌절스럽고, 편파적이기까지 한, 잠시도 따분할 틈이 없는 곳이니까 말이다.

그렇게 축구 관전과 축구를 놓고 오가는 이야기에 몰두하고 있었을 때, 《피버 피치》를 만났다. 읽는 내내 번번이 웃음이 터져나오는 것을 참을 수 없었다. 너무나 김빠지는 경기 한 편을 보고 아스널에 반해버린 뒤, 평생 축구장을 벗어나지 못하고, 말 그대로 축구에 울고 축구에 웃으며 살아가는 남자의 이야기라니! 한심해서 웃다 보면 어느새 주인공 혼비에게 기묘한 공감을 느끼며 그의 못 말리는 행각에 통쾌한 기분이 드는 것이다. 아마도 그것은 이 이야기가 인생의 본질적인 문제와 정면승부를 하기보다는 그 상관물을 통해 간접적으로 조우하고자 하는, 소심하고 회피적인 현대인의 모습을 그대로 내보이고 있기 때문일 것이다. 딱 부러지게 하고 싶은 것도, 되고 싶은 것도 없는 소년/청년 혼비는 자기 인생의 무게를 감당하는 일에는 애처로울 정도로 소극적이면서도 축구 경기를 보기 위해서는 온갖 위험과 불편함과 귀찮음을 다 무릅쓰는데, 그런 그야말로 '사소한 일에 목숨을 거는 데' 여념이 없는 우리의 모습이 아닌가 말이다.

《피버 피치》는 그런 모든 것에 신랄할 정도로 솔직하게 접근하는 방식 덕분에 무척이나 읽기 유쾌한 책이다. 이 책은 축구광 자신의 행태뿐만 아니라 축구 경기를 중심으로 형성되는 엔터테인먼트 시스템에 대해서도 허심탄회하게 털어놓는 논평이라는 점에서 신선하고 흥미롭다. 혼비는 처음부터 자신은 축구에 대해서는 비판적 사고가 불가능하다고 고백하고 있지만, 실은 그가 팬의 입장을 철저하게 견지하기 때문에 이 이야기가 더욱 재미있는 것이 사실이다. 혼비가 전하는 축구사의 한 장면들은 오로지 축구를 안전하게 오랫동안 즐기려는 팬의 입장에서, 축구장을 찾아다니며 직접 겪은 경험을 바탕으로 한 이야기이기 때문에 솔직하고 절실하다. 훌리건 사태, 그간 축구장에서 벌어진 여러 큰 사고들, 스타의 등장이나 은퇴, FA컵의 경기 운영 방식이나 텔레비전 중계 문제 등에 대해서 혼비는 20여 년간 직접 보고 겪어온 생생한 체험을 바탕으로 전달하고 있다.

이 책이 집필, 발표된 시기가 잉글랜드에서 자국 리그의 부흥을 위해 대기업의 자본을 끌어들여 '프리미어리그'를 출범시키기 직전이었던 1991/92시즌이었다는 사실도 의미심장하다. 혼비는 잉글랜드 축구사의 한 시대가 막을 내린다는 사실에 자서전을 쓰기로 결심하는 사람이다. 뿐만 아니라, 책의 말미에서 다짐하고 또 다짐하듯이, 아스널은 변치 않기를 간절히 바라는 사람이다. 그가 아무도 기억하지 못하는 지루하고 그저 그런 축구 경기에 자질구레한 개인사나 사회사적 의미를 부여하는 것을 보고 있노라면 흐뭇하기까지 하다. 이 남자, 정말로 축구와 단단히 사랑에 빠졌구나. 오랜 연애가 흔히 그렇듯이 조금 서먹해지기도 하고 멀어지기도 하지만, 혼비는 아스널과 결코 헤어지지 못한다. 하지만 여느 오랜 연애담과는 달리, 혼비의 회고담을 읽는 사람은 별로 지루할 틈이 없다. 축구라는 중심 서사와 긴밀하게 연관된 영국 사회와 한 남자의 인생과 정신세계를 끊임없이 엿볼 수 있기 때문이다.

그러므로 많은 사람들이 지적하는 것처럼 이 소설은 '성장'에 관한 이야기이기도 하다. 소년 혼비는 한심하기 짝이 없는 아스널을 응원함으로써 공공연히 좌절하고 괴로워할 수 있는 심리적 기제로 삼아 부모님의 이혼과 그로 인한 트라우마에 대처한다. 그는 축구와 함께 사춘기를 맞고, 그 이후 삶의 모든 중요한 순간을 축구와 연관하여 경험하고 인지하게 된다. 혼비에게는 학교생활이든, 죽음에 대한 사색이든, 결혼이든, 자녀의 탄생이든, 그리고 물론 작가 입문이든, 축구와 연관되지 않는 일이 없다. 게다가 그 모든 것에서 혼비에게 우선순위는 절대적으로 아스널 축구다. 그 점에 있어서 혼비의 태도는 뻔뻔할 정도로 확고부동해서 오히려 유쾌하다. 그는 구질구질한 변명을 갖다 붙이지 않는다. 책머리에 이미 밝히지 않았는가. 자신은 구제불능의 '강박증' 환자라고. 그 한마디면 따로 구차한 이유나 해명이 필요하지 않다.

그렇기에 소설을 읽어나가는 동안, 우리도 어느 한구석만큼은 영영 성장하지 않아도 좋다는 다짐을 받는 것 같은 안도감을 느끼게 된다. 인생은 유년기와 청년기, 장년기가 아니라, 제1유년기, 제2유년기, 제3유년기로 이루어질 수도 있는 것 아닌가. 한심하지만 뭐 어떤가. 남을 다치게 하거나 피해를 주지만 않는다면, 어린아이처럼 화를 내고, 욕설과 험담을 퍼붓고, 그러다가 기뻐 날뛰어도 되는 축구장이 있으니 말이다. 삼십 대가 되어도 해놓은 일이라곤 아무것도 없을 때, 올바른 길을 가고 있는 것인지 회의에 빠져 허우적거리고 있을 때, 본질적인 해결과는 아무 상관도 없는 축구 경기 하나를 통해 그 모든 의심과 불안으로부터 벗어날 수만 있다면! (물론 혼비가 역설하고 있듯이 그러한 특권은 아무에게나 주어지는 것이 아니다. 거기에는 20여 년의 애환이 담겨 있는 것이다!) 그렇기에 살면서 부딪치게 되는 묵직한 철학적인 질문에 명쾌한 해답이 되어줄 뿐만 아니라, 자잘한 의무로부터 방면을 가능하게 해주는 절대 유일의 대명제 "축구"에 매여 사는 혼비를 보고 있노라면 한심하긴 하지만 어쩐지 마음이 놓인다. 또 웃음이 나온다.

정말 좋아서 어쩔 줄 모르며 읽었던 책이지만, 번역은 생각처럼 쉽지 않았다. 변명을 하자면, 1970~80년대의 잉글랜드 축구계가 낯설기 때문이었고, 닉 혼비가 축구 경기와 삶의 단면의 연관성에 대해서는 성실하게 설명한 반면, 축구에 관련된 부분에 관해서는 그야말로 대전제로 삼고 넘어가기 일쑤인지라, 하다못해 선수들의 이름이나 소속 구단조차도 친절하게 적어주는 법이 없었기 때문이기도 했다. 하지만 이 책을 재미있게 읽을 독자들 가운데에는 역자만큼이나 당시의 축구 상황을 낯설게 여길 이들이 많을 것이므로, 독서 감상을 방해하지 않을 수준에서 최대한 상세한 설명을 덧붙이고자 애썼다. 그런 과정에서 꼼꼼하게 읽고 중요한 지적을 많이 해주신 문학사상 편집부와 전문적인 부분에 필요한 많은 도움을 주신 최승돈 아나운서께 감사드린다.

Fever Pitch

Pray

특·별·부·록

2011/12시즌에 대한 소고

축구팬들은 그저 기도할 뿐

2011년 8월 28일 일요일

●●●

토트넘 vs 맨체스터 시티 1 : 5

맨체스터 유나이티드 vs 아스널 8 : 2

어어.

프리미어리그에서 두 맨체스터 클럽의 팬이 아닌 축구팬들은 새 시즌의 세 번째 주말 경기 결과를 보고 달리 무슨 생각을 해야 할까? 아, 첼시 팬들은 별로 걱정이 되지 않을 수도 있겠다. 시티, 유나이티드와 경쟁할 수 있는 유일한 재벌 클럽이니까. 하지만 아스널이나 토트넘 혹은 리버풀 팬이라면 행운의 여신과 부상 없는 스쿼드를 옆에 끼고도 우승할 가능성이 절반이라도 있을지 의문을 가지며 현실에 눈을 떠야 할 때다. 만약 잔류를 위해 생존경쟁을 벌여야 하는 팀의 팬이라면 이미 머릿속에서 자동적으로 곱셈을 시작했을 것이다. '아스널이 지난 시즌에 4위였는데 여덟 골을 먹었지. 그렇다면 16위였던 우리는……'

그리고 이 스코어에 담긴 가장 충격적인 정보는 거의 아홉 달이 지나 리그 일정이 종착역에 다다를 즈음에야 사람들 앞에 드러났다.

즉 이것이 단순히 맨체스터 대 북런던 팀 간의 경기 결과가 아니라 무려 잉글랜드의 1, 2위 팀과 3, 4위 팀의 경기 결과였다는 것. 리그 테이블*에서 3위와 4위의 차이는 극히 적었다. 두 팀은 누구와 붙어도 이기지 못했고 별 볼일 없는 경기가 몇 주간 이어진 뒤 아스널은 토트넘에 승점 1점을 앞서며 시즌을 끝냈다. 당연히 두 맨체스터 클럽은 골 득실까지 계산해야 했고, 겨우 한 골 차로 희비가 엇갈렸다. 하지만 맨체스터와 북런던 사이의 승점은 19점이었다. 6승 1무에 해당하는 점수다.

부유한 대형 클럽만이 우승컵을 들어올릴 수 있었던 것은 아니다. 프리미어리그가 1992년 출범하기 전, 20년 동안 일곱 개 팀이 1부 리그 우승을 했다. 애스턴 빌라(그해 우승을 했어야 하는 입스위치 타운의 준우승과 함께), 더비 카운티, 노팅엄 포레스트, 아스널, 리즈 유나이티드, 에버턴 그리고 11회나 우승컵을 들어올렸던 리버풀. 그렇다고 그들이 다른 팀들보다 딱히 돈이 많은 클럽은 아니었다. 단지 더 우수했고 더 영리했고 더 부지런했을 뿐이다. 이 리스트에 든 클럽들과 금전적으로 경쟁할 수 있는 팀들도 있었다. 가장 두드러진 사례는 맨체스터 유나이티드로 이들은 당시 한 번도 1부 리그 우승을 하지 못한 것은 물론이고 실제로 강등까지 당했다.

1992년 프리미어리그의 출범과 함께 모든 것이 바뀌었다. 텔레비전 중계권료가 쏟아져 들어오고, 선수들은 자유롭게 이 나라 저 나라

* 순위표.

로 옮겨 다닐 수 있게 되었다. 대형 클럽과 군소 클럽의 차이는 현저하게 벌어지기 시작했다. 맨체스터 유나이티드는 첫 프리미어리그 우승컵을 들어올렸고, 그 후 11년 동안 여덟 차례나 우승을 차지했다. 블랙번 로버스는 대재벌인 잭 워커가 인수한 지 4년 만인 1995년에 우승했다. 워커는 2,500만 파운드를 첫 3년 동안 투자했고 영국의 최대 이적료 기록을 두 차례나 깨뜨렸다. 대재벌에 인수된 지 2년 후, 첼시는 2005년에 우승했다. 올해는 맨체스터 시티가 우승했다. 아부다비 유나이티드 그룹에 매각된 지 4년 후의 일이다. 메시지는 분명하다. 우승하려면 아랍 왕족을 모셔와라. 대재벌이나 올리가키도 상관없다. 그것마저도 불가능하다면…… 그냥 세계 제일의 부자 구단이 되면 되는 거다. 맨체스터 유나이티드처럼.

우리 팀 아스널은 외부의 도움 없이도 프리미어리그에서 세 차례나 우승했던 유일한 클럽이었다. 하지만 아스널은 신축 스타디움과 평균 관객 6만을 자랑하는 부유한 대형 클럽이다. 길거리 축구팀 같은 게 아니란 이야기다. 우리는 선수들에게 10만 파운드도 넘는 주급을 줄 수 있는 능력이 있는 구단이다. 하지만 그 두 배의 주급을 주는 건 불가능하다. 그런데 그 일을 맨체스터 시티가 2년 전부터 시작했다. 이러한 고액 연봉 체계는 아스널을 비롯해서 다른 모든 클럽에게 골치 아픈 문제가 되고 있다.

그렇다면 아스널과 토트넘 그리고 그 밑에 있는 모든 팀이 승점 19점 차를 좁히려면 얼마나 더 많은 돈을 퍼부어야만 할까? 이 글을 쓸 당시 맨체스터 시티는 2008년 이후 무려 4억 7,600만 파운드를 들여 서른여섯 명의 선수를 사왔다. (아스널의 이적료 최고 기록은 안드레이 아르샤빈의 1,500만 파운드다. 맨체스터 시티는 지난 4년간 그 열여섯 배의 돈을 썼다.) 그 서른여섯 명 중에서 필드 플레이어를 다 채울 수 있는 열 명의 선수가 토트넘 전에서 뛰었다.

이것은 단지 새로운 선수를 사오는 문제가 아니다. 아스널과 토트넘은 데리고 있는 선수가 돈을 쫓아 나가고 돈의 힘이 가져올 성공을 막느라 고심하고 있다. 아스널은 지난 3년 동안 맨체스터 시티에 네 명이나 되는 선수를 빼앗겼다. 토트넘은 여름 대부분을 첼시 행을 원하는 스타플레이어 루카 모드리치를 지키는 데 써야 했다. 토트넘은 기특하게도 모드리치를 팔지 않았지만, 그날 오후 그는 별로 기분 좋아 보이지 않았고 플레이도 신통찮았다. 결국 그는 종료 25분을 남겨놓고 교체되었다. 개인적으로 토트넘을 어떻게 생각하든지 간에 해리 레드냅 감독 밑에서 괜찮은 팀으로 두각을 나타낸 일은 아랍 왕족 구단주가 없는 모든 팀에게 희망을 안겨줬다. 그랬던 그들이 맨체스터 시티에게 영혼까지 털리는 모습은 앞으로 벌어질 일에 대한 불길한 징조처럼 보였다. 단지 이번 시즌뿐만 아니라 앞으로 이어질 모든 시즌에 대한 전조로. 러시아 재벌이나 아랍 왕족이 소유하고 있지 않은 팀의 팬들은 자신들의 선수가 클럽에서 뛰고 있는 이유가 아직 대재벌의 눈에 들지 않았기 때문이라는 사실을 점점 더 절실히 깨닫게 될 것이다.

올드 트래퍼드에서 벌어진 아스널 참사는 내 인생 최악의 패배였다. 나뿐 아니라 115세 이하인 모든 아스널 팬에게 있어 생애 최악의 패배였을 것이다. 하지만 이날 패배의 일부는 돈 탓이기도 했고 우리가 잃은 선수들 탓이기도 했다. 그중 하나인 세스크 파브레가스는 세계 최고의 선수 중 하나인 동시에 주장이었다. 파브레가스는 역사가 시작된 이래 해마다 여름만 되면 협박했던 대로 결국 바르셀로나로 이적했다. 그날 오후 아르센 벵거가 출전시킨 수비수는 절망스러웠다. 백 포 중 세 명은 2군 선수였으며, 그들을 보호할 임무를 맡았던 젊은 수비형 미드필더는 완전히 신출내기였다. 아스널 팬 중 맨체스터 유나이티드가 다섯 골보다 적게 넣을 거라고 생각했던 사람은 단 하나도 없었다. "우린 수비수가 겨우 둘밖에 없다고." 내 친구가 우리 팀을 보자 한 말이다. "게다가 오늘은 둘 다 안 나와."

어쩌다가 아스널이 이런 지경이 되었을까? 아스널 팬들의 눈엔 클럽이 선수들을 붙잡는 데 엄청난 시간과 노력을 들이느라—결국 헛수고였음이 드러났지만—누가 그들을 대체할지에 관해서는 아무런 생각도 하지 않은 것처럼 보였다. 모든 것이 그들이 잔류한다는 전제하에 맞춰져왔지만 적어도 밖에서 보기에는 거의 실현 가능성이 없는 일이었다.

따라서 마음이 산란했던 아르센 벵거는 납득하기 어려운 영입을 했다. 배신자들에 의해 생겨난 구멍을 메우는 것은 고사하고 지난 시즌의 약점을 보강하지도 않았다. 레프트백 1순위였던 가엘 클리시를 팔아치운 자리에는 황당하게도 지난 시즌에 이스트본 버러로 임대를 보냈던 나이 어린 2군 라이트백 칼 젠킨슨을 기용했다. 언젠가는 좋은 선수가 될지도 모르지만, 그날 오후 올드 트래퍼드에서 벌어진 경기는 그에게 너무 버거웠다. 결국 주심조차도 그를 가엾게 여겨 레드카드를 줬다.

이번 시즌의 스토리는 그날 오후 한 경기에 집약되었다. 돈이 최고다. 이건 절대적인 진리다. 셰이크 만수르*는 프리미어리그에서 우승했고, 로만 아브라모비치**는 유럽 챔피언스 리그에서 우승했다. 다행히도 2011/12시즌은 단선적인 서사 구조로 뻔한 결말을 향해 내닫는 그저 그런 장르 스릴러보다는 더 많은 놀라움을 선사해주었다. 시즌이 시작되기 전에 우리는 이미 결말을 짐작했을지 모르지만 어떠한 경로로 그곳에 도달할지는 아마 예상하지 못했을 것이다. 5월이 될 무렵엔 프리미어리그의 거의 모든 팀 팬들은 매혹당하고 경악하고 우울해하고 고무됐고 충격 받고 분노했다. 신문 뒷면의 기사는 1면 기사가 되었다. 축구는 정치, 대규모 금융거래, 법 그리고 생사의 문제를 모두 포괄하는 그 무언가가 되어버렸다. 그리고 끝에 가서는 크리켓 선수 케빈 피터슨이 시즌 마지막 날에 올린 '이래서 스포츠보다 더 멋진 것이 없다는 거다.'라는 트위터 메시지대로 본래의 목적, 즉 고통스러울 정도로 짜릿한 오락으로 회귀했다. 적어도 내가 원했던 만큼 책을 읽지 못했던 것은 분명했다.

* 맨체스터 시티 구단주.
** 첼시 구단주.

2011년 9월 27일 화요일

●●●

바이에른 뮌헨 vs 맨체스터 시티 2:0

일주일에 20만 파운드를 번다는 맨체스터 시티의 카를로스 테베스는 바이에른 뮌헨과의 경기 도중 교체를 위해 몸을 풀라는 지시를 받았다. 그는 밝혀지지 않은 이유를 대며 거절했다. "테베스는 나와 끝났다." 만치니*는 경기가 끝난 후 말했다. 돌이켜보면 상당히 적절한 단어 선택이었다. 만치니는 테베스와 끝나지 않았기 때문이다. 그는 다섯 달이 지난 뒤 테베스를 다시 후보로 기용했고 이번에는 거절당하지 않았다. 그는 첼시와의 경기에서 2-1을 만든 역전골을 어시스트했다. 클럽과의 불화는 테베스에게 930만 파운드의 벌금과 주급 정지로 돌아왔다.

* 맨체스터 시티 감독.

2011년 10월 15일 토요일

•••

리버풀 vs 맨체스터 유나이티드 1:1

2011년 10월 23일 일요일

•••

퀸스파크 레인저스 vs 첼시 1:0

시즌은 가을까지 덜컥이며 계속됐다. 맨체스터 시티는 풀럼과 겨우 무승부밖에 거두지 못했고, 맨체스터 유나이티드는 홈에서 노리치에 겨우 두 골만 넣었다. 그러나 놀랄 일은 거기까지였다. (물론 아스널에 관한 건 뭐든 놀랄 일이긴 하지만, 아스널 팬들은 이때쯤에는 이미 달관한 경지에 이른 뒤였다. 가장 최근의 재난은 꼴찌에서 두 번째로 이번 시즌을 마쳤던 블랙번 로버스에 4-3으로 당한 패배였다. 게다가 교묘하게 꼬여버린 역전패였다.) 첼시와 맨체스터 유나이티드는 각각 볼턴에 다섯 골씩을 넣었고, 맨체스터 시티는 홈경기에서 두 경기 연속 네 골을 기록했다. 하지만 갑자기 더 이상 축구만의 문제가 아니게 되었다. 10월에 열린 두 경기에서 일어난 두 개의 사건은 경찰과 총리를 포함한 모든 사람이 인종차별에 관해 이야기하게 만들었다.

두 사건은 진부하고 추하고 놀랄 정도로 흡사했다. 유명한 선수 두 명이 상대편 흑인 선수들에게 해서는 안 될 말을 한 것이다. 정작 사용된 단어 자체에 대해서는 전혀 논란이 없었다. 대신 그 단어들이 맥락 안에서 어떤 의미를 담고 있는지에 대한 논란은 있었고, 현재 진행 중이며 앞으로도 계속될 전망이다. 리버풀의 스페인어를 사용하는 우루과이 포워드 루이스 수아레스는 프랑스어를 쓰는 맨체스터 유나이티드의 파트리스 에브라를 '네그로'라고 불렀다. 첼시의 존 테리는 퀸스파크 레인저스의 안톤 퍼디낸드의 면전에 대고 '퍼킹 블랙 컨트'라고 말했다. 카드와 벌금 그리고 출전 정지와 사과 등 이 사태를 금방 매듭지을 수 있는 많은 방법이 있었다. 하지만 인종차별은 복잡한 문제라 언급된 것들 중 아무것도 일어나지 않았다. 일어났다 해도 타이밍도 순서도 분위기도 잘못되어 있었다. 어쨌든 사건에 관련된 선수, 감독, 클럽 그리고 심판 들까지 포함한 모든 사람은 사태를 모든 면에서 최악으로 몰고 갔다. 그리고 그날 경기장에 없었던 사람들(적어도 한 명은 확실하고 최소한 몇 명은 더 있을 것으로 추정된다)까지도 말을 잘못하는 바람에 일자리를 잃었다.

리버풀 팬이 아닌 이상 루이스 수아레스의 비범한 축구 실력은 인정하지만, 인간으로서의 자질에 대해서는 판단을 보류할 수밖에 없을 것이다. 대부분의 사람은 2010년 월드컵에서 매력적인 약체 가나의 결승골을 손으로 막았던 사건을 통해 그를 처음으로 알게 되었다.

수아레스는 레드카드를 받았지만, 텔레비전 카메라는 이어진 페널티킥을 가나가 실패하자 기뻐 날뛰는 그의 추한 모습을 비춰줬다. 그래서 얼마 후 그가 영국에 도착했을 때는 반스포츠적인 냉소주의 냄새가 희미하게 둘러싸고 있었고 공정하지 못한 일이라고 말하고 싶지만 그 후 그의 모든 행동을 판단하는 데 영향을 미쳤다.

우리는 앤필드에서 벌어졌던 리버풀과 맨체스터 유나이티드 경기 후반전에서 수아레스와 에브라 사이에 어떠한 일이 벌어졌는지 알 수 없다. 우리가 알 수 있는 것은 1-1 동점 상황에서 60여 분이 지났을 때 수아레스가 에브라에게 파울을 범한 직후 두 선수가 언쟁을 벌이다 험악한 상황에 이르렀고, 그 와중에 수아레스가 에브라에게 '네그로'라는 단어를 사용했다는 사실뿐이다. 나중에 축구협회에서 발행된 115쪽 분량의 보고서를 보면 스페인어 회화가 가능한 에브라가 '네 누이의 보○'라는 뜻의 '콘차 데 뚜 에르마나Concha de tu hermana'라는 말로 '대화를 시작했다'고 나온다. (다른 사회적인 상황에서라면 대화를 시작하는 실마리로는 전혀 적절하지 않겠으나 현대 프로스포츠에서 '네 누이의 보○'는 '멀리서 왔어요?' 또는 '그런데 케니와 어떻게 알게 되었나요?'와 같은 용도가 아닐까 하는 생각이 들지도 모르겠다.)

에브라 쪽 이야기로는 수아레스에게 왜 자기를 발로 찼느냐고 물었더니 수아레스가 "뽀르께 뚜 에레스 네그로Porque tu eres negro."—"왜냐하면 넌 흑인이니까."라고 대답했다고 했다. 그 당시 에브라는 '네그로'라는 단어가 '깜둥이nigger'라는 단어와 같은 무게와 의미를 지녔다고 이해했지만 사실은 아니었다. 나중에 그는 좀 더 가벼운 의미의 번역을 기꺼이 받아들이긴 했지만, 전반적인 불쾌감은 크게 달라지지 않았다. 에브라가 그를 때리겠다고 협박하자 수아레스는, 에브라의 말에 의하면 "노 아블로 꼰 로스 네그로스No hablo con los negros."—"난 흑인들하곤 이야기 안 해."라고 말했다고 한다. 에브라가 "진짜 한 대 맞아볼래?"라고 말하자 수아레스가 대답했다. "달레Dale, 네그로, 네그로, 네그로."—"해봐, 이 검둥아."

수아레스는 위의 일이 전혀 일어나지 않았다고 주장했다. 왜 자기를 발로 찼느냐고 물었을 때 그는 단지 "이건 그냥 정상적인 파울이야."라고 말했다고 한다. 에브라가 "난 흑인들하곤 이야기 안 해."라는 말을 들었을 때 수아레스는 "닥쳐."라고 말했을 뿐이었다. 수아레스가 에브라의 팔을 꼬집었을 때 에브라는 자신을 도발하는 동시에 피부색을 상기시키려는 시도로 받아들였다. 우루과이 선수의 말에 의하면 자신은 다만 "사태를 완화시키려고" 한 것뿐이었다. 수아레스 쪽 이야기로는 에브라의 인종에 관한 언급이 나온 건 몇 분 후, 에브라가 "나에게 손대지 마, 이 남미 자식아."라고 말했을 때였다. 이 말에 그는 "뽀르께(왜) 네그로?"라고 대답했다. 그의 나라에서는 친밀한 호칭이라고 했다. 이 시점에 이르렀을 때 에브라는 이미 네그로라는 말을 여섯 번이나 들었다고 주장했다. 수아레스가 인정한 건 마지막에 전적으로 친밀한 용도로 사용한 단 한 번밖에 없었다.

이 사건에 다른 증인은 없었다. 적어도 이들의 대화를 전부 들었던 증인은 없었다. 그리고 감독과 리버풀 구단의 다른 대변인들은 축구협회가 자기네 선수가 아니라 맨체스터 유나이티드 선수의 말을 더 신뢰한 데 대해 거듭 강한 반감을 표시했다. 지금 축구협회의 보고서를 읽어보면 경기 후에 벌어진 사건이, 패널이 결정을 내리는 데 큰 도움이 되었음을 알 수 있다. 에브라는 경기장을 떠났을 때 극도로 화가 난 상태였다. 경기 직후 프랑스 텔레비전 방송국과 가진 인터뷰에서 그는 수아레스가 혐오스러운 인종차별 발언을 내뱉었다고 고발했다. 그 후 로커룸으로 간 그는 씩씩거리며 몇몇 동료에게 자신이 들은 말을 들려줬고, 그들은 알렉스 퍼거슨 경에게 보고하라고 조언했다.

이제는 수아레스 측의 증언을 믿기 어려워졌다. 맨체스터 유나이티드와 리버풀은 앙숙 관계다. 하지만 리버풀 선수의 편을 드는 것은 평생 인종 문제와 싸워왔던 베테랑 프랑스 국가대표 선수가 갑자기 상대편 선수를 곤경에 빠뜨리기 위해 듣지도 않은 말을 지어냈다고 믿는다는 의미였다. 왜 하필이면 이 경기였나? 왜 하필이면 그 팀이었나? 왜 마지막 휘슬 소리가 난 후에도 그는 한참 분노에 떨었나? 리버풀은 '라이벌 팀의 핵심 선수를 단지 고발만으로 출전 정지를 내릴 수 있게 된' 미래의 두려움을 제시하는 공식 성명을 냈다.

하지만 이 성명을 들은 많은 맨체스터 유나이티드 팬들은 '라이벌'이란 단어의 정의에 대해 의문을 가졌을 것이다. 유나이티드는 리버풀보다 승점이 37점이나 앞선 상태로 시즌을 마쳤다. 그리고 '라이벌'이 마지막으로 리그에서 우승한 후 무려 열두 번이나 리그 타이틀을 거머쥐었다. 만약 에브라가 진실로 소속 클럽의 이익을 위해 근거 없는 비방으로 상대 선수를 음해하려면 맨체스터 시티의 우수한(그리고 물론 아주 비싼) 스트라이커인 세르히오 아구에로가 훨씬 더 구미에 맞는 표적이었을 것이다.

예상했던 대로 축구협회는 수아레스의 변명이 '놀라운 것이며 다른 문제에 대해 그가 내놓은 증거의 신빙성을 심각하게 훼손시켰다.'고 봤다. 수아레스는 여덟 경기 출장 정지 처분을 받았으며 나락으로 떨어진 리버풀은 아예 오스트레일리아까지 삽질을 하려고 작정한 것처럼 보였다. 위건 전에 앞서 리버풀 팀 전체가 수아레스의 모습이 담긴 티셔츠를 입고 나왔다. 마치 그가 정치범이거나 암과의 처절한 싸움을 벌이기라도 하는 것처럼 보였다. '그가 혼자 걷지 않도록 하자.' 감독인 케니 달글리시는 트위터에 이렇게 올렸다. 클럽의 공식 성명은 보고서가 '명백히 주관적'이라고 묘사했다. 리버풀은 계속 이런 입장을 취했고 출장 금지가 끝난 뒤 얼마 안 되어 맨체스터 유나이티드와 다시 경기를 가졌다. 경기 시작 전, 수아레스는 에브라와의 악수를 거부했다. 달글리시조차도 자기 선수의 부끄러운 행위를 인정할 수 없었다. 그는 스카이방송 기자에게 간혹 벌어지는 경기의 추한 해프닝마저 수아레스를 탓하는 것은 너무 지독한 처사라고 말한 후(경찰과 운영 요원들은 하프타임에 터널 안에서 시비가 붙은 선수들을 떼놓아야 했다), 수아레스가 악수를 거부하는 장면은 보지 못했다고 주장했다.

그리고 마침내, 너무 늦은 감은 있었지만 한때 위대했던 클럽의 양심이 아주 깊은 혼수상태에서 깨어났고 물밀듯이 사과를 퍼부었다. 수아레스도 사과했다(원래의 모욕 행위가 아니라 상대 선수를 무시한 일에 관해서만). 클럽 이사와 달글리시도 사과했다. 많은 논객은 이 모든 회개 행위에 미국인 구단주의 입김이 작용했다고 봤다. 사실 사과도 《뉴욕 타임스》에 '리버풀 구단이 정신을 차리게 해서 손상된 글로벌 이미지를 빨리 복구해야 한다.'는 기사가 나온 직후에 이루어졌다. 시즌이 끝난 뒤 케니 달글리시는 경질되었다.

이 글을 쓸 즈음 존 테리는 안톤 퍼디낸드에 대한 모욕죄로 재판을 앞두고 있었다. 테리는 자신의 혐의를 부정했다. 그의 경우는 특히 현대적인 방식의 재난이었다. 경기는 텔레비전으로 중계되고 있었다. 클로즈업 화면에 위에 인용된 인종차별적 발언을 하는 테리의 입 모양이 잡혔다. 몇 분 지나기도 전에 그의 발언을 해석하는 트위터와 유튜브 영상이 사방에 올라왔다. 다음 날 신문에는 테리의 해명 기사가 실렸다. 그렇다. 그는 그 말을 하긴 했다. 하지만 퍼디낸드에게 그 말을 하지 않았다고 설명하기 위해서였다. 즉 모든 사람들이 본 영상은 그가 부인하는 장면의 일부였다. 하지만 그렇다고 테리가 "난 널 ……라고 부른 적이 없어."라고 소리치는 모습을 우리가 본 것도 아니었다. 경찰은 그를 법정으로 데려갈 충분한 증거가 있다는 결정을 내렸다. 수아레스 사건을 부적절하게 다룬 일은 달글리시가 리버풀에서 잘린 원인을 제공했다고 볼 수도 있다. 하지만 테리/퍼디낸드 사건은 우리가 아는 한에서 잉글랜드 국가대표 감독 파비오 카펠로의 해임을 가져온 유일한 이유다. 축구협회는 응당 그래야 했듯이 인종차별 발언 혐의를 받은 선수가 여러 인종으로 이루어진 국가대표팀을 경기장에서 이끌 자격이 없다고 판단했다. 특히 중요한 대회가 있는 해에는 말할 것도 없었고 테리는 잉글랜드 주장 자격을 박탈당했다. 카펠로는 이탈리아 텔레비전 방송에 나와 그 결정에 대한 반대 의견을 말했고, 마흔여덟 시간 후 그는 더 이상 잉글랜드 감독이 아니었다.

이 두 사건은 사람들을 우울하게 했다. 달리 어떤 반응이 나와야 했을까? 한 경기 안에서 열 명도 넘는 흑인 선수를 보는 일은 드문 일이 아니며, 아마 우리 중 너무 많은 사람들이 도무지 생각이라곤 없는 선수들 사이에서도 더 이상 인종차별적인 욕설은 비장의 무기가 아니라고 여겼던 듯하다. 하지만 이 사건에 대한 반응은 사건 자체보다 훨씬 흥미롭고 고무적이었다. 여덟 경기 출장 정지 처분을 받은 수아레스는 충분한 벌을 받았고, 사실을 받아들이지 못한 리버풀은 미디어와 팬들의 반감을 불러왔다. 존 테리의 법정행에 대한 카펠로의 무식한 반응은 응분의 결과를 초래했다. 이 모든 혼란 와중에 사람들은 우리가 자라왔던 편협한 잉글랜드의 낡은 잔재를 벗어던지려는 보다 젊고 세련된 국가를 볼 수 있었다.

2011년 10월 21일 금요일

●●●

맨체스터 시티의 스트라이커 마리오 발로텔리가 욕실에서 폭죽을 터뜨리다 자신의 집에 불을 냈다. 이틀 후 시티는 유나이티드를 6-1로 물리쳤고 첫 골을 넣은 후 발로텔리는 유니폼을 들춰 "왜 맨날 나만 갖고 그래?"라는 질문이 프린트된 티셔츠를 보여주었다. 아마도 대답을 의도하지 않았던 것 같지만 새벽 2시 45분까지 발로텔리 집에 있었던 체셔 소방당국은 그 질문에 대답해줄 수 있었을 것이다.

2011년 11월 27일 일요일

●●●

웨일스 감독 게리 스피드가 체셔에 있는 자택에서 목을 맨 시체로 발견되었다. 그의 검시를 진행했던 검시관은 스피드가 자살할 의도가 아니었을지도 모른다는 의견을 냈다. 축구계는 진심에서 우러난 애도를 표하는 동시에 당혹스러워했다. 스피드는 잘생긴 용모에 인기도 있었고, 선수로서 길고 성공적인 커리어를 쌓았으며, 감독직도 훌륭하게 수행하고 있었다. 그가 죽음 직전에 태평한 태도로 출연했던 BBC의 토요일 낮 프로그램 〈풋볼 포커스〉에서도 논란이 분분했다. "왜 그랬을까요?" 라디오 쇼에서 전직 아스널 스트라이커였던 이안 라이트가 비통하게 물었다. "무슨 일이 있었던 걸까요? 그는 〈풋볼 포커스〉에 더 나오고 싶어했어요. 월드컵 예선도 앞두고 있었는데. 게다가 웨일스 팀은 훌륭한 플레이를 보여주고 있었는데……" 부와 명예와 웨일스를 월드컵에 데려갈 기회가 있었던 남자에게조차 우울증이 깊게 자리 잡고 있을 수 있다는 사실을 스피드의 동료들도 분명 몰랐을 것이다.

2012년 1월 9일 월요일

•••

아스널 vs 리즈 유나이티드 1:0

아스널에 새로운 전통이 생겼다. 지난 3년 동안 매해, 아르센 벵거는 일시적이라고 설명하지만 실은 고착된 것처럼 보이는 곤경에 빠진 팀을 구하기 위해 클럽의 예전 스타들을 불러들였다. 2010년은 서른다섯 살의 솔 캠벨이 수비진의 위기를 해결하기 위해 소집되었다. 2011년에는 마흔한 살의 옌스 레만이 쓸 만한 골키퍼가 없어지자 부름을 받았다. 그리고 2012년에는 아스널 역대 최고의 선수라고 평가되며 클럽의 최고 득점 기록의 소유자 티에리 앙리가 주인공이었다.

2006년 이후 아스널의 홈구장이 된 에미리츠 스타디움은 별로 행복한 곳이 아니었다. 겨우 2년, 하이버리를 떠나기 2년 전만 해도 아스널은 세계 최고의 클럽 중 하나였다. 아스널 역사상 최고의 황금기였고, 49경기 무패라는 대기록도 세웠다. 하이버리에서의 마지막 시즌이 시작될 때 클럽은 시즌 티켓 소지자들에게 내 책인《피버 피치》특별판을 증정했고, 나는 옛 스타디움에 대한 특별한 감정을 응축시킨 서문을 썼었다. 나는 향수에 젖을 필요가 없었지만 서문에는 그렇게 썼다.

우리는 운이 좋았다. 우리의 가장 좋은 추억은 최근의 추억이기 때문이다. 이러한 특권을 누릴 수 있는 축구팬은 그리 많지 않다. 잉글랜드의 네 개 리그 클럽의 대부분은 아주 오래전의 추억에 매달린다. 리그 테이블에 아무렇게나 핀을 꽂아봐라. 아마 10년, 20년, 아니 60년 전에 누렸던 영광을 재현하려고 몸부림치는 팀 위에 꽂히기 쉬울 것이다. 아스널은 이미 더블을 달성했고, 21세기에 들어와서는 무패 신기록까지 세웠다. (…) 젊은 세대와 나이 든 세대가 함께 좋은 시대를 경험한 축구 클럽은 그리 많지 않다.

이 말은 더 이상 사실이 아니다. 이 글을 썼을 때 여덟 살과 아홉 살이었던 나의 두 아들은, 둘 다 아스널의 열렬한 팬이지만 한 번도 팀이 트로피를 들어올리는 모습을 보지 못했고 종종 우승했을 때 어떤 기분이었냐고 물어본다. "내가 살아 있는 동안 아스널이 아무 컵이라도 우승하는 걸 볼 수 있을까요, 아빠?" 큰아들은 2,3주에 한 번씩 이렇게 묻곤 한다. 아들들이 태어났을 때 비범한 재능을 가진 선수들로 이루어진 팀을 걸어서 10분밖에 안 걸리는 경기장에서 볼 수 있었다. 하지만 그 애들이 경기장에 갈 수 있을 정도로 자랐을 즈음에는 베르흐캄프, 비에이라, 앙리, 피레스를 비롯한 많은 선수가 사라진 후였다. 그들 중 일부는 갑자기 전성기가 끝났고, 다른 일부는 새로운 모기지를 위한 자금이 필요했기 때문이었다. 가끔 새로운 젊은 팀이 이번에는 다르지 않을까 하는 희망을 보여주기도 했지만, 매 시즌마다 5월이 되기 전에 사그라지기 마련이었다. 앙리는 에미리츠 스타디움 초창기에 이곳에서 뛰었지만, 그는 부상에 시달렸고 지난 10년 동안의 다른 아스널 선수들처럼 자신의 처지에 불만스러워하는 게 한눈에 보였다. 그래서 그는 즐거움과 태양과 트로피를 위해 바르셀로나로 향했다. 당연히 아스널 팬들은 그가 돌아오기를 바랐다. 하지만 우리는 그뿐만 아니라 모든 것이 예전대로 돌아오기를 바랐다. 앙리, 그의 옛 동료들, 성공, 우승컵, 하이버리 그리고 과거의 모든 것. 앙리에 대해 생각할 때면 마치 현실이 아니었던 것 같은 느낌이 든다. 정말로 내가 그의 모든 홈경기를 볼 수 있는 티켓을 가지고 있었던가? 연이은 홈경기에서 리즈에 네 골을 넣고 리버풀에 해트트릭을 했을 때, 정말로 내가 그 현장에 있었던가? 경기장 끝에서 끝까지 달려가 골을 넣었던 토트넘 전에는? 공을 위로 차올린 뒤 몸을 돌려서 바르테즈의 머리 위로 넘겨버리는 발리슛으로 올해의 골을 넣었을 때는? 21세기 초에 하이버리 근처에 살았던 것은 1962년에 캐번 클럽 근처에 살았던 것과 같다. 리버풀 젊은이들이 비틀스를 당연한 것으로 받아들였던 것처럼 우리도 앙리를 당연한 것으로 받아들였다. 예를 들어 사람들은 그가 경기장에서 종종 성질을 내는 모습에 불평을 늘어놓곤 했다. 결승전에서 최상의 폼을 보이지 못하는 기이한 무능력도 한몫했다. 그는 클럽과 국가대표 경기에서 열한 번의 결승전을 치렀어도 단 한 번도 골을 기록한 적이 없다.

만약 아스널 팬들이 티에리 앙리를 좋아하듯 누군가 축구 선수를 좋아한다면, 그것은 차라리 결혼이나 연애 관계와 비슷해지기 마련이다. 그는 우리를 버렸지만 그것은 분노보다 슬픔에서 비롯된 이별이었다. (그리고 우리의 감정을 최대한 배려했던 그는 떠나면서 아주 감동적인 메시지를 남겼고, 팀이 경기하는 걸 보러 자주 찾아온 데다 언제나 스스로 아스널 팬이라고 자칭했다.) 그래서 단 몇 개월에 불과할지라도 그가 다시 클럽에 합류한다는 게 사실로 드러나자 팬들은 열광적이다 못해 비이성적인 반응을 보였다. 이제 서른네 살에 예전만큼의 스피드는 없었고 몸도 불었지만, 그는 행복했던 시절을 떠올리게 했고 모든 게 완벽했던 예전으로 돌아가게 해줄 수 있을 것만 같았다. 시간은 문자 그대로 거꾸로 흐를 것이고, 앙리는 예전만큼 훌륭한 플레이를 보여줄 것이며, 이번에는 우리의 결혼을 완벽한 것으로 만들 것이다.

우리가 그를 처음 다시 본 것은 에미리츠 스타디움에서 리즈 유나이티드와의 FA컵 2차전에서 교체로 나왔을 때였다. 가볍게 이기고 있다가 경기 종료 20분 전에 앙리가 들어오면 그의 볼터치 하나하나에 열광적인 함성으로 그를 반겨줄 수 있을 거라고 다들 경기 전에 예상했었다. 하지만 시즌 내내 그랬듯이 아스널은 끔찍할 정도로 형편없었고, 스코어는 0-0에서 변하지 않았다. 앙리가 벤치에서 나와 몸을 풀기 시작했다. 정신이 멍해질 정도로 추운 1월 밤에 팬들도 함께 몸을 풀었다. 흥분에 찬 함성이 경기장을 뒤흔들고(톰 하크의 멜로디에 맞춰 그의 이름을 한없이 반복하는) 솔직히 말해 그에게 걸맞지 않은 단조롭기 짝이 없는 그의 옛 응원가가 울려퍼졌다. 후보 선수들이 에미리츠 스타디움의 내 자리 바로 앞에서 왕복 달리기를 하고 있었기 때문에 앙리의 머리 너머로 게임을 봐야 했다. 묘한 기분이었다. 그가 돌아왔는데 나는 그를 무시하고 있었다.

그가 들어와 예전 포지션인 경기장 왼쪽의 상대편 수비수 옆에 서자, 그가 226번째 골을 넣은 지 거의 6년 만에 아스널을 위한 227번째 골을 넣을 가능성이 돌연 현실로 다가왔다. 그것보다도 누군가 골을 넣는다면 그 말고는 상상할 수 없었다. 우리 편에서 그날 밤 골을 넣을 가능성이 조금이라도 있는 선수는 보이지 않았기 때문이다. 몇 분 후, 그에게 기회가 왔고 그는 슛을 했다. 그리고 관중석과 경기장은 열광의 도가니였다. 세리머니를 하던 앙리는 과거 어느 때보다도 더욱 기뻐 보였다. 경기 후 그는 이번이 팬으로서 넣은 첫 번째 골이었다고 인터뷰했다. 우리는 잔뜩 들떠 차가운 밤공기 속으로 걸어갔고, 다음 날 아침 일어났을 때는 조금 바보 같은 기분이 들었다. 그토록 힘 하나 안 들이고 우아하게 전날 밤 우리의 문제를 해결해줬지만, 티에리 앙리는 아스널의 어떠한 문제에도 해답을 제공해줄 수 없었다. 그 사실은 우리의 다른 문제를 더욱 심각한 것으로 보이게 했다. 그는 서른네 살이었고, 어쨌든 임대가 끝나면 뉴욕으로 돌아갈 몸이었다. 옛날 애인과 하룻밤 불장난을 치른 듯한 기분을 느낀 것은 나 혼자만이 아니었을 것이다.

수업이 있는 주중에는 밤 경기를 보러 가는 것을 허락하지 않았기 때문에 아직 어린 아들들은 그들이 한 번도 경험해보지 못했던 과거를 경험할 기회를 놓쳤다. 몇 주 후, 마침내 그들은 앙리의 경기를 보러 가게 되었다. 블랙번과의 게임에서 종료 직전 그는 다시 골을 넣었다. 7-1 승리의 마지막 골이었다. 수비수 몸을 맞고 굴절된 뒤 간신히 들어간 골이었지만 나의 아이들이 그의 득점 장면을 볼 수 있었던 것은 왠지 내게 많은 의미가 있는 것처럼 느껴졌다. 적어도 아이들에게는 확실히 의미가 있었다. 시즌이 끝난 직후, 모호한 득점 판정단에 의해 앙리의 그 골은 취소되고, 스콧 댄의 자책골로 기록에 남게 되었다. 하지만 아이들에게는 차마 사실을 알려줄 수 없었다.

2012년 2월 8일 수요일

•••

토트넘 감독인 해리 레드냅은 5년간의 조사 끝에 탈세 혐의를 벗어나게 되었다. 재판 도중에 밝혀지지 않은 이유로 레드냅이 모나코에 애견 로지의 이름으로 은행계좌를 개설한 사실이 드러났다. 파비오 카펠로가 해임된 날 무혐의 처리된 레드냅이 그의 자리를 물려받을 거라고 사람들은 추측했지만, 잉글랜드 대표팀 감독 자리는 결국 안정되고 호감이 가는 로이 호지슨에게 돌아갔다. 웨스트 브로미치 앨비언의 감독인 그는 프리미어리그에 있는 단 세 명의 잉글랜드 감독 중 하나였다.

2012년 2월 27일 일요일

●●●

카디프 vs 리버풀 2:2

(승부차기 3-2 리버풀 승)

옛날 옛적에는 대형 클럽에게 성공이 뭔지 정의 내리는 건 어려운 일이 아니었다. 성공이란 트로피를 들어올리는 일이었다. 리그 우승과 FA컵 우승은 거의 동급으로 취급되었다. 리그를 우승하는 일이 더 힘들긴 하지만, FA컵 결승전은 한 해 중 가장 주목받는 경기였고 지난 몇십 년 동안은 텔레비전에서 생중계되던 유일한 잉글랜드 클럽 경기였다. 조금 더 수수한 리그컵은 FA컵의 가난한 친척 같은 존재이긴 하지만, 아무 타이틀도 없을 때에는 그나마 감지덕지했다. 세 개의 유럽 대항전 중 하나를 이긴다면 그 역시 기억에 남을 시즌이 되었다.

그러고 나서 21세기에 들어설 무렵 성공의 정의에 변화가 생겼다. 단순히 상위 네 개 팀 안에 들어가 챔피언스 리그라는 특정 대회의 출전권을 따내는 것이 국내 타이틀 중 하나를 차지하는 것보다 구단주와 감독, 그리고 선수들에게조차 훨씬 더 중요하게 되었다. 심지어

리그 우승보다도 더욱 값진 것으로 변했다. 챔피언스 리그 출전은 수입을 의미했고 수입은 가장 큰 상이 되었기 때문이다. 입장권은 쌌고 마케팅은 전무했으며, 텔레비전 중계권 수입은 전혀 고려되지도 않았던 예전과 달리 축구의 경제학이 완전히 달라진 덕분이다. 프로축구선수연맹에 의하면 1980년, 1년에 5만 파운드 이상 받는 선수는 여덟 명에 불과했다. 최근 이루어진 관리직 연봉 조사 결과에 의하면 같은 해 바클리 은행의 최고 연봉은 전국 평균 연봉의 열세 배에 이르는 8만 파운드였다. 즉 축구는 안락한 삶을 제공해줄 수 있지만, 최고의 센터포워드 스티브 아치볼드*나 프랭크 스테이플턴**이라 할지라도 고위 관리직 종사자들 같은 부를 누릴 수는 없었다.

30년이 지난 지금, 웨인 루니가 뭔가 쓸모있다고 생각하든지 금전적인 여흥을 위해서든지 간에, 그가 영국에서 가장 높은 연봉을 받는 금융인을 여유 있게 풀타임으로 고용할 수 있을 정도로 세태가 변했다. 2009년, 프레드 굿윈이 왕립 스코틀랜드 은행의 총재직을 불명예스럽게 사임했을 때, 그의 연봉은 149만 파운드였다. 루니의 현재 연봉의 10분의 1에 불과한 금액이다. (그나마 여기서는 맨체스터 유나이티드에서 주는 연봉만 거론한 것이다. 스폰서 중 하나인 나이키와의 계약만 해도 굿윈의 수입과 거의 맞먹는다.) 루니는 영국인의 평균 연봉에 해당하는 금액을 매일매일 받는 많은 프리미어리그 선수 중 하나일 뿐이다. 선수

* 토트넘의 FA컵과 UEFA컵 우승을 이끌었던 스코틀랜드 선수.
** 아일랜드 출신으로 아스널과 맨체스터 유나이티드에서 뛰었으며 두 팀에서 FA컵 결승전 골을 넣은 최초의 선수.

연봉에 낀 엄청난 거품은 축구 클럽의 운영 수익을 4퍼센트대로 줄였다. 모든 클럽을 한순간에 영구적인 재난으로 몰아넣을 수 있는 아슬아슬하게 낮은 수치다.

그렇다면 그들이 챔피언스 리그에서 벌어들이는 수입이 필요한 건 당연한 일이다. 그 당위성은 너무나 커서 1위와 4위와의 차이마저도 희미하게 만들어버린다. 물론 우승이 4위보다 더 매력적인 건 당연하다. 하지만 예전에는 리그 4위는 올림픽에서 4위를 하는 것 정도의 의미밖에 없었던 시대도 있었다. 지금은 우승컵을 들어올리는 것 이상의 업적이 되어버렸다. "우리에게 있어서 FA컵과 챔피언스 리그는 비교할 수 없는 대상이다." 아르센 벵거가 FA컵에서 리즈와의 경기를 앞두고 말했다. "챔피언스 리그는 필수다. FA컵은 즐거움을 위한 것이다. …… 최고 레벨에서 우리의 위치를 결정짓는 기반은 리그다. 만약 우리가 그 위에 FA컵까지 차지할 수 있다면 환상적인 일이 될 것이다." 물론 이 말을 제대로 이해하려면 축구에 상당한 관심이 있어야겠지만 이쪽 계열의 오락 산업에서 고객에게 주어지는 것은 생산품의 극히 작은 일부인 '즐거움'에 불과하다. 그리고 어쨌든 자국 리그의 우승컵이 주는 즐거움은 점점 소수의 것이 되고 있다. 비싼 돈을 주고 잉글랜드의 아무 경기장으로 컵 경기를 보러 가면 대부분의 스타플레이어가 벤치에 앉아 있거나 아예 더 먼 곳에 가 있다. 로빈 반 페르시 같은 선수는 리즈와의 FA컵 경기를 두바이로 가족 여행을 갈 좋은 기회라고 여겼다.

대형 클럽 중 아무도 컵 경기를 심각하게 여기지 않는 반면, 언론은 아무 타이틀도 따지 못하는 클럽 감독을 쪼아댄다. 7년간 어떤 트로피도 가져다주지 못한 아르센 벵거는 끊임없이 언론의 질타를 받고 있다. (하지만 아스널의 역사를 보면 타이틀 없는 시즌은 극히 정상이라는 걸 알 수 있다. 내가 처음 팬이 되었을 때 그들은 15년 동안 어떠한 대회에서도 우승하지 못했다.) "이번 일요일 카디프 시티와의 칼링컵 결승에서 승리하는 일은 케니 달글리시 리버풀 감독에게는 엄청난 의미가 있을 것입니다." BBC의 마크 로렌슨이 경기 전 분석을 하며 말했다. "사람들은 그래봤자 칼링컵이라고 비하하겠지만, 그래도 트로피는 트로피인 겁니다. 리버풀로서는 6년 만에 얻는 타이틀이며 2011년 시즌에 복귀했던 달글리시의 첫 우승컵이니까요. 달글리시는 이 경기가 팀에게 발판이 되어줄 것을 알고 있습니다."

로렌슨의 발언은 나중에 몇 가지 점에서 틀린 것으로 판명된다. 우선 달글리시는 칼링컵에서 우승하긴 했지만, 이제는 우리도 알게 됐듯이 그에게 '엄청난 의미'가 있지는 않았다. 수아레스 사건에서 몇 차례 잘못된 판단을 내린 것이 그의 자리를 지키지 못한 주원인이긴 하지만, 컵 우승을 해도 구단주들은 그를 여전히 못마땅해했다. 리버풀이 후반 막판에 간신히 동점골을 넣어서 승부차기로 이기는 대신 약팀을 손쉽게 잡았더라면 어느 정도 그에게 호의적으로 작용했을 것이다. 구단주들이 원했던 것은 유럽 유수 팀과의 장기적인 관계이지 카디프 시티 상대로 천신만고 끝에 칼링컵이나 하나 따오는 팀이 아니었다. 그 경기가 아무리 흥미진진했다 해도 말이다.

당연히 팬들은 트로피를 중요시 여긴다. 그들은 웸블리에 가서 주장이 함성과 함께 트로피를 번쩍 들어올리는 것을 보며 감정을 발산하고 싶어한다. 하지만 팬들은 15년 동안 클럽으로부터 국내 컵 경기는 이길 가치가 없다고 들어왔다. 말로 직접 듣지는 않았어도 그것이 우리가 컵 경기에서 후보들이 뛰는 모습을 보는 이유다. 정말로 의미가 있는 트로피인 프리미어리그와 챔피언스 리그 우승컵은 이제 러시아 재벌이나 아랍 왕족이 뒤에 있지 않는 한 아마 손에 닿지 않을 것이다. 전통적인 대형 클럽인 아스널, 리버풀 그리고 에버턴조차도 그들을 부러운 시선으로 바라볼 수밖에 없게 되었다. 그러므로 더 이상 남은 게 없기 때문에 상위 네 개 클럽(올해는 첼시가 뮌헨에서 거둔 승리로 상위 세 개 클럽만 해당되게 되었지만) 안에 드는 일 자체가 목표가 되었다. 이것이 미래 세대의 서포터들에게 충분할지는 확실하지 않다. 아이들은 자기 팀이 자금 문제를 해결해줄 수 있는 대회에 참가하는 자격을 얻기 위해 경쟁하는 모습을 보기를 꿈꾸지 않는다. 만약 그게 중요하다면 100대 상장회사도 응원하기 시작해야 할 것이다. 그렇게 된다면 유니폼을 제작할 사람도 나올 것이고, 중역 트레이딩 카드도 나돌게 될 것이다. 내년엔 글락소 스미스클라인의 전망이 좋아 보인다.

2012년 3월 6일 화요일

•••

아스널 vs 밀란 3:0

아스널이 하이버리를 떠난 뒤 최악의 시즌을 보내고 있는 와중에 침울한 에미리츠 경기장은 엄청난 환의의 순간을 세 번 겪었다. 첫 번째는 앙리의 골이었고, 두 번째는 2월 말에 토트넘에게 두 골 차로 뒤지고 있다가 30분 동안 다섯 골이나 몰아쳤던 경기였다. 토트넘과의 경기는 아스널의 운을 바꿔놓았다. 1월 내내 바닥을 기다 7연승을 거두며 한때는 10위 안에 들어가기도 어려워 보이던 팀이 3위로 시즌을 마쳤다. 선수들과 감독의 잘못과 약점이 너무나 확연하게 눈에 보였기 때문에 똑같은 선수들로 갑자기 이기기 시작하니까 기쁘긴 했지만 대체 어떻게 된 건지 당혹스럽기도 했다. 이러한 시기에는 우리가 자신들이 바라는 만큼 축구를 잘하지 못한다는 걸 몇 번이고 상기하게 되기 마련이다. 경기를 보며 우리는 골을 집어넣는 동시에 허용하면 안 된다는 말을 무한한 표현 방식을 사용해서 말한다.

"여기에서 골을 집어넣어야 해" "지금 골을 먹으면 안 돼" 등등. ('여기'와 '지금'은 특정한 경기의 복잡한 속성에 대한 해박한 이해를 나타내려는 의도가 있지만 사실은 아무 의미도 없다. 팀들은 언제나 골을 넣어야 하고 절대로 골을 먹어서는 안 된다.) 팬들은 시즌 중에 여러 복잡한 방식으로 온갖 구체적인 사례를 총동원하며 이기는 팀은 훌륭한 팀이고 지는 팀은 형편없는 팀이라고 자신들의 의견을 피력한다. 우리 어머니나 찰스 황태자나 심지어 화성인까지도 똑같은 말을 할 수 있겠지만, 그들의 의견은 축구에 무지하다는 이유로 무시되어버린다. 이번 시즌 아스널은 아찔할 정도로 형편없다가 상당히 좋아졌다가 끔찍했다가 아주 잘하다가 막판에는 도로 나빠졌다. 그리고 분기별로 양상이 바뀔 때마다 나와 다른 아스널 팬 친구는 이 상태가 변하지 않을 거라고 여겼다.

아스널과 밀란의 경기는 2주간의 간격을 두고 벌어졌지만, 시즌의 다른 분기에 자리 잡았다. 원정 경기는 끔찍했던 시기에 치러졌고 홈경기는 아주 잘하는 시기가 시작될 때 있었다. 불행히도 우리 팀은 철두철미하게 끔찍해서 4-0으로 패배했고, 그것은 다음 홈경기에서 아주 높은 산을 넘어야 한다는 것을 의미했다.

그리고 아주 잘했던 시기 중의 아스널은 그 산을 거의 넘을 뻔했다. 전반 45분 동안 아스널은 밀란을 압도적인 스피드로 사납게 몰아붙였고, 하프타임이 될 무렵 밀란은 세 골 뒤진 상태로 극히 비이탈리아적인 불안감에 빠져 있었다. 아스널이 무승부로 몰고 가서 연장전에 들어가려면 단지 한 골만 더 넣으면 되었다. 그리고 사실 더 넣었어야 했다. 로빈 반 페르시는 시즌 내내 보였던 놀라운 득점력에 비춰봤을 때 반드시 넣었을 기회를 날려버렸다. 하지만 좋은 일이란 좀체 없었던 새 스타디움의 하프타임 분위기는 활기와 흥분과 기대와 즐거움으로 들썩였다. 만약 25분 동안 그날 밤 에미리츠 경기장에 있었던 6만 명 중 아무나 뽑아서, 특별한 곳에서 열리는 아주 특별한 행사의 첫 번째 열에 있는 티켓을 공짜로 준다고 해도 받아들 사람은 없었을 것이다. 이런 순간에는 진실로 스포츠보다 더 좋은 것은 없는 법이니까.

이 기억할 만한 시즌의 두드러진 특징은 많은 클럽의 팬들이 흐뭇한 회상에 잠길 수 있게 했다는 점이다. 맨체스터 시티와 첼시는 물론이지만, 노리치 팬들은 1년의 거의 대부분을 황홀하게 보냈고 스완지 팬들도 마찬가지다. 아스널은 토트넘을 꺾고 3위로 마감했다. 토트넘은 파비오 카펠로가 사임하기 전 2월까지는 훌륭했다(사실 시즌을 망친 이유는 해리 레드냅의 해임에서 비롯된 것이지만). 위건은 모든 팀에게 진 뒤 모든 팀을 이겼다. QPR은 잔류에 성공했고, 그 길목에서 여러 강팀을 물리쳤다. 에버턴은 리버풀보다 위에서 시즌을 마쳤고, 리버풀은 웸블리에 두 번이나 갔다. 뉴캐슬은 모든 이들의 기대를 넘어 매주 이번 시즌의 골로 남을 만한 멋진 골을 성공시켰다. 선덜랜드는 새로운 감독을 임명한 뒤 성적이 올랐고, 풀럼과 웨스트 브로미치는 10위권 안에 들며 즐겁게 시즌을 보냈다. 맨체스터 유나이티드는 무관에 그쳤지만 승점만으로 보면 우승이나 마찬가지였다. 단지 하위 세 팀과 시간이 망각해버린 불쌍한 애스턴 빌라만이 전반적으로 활기찼던 시즌의 밸런스를 맞춰줬다. 아마 언젠가—만약 세계 경제가 정말로 폭삭 무너진다면—축구계 수뇌부들은 모든 이들의 보편적인 행복을 보증하며 그들의 상품을 팔 수 있을 것이다. 강등의 아픔마저도 지역 더비에서 9 또는 10-0으로 대승하거나 강팀 상대로 다섯 골 차를 뒤집는다면 위안받을 수 있다. 하지만 우리가 아는 한 현재 아무도 그런 보증을 해줄 계획은 없고, 그렇게 됨으로써 기대하지 않았던 행복한 순간이 더욱 달콤해지는 것이다.

2012년 3월 17일 토요일

●●●

토트넘 핫스퍼 vs 볼턴 원더러스 1:1

(하프타임에 경기 중단)

스코어를 확인하려고 하프타임 바로 직전에 텔레비전을 켰다가 이해할 수 없는 광경이 화면 위에 펼쳐지는 모습을 봤다. 어리둥절한 기분이었다. 40년간 축구를 봐온 터라 중계 시간을 놓쳐도 관중 소리만으로 분위기를 짐작하거나 점수까지 대충 알 수 있었다. 나른하고 만족스러운 웅성거림은 그들의 팀이 이기고 있다는 것을 의미한다. 방금 동점골을 넣었을 때는 긴박한 함성이 뒤따른다. 모든 희망을 잃었을 때는 적막이 흐르기 마련이다. 하지만 이렇게 필사적으로 격려하는 함성은 처음이었다. 더욱 당혹스러웠던 것은 경기가 중단되어 있었다는 사실이다. 게다가 선수들은 확연하게 침통한 표정으로 운동장에 작은 무리를 지어 서 있었다.

필사적인 격려는 볼턴의 파브리스 무암바를 향한 것이었다. 관중들은 심장마비를 일으킨 그가 바로 그들의 눈앞에서 생사를 건 싸움을 벌이고 있다는 사실을 깨달았다. 이제는 모두 아는 이야기가 되었지만, 그는 뛰어난 의료팀의 신속하고 결단력 있는 조치와 약간의 행운으로 생명을 건질 수 있었다. 행운은 토트넘 관중 속에 있었던, 베스널 그린의 런던 체스트 병원에서 의사로 근무하는 앤드루 디너 때문에 가능했다. 무슨 일이 벌어지고 있는지 즉시 깨달은 그는 자신의 전문 지식과 병원에 있는 장비가 무암바의 생명을 구할 수 있다고 생각했다. 디너는 관중석과 경기장을 막아놓은 울타리로 가서 지금 운동장에서 벌어지고 있는 드라마 속에서 자신이 할 수 있는 역할이 있다는 사실을 간신히 진행 요원들에게 납득시켰다. (프리미어리그 경기장의 진행 요원들과 이야기하려고 시도해본 사람들이라면 그날 오후에 있었던 일을 하늘이 도왔다고밖에 볼 수 없을 것이다. 디너가 화이트 하트 레인 경기장 안으로 들어오는 데 성공한 것은 정말로 기적 같은 일이었다.)

무암바는 쓰러진 지 몇 분 지나지 않아 들것에 실려나갔다. 현장을 중계하던 ESPN 해설자들은 그가 숨을 쉬지 않고 있다고 말했다. 나중에 우리는 제세동기가 열다섯 번이나 사용되었다는 사실을 알게 되었다. 무암바의 친구이자 볼턴의 팀 닥터였던 조너선 토빈이 여전히 축구화를 신은 채로 구급차 안에서 정맥을 통해 약물을 주입하고 있었다. 구급의들은 축구화의 스터드가 금속 표면 바닥 위를 자꾸 미끄러지기 때문에 그의 허리를 잡아줘야 했다. 마흔여덟 시간 후 무암바는 가족들과 이야기하고 있었다.

나중에 밝혀진 바에 의하면 그는 의학적으로 78분간 사망한 상태였다고 한다. 내가 아는 거의 모든 사람들은 도저히 믿을 수 없어했다. 어떻게 사람이 한 시간하고 15분도 넘게 죽었다가 다시 살아날 수 있단 말인가? 그 해답은 복잡하고 흥미로운 것으로 나중에 드러나긴 했지만, 중요한 건 존재하긴 했다는 것이다. 의학적으로 사망했다 소생한 최장 기록이 얼마인지 모르지만, 파브리스 무암바가 신기록을 세운 것 같지는 않다. 모든 의료진은 이런 사례에서 환자가 살아나기 위해 필요한 몇 가지 조건을 강조하지, 하늘을 가리키며 못 믿겠다는 듯이 고개를 절레절레 흔들지 않는다.

누구에게나 신문 1면에 실린 기사를 보고 당혹스러워한 경험이 여러 번 있을 것이다. 대개의 경우 내용이 복잡하고 사건의 시작을 놓쳤기 때문이다. (유로 위기의 뿌리를 찾기 위해 얼마나 거슬러 올라가야 할까? 2008년? 처음으로 통화가 실체를 갖추게 되었던 1999년? 1992년? 1945년?) 자연재해나 살인 사건이나 유괴 사건이 관심을 끄는 이유는 이해하기 쉽기 때문이다. 파브리스 무암바의 이야기는 고무적이고 단순했다. 의학이 아닌 기적에 초점을 맞춘다면 보다 더 단순해진다. 그 후 며칠 동안, 인간적으로는 선량하고 매력적이지만 축구에 관심이 있는 사람이 아니고서는 아무도 들어보지 못했던 준수한 미드필더 무암바는 축구계에서 가장 유명한 선수였다. 리오넬 메시는 무암바의 이름이 새겨진 티셔츠를 입었고, 뉴욕의 티에리 앙리는 그를 위한 완장을 찼다. 많은 팀이 무암바 티셔츠를 입고 경기 전 워밍업을 했고, 이러한 티셔츠들은 대부분 그를 위해 기도해달라고 부탁하는 내용을 담고 있었다. "당신이 종교가 있든 없든 상관없어요. 오늘 무암바를 위해 기도했나요?" BBC 웹사이트의 편집자인 마크 이스턴은 토트넘의 에마뉘엘 아데바요르가 트위터에 남긴 문구로 사설을 시작했다.

철두철미하게 초연한 BBC가 신에게 이야기하라고 호소한다면 뭔가 엄청난 일이 벌어지는 중이라는 걸 알 수 있다.

스포츠와 종교는 깊은 관련이 있다. 그렇기 때문에 잉글랜드처럼 비종교적인 나라에서조차도 무암바에 대한 따뜻한 염려에 영적인 감정이 섞여 있어도 전혀 이상해 보이지 않는다. 골을 넣은 선수들이 하늘을 가리키는 모습을 많이 봤을 것이다. 축구팬들은 무신론자도 진짜로 기도를 한다. 승부차기를 보는 관중의 얼굴을 보라. 아니면 한 경기, 아니 시즌 전체를 구해줄 종료 직전의 골을 희망이 없는 상태에서도 갈구하는 모습을 보라. 수천 번도 더 되풀이된 몸짓을 볼 수 있을 것이다. 코앞에 손을 모은 그 모습이 기도가 아니면 대체 뭘까? 파브리스 무암바는 그의 팀이 경기하는 걸 지켜볼 정도로 회복됐다. "하느님, 전 당신에게 제 병을 낫게 해달라고 기도했고 당신은 들어주셨습니다. 주여, 이제는 우리 팀을 강등에서 구해달라고 기도드립니다." 그가 시즌 마지막 날에 트위터에 남긴 말이다. 이번에는 하느님도 도울 수 없었고 볼턴은 강등됐다.

2012년 4월 15일 일요일

•••

토트넘 vs 첼시 1:5

공이 골라인을 통과했는지 잘 알 수 있는 최선의 방법은 크로스바에 작은 카메라를 설치하는 것이다. 매우 분명한 해결책이다. 만약 이 기술이 토트넘과 첼시의 FA컵 준결승전에 사용되었더라면, 후반전이 시작되자마자 들어간 첼시의 두 번째 골은 절대로 인정되지 않았을 것이다. 만약 이런 종류의 결정을 내리는 사람들이 비용 문제로 반대한다면, 이번에는 값비싼 장비조차도 필요 없었다. 후안 마타의 슛은 골로 보기에는 너무나 거리가 있어서 볼보이가 아이폰으로 찍은 영상으로 심판에게 필요한 시각적 정보를 제공해줄 수 있을 정도였다. 하지만 나는 볼보이의 의견을 묻지 않아서 다행이라고 생각한다.

보통 경기에 기술혁신을 도입하는 것을 반대하는 사람들은 축구는 '논쟁이 전부다'라고 주장한다. 월요일 아침이면 직장 동료들과 이러한 경우에 대해 열띤 논쟁을 벌이는 광경을 떠오르게 하는 말이다. 하지만 진실은 다르다. 사실 이야기할 것이 있는 경우는 아주 드물다. 2010년 월드컵 경기 중, 잉글랜드 대 독일 전에서 프랭크 램퍼드의 슛이 크로스바 밑을 때린 뒤 적어도 30센티미터는 들어갔다 튀어나왔을 때 바로 그 순간에 봤던 장면에 대해 심각한 논쟁을 벌일 준비가 되어 있던 사람이 있었을까? 있었다고 생각하고 싶다. 그리고 나도 그런 사람을 만나고 싶다. 그 문제의 사람이 멍청함을 예술의 형태로 승화시켜야 한다는 게 조건이지만. 하지만 그것은 상상하기 어렵다. "세상에 요즘 같은 세상에……" 그런 경우를 보면 해설자나 캐스터는 곧장 이런 말로 서두를 장식한 뒤 달로 사람을 보낼 수 있는 우리의 능력을 언급하지만, 그의 목소리에서는 즐거운 흥분을 느낄 수 있다.

스포츠의 즐거움 중 하나는 때때로 일이 예측할 수 없게, 전혀 해롭지 않은 방식으로 잘못된다는 것이다. 그런 골과 경기는 절대로 잊을 수 없다. 셀 수 없는 골과 경기가 이미 망각 속으로 사라졌지만, 심판의 웃기는 실수는 영원히 기억 속에 남는 경향이 있다. 만약 터치라인 옆에 서 있던 부심이 무전기로 그레이엄 폴에게 같은 크로아티아 선수한테 옐로카드를 주고 또 주는 걸 그만하라고 말했다면, 2006년 월드컵의 하이라이트 중 하나를 우리에게서 앗아갔을 것이다. 페드로 멘데스의 슛이 그물을 가르지 않은 척하는 로이 캐롤의 필사적인 모습을 보고 웃지 않은 사람은 얼마나 될까? 세계 곳곳에서 텔레비전을 켠 사람들은 램퍼드의 슛을 잘못 판정해서 생긴 엄청난 결과를 봐버렸다. 그리고 그 모습을 본 사람들은 웃음을 터뜨렸다. 악의가 없더라도, 실제 세계에서는 절망적일 정도로 무능력하면 대개 불행한 결과를 가져오기 때문이다.

나는 내 아이들이 오심 없는 세계에서 자라게 하고 싶지 않다. 아이들은 이미 방송으로 프로스포츠는 굉장히 진지한 것이라든지 축구는 전쟁이라든지 하는 이야기를 너무 많이 들어왔기 때문이다. 나는 뚱뚱한 선수들이나 느려터진 선수들, 그리고 퍼스트터치* 하나로 내가 공을 힘껏 차는 것보다 더 멀리 공을 날려버리는 선수들을 보며 자랐다. 나중에 그들이 은퇴한 뒤 펴낸 자서전을 보고 알았지만, 술 취한 선수들도 많이 봤다. 그들은 이제 모두 가버렸다. 그렇게 됐기 때문에 경기력은 분명 향상되었다. 더 빠르고 더 좋은 체력을 갖추고 기술적으로 발전되었다. 하지만 꼭 예전보다 재미있어졌다고 할 수는 없다. 만약 우리가 후안 마타가 집어넣지 못한 골 아닌 골을 볼 기회를 박탈당한다면 축구는 분명 더 재미없어질 것이다.

* 공이 왔을 때 처음 받는 행위.

2012년 4월 22일 일요일

•••

맨체스터 유나이티드 vs 에버턴 4 : 4

2012년 4월 24일 화요일

•••

바르셀로나 vs 첼시 2 : 2

맨체스터 유나이티드가 이 경기를 이겼더라면 우승할 수 있었을 것이다. 물론 시즌 중에 그들이 거둔 무승부 중 한 경기라도 이겼어도 마찬가지였을 것이다. 승점 1점만 더 있었어도 우승할 수 있었다는 점을 감안하면 그들이 졌던 경기, 특히 맨체스터 시티와의 두 경기 중 무승부 하나라도 건졌어야 했다. 아니면 골 득실 차로 우승컵을 놓쳤다는 사실을 염두에 두면 승리할 때마다 더 큰 점수 차로 이겼어야 했다. (돌이켜보면 그렇게 할 수 있었던 가장 좋은 기회는 8-2로 승리했던 아스널 전이었다. 그들은 겨우 아홉 골만 더 넣으면 됐다. 그리고 그들은 좋은 득점 기회를 적어도 열다섯 번은 날려버렸다.) 실망한 모든 팬들은 시즌이 끝나면 이런 식의 쓸모없는 계산을 되풀이한다. 만약 아스널이 풀럼, 리버풀, 울브스, 위건 그리고 노리치와의 홈경기에서 승리하고, 블랙번, 볼턴 그리고 QPR과의 원정 경기에서 승리했다면 비록 8-2 패배가 있었다 해도 우리는 챔피언이 되었을 것이다. 하지만 문법학자들이 삼인칭 조건문으로 인정할 if+과거완료+would로 이루어진 문장은 이미 충분하다. 모든 시즌은 삼인칭 조건문이다. 하지만 이 경기의 결과가 맨체스터 유나이티드로서는 가장 뼈아팠을 것이다. 종료 8분 전까지 4-2로 이기고 있었던 그들은 시즌 종료를 불과 몇 주 정도 앞둔 시기에 승점 3점을 1점으로 바꿔버렸다. 유나이티드의 재난 이후 시티는 단지 세 경기만 이기면 된다는 걸 알 수 있었다. 불과 몇 주 전만 하더라도 승점 8점 차로 뒤지고 있던 그들은 완벽하게 우승 기회를 날려버렸다고 생각하며 부활절 기간을 보냈다.

4-4 무승부는 상대적으로 현대 축구의 현상이다. 적어도 그것이 과거에 흔한 스코어였다면 그 과거는 내가 축구팬이 되기 이전인 아주아주 오래된 과거였을 것이다. 시즌이 지금보다 더 길었던 1970년대 1부 리그 경기에서 4-4 무승부는 단 네 번밖에 없었다. 21세기 첫 7년 동안은 그런 스코어가 세 번 나왔다. 나는 열한 살이었던 1968년부터 아스널 팬이 되었고, 쉰 살이 되어서야 우리 팀이 그런 스코어를 기록하는 걸 봤다. 2007년 무렵 4-4 무승부의 수문이 열렸다. 그 후 아스널은 두 번 더 4-4 경기를 했고, 리그 전체로는 여덟 번 나왔다. 2007년 이후 그런 어지러운 스코어는 빈번해졌다. 프

리미어리그 20년 역사 동안 가장 점수가 많이 나온 경기 1위에서 4위까지가 모두 지난 5년 동안 나왔다. 토트넘에 6-4로 패배하고 포츠머스에 7-4로 패배한 레딩이 1위와 2위에 모두 이름을 올리는 기염을 토했다.

물론 이런 식의 촌극 페스티벌은 스포츠 캐스터들에게 사랑받지만, 뭔가 수상쩍은 느낌이 들게 하는 것도 사실이다. 축구 경기는 골이 여덟 개나 터져서는 안 된다. 그리고 만약 그런 일이 벌어지면 팬들은 자신들을 즐겁게 하려는 열망보다는 능력 부족이 원인이라는 느낌을 받는다. 유나이티드 팬들은 여전히 에버턴 전에 대해 미련을 버리지 못하고 있을 것이다. 그리고 5년이 지나고 10년이 지나도 그들의 수비수들을 비난하고 있을 것이다. 만약 그들이 0-0으로 비겼다면 시즌 중의 다른 분기점이나 패배에 대해 생각하고 있을 것이다. 0-0은 실패한 게 아니라 단지 종종 있는 짜증 나는 축구 인생의 일부일 뿐이다. 골대를 맞추거나 페널티킥 판정을 받지 못할 수도 있는 것이니까. 이런 것들은 그다음 주가 되면 모두 잊히게 된다. 하지만 4-4 무승부는 수치와 절망을 안고 있을 소지가 있다. 심지어 지난 10년간 아스널의 가장 고통스러웠던 최악의 패배는 4-4 무승부였다고 말하는 사람을 둘이나 봤다. 뉴캐슬 전에서는 아스널이 후반전 동안 4점 차 리드를 날려버렸다. 그리고 토트넘 전에서 그들은(이 경기에서 차마 우리라는 말은 쓰지 못하겠다) 종료 1분 전만 해도 4-2로 앞서고 있었다. 뉴캐슬 전이 끝난 뒤 한 아스널 팬이 뉴캐슬이 네 번째 골을 집어넣자 광적인 분노를 터뜨리는 유튜브 영상이 폭발적인 인기를 끌었다. 어떻게 보면 웃기기도 했다. 집에서 기르는 동물과 관련된 험한 소리를 다소 많이 섞어가며 폭포수처럼 쏟아놓는 쌍욕 섞인 좌절감과 증오는 모두 그 자신의 팀을 향한 것이었다. 의심의 여지가 없는 사실은 그의 발광적인 행위는 자기들 팀이 네 골이나 집어넣었는데도 이기지 못했을 때 팬들이 느끼는 감정을 대변한 것이라는 거다. 만약 누군가 나에게 그날 세인트제임스파크에서의 아스널 경기 후 어떤 느낌이었냐고 묻는다면, 그 유튜브 영상을 가리킬 것이다. 그 젊은이가 내겐 절대 불가능할 정도로 자기감정을 훨씬 잘 표현했기 때문이다. 아스널이 토트넘과 4-4로 비긴 뒤 내가 에미리츠 경기장을 엄청나게 신 나고 즐거운 경기였다고 생각하며 나왔을 것 같은가? 아니, 그렇지 않다. 난 목매달아 죽고 싶은 기분이었다. 토트넘 팬들은 즐거워했을까? 그렇다. 경기 끝까지 남아서 볼 수 있었던 50명은 그랬다. 나머지는 5분 남겨놓고 자기 팀의 비참한 패배를 확신하며 침통한 심경으로 집으로 돌아갔다. 계산을 한번 해보자. 6만 관중 중 50명, 즉 1,200명 중에 한 명이 그날 경기를 즐겼다. 내가 보기엔 적당한 수치인 것 같다.

여덟 골 무승부가 갑자기 유행이 된 이유가 있을까? 아마 그것은 수비가 어렵고 지루하고 보람 없는 일이기 때문일 것이다. 매주 0이 여섯 개나 붙는 돈을 받는 사람들은 좀처럼 어렵고 지루하고 보람 없는 일을 하지 않는다. 그들은 직접 장을 보거나 세금신고서를 작성하거나 접시를 식기세척기에 집어넣거나 주택을 구입하지 않는다. 상대편 풀백을 따라다니는 일은 그들 모두가 누군가에게 돈을 주고

시키는 일과 같은 종류의 고된 노동이다. 그리고 한눈에 알 수 있는 사실이지만, 스피드가 축구 감독들이 공격수들에게 요구하는 최고의 덕목인 대신 수비수의 경우에는 그것이 체격과 힘이 된다. 아스널의 시오 월컷은 십 대 초반이었을 때 100미터를 10초 5에 뛸 수 있었다. 하지만 팀메이트인 거구의 페어 메르테사커는 같은 거리를 달리려면 오후 내내 걸릴 것 같은 인상을 준다. (나이 든 아스널 팬들이 그의 단점을 용서해주는 이유 중 하나는 그가 과거 아스널의 거인 같은 수비수들을 떠올리게 하기 때문이다. 월컷의 운동 능력과 스피드는 완전히 새로운 것처럼 보인다.) 만약 프리미어리그의 모든 팀이 이 두 사람과 같은 조합을 가지고 있다면 4-4 무승부가 뒤따를 것이다. 절대 달갑지 않다. 몇 년에 한 번 정도는 괜찮다. 하지만 축구가 농구 같지 않다고 늘 불평한다면 그 사람에게는 축구가 맞지 않는 것이다.

맨체스터 유나이티드 대 에버턴 경기가 벌어진 뒤 이틀 후, 첼시는 바르셀로나로 가서 2-2 무승부를 거뒀다. 뮌헨에서 열릴 챔피언스 리그 결승에 가기 충분한 점수였다. 그리고 첼시의 과분한 급여를 받는 수비수들은 두 골을 내줬지만, 그들은 세계 최고의 팀과 스트라이커에 맞서고 있었다. 게다가 주장인 존 테리가 상대 선수의 등을 무릎으로 가격하는 바람에 퇴장당해, 거의 한 시간 동안 없는 상태로 버텨야 됐다. 런던에서 열린 1차전에서 과분한 급여를 받는 이 수비수들은 세계 최고의 팀과 스트라이커를 완벽하게 봉쇄해서 첼시의 1-0 승리에 기여했다. 바르셀로나는 180분 중 골이 들어간 3분만 제외하고 공을 소유하고 있는 것으로 보였다. 하지만 첼시는 추잡하게 이기고 난 뒤 추잡하게 무승부를 거두었다. 그러고 나서 바이에른 뮌헨과의 결승에서 그들은 다시 추잡하게 비겼고, 승부차기로 유럽 챔피언이 되었다.

이번 첼시 시즌에는 어떤 추잡함도 없어야 했다. 클럽은 포르투갈의 젊고 잘생긴 안드레 비야스 보아스를 감독으로 데려왔다. 그리고 그에게 젊고 활기차고 매력적인 첼시를 만들 임무를 주었다. 그에게는 불행한 일이었지만, 벤치를 덥히게 된 첼시의 일부 고참 선수들은 자신들의 입지가 불안하게 된 데 불만을 품었다. 형편없는 경기가 이어진 뒤 비야스 보아스는 해고되었다. 그의 후임은 예전 첼시 선수로 고참들의 구미에 더 맞는 로베르토 디 마테오였고, 마술처럼 첼시는 다시 이기기 시작했다.

바르셀로나를 상대한 두 경기에서 첼시는 선수 어머니와 매슈 하딩 스탠드*의 시즌 티켓 소지자들이나 좋아할 경기 모습을 보여줬다. 한편 바르셀로나는 예쁘장하고 참을성 있고 진보적인 평소의 그들이었다. 그들은 패스하고 움직이고, 움직이고 패스하고, 패스하고 움직였다. 그 모습에 살짝 미쳐버릴 것 같은 잉글랜드 축구팬은 나 혼자가 아니었을 것이다. 바르셀로나가 티키타카**를 하면서 골을 넣지 못하면 학교에서 단지 전류가 흐르는 것을 보여주기 위해 설치한 전기회로만 연상시킬 뿐이다. 그런 걸 한참 들여다보고 있으면 전기가

* 첼시 부사장인 매슈 하딩이 경기를 보러 가는 도중 불의의 헬리콥터 사고로 사망하자 경기장 스탠드 일부에 그의 이름을 붙여 추모했다.
** 바르셀로나의 짧고 간결한 패스 플레이.

뭔가 하길 바라게 된다. 되도록 폭발적이고 요란한 뭔가를. 나는 지난 몇 년간 바르셀로나 축구의 궁색한 버전을 아스널에서 내내 봐오던 터였고(아스널 티켓 값은 세계 어느 팀보다도 비싸지만), 돈을 더 주고서라도 뻥축구로 쓰레기 같은 골을 집어넣는 걸 보고 싶을 때도 가끔 있다. 끝없는 볼 소유와 무득점은 축구판 일본식 물고문*과 같다. 첼시는 그들의 리듬을 흐트러뜨리지 못했다. 가장 기본적인 것, 즉 중요 지점에서 그들의 리듬을 방해하는 것을 제외하고는. 그리고 그 임무를 그들은 규율과 결의와 용기로 수행했다.

자신들의 팀이 두 골 차 리드를 지키지 못하고 쓰러지는 모습을 방금 지켜본 맨체스터 유나이티드 팬들은 그날 밤 첼시 팬들을 부러워했을 것이다. 나는 부러웠다. 결국 그것이 알고 싶은 모든 것이다. 자기 한계를 극복하기 위해 모든 선수가 젖 먹던 힘까지 짜낸 뒤 필요한 결과를 내는 팀을 내가 응원한다는 것을. 좋은 축구가 예쁜 축구라는 듯 예쁜 바르셀로나는 별로 쓸모 있는 일을 해내지 못했다.

* 사람을 뉘어놓고 이마의 같은 지점에 물을 한 방울씩 떨어뜨리는 중국 물고문이 일본식으로 서구에 와전되었다.

2012년 5월 7일 월요일

●●●

블랙번 vs 위건 0 : 1

비가 억수같이 퍼붓는 날씨 속에서 블랙번 로버스는 홈에서 위건에게 졌고, 블랙번의 전통적인 색깔의 옷을 걸친 닭 한 마리가 경기장을 뛰어다녔다. 닭은 블랙번 구단주인 벵키스를 가리켰다. (클럽을 산 회사가 벵키스 런던 유한회사인 것에서부터 랭커셔 축구에 대한 구단주들의 감정을 읽을 수 있다.) 벵키스는 닭고기를 가공하는 인도 회사다. QPR과 울브스 같은 성적이 나쁜 다른 구단들이 시즌을 반 정도 남기고 감독을 경질했지만, 블랙번 감독인 스티브 킨은 팀의 어려움에도 불구하고 시즌 끝까지 살아남았다. 킨은 문제가 많은 인물이었다. 에버턴 감독인 데이비드 모이스는 블랙번 경기를 보다가 그의 동료가 관중으로부터 받는 모욕을 참을 수 없어서 도중에 돌아갔다. 알렉스 퍼거슨 경도 킨을 지지했다. 하지만 전 내무부 장관인 잭 스트로를 비롯한 블랙번 팬들은 집요하게 그의 경질을 요구했다. 나중에 블랙번 부사장인 폴 헌트가 벵키스에 너무 늦기 전에 킨을 경질하라는 서한을 12월에 보낸 사실이 밝혀졌다. 하지만 일자리를 잃은 것은 헌트였다. 벵키스가 킨에 대해 보여준 충실한 믿음은 결과와 성공에만 집착하는 세계에서 전적으로 칭찬할 만하다고 할 수 있다. 하지만 그 결과 블래번은 챔피언십으로 강등되었다. 그리고 이 글을 쓰고 있는 지금 킨의 미래는 불확실하다.

2012년 5월 13일 일요일

●●●

맨체스터 시티 vs 퀸스파크 레인저스 3 : 2

선덜랜드 vs 맨체스터 유나이티드 0 : 1

◎ 쿠엔틴 타란티노가 각본을 써도 이것보다 못할 것이다.

– 아사 하트퍼드, 전 맨체스터 시티 선수

◎ 누구나 예상했던 결과였다. 하지만 맨체스터 시티가 44년 만에 첫 프리미어리그 우승을 하기까지 겪었던 과정은 결코 각본이 있을 수 없었다. 아니, 각본이 있을 수도 있었을 것이다. 하지만 모든 할리우드 영화사에서 비현실적이며, 심지어 바보 같다고 하면서 버렸을 것이다. – 제임스 마틴, ESPN 블로그

◎ 알프레드 '히치콕' 경의 서스펜스로 알렉스 '퍼거슨' 경에게 파멸을. – Lesechos.com*

* 프랑스 경제 잡지.

◎ 인간이 신과 한없이 비슷한 존재가 될 수 있다는 것이 내가 소설가라는 직업을 좋아하는 이유인 동시에 거기에 대해 피곤해지는 이유이기도 하다. 모든 결정은 자신이 내려야 한다. 누가 사랑에 빠지고 누가 차에 치이는지 그 결정도 자신이 내려야 한다. 잎사귀와 나무를 하나하나 모두 만든 뒤 잎사귀를 일일이 나무에 다는 것도 자신의 몫이다. 바로 내가 전 세계를 만드는 것이다.

–앤 패칫, 《겟어웨이 카》

미국인에게 축구 시즌의 대단원에 대해 한번 설명해봐라. 전 세계의 아무 축구 시즌이나 상관없다. 그러면 그들은 당신을 도저히 믿을 수 없다는 얼굴로 쳐다볼 것이다.

"제가 들은 대로 말해볼게요. 그러니까 각 팀이 서른여덟 경기를 치르고 시즌이 끝날 때 가장 많이 이긴 팀이 우승한다는 말이군요."

"맞아요."

"하지만 아직 시즌이 한 달이나 남았는데, 누군가 우승을 해버린다면요?"

"상관없어요. 그래도 우승한 거예요."

"그렇다면 시즌은 그냥…… 계속된단 말인가요? 포스트 시즌도 없고요? 슈퍼볼이나 월드시리즈도 플레이오프도 없고요?"

(이 시점에서 원한다면 승격과 웨스트햄, 트랜미어 그리고 허더즈필드 등등에

대해 이야기할 수 있지만 참는 걸 권한다. 미국인은 이해하지 못하는 경향이 있다.)

"아뇨, 챔피언은 챔피언이고 그 사실은 아무도 바꿀 수 없어요."

"하지만 만약 두 팀이 같은 수의 경기를 이기면 결승전 같은 게 있겠죠, 그렇죠?"

"아뇨, 그냥 득점에서 실점을 뺀 뒤 점수가 더 큰 쪽이 트로피를 차지하게 돼요."

미국인의 시각에서 본다면 비타협적이고 청교도적으로 보일지도 모르지만, 피날레를 보다 더 흥미진진하게 하기 위한 뭔가를 도입하려는 시도는 이제 매우 깊은 의혹의 시선을 받게 될 것이다. 만약 우리가 스포츠를 중요하게 생각한다면, 그리고 누가 최고의 팀인지 알고 싶다면, 최고의 팀은 8월과 5월 사이에 가장 높은 승점을 쌓은 팀이 되는 게 당연하지 않은가. 이러한 확실성, 객관적인 진리가 단지 조금 더 재미를 더한다는 이유로 훼손되는 걸 당신은 원하지 않을 것이다. 그렇다고 4위 팀이 경기 몇 개 이긴다고 최고의 팀이 되는 토너먼트 역시 바라지 않을 것이다.

따라서 시즌의 마지막 주말에 드라마가 펼쳐질 가능성은 극히 드물다. 지난 10년간 일곱 번이나 마지막 라운드 몇 주 전에 모든 게 결정됐다. 설사 그렇지 않더라도 오후에 사람들이 원하는 반전이 일어나지도 못했다. 2010년 맨체스터 유나이티드는 위건이 스탬퍼드 브리지에서 첼시를 꺾어 자신들을 도와주기를 바랐다. 애초에 실현 가능성이 낮은 이야기였으나, 그 경기에서 첼시는 8-0으로 이겼다. 적어도 프리미어리그 연맹은 모든 경기를 같은 시간에 치르게 해서 피날레를 연출하는 법을 배웠다. 예전 1부 리그 시절에는 팀들은 제멋대로 시즌을 끝내곤 했다. 즉 아무것도 하지 않고 우승을 하는 것도 가능하다는 이야기다. 1972년, 그들의 우승을 막을 수 있었던 경기에서 라이벌들이 이기지 못하자 더비 카운티는 마요르카에서 휴가를 보내며 1부 리그 우승을 차지했다. 대부분의 축구팬들은 쇼맨십과 조작 쪽으로 흐르는 것에 대해 커다란 불신을 보인다. 하지만 종종 축구는 청교도주의와 스캔들을 가르는 선을 넘곤 했다.

2012년 5월 13일의 오후는 롤러코스터처럼 될 조짐이 별로 보이지 않았다. 맨체스터 시티는 자기들의 홈구장에서 프리미어리그에서 가장 약체 중의 하나인 퀸스파크 레인저스를 이기기만 하면 됐다. 그들은 한 경기만 져도 강등될 정도로 약팀이었다. 맨체스터 유나이티드는 선덜랜드를 이기고 기도하는 수밖에 없었다. 유나이티드는 경기 초반에 골을 넣었고, 시티는 경탄스러울 정도로 완강한 레인저스를 상대로 고전을 면치 못하다가 하프타임을 5분 정도 남겨놓고 득점했다. 그리고 모든 것이 결정된 것만 같았다.

하지만 후반 초반에 레인저스는 동점골을 집어넣었고, 그러고 나서 믿을 수 없게도, QPR 주장인 조이 바턴이 난폭하고 무례한 행위로 퇴장당하고 나서, 레인저스는 다시 골을 넣었다. 그리고 그들은 맨체스터 시티의 격렬한 공격이 강도를 더하며 파도처럼 몰아치고 홈팬들의 응원이 점점 열기를 더해가는 데에도 불구하고 리드를 지켰다. 경기 시작 90분이 흐른 뒤 시티는 44년 동안 기다려온 우승을 차지하려면 몇 분인지 모를 인저리 타임에 한 번도 아니고 두 번이나 골을 넣어야 하는 불가능한 과업을 수행해야 하는 처지가 되었다. 한마디로 시티의 언제 끝날지 모르는 기다림은 앞으로도 계속될 것이 확실한 상황이었다. 많은 시티 팬의 눈에는 이슬이 맺혀 있었다. 입안 가득 패배의 쓴맛을 볼 자신이 없었던 몇몇 사람은 일찍 자리를 떴다. 남아 있던 사람들은 4부심이 5분의 인저리 타임을 주자 살짝 환호성을 질렀지만 여전히 희망이 없어 보였다. 남은 5분의 첫 1,2분 정도에 맨체스터 유나이티드의 경기가 종료되었다. 유나이티드는 승리했고, 아홉 달 동안 계속된 시즌이 3분밖에 남지 않은 상황에서 그들은 챔피언이 되었다.

제코가 93분 후 동점골을 넣었지만 홈팬들은 헛된 희망을 주는 골에 오히려 더욱 분노했을 뿐이다. 그보다는 아마 두 가지 일을 동시에 했을 것이다. "이제 와서야 골을 넣는 거야? 지난 한 시간 반 동안 언제든 넣을 수 있었는데?" 하지만 증오는 더 이상 희망이 없어지는, 종료 휘슬이 울린 나중을 위해 아껴두기로 한다. 그리고 이 쓸모없고 돈만 밝히는 놈들이 감옥에 갇힐 정도로 큰 죄를 저지르지 않았을까 생각하게 되지만, 지금 선수들이 필요한 것은 당신의 응원이지 구속영장이 아니다. 그러나 이 불신의 지옥 한가운데에서 아구에로가 경기가 다시 시작하자마자 골을 넣었고, 맨체스터 시티는 1968년 이후 처음으로 리그 챔피언이 되었다.

많은 축구팬들이 그들의 우승을 시기했다. 그들은 다른 대륙에서 온 대부호의 장난감이 된 시티가 우승을 샀다고 말한다. 게다가 그는 클럽을 사기 전까지는 거기에 관심도 없었다. 앞으로 2,3년 동안 시티가 리그를 계속해서 제패하고 챔피언스 리그도 우승하게 된다면 나 역시 같은 기분이 들 것이다. 하지만 그 순간 시티의 스탠드에는 환희밖에 보이지 않았다. 이들은 고통 받은 사람들이었다. 클럽의 역사를 바꿔놓을 경기에서 시티가 마지막으로 두 개의 인저리 타임 골을 기록한 것은 1999년이었다. 케빈 홀록과 폴 디코프가 웸블리에서 연장전에 넣은 골이다. 그 골로 그들은 4부 리그에서 3위로 승격할 수 있었다. 그리고 그날 경기장에 있었던 어떠한 시티 팬도 우승의 감격을 누릴 충분한 자격이 있었다. 내가 격렬하게 증오하는 이웃 팀이 리그와 컵을 이기고 또 이기는 모습을 보는 것은 충분히 최악이다. 게다가 자신의 팀이 질링엄 같은 팀과 경기하고 지는 동안 이런 일이 벌어진다면, 수치스럽고 참을 수 없을 정도로 고통스러울 것이다. 그런데도 팬들은 여전히 다시 경기장에 와서 그들의 팀을 지켜본다. 그런데 대체 우리는 뭐라고 말하는가? 전통 있는 돈만이 성공을 살 수 있다고? 그것은 마치 노엘과 리엄 갤러거*에게 너희는 이튼을 나오지 않았으니까 성공할 자격이 없다고 말하는 것과 같지 않은가? 그렇다면 프리미어리그에서 우승할 자격이 있는 건 누구일까? 첼시? 그들의 전통 있는 돈은 간신히 2003년까지 거슬러 올라간다. 아스널? 맨체스터 유나이티드? 언제나 이겨온 귀족적인 클럽들? 그렇다면 프리미어리그는 사실 문 닫힌 가게나 마찬가지다. 돈이 지배할 때 프로스포츠가 흥미로워질 수 있는 유일한 길은 모든 팀이 가

* 해체한 영국 록밴드 오아시스 멤버로 형제다.

능한 한 많은 돈을 손에 넣을 수 있게 하는 것이다. 어쨌든 이 경기는 아스널이 리버풀을 상대로 경기의 거의 마지막 킥으로 골을 넣었던 1989년 이후 가장 짜릿한 시즌 피날레였다. 그렇다, 각본이 있을 수도 있다. 기분 좋은 스포츠 영화의 대부분은 이와 비슷한 비현실적인 시나리오로 끝을 맺는다. 아구에로와 제코의 인저리 타임 득점은 실베스터 스탤론이 〈승리의 탈출Escape to Victory〉(덧붙이자면 이 어이없는 경기는 4-4로 끝난다. 더 이상 할 말이 없다)에서 전쟁 포로 팀을 위해 페널티킥을 막은 것보다 조금 더 현실적이다. 내 말의 요지는 각본을 쓸 수 없었을 거라는 게 아니라 각본이 없다는 데 있다. 축구 경기는 아무도 신의 역할을 하지 않기 때문에 예술 작품이 아니다. 연극이나 영화, 타란티노나 히치콕의 영화를 볼 때조차도 이 영화의 끝을 알고 있는 사람이 아주 많이 있다는 사실을 당신의 머릿속 어딘가에서 알고 있다. 단지 당신보다 먼저 영화를 본 사람들만 이야기하는 게 아니다. 하나의 영화를 만들려면 많은 사람들이 구상하고 각본을 쓰고 구체화시켜야 한다. 예술에 대한 당신의 정의가 뭐든 간에 적어도 조작이 이루어져야 한다. 하지만 그날 오후의 영광은 모든 것이 혼란스러웠기에 더욱 빛났다. 이 세상 아무도 경기가 어떻게 끝날지 몰랐다. 감독들도, 경기장에서 뛰던 선수들도, 심판들도, 전 세계에서 시청하던 수억 명의 축구팬도 조작할 수 없었다. 이 글을 쓰고 있을 때 이탈리아에서 한 남자가 체포되었다. 경기가 어떻게 끝날지 누구보다도 잘 알고 있던 사람이었다. 유벤투스의 감독, 라치오의 주장, 이탈리아 국가 대표팀 수비수와 그 외 다수가 모두 승부 조작에 관련

되어 조사를 받았다. 이탈리아 총리는 아예 리그를 2년 정도 중단시키며, 이탈리아 축구 하면 떠오르는 더러운 이미지를 씻어내야 한다고까지 말했다. 축구를 사랑하는 사람들, 특히 특정 클럽이나 국가대표팀을 사랑하는 사람들은 가슴 아픈 경험에 익숙하다. 하지만 우리가 보고 있는 경기가 정직한 것이 아니라는 것을 알게 되는 것, 그 뒤에 감독과 편집자와 각본가가 있었다는 것을 알게 되는 일은 우리 중 많은 이들에게 마지막으로 가슴 아픈 경험이 될 것이다. 스포츠의 위대한 점은 미래를 볼 수 있다고 생각하는 사람이라면 누구든지 바보로 만들어버릴 수 있는 능력이다. 그렇기 때문에 이번 축구 시즌은 다른 어떤 시즌보다도 위대했다.

2011/12 축구 시즌에 대한 소고

번역_**임지현**

이화여자대학교를 졸업한 후 뉴욕대학교에서 석사학위를 받았다. 옮긴 책으로는 《여자의 결혼은 늦을수록 좋다》《야망의 덫》《인간이란 어떤 것인가》《나를 기억하라》《트레인스포팅》《브리짓 존스의 일기》《브리짓 존스의 애인》《셀레브와의 사랑》《작은 실천이 세상을 바꾼다》《올리비아 줄스의 환상을 좇는 모험》《시티즌 걸》《탱글렉》 등이 있다.

옮긴이 이나경

이화여대 물리학과를 졸업하고 서울대 대학원 영문학과 석사, 동 대학원 박사 과정을 수료했다. 옮긴 책으로는《하루키 문학은 언어의 음악이다》《폼페이 최후의 날》《샤이닝》《넘버원 여탐정 에이전시》 시리즈,《성공하는 삶을 위한 Fish! 철학》《딱 90일만 더 살아볼까》《소중한 모든 것》《궁중 일기》 등 다수가 있다.

피버 피치

1판 1쇄 2005년 2월 5일 1판 11쇄 2013년 2월 8일
2판 1쇄 2014년 1월 5일 2판 3쇄 2022년 6월 29일

지은이 닉 혼비
옮긴이 이나경

펴낸이 임지현
펴낸곳 (주)문학사상
주소 경기도 파주시 회동길 363-8, 201호(10881)
등록 1973년 3월 21일 제1-137호

전화 031) 946-8503
팩스 031) 955-9912
홈페이지 www.munsa.co.kr
이메일 munsa@munsa.co.kr

ISBN 978-89-7012-892-4 (03840)

* 잘못 만들어진 책은 구입처에서 교환해 드립니다.
* 가격은 뒤표지에 표시돼 있습니다.